김욱동 문학 평론집

문학이
미래다

지은이

김욱동(金旭東, Kim, Wook-Dong)_ 한국외국어대학교 영문과 및 동 대학원을 졸업한 뒤 미국 미시시
피대학교에서 영문학 문학석사 학위를, 뉴욕주립대학교에서 영문학 문학박사를 받았다. 포스트모더
니즘을 비롯한 서구 이론을 국내 학계와 문단에 소개하는 한편, 이러한 방법론을 바탕으로 한국문학과
문화 현상을 새롭게 해석하여 주목을 받았다. 현재 서강대학교 인문대학 명예교수이며 울산과학기술
원(UNIST) 초빙교수로 재직 중이다. 문학비평서로는 『시인은 숲을 지킨다』, 『문학을 위한 변명』, 『지
구촌 시대의 문학』, 『적색에서 녹색으로』, 『부조리의 포도주와 무관심의 빵』 등이 있다.

김욱동 문학 평론집

문학이 미래다

초판 인쇄 2018년 5월 30일 **초판 발행** 2018년 6월 15일

지은이 김욱동 **펴낸이** 박성모 **펴낸곳** 소명출판 **출판등록** 제13-522호

주소 서울시 서초구 서초중앙로6길 15, 1층

전화 02-585-7840 **팩스** 02-585-7848

전자우편 somyungbooks@daum.net **홈페이지** www.somyong.co.kr

값 22,000원 ⓒ 김욱동, 2018

ISBN 979-11-5905-280-4 03810

김욱동
문학 평론집

문학이
미래다

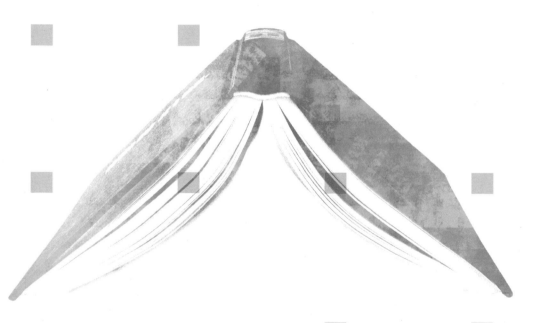

The Future of Literature

소명출판

근대철학뿐만 아니라 서구 근대과학에 이론적 동력을 마련해 준 르네 데카르트는 방법적 회의를 거듭한 끝에 마침내 철학의 출발점이라고 할 제1원리를 찾아냈다. '나는 생각한다. 그러므로 존재한다'라는 그 유명한 명제가 바로 그것이다. 이 명제는 라틴어로 '코기토 에르고 숨Cogito, ergo sum' 또는 줄여서 그냥 '코기토cogito'라고 부른다. 데카르트는 인간을 다른 동물과 구분 짓는 잣대를 사유 능력에서 찾았던 것이다. 그런데 최근 들어 데카르트의 명제를 패러디하여 "나는 구글한다. 그러므로 존재한다"라는 명제가 미국 대학가에서 심심치 않게 유행하고 있다. '구글한다'란 두말할 나위 없이 구글 검색기를 이용하는 것을 일컫는 동사형이다. 오죽하면 '구글 신神'이니 '구글 교회'니 하면서 검색 엔진 구글을 신과 종교의 반열에까지 올려놓는 상황에 이르렀을까. 컴퓨터와 스마트폰, 인터넷이 널리 보급된 지금 젊은이들은 하루에도 수십 번씩, 아니 수백 번씩 구글 엔진을 사용하여 필요한 정보를 검색하기 일쑤다. 스마트폰이나 태블릿 PC, 또는 인터넷에서 잠시 손을 놓고 있으면 안절부절 못하는 것이 요즈음 젊은 세대의 모습이다.

더구나 최근 전 세계를 떠들썩하게 한 '알파고'와 이세돌 9단의 바둑 대결은 이 점과 관련하여 시사하는 바 자못 크다. 구글 딥마인드에서 개발한 컴퓨터 바둑 인공지능 프로그램 알파고는 단순히 슈퍼컴퓨터의 차원을 뛰어넘어 이제 인간 능력에 바짝 다가왔음을 여실히 보여준 역사적 사건이었다. 지금껏 인간은 직관과 추론이 자신의 고유 능력이라고 오만하게 생각해 왔다. 그러나 이번 바둑 대국에서 알파고도 인간처럼 추론할 수 있을뿐더러 직관을 지니고 있음을 입증하였다. 그것은 내로라하는 바둑기사들뿐만 아니라 컴퓨터 과학자들에게도 가히 충격이 아닐 수 없었다. 이러다가는 어쩌면 인공지능이 인간을 지배할 미래가 오게 될지도 모른다.

알파고와 이세돌 9단의 대국을 목도하며 인류는 지금껏 한 번도 경험해 보지 못한 새로운 역사의 전환점에 서게 되었다. 그렇다면 인간은 이제 어디서 존재 이유를 찾아야 할까? 인간은 이제 어떠한 방법으로 알파고에 맞서 인간임을 증명할 수 있을까? 나는 그 답을 문학에서 찾아야 한다고 생각한다. 상상력이 빚어내는 찬란한 우주라고 할 문학만이 '인간지능ᴴᴵ'이 '인공지능ᴬᴵ'과는 다르다는 것을 보여줄 수 있다. 인공지능도 인간처럼 직관, 추론, 인식, 의식, 자각, 의지 같은 능력을 행사할 수 있다고는 하지만 감성은 오직 인간만이 할 수 있는 고유한 능력이다. 적어도 아직은 그렇다는 말이다.

인간을 인간답게 하는 길은 역시 문학을 비롯한 예술에서 찾을 수밖에 없다. 인간은 문학의 힘을 빌려 감성의 수준을 한 단계 업그레이드시켜야 한다. 그렇지 않고서는 알파고 같은 슈퍼컴퓨터에게 '만물의 영장'이라는 자리를 내주게 될지도 모른다. 그렇다면 알파고의 도전에 직면하여 문학의 역할이 이제 새삼 중요하게 부각된 셈이다. 문학은 메마를 대로 메마른 인간의 감성을 봄비처럼 촉촉하게 적셔주고, 돌덩어리처럼 딱딱하게 굳어진 직관을 우뭇가사리처럼 부드럽게 만들어야 한다. 내가 이번에 펴내는 문학 평론집에 '문학이 미래다'라는 조금 도전적인 제목을 붙인 까닭이 바로 여기에 있다.

지금 펴내는 이 책에 수록한 글은 대부분 그동안 문예지나 잡지에 실린 것들을 수정하고 보완한 것이다. 어떤 글들은 아직 발표하지 않은 것도 있다. 최근 문학 이론이 관심을 기울이는 주제 가운데 하나는 그동안 첨예한 대립 관계에 있던 것들 사이의 경계를 허물고 간격을 메꾸는 일이다. 가령 고급문학과 대중문학, 순수문학과 통속문학 사이에 놓여 있던 높다란 장벽은 1989년에 베를린 장벽이 허물어져 내린 것처럼 무너져 내렸다. 그래서 이제 고급문학과 대중문학을 구분 지어 말하는 것은 가히 시대착오적이라는 혐의를 받기에 충분하다. 흥미롭게도 이 책에 실린 글에는 은유와 환유, 순수문학과 통속문학, 창작과 표절 등 대립 관계에 있는 것 사이에 절충과 화해를 모색한 글들이 유난히 눈에 띈다.

이 책이 햇빛을 보기까지 나는 여러 기관과 여러 사람한테서 크고 작은 도움을 받았다. 울산과학기술원UNIST의 기초과정부 소속 교수들에게 감사를 표한다. 또한 이 책이 출간되도록 여러모로 애써 주신 소명출판 편집부 여러분께도 이 자리를 빌려 감사를 표한다. 디지털에 온통 정신이 팔려 있는 지금, 그래서 책을 더욱 멀리하는 지금 이렇게 책을 만든다는 것은 웬만한 용기와 애정 없이는 도저히 할 수 없는 일이다. 가히 영웅적인 일이라고 아니할 수 없고, 그래서 그들의 노고에 절로 고개가 숙여질 뿐이다.

2018년 해운대에서

김욱동

전자 기기는 문학에 위험이 되지 않는다.
인간이 문학에 위험이 된다.
책을 읽지 않는 인간 말이다.

－라슬로 크라스나호르카이 (헝가리 소설가)

책머리에   3

은유와 환유에 대하여 수필문학을 중심으로   9

'아름다움의 종교' 유미주의와 퇴폐주의의 개념과 성격   37

순수문학과 대중문학 간격을 좁히고 틈을 메우기 위하여   81

창녀와 성녀 최인호의 『별들의 고향』   107

후기자본주의의 슬픈 자화상 한강의 『채식주의자』   189

한국 녹색문학의 현주소 최성각의 경우   239

창작과 표절 사이 권비영, 황석영, 신경숙의 경우   275

광고의 수사학 수사학과 설득 커뮤니케이션   315

김소월의 「가는 길」 '하니'인가 '아니'인가   345

문학의 위기, 위기의 문학 담론으로서의 문학의 위기   357

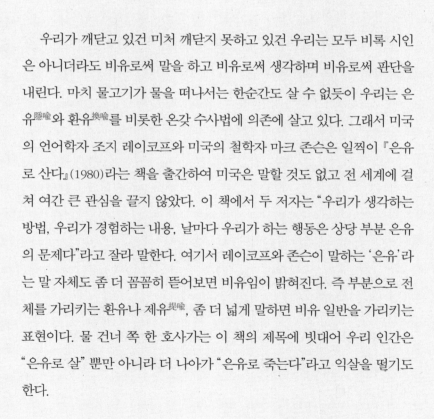

은유와 환유에 대하여

수필문학을 중심으로

우리가 깨닫고 있건 미처 깨닫지 못하고 있건 우리는 모두 비록 시인은 아니더라도 비유로써 말을 하고 비유로써 생각하며 비유로써 판단을 내린다. 마치 물고기가 물을 떠나서는 한순간도 살 수 없듯이 우리는 은유隱喩와 환유換喩를 비롯한 온갖 수사법에 의존에 살고 있다. 그래서 미국의 언어학자 조지 레이코프와 미국의 철학자 마크 존슨은 일찍이 『은유로 산다』(1980)라는 책을 출간하여 미국은 말할 것도 없고 전 세계에 걸쳐 여간 큰 관심을 끌지 않았다. 이 책에서 두 저자는 "우리가 생각하는 방법, 우리가 경험하는 내용, 날마다 우리가 하는 행동은 상당 부분 은유의 문제다"라고 잘라 말한다. 여기서 레이코프와 존슨이 말하는 '은유'라는 말 자체도 좀 더 꼼꼼히 뜯어보면 비유임이 밝혀진다. 즉 부분으로 전체를 가리키는 환유나 제유提喩, 좀 더 넓게 말하면 비유 일반을 가리키는 표현이다. 물 건너 쪽 한 호사가는 이 책의 제목에 빗대어 우리 인간은 "은유로 살" 뿐만 아니라 더 나아가 "은유로 죽는다"라고 익살을 떨기도 한다.

19세기의 이단아 프리드리히 니체는 일찍이 "진리란 무엇인가?"라는 질문을 던진 적이 있다. 그런 뒤 "그것은 한낱 은유와 환유와 의인법의 이동 부대가 아니던가? 닳고 닳아서 피부에 와 닿지 않게 된 은유가 아니던가?"라고 스스로 수사적 의문으로 대답하였다. 이렇듯 철학에서 추구하는 진리조차 은유와 환유를 떠나서는 좀처럼 생각할 수 없다. 진리가 한낱 비유에 지나지 않는다면 진리란 그렇게 믿을 만한 것이 되지 못할 것이다. 실제로 흔히 서구 철학사에서 해체주의자로 일컫는 자크 데리다나 폴 드 만 같은 이론가들은 인간의 언어가 수사성修辭性에 오염되어 있는 탓에 진리를 표현할 수 있는 도구가 될 수 없다고 잘라 말한다. 물론 은유와 환유 같은 수사법은 마치 칼과 같아서 어떻게 사용하느냐에 따라 진리를 감추는 데도 사용할 수도 있고, 이와는 반대로 진리를 좀 더 선명하게 드러내는 데 사용할 수도 있다.

1

온갖 종류의 수사법 중에서도 은유와 환유는 가장 핵심적인 위치를 차지할뿐더러 가장 널리 사용되는 수사법이다. 가히 수사법의 왕자요 공주라고 할 만하다. 이 두 수사법이 일상어에서 얼마나 자주 사용되는지 알기 위해서는 신문 기사 한 토막을 예로 들어보는 것으로 충분할 것 같다. 최근 『연합뉴스』에 실린 「소비 심리가 한 달 만에 다시 꺾였다」라는 제목의 기사다.

‘세월호’ 참사 이후 꽁꽁 얼어붙은 소비 심리가 좀처럼 되살아날 기미를 보이지 않고 있다. 소비자심리지수(CSI)는 올해 4월까지 108포인트를 유지하다가 ‘세월호’ 참사 여파로 5월 105포인트로 꺾였다. 지난 달 회복되는 듯했던 지수는 한 달 만에 다시 뒷걸음질 쳤다.

　객관적 보도를 목숨처럼 소중하게 생각하는 신문 기자가 쓴 글이라고는 좀처럼 믿을 수 없을 만큼 한 문장 한 문장이 은유 같은 비유법으로 되어 있다. 첫 문장 "꽁꽁 얼어붙은 소비 심리"라는 구절부터가 그러하다. 이 표현은 소비 심리를 기온이 영하로 내려가면서 물이 얼음으로 바뀌는 현상에 빗대어 말하는 은유다. 이 은유적 표현은 "밤새 추위가 닥쳐 강이 꽁꽁 얼어붙었다"라는 축어적逐語的 문장과는 사뭇 다르다. 날씨가 추워 꽁꽁 얼어붙으면 모든 유기체들이 활동을 멈추듯이, 소비 심리가 꽁꽁 얼어붙으면 소비자들은 좀처럼 돈을 쓰려고 하지 않는다. 또 다른 은유나 환유적 표현을 빌려 말하자면 소비자들은 돈지갑을 꼭꼭 닫아 버린다. 입은 다물고 지갑을 연다는 ‘함구개갑緘口開匣’이라는 사자성어도 있듯이, 지갑을 열거나 닫는다는 것은 소비를 하거나 소비를 하지 않는다는 뜻이다.

　"소비가 되살아날 기미"라는 구절도 소비를 생명체가 죽었다가 다시 살아나는 현상에 빗대어 말하는 은유다. 축어의 세계에서는 추상적 개념인 소비는 죽거나 다시 살아나거나 할 수 없다. 그러나 은유의 세계에서는 그러한 일이 얼마든지 가능하다. 가령 "최근 백화점 매출의 신장은 소비 심리가 되살아나고 있다는 증거다"라는 문장도 은유적 표현이다. "그동안 잊혔던 아들을 잃은 슬픔이 다시 고개를 쳐들고 되살아나기 시작했다'라는 문장도 이와 마찬가지다. 이 문장에서는 '고개를 쳐들고'라는 또다른 은유 때문에 '되살아난다'라는 은유가 더욱 빛을 내뿜는다.

두 번째 문장 "소비자심리지수는 (…중략…) 5월 105포인트로 꺾였다"도 은유이기는 마찬가지다. '꺾이다'는 길고 탄력이 있거나 단단한 물체를 구부려 다시 펴지지 않게 하거나 아예 끊어지게 하는 동작을 가리키는 동사 '꺾다'의 피동사다. 소비자심리지수가 5월 들어 꺾였다는 것은 그 지수가 그동안 상승세를 타다가 하락세로 반전했다는 뜻이다. 두말할 나위 없이 소비자심리지수를 거센 바람에 줄기가 꺾인 연약한 식물에 빗대어 말하는 은유적 표현이다. "더위가 한풀 꺾이다"느니 "그 사람의 기가 꺾였다"느니 "형의 고집은 좀처럼 꺾이지 않는다"느니 할 때의 뜻과 똑같다.

인용문의 마지막 구절 "한 달 만에 다시 뒷걸음질 쳤다"도 은유다. 소비자심리지수는 되살아날 수 있는 것처럼 뒷걸음 칠 수도 있다. 그런데 이렇게 지수가 뒷걸음질 칠 수 있는 것은 어디까지나 비유의 세계이기 때문에 가능하다. 기사를 쓴 기자는 소비심리지수를 짐승이나 사람이 뒷걸음질 치는 행동에 빗대어 말한다. "황소 뒷걸음치다가 쥐 잡는다"라는 속담이 있듯이 '뒷걸음치다'라는 말은 보통 방향과 반대 방향으로 거슬러 나아가는 것을 이르는 표현이다. 그러므로 소비자심리지수가 '뒷걸음쳤다'는 것은 전보다 더 나아진 것이 아니라 오히려 후퇴했다는 뜻이다. 횡보 염상섭廉想涉은 「거품」이라는 단편소설에서 "감정이나 기분이나 한 이십 년 뒷걸음질 쳐서 젊어지는 것 같기도 하였다"라고 말한다. 이 문장의 '뒷걸음질 쳐서'라는 구절은 신문 기사의 '뒷걸음쳤다'라는 구절처럼 은유적 표현이다.

우리가 무심코 사용하고 있어서 그러하지 조금만 신경 써서 눈여겨본다면 한때는 새봄의 버들잎처럼 푸릇푸릇하던 비유적 어휘가 시간이 흐르면서 점차 삭정이처럼 죽은 가지로 전락한 어휘가 적지 않다는 사실을 알 수 있다. 가령 "쏜살같이 달려간다"라고 할 때 그 '쏜살같이'라는 부사만 해도 마치 화살을 쏜 것처럼 어떤 동작이 아주 빠르다는 뜻이다. 또 일상 언어생활에서 하루에도 몇 번씩 사용하는 자주 사용하고 있는 '기죽다', '기나다', '기막히다', '기차다' 같은 동사도 엄밀히 따져보면 처음에는 바닷물 속의 물고기처럼 팔팔하게 살아 숨 쉬던 은유였지만 시간이 흐르면서 밥상에 오른 생선처럼 '죽은 은유'가 되어 버린 아주 좋은 예다. 두말할 나위 없이 여기서 '기'란 바로 만물 생성의 근원이 되는 힘인 氣를 말한다. 조선 후기 패동 최한기는 「하늘과 사람의 기天人之氣」라는 글에서 "천지를 채우고 물체에 푹 젖어 있어 모이고 흩어지는 것이나 모이지 않고 흩어지지도 않는 것이나 기 아닌 것이 없다"라고 말하였다. 그러니까 기를 죽인다는 말은 곧 근원적인 힘을 없애 버리는 것을 뜻한다. 얼핏 일본어처럼 보일지 모르지만 '야코죽다'나 '야코죽이다'는 '기죽다'나 '기죽이다'를 속되게 이르는 말이다. '야코'는 '氣'를 뜻하는 순수한 토박이말이다.

　　이밖에도 '속 태우다'니 '속 썩이다'니 하는 표현도 처음에는 저 창조의 새 아침처럼 무척 신선한 비유적 표현이었다. 전자는 창자腸가 탈 만큼 몹시 걱정한다는 뜻이고, 후자는 창자가 썩을 만큼 너무 근심하고 화가 난다는 뜻이다. '애'는 창자의 옛말임은 새삼 말할 필요가 없을 것이다. 노산 이은상李殷相은 이순신 장군의 한문시 「한산도가閑山島歌」를 한글로 번역하면서 종장을 "어디서 일성호가는 남의 애를 끊나니"로 옮겼다. 『두시언해杜詩諺解』에서도 그 좋은 예를 찾아볼 수 있다. 안록산의 난으로 유랑 생활을 시작하여 피난지인 성도에서 다시 봄을 맞이한 것을 노래한 두보杜甫의 「귀안歸雁」의 마지막 두 구절 "腸斷江城雁 高高正北飛"를 "강성에 그려기 노피 정히 북으로 느라가매 애를 긋노라(강성의 기러기 똑바로 높이 북쪽으로 날아가니 애를 끊는구나)"로 옮겼다. 그런데 이 '애를 태우다'라는 순수 토박이 표현은 세월의 풍화작용을 받으면서 비유적 의미가 조금씩 없어지더니 이제는 완전히 일상어로 굳어져 버리고 말았다. 지금 '애를 태운다'는 말을 은유로 받아들일 사람은 거의 없을 것이다. 그러므로 우리가 사용하는 일상어란 은유나 환유 같은 비유적 언어가 생명을 다하고 죽은 시체에 지나지 않는다.

2

그렇다면 은유와 환유는 과연 어떠한 원리에 기초를 두고 있는가? 잘 알려진 것처럼 기본적으로 은유는 유사성類似性에 의존하는 반면, 환유는 인접성隣接性에 의존한다. '유사성'이니 '인접성'이니 하는 용어가 자칫 현학적이고 낯설게 느껴질 수 있으니 구체적인 실례를 들어 설명하는 쪽이 좋을 것이다. 다음은 정희성의 한 작품이다.

어머니가 떠난 자리에
어머니가 벗어놓은 그림자만 남아 있다
저승으로 거처를 옮기신 지 2년인데

서울특별시 강서구청장이 보낸

체납 주민세 납부 청구서가 날아들었다

화곡동 어디 자식들 몰래 살아 계신가 싶어

가슴이 마구 뛰었다

—정희성, 「흔적」 전문

첫째 행 "어머니가 떠난 자리에"라는 구절부터가 은유적 표현이다. 옛 말에 "사람 든 자리는 몰라도 난 자리는 안다"는 말이 있다. '난 자리'의 주인공이 다른 사람도 아니고 어머니라면 그 자리는 더더욱 크게 느껴질 수밖에 없을 것이다. 도종환이 사별한 아내를 두고 썼다는 「그대 떠난 빈 자리에」도 마찬가지다. "그대 떠난 빈 자리에 / 슬프고도 아름다운 꽃 한 송이 피리라 / 천둥과 비 오는 소리 다 지나고도 / 이렇게 젖어 있는 마음 위로 / 눈부시게 환한 모시 저고리 차려 입고 / 희디흰 구름처럼 오리라." 정희성이 어머니가 '떠났다'라고 노래하는 것은 이 세상을 하직했다는 말이다. 동양이나 서양을 굳이 가리지 않고 죽음을 빗대어 말하는 은유 적 표현은 하나하나 손가락에 꼽을 수 없을 만큼 아주 많다. 이 글 첫머리 에서 언급한 조지 레이코프와 마크 존슨의 이론을 빌려 말하자면, "죽음 은 이별이다"라는 은유 공식이 성립한다.

둘째 행 "어머니가 벗어놓은 그림자"라는 구절은 어머니의 죽음을 옷 을 벗는 행위에 빗대는 은유다. "육신을 벗는다"라는 표현을 보면 쉽게 그 은유적 의미를 헤아릴 수 있을 것이다. 출생은 육신의 옷을 입는 것이 고, 죽음은 육신의 옷을 벗는 것이라고 할 수 있다. 티베트 불교의 정신적 지도자 달라이 라마는 언젠가 "죽음이란 육신의 옷을 벗는 행위"라고 잘라 말한 적이 있다. 기독교에서도 사도 바울은 "우리가 육체의 옷을 입고 살고 있는 동안에는 주님에게서 떠나 살고 있음을 압니다"(「고린도후서」, 5장 6절)라고 말한다. 「흔적」의 화자는 어머니가 잠자리에 들기 전 옷을 벗듯이 육신을 벗어놓고 영원한 잠자리에 들었다고 말한다. 영원한 잠자리란 두말할 나위 없이 영면永眠, 즉 죽음을 뜻한다. 셋째 행에서 노래하듯이 어머니는 "저승으로 거처를 옮기신 지" 벌써 2년째 된다. 이승이라는 말이 '이곳의 삶此生'에서 유래했듯이 저승이라는 말은 '저곳의 삶彼生'에서 유래했다는 것이 학계의 정설이다. 망우리忘憂里나 벽제碧蹄가 저승의 환유라면, 어머니가 저승에 가기 전까지 살았던 서울특별시 강서구 화곡동은 이승을 가리키는 환유로 볼 수 있다.

둘째 행 "그림자만 남아 있다"라는 구절도 은유다. 그림자란 빛 때문에 생긴 어머니의 실제 그림자가 아니라 어머니가 사망하면서 남기고 간 흔적을 말한다. 정희성이 왜 이 작품에 '흔적'이라는 제목을 붙였는지 이제 알 만하다. 이 '그림자'는 어머니에 대한 애틋한 그리움일 수도 있고, 서운함일 수도 있으며, 회한 같은 감정을 가리킬 수도 있다. 살아 있을 때의 어머니 모습이 실체라면 사망한 뒤의 어머니 모습은 그림자다. 은유의 관점에서 보면 「흔적」에서 시인이 사용하는 '그림자'는 김광규가 「희미한 옛 사랑의 그림자」에서 말하는 그 '그림자'와 같다.

더구나 "저승으로 거처를 옮긴다"라는 표현도 은유이기는 마찬가지다. 죽는 행위를 마치 이사를 가듯이 한 장소에서 다른 장소로 옮기는 행위에 빗대어 말하는 표현이다. 다시 말해서 이승(현세)에서 저승(내세)으로 이동하는 것이 곧 죽음이다. 서양 문화권에서 이승과 저승 사이에는 스틱스 강이 가로놓여 있듯이 동양 문화권에서는 이 두 세계 사이에 삼도천三途川이 가로놓여 있다. 다섯째 행 "체납 주민세 납부 청구서가 날아들었다"라는 구절도 좀 더 자세히 살펴보면 은유임을 알 수 있다. 세금 납부서가 집에 배달된 것을 「새타령」의 "새가 날아든다. 온갖 잡새가 날아든다"라는 첫 구절처럼 산에 새가 날아들거나, 삼월삼짇날 홍부 집에 제비가 날아든 것에 빗대어 말하는 은유적 표현이다.

이렇듯 은유가 성립하는 것은 원개념tenor과 보조개념vehicle 사이에 어떤 유사한 점이 있기 때문이다. 가령 육신을 벗는 행위와 옷을 벗는 행위 사이에 비슷한 점이 있기 때문에 은유가 생겨난다. 또 세금 고지서가 배달되는 행위와 새가 날아드는 행위 사이에도 유사점이 있다. 얼핏 얼토당토않아 보여도 원개념과 보조개념 사이에 유사성이 없다면 은유는 성립할 수 없다. 실제로 원개념과 보조개념 사이에 유사성이 희박하면 할수록 은유의 효과는 그만큼 크기 마련이다. 예를 들어 "사랑은 타버린 불꽃"이라는 은유보다는 "사랑은 날카로운 면도날"이라는 은유가 훨씬 더 가슴에 와 닿는다. 최용식이 작사한 〈사랑이여〉의 한 구절인 전자는 너무 진부하여 그냥 귓가를 스치고 지나간다. 그러나 미국 작사가 어맨더 맥브룸이 지은 〈장미〉의 한 구절인 후자는 소름이 끼칠 듯이 섬뜩하여 다시 한번 귀를 기울이게 된다. 맥브룸이 사랑을 날카로운 면도날에 빗대는 것은 사랑이나 면도날이나 자칫 잘못 사용하다가는 피를 흘리기 때문이다. 면도날이 얼굴에 피를 흘리게 하고 때로는 상처를 남긴다면, 사랑은 영혼이 피를 흘리게 하거나 상처를 남긴다.

3

환유는 은유와는 사뭇 다른 원리에서 비롯한다. 언어의 계열관계적 연상에 기초하는 은유가 유사성의 원리에 뿌리를 두고 있다면, 결합관계적 질서에 기초하는 환유는 인접성의 원리에 뿌리를 박고 있다. 전자가 선택과 치환에 무게를 싣는다면 후자는 어디까지나 결합과 맥락에 무게를 싣는다. 은유와는 달리 환유가 어떤 원리에서 어떻게 작용하는지 좀 더 쉽게 알기 위해 김형효의 작품을 보기로 하자.

> 푸른 기와집에
> 한 마리 새가 날다 떨어진다.
> 흰 날개를 한 가냘픈
> 수선화의 날개를 꺾고 떨어졌다.
>
> 까마귀는 노래를 멈추었다.
> 죽음의 강을 넘어온
> 한 마리 까마귀가
> 흰 심장을 난도질한 칼에 맞았다.
>
> 장미의 계절이오.
> 가정의 계절이오,
> 사람의 계절인 오월에
> 빛고을은 찬란한 슬픔의 노래가 울려 퍼지고 있었다.
>
> ― 김형효, 「창부의 하늘 청와대를 덮다」 일부

첫 행 "푸른 기와집에 / 한 마리 새가 날다 떨어진다"라는 구절에서 '푸른 기와집'은 한국 권부의 상징인 청와대를 가리키는 환유다. 물론 지붕에 푸른 기와를 얹은 집이 어찌 청와대뿐이랴마는 청와대는 푸른 기와로 지붕을 올렸기 때문에 그러한 이름이 붙었다. 다 같이 푸른 기와로 지붕을 얹었어도 한국 최초의 현대식 주유소로 알려진 '청기와 주유소'는 한국의 권부와는 아무런 관련이 없는, 한낱 홍익대학교 앞에 위치한 주유소일 뿐이다. 청와대를 영어로 표기할 때는 흔히 'Blue House'라고 한다. 미국 권부의 상징인 백악관을 흰 페인트로 칠했다 하여 'White House'로 부르는 것과 똑같은 이치다. 이 작품의 제목이 다름 아닌 「창부의 하늘 청와대를 덮다」이기 때문에 '푸른 기와집'이 청와대를 가리킨다는 사실은 추호의 의심도 없다. "오늘 오후에 청와대에서 중대 발표가 있을 예정이다"라는 문장에서도 '청와대'는 푸른 기와를 얹은 집이 아니라 한국 권력의 핵심부를 가리킨다. 이렇게 '푸른 기와집'이나 '청와대'가 한국 권부의 핵심을 가리키는 환유가 될 수 있는 것은 대통령을 비롯한 핵심 권력자들이 살거나 자주 드나드는 곳이기 때문이다. 다시 말해서 지리적 인접성 때문에 환유가 성립하는 것이다.

셋째 연의 마지막 구절 "빛고을은 찬란한 슬픔의 노래가 울려 퍼지고 있었다"에서 그 '빛고을'은 전라남도 광주光州를 가리키는 환유다. '빛고을'이라는 지명은 무등산無等山 정상에 있는 서석대瑞石臺에서 유래한 것으로 알려져 있다. 서석대는 마치 수정 병풍을 둘러친 것과 같다고 하여 '수정병풍'이라고도 일컫는다. 그런데 서석대가 상서로운 바위로 반짝이는 빛을 내뿜는다고 하여 예로부터 광주를 '빛고을'로 부르게 되었던 것이다.

그런데 김형효는 위 작품에서 왜 "빛고을은 찬란한 슬픔의 노래가 울려 퍼지고 있었다"라고 노래할까? 이 물음에 대한 답은 바로 앞의 세 행 "장미의 계절이오. / 가정의 계절이오, / 사람의 계절인 오월에"에서 찾을 수 있다. 오월은 '꽃 중의 꽃'이라는 장미가 활짝 피는 달이요, 또 가정의 날이 있는 달이기도 하다. 어버이날과 스승의 날도 하나같이 이 오월에 들어 있다. 오월을 "사람의 계절"이라고 말하는 것은 정의로운 사람들이 불의에 맞서 떨치고 일어난 달이기 때문이다. 김형효는 이 작품에서 바로 1980년 오월에 일어난 5·18광주 민주화 운동을 노래하고 있다.

"찬란한 슬픔의 노래"에서 '찬란한 슬픔'은 모순어법이다. 이 모순어법에서 광주 민주화 운동의 비극과 함께 그 눈부신 영광을 엿볼 수 있다. 이 운동이 '슬픈' 것은 민주화 운동 과정에서 무고한 시민이 많이 희생되었기 때문이고, 또 이 운동이 '찬란한' 것은 신군부 독재에 의하여 꺼져가던 민주주의에 찬연한 불을 댕겼기 때문이다. 이 모순어법에는 '찬란한 노래'나 '슬픈 노래'라는 말로는 도저히 담아낼 수 없는 깊은 의미가 담겨 있다.

빛고을은 비단 5·18광주 민주화 운동이 일어난 특정한 지역에 그치지 않는다. 1929년 11월 일제 강점기 광주 학생 독립운동이 일어난 것도 바로 이 빛고을 광주였다. 1919년 기미 독립운동 이후 최대 규모의 대중적인 항일 운동으로 꼽히는 이 광주 학생 독립운동은 여러모로 5·18광주 민주화 운동과 맞먹는다. 그러므로 빛고을이나 광주 하면 자연스럽게 민주화 운동이나 항일 독립운동을 떠올리게 된다.

이 점에서는 망월동望月洞도 빛고을과 크게 다르지 않다. 광주 민주화 운동 희생자들이 묻혀 있는 망월동은 광주광역시 북구 운정동이라는 지리적 한계를 훌쩍 뛰어넘어 민주주의 정신을 가리키는 환유로 자주 쓰인다. 가령 고정희는 「누가 그날을 모른다 말하리」에서 "넋이여, / 망월동에 잠든 넋이여 / 하늘이 푸르러 눈물이 나네 / 산꽃 들꽃 피어나니 눈물이 나네"라고 노래한다. 박추화도 「망월별곡」에서 "이 넓은 세상을 그대들만이 서서 운다. / 한 줌 재로 흩어진 유훈이 되어 / 빈 들에 떠 있는 그대들의 혼"이라고 노래한다. 그런가 하면 김남주는 「망월동에 와서」에서 "파괴된 대지의 별 오월의 사자들이여 / 능지처참으로 당신들은 누워 있습니다 / 얼굴도 없이 이름도 없이 / 누명 쓴 폭도로 흙 속에 바람 속에 묻혀 있습니다"라고 노래한다.

김형효의 「창부의 하늘 청와대를 덮다」에서 오월도 빛고을과 마찬가지로 민주화 운동을 가리키는 환유다. 오월과 광주는 이렇듯 떼려야 뗄 수 없을 만큼 서로 아주 밀접하게 관련되어 있다. 한국의 어느 도시도 광주만큼 특정한 달과 연관되어 있는 곳을 찾아볼 수 없다. 오죽하면 '오월'이라는 말과 '광주'라는 말을 결합하여 '오월 광주'라는 용어를 사용하겠는가? '오월의 노래'라고 하면 곧바로 〈님을 위한 행진곡〉을 떠올리게 되고, 〈님을 위한 행진곡〉 하면 자연스럽게 광주 민주화 운동을 떠올리게 된다.

'푸른 기와집'이 한국 권부의 핵심을 가리키는 환유가 되고, '빛고을 (광주)'이나 '망월동' 또는 '오월'이 민주화 운동을 가리키는 환유가 될 수 있는 것은 어디까지나 지리적으로나 시간적으로 서로 인접해 있기 때문이다. 가령 한국 권부는 청와대와 지리적으로 가까이 인접해 있고, 빛고을이나 망월동은 민주화 운동이나 항일 독립운동과 지리적으로 인접해 있다. 그런가 하면 오월은 시간적으로 민주화 운동이나 독립운동과 인접해 있다. 청와대와 한국 권부, 빛고을이나 오월과 민주화 운동 사이에는 은유에서처럼 어떤 유사성도 찾아볼 수 없다. 그러므로 은유가 유사성에 기초를 둔 수사법이라면 환유는 어디까지나 인접성에 기초를 둔 수사법이라고 할 수 있다.

4

은유와 환유는 시인들이 가장 즐겨 사용하는 수사적 장치지만 소설가들이나 수필가들도 자주 사용한다. 문학가들이 은유와 환유를 즐겨 사용하는 데는 그럴 만한 까닭이 있다. 특히 수필가들에게 이 두 수사법은 아주 효과적이다. 첫째, 수필가는 은유와 환유를 구사하여 수필의 내용을 좀 더 선명하게 드러낼 수 있다. 축어적으로는 제대로 표현할 수 없는 문장이나 글도 은유나 환유 같은 비유법을 사용할 때 그 의미가 훨씬 분명해지기 때문이다.

둘째, 은유나 환유는 자칫 메마르기 쉬운 수필에 윤기나 부드러운 정감을 불어넣을 수 있다. 수필을 비롯한 문학 작품에서 말장난이나 언어적 유희가 차지하는 몫은 우리가 생각하는 것보다 아주 크다. 문학은 학술적 담론이나 과학 담론과는 달라서 내용 못지않게 중요한 것이 그 내용을 담는 그릇이다. "'어' 다르고 '아' 다르다"는 말도 있듯이 문학 작품에서는 '무엇'을 말하느냐 못지않게 중요한 것이 어떻게 말하느냐다.

셋째, 은유나 환유는 사물을 새롭게 보도록 해주는 역할을 한다. 러시아 형식주의자들의 용어를 빌려 말하자면 비유는 '낯설게 하기'나 '탈자

동화^{脫自動化}'와 관련이 있다. 언어도 유기체처럼 시간이 흐르면서 점차 세월의 풍화작용을 받기 마련이다. 이렇게 김이 빠지고 무기력해진 언어에 새로운 활력을 불어넣어 주는 것이 바로 비유다. 은유나 환유는 굳을 대로 굳어진 언어의 군살에 자극을 주어 피를 통하게 해준다.

한국 수필문학의 산맥에는 김진섭^{金晉燮}, 이양하^{李敭河}, 피천득^{皮千得}의 세 봉우리가 우뚝 서 있다. 20세기 초엽에 태어난 이 세 사람은 수필을 굳건한 문학 장르의 반열에 올려놓는 데 크게 이바지하였다. 독문학을 전공하고 1920년대 후반 '외국문학연구회'에서 활약하면서 신문학 발전에 기여한 김진섭은 철학적이고 명상적인 수필을 많이 썼다. 영문학을 전공한 이양하는 사색적이고 자연친화적인 수필을 즐겨 썼다. 역시 영문학을 전공한 피천득은 소소한 일상 경험을 소재로 주로 신변잡기적인 수필을 써서 관심을 끌었다.

그러나 무어라 해도 겨울이 겨울다운 서정시는 백설(白雪), 이것이 정숙히 읊조리는 것이니, 겨울이 익어 가면 최초의 강설(强雪)에 의해서 멀고 먼 동경의 나라는 비로소 도회에까지 고요히 고요히 들어오는 것인데, 눈이 와서 도회가 잠시 문명의 구각(舊殼)을 탈(脫)하고 현란한 백의(白衣)를 갈아입을 때, 눈과 같이 온, 이 넓고 힘세고 성스러운 나라 때문에 도회는 문득 얼마나 조용해지고 자그만해지고 정숙해지는지 알 수 없지만, 이때 집이란 집은 모두가 먼 꿈속에 포근히 안기고 사람들 역시 희귀한 자연의 아들이 되어 모든 것은 일시에 원시 시대의 풍속을 탈환한 상태를 정(呈)한다.

김진섭의 「백설부白雪賦」라는 수필이다. 구나 절이 꼬리에 꼬리를 물고 길게 이어지는 만연체 문장이다. 인용문은 마침표가 문장 끝에 하나만 찍혀 있는 한 문장이다. 웬만한 수필가라면 아마 서너 문장이나 그 이상으로 나눴을 것이다. 이렇게 긴 문장을 읽노라면 그만 숨이 찰 정도다. 그런데 이 글에서 눈여겨보아야 할 것은 김진섭이 유난히 의인법을 많이 구사한다는 점이다.

김진섭은 "겨울이 겨울다운 서정시는 백설, 이것이 정숙히 읊조리는 것이니"라는 구절에서 의인법을 구사한다. 흰 눈에게 사람의 속성이나 인격을 부여하여 서정시를 읊조린다고 말하는 것이다. "멀고 먼 동경의 나라는 비로소 도회에까지 고요히 고요히 들어오는"이라는 구절도 의인법이다. 이국적인 동경의 나라가 도회에 찾아오는 모습을 어떤 외지인이 도회에 들어오는 것에 빗대는 표현이다. 그런가 하면 "눈이 와서 도회가 잠시 문명의 구각을 탈하고 현란한 백의를 갈아입을 때"도 의인법이기는 마찬가지다. 도회가 온통 흰 눈으로 덮이는 광경을 헌 옷을 훌훌 벗고 새 옷으로 갈아입는 것에 빗대는 표현이다. 여기서 헌 옷이란 문명을 말하고 새 옷이란 때 묻지 않은 순수한 대자연의 모습을 말한다.

의인법擬人法이란 무생물이나 동식물 또는 자연 현상에 사람의 인격이나 속성을 부여하는 수사법이다. 넓은 의미에서 의인법은 은유의 한 갈래로 볼 수 있다. 원관념과 매개관념의 관계에서 매개관념이 인간이거나 인간과 관련한 속성을 지니고 있는 은유가 바로 의인법이다. "A는 B이다"라는 은유에서 'A'는 무생물이나 동식물 또는 자연 현상인 반면, 'B'는 어디까지나 인간이다. 가령 방금 언급한 마지막 의인법에서 김진섭은 흰 눈이 내리면서 도회가 온통 눈에 덮이는 모습을 도회라는 인격체가 물질문명의 찌든 때를 벗고 하얀 옷으로 갈아입는 것에 빗댄다.

　인용문의 마지막 부분 "집이란 집은 모두가 먼 꿈속에 포근히 안기고 사람들 역시 희귀한 자연의 아들이 되어"라는 구절도 좀 더 자세히 살펴보면 은유임이 밝혀진다. 집이 아득한 꿈속에 포근히 안긴다는 것은 눈에 덮인 집을 어머니의 품속에 안기는 것에 빗대어 말하는 은유적 표현이다. 어린아이가 어머니의 품 안에 안겨 행복해 하는 것처럼 지금 도회의 집들도 하나같이 꿈결같이 아련한 눈 속에 안겨 있다. 또 김진섭은 도회인들 역시 "희귀한 자연의 아들"이 된다고 말한다. 엄밀히 말하면 인간은 자연의 아들이 될 수는 없다. 자연을 어머니로 보고 인간을 그 자식으로 볼 때 비로소 비유적 표현이 성립할 수 있다.

　마지막 구절 "모든 것은 일시에 원시 시대의 풍속을 탈환한 상태를 정한다"도 은유다. '정한다'라는 말은 어떤 모양이나 빛깔 따위를 나타낸다는 뜻이다. 다시 말해서 눈이 내리면서 현대사회의 모든 것이 원시 시대의 자연 상태로 되돌아간다는 말이다. 그런데 여기서 주목해 볼 것은 "원시 시대의 풍속을 탈환한다"라는 구절이다. '서울 탈환'이니 '우승 탈환'이니 하는 용어에서 볼 수 있듯이 이 '탈환'이라는 말은 누구한테 빼앗겼던 것을 다시 찾는 것을 말한다. 말하자면 흰 눈이 내리면서 원시 시대의 풍속은 그동안 문명에게서 빼앗긴 것을 되찾는다는 뜻이다. 인간이 그동안 문명의 이름으로 이룩한 것들은 흰 눈이 내려 덮으면서 태곳적의 상태로 되돌아간다. 이 구절은 김진섭의 반문명反文明 의식을 엿볼 수 있는 대목이기도 하다.

　신록을 대하고 있으면, 신록은 먼저 나의 눈을 씻고, 나의 머리를 씻고, 나의 가슴을 씻고, 다음에 나의 마음의 구석구석을 하나하나 씻어낸다. 그리고 나의 마음의 모든 티끌 — 나의 모든 욕망과 굴욕과 고통과 곤란이 하나하나 사라지는 다음 순간, 별과 바람과 하늘과 풀이 그의 기쁨과 노래를 가지고 나의 빈 머리에, 가슴에, 마음에 고이고이 들어앉는다. 말하자면, 나의 흉중(胸中)에도 신록이요, 나의 안전(眼前)에도 신록이다. 주객일체(主客一體), 물심일여(物心一如)라 할까, 현요(眩耀)하다 할까, 무념무상(無念無想), 무장무애(無障無碍), 이러한 때 나는 모든 것을 잊고, 모든 것을 가진 듯이 행복스럽고, 또 이러한 때 나에게는 아무런 감각의 혼란(混亂)도 없고, 심정의 고갈(枯渴)도 없고, 다만 무한한 풍부의 유열(愉悅)과 평화가 있을 따름이다.

이양하의 「신록예찬新綠禮讚」이라는 수필이다. 이 수필은 「나무」와 함께 자연을 예찬한 이양하의 대표적인 수필 중 하나다. 김진섭처럼 이양하도 이 수필에서 은유나 환유를 즐겨 구사한다. 예를 들어 "신록은 나의 눈을 씻고 나의 머리를 씻고, 나의 가슴을 씻고"라는 첫 구절은 은유법이다. 축어적인 현실 세계에서라면 신록은 이 수필의 화자 '나'의 눈과 머리와 가슴을 씻을 수 없을 것이다. 눈과 머리와 가슴을 씻어준다고 말할 수 있는 것은 신록을 세수하는 일이나 청소하는 일에 빗대기 때문이다. 신록을 바라보면서 마치 금방 목욕이라도 하고 나온 것처럼 심신이 맑고 깨끗해지는 느낌을 표현한 비유다.

이 수필의 첫머리에서 화자는 네 계절 중에서도 "그 혜택을 가장 아름답게 나타내는 것은 봄, 봄 가운데도 만산萬山에 녹엽綠葉이 싹트는 이때일 것이다"라고 밝힌다. 평소처럼 이 날도 화자는 근무하던 연희전문학교

본관 서쪽 숲속 조그마한 소나무 그루터기에 앉아 그 일대를 뒤덮고 있는 신록을 바라보면서 망중한忙中閑을 보내고 있다. 하늘도 더할 나위 없이 청명한데다 신록은 전날보다도 한층 더 깨끗하고 신선하고 생기 있다고 말한다. 이렇게 신록을 바라보면 그 청량한 빛깔에 온갖 잡념이 사라지면서 마음이 상쾌해진다는 것이다.

그런데 여기서 한 가지 눈여겨 볼 것은 화자가 신록을 바라보며 상쾌해지는 느낌을 점증법漸層法으로 표현한다는 점이다. 점증법이란 음악에서 '점점 강하게'를 뜻하는 크레센도처럼 표현의 강도를 조금씩 높여 나가면서 맨 마지막을 가장 중요한 어구로 끝맺는 수사법을 말한다. 신록은 먼저 화자의 눈을 깨끗하게 해 주고, 그 다음에는 머리를 맑게 해주고, 또 그 다음에는 가슴과 마음마저 깨끗하게 정화시켜 준다. 이를 도표로 그려보면 '눈→머리→가슴→마음'이 될 것이다. 눈 같은 감각기관에서 시작하여 가슴과 머리 같은 정신 영역으로 점점 확대되어 간다. 이양하는 이러한 점증법을 구사함으로써 인간이 자연과 하나로 동화되어 가는 과정을 실감나게 표현한다.

자칫 그냥 지나쳐 버리기 쉽지만 '가슴'과 '마음'도 엄밀히 따지고 보면 환유다. 가슴에 통증을 느끼는 경우가 아니라 마음에 상처를 입고 고통스러운 상태를 표현하는 것이라면 가슴은 마음을 가리키는 환유로 볼 수 있다. 가슴(흉부)이 마음(심장) 주위에 있어 이렇게 '마음'이라는 말 대신에 흔히 '가슴'이라는 말을 사용하는 것이다. 앞에서 인용한 정희성의 「흔적」의 마지막 구절 "가슴이 마구 뛰었다"를 다시 한번 떠올려 보자. 정확히 말하자면 심장이 뛰는 것일 뿐 가슴은 좀처럼 뛰지 않는다. 시인이 '마구'라는 부사와 같이 사용하고 있는 것을 보면 더더욱 그러한 생각이 든다. 물론 심장이 거칠게 뛰다 보면 그 주위의 가슴 부위도 조금은 움직일 것이다. 그러나 좀 더 정확히 말하면 '마구 뛰는' 것은 가슴이 아니라 어디까지나 가슴 안쪽 신체 내부에 들어 있는 심장이다. '가슴을 찢다'니 '가슴을 태우다'니 '가슴이 미어지다'니 '가슴이 벅차다'니 하는 표현도 하나같이 지금은 비유적 의미가 사라져 버린 '죽은 은유'다. 이러한 표현을 영어로 옮겨보면 금방 그 차이를 알 수 있다. 'breast'로 옮겨서는 제대로 의미가 통하지 않고 'heart'로 옮겨야 비로소 제 맛이 난다.

이양하는 "별과 바람과 하늘과 풀이 그의 기쁨과 노래를 가지고 나의 빈 머리에, 가슴에, 마음에 고이고이 들어앉는다"라는 구절에서도 은유를 구사한다. 별과 바람과 하늘과 풀이 화자의 머리와 가슴과 마음에 조용히 들어앉는다고 말하는 것은 자연을 사람에 빗대어 말하는 비유적 표현이다. '들어앉다'는 밖에 안으로 또는 뒤쪽에서 앞쪽으로 자리를 옮겨 앉을 때 사용하는 동사다. 가령 박경리^{朴景利}의 『토지』에는 "강청댁은 옆구리를 긁적이며 그들 사이를 가르고 들어앉는다"라는 문장이 나온다. 겉으로는 어수룩해 보이는 사람이 속궁리가 크거나 아는 것이 많을 때 사용하는 "속에 구렁이가 들어앉아 있다"라는 속담도 마찬가지다. "별과 바람과 하늘과 풀이 (…중략…) 들어앉는다"라는 문장에서도 앞 문장과 마찬가지로 자신이 곧 자연이요, 자연이 곧 자신이라고 생각하는 경지에 이른다. 이렇게 그는 온갖 사자성어를 구사하여 유장한 문체로 자연과 합일된 경지를 표현한다. 고풍스러운 맛을 한껏 살리려고 이양하가 사용하는 이러한 사자성어에 다른 사자성어를 몇 가지 덧붙인다면 '장주지몽^{莊周之夢}', '몰아지경^{沒我之境}', '망아지경^{忘我之境}', '무아지경^{無我之境}'이 될 것이다.

수필은 청자연적(靑瓷硯滴)이다. 수필은 난(蘭)이요, 학(鶴)이요, 청초하고 몸맵시 날렵한 여인이다. 수필은 그 여인이 걸어가는, 숲속으로 난 평탄하고 고요한 길이다. 수필은 가로수 늘어진 포도(鋪道)가 될 수도 있다. 그러나 그 길은 깨끗하고 사람이 적게 다니는 주택가에 있다.

수필은 청춘의 글은 아니요, 서른여섯 살 중년 고개를 넘어선 사람의 글이며, 정열이나 심오한 지성을 내포한 문학이 아니요, 그저 수필가가 쓴 단순한 글이다.

수필은 흥미는 주지마는, 읽는 사람을 흥분시키지 아니한다. 수필은 마음의 산책이다. 그 속에는 인생의 향기와 여운이 숨어 있다.

피천득의 「수필」이라는 작품이다. "불로써 불을 끈다"라는 서양 격언이 있고, '이열치열以熱治熱'이라고 하여 "열로써 열을 다스린다"라는 동양 속담도 있듯이 피천득은 수필이라고 제목을 붙인 글로 수필이 어떤 문학 장르인지 그 성격과 본질을 설명한다. 피천득 특유의 단아하고 간결한 문체가 돋보이는 글이다.

수필이 이러저러한 장르라고 단정 지어 말하기란 무척 어려울 것이다. 그러나 은유를 구사하여 수필을 청자연적에 빗대어 말하면 그 의미가 좀 더 쉽게 그리고 구체적으로 다가올 것이다. 연적이란 두말할 나위 없이 벼룻물을 담는 조그마한 그릇이다. 이 청자연적에 대하여 피천득은 덕수궁 박물관에서 그러한 연적을 본 적이 있다고 말한다. 그가 본 청자연적에 대하여 "연꽃 모양으로 된 것으로, 똑같이 생긴 꽃잎들이 정연히 달려 있었는데, 다만 그 중에 꽃잎 하나만이 약간 옆으로 꼬부라졌었다"라고 말한다. 그러면서 "이 균형 속에 있는, 눈에 거슬리지 않는 파격破格

이 수필인가 한다. 한 조각 연꽃잎을 옆으로 꼬부라지게 하기에는 마음의 여유를 필요로 한다"라고 지적한다. 그러므로 피천득이 규정짓는 수필은 길이가 짧고 단아하면서도 일정한 틀에서 조금 벗어나는 글이다. 한마디로 마음의 여유를 느낄 수 있는 문학이 곧 수필인 셈이다.

피천득이 정의 내리는 수필의 성격은 난초와 학에 빗대는 데서도 엿볼 수 있다. 난초는 유교 문화권에서 군자의 이상이라고 할 사군자四君子 중 하나다. 깊은 산중에서 은은한 향기를 멀리까지 퍼뜨리는 매력이 있어 선비의 상징으로 자주 언급된다. 난초가 비록 사람들의 눈에는 보이지 않지만 향기로 자신을 알리는 것처럼 수필이 은근히 독자들의 마음을 사로잡는 문학이라는 의미가 담겨 있다. 피천득에 따르면 담담하고 그윽하며 한가로운 여유를 지닌 글이 바로 수필이다. 학은 예로부터 우아하고 고고한 자태를 자랑하는 조류다. 구름 속으로 높이 날아오르는 학은 흔히 선비의 청백한 기상을 상징한다. 그래서 구름과 학은 통일신라시대부터 그릇이나 항아리의 장식무늬로 널리 쓰였다. 수필도 이러한 학처럼 우아하고 격조 높은 문학이라는 것이다.

피천득은 이번에는 수필을 말쑥하고 조촐하면서도 몸맵시가 날렵한 젊은 여성에 빗댄다. '물 찬 제비'라는 표현에 딱 어울리는 여성이다. 여성이로되 철부지 계집아이나 나이 든 노파가 아니라 청초하고 몸맵시 날렵한 여성이라는 것이다. 어쩌면 삼십 대 중반이나 사십 대 초반의 지성미를 갖춘 원숙한 여성일지도 모른다. 모르긴 몰라도 날씬한 몸매뿐만 아니라 산뜻한 감성과 번득이는 기지, 그리고 우아한 멋을 지닌 그러한 여성일 것이다. 이러한 일련의 은유를 빌려 피천득은 수필이 하나같이 우아하면서 고결한 장르라는 사실을 지적한다.

더 나아가 피천득은 수필을 그 "청초하고 몸맵시 날렵한 여성이 걸어가는, 숲속으로 난 평탄하고 고요한 길"에 빗댄다. 숲속으로 난 평탄한 오솔길을 한번 생각해 보라. 복잡하고 피곤한 일상의 옷을 훌훌 벗어버리고 한가롭게 삶의 여유를 누리는 기분일 것이다. 이렇게 한적하고 평탄한 오솔길을 걸으며 이런저런 생각에 잠기는 것도 숲속을 산책하면서 누리는 큰 기쁨일 것이다. 그래서 피천득이 "수필은 마음의 산책이다. 그 속에는 인생의 향기와 여운이 숨어 있다"라고 말하는지도 모른다. 수필이란 김광섭金珖燮의 말대로 그저 "붓 가는 대로 쓰는 글"이라기보다는 삶의 여유를 누리며 사색하는 기분으로 쓰는 글이라는 사실을 알 수 있다. 이렇게 숲속을 거니는 사람이 다름 아닌 청순한 여성이라면 어떨까? 아마 비단 위에 꽃을 더하는 것처럼 금상첨화錦上添花가 될 것이다. 수필이 그만큼 자연과의 교감을 기록하는 아름다운 글이라는 뜻을 담고 있다.

그러나 수필은 언제나 숲속의 오솔길을 걷는 것처럼 아름답고 한적하지만은 않다. 이 점과 관련하여 "수필은 가로수 늘어진 포도가 될 수도 있다. 그러나 그 길은 깨끗하고 사람이 적게 다니는 주택가에 있다"라는 문장을 주목해 볼 필요가 있다. 주택가는 숲과는 뚜렷하게 대조되는 공간이다. 숲이 자연의 상징이라면 주택가는 도회나 문명사회의 상징이다. 피천득은 수필이 사람들의 구체적이고 현실적인 일상생활을 떠나서는 별다른 의미가 없다는 사실을 넌지시 말한다. 실제로 피천득은 「나의 사랑하는 생활」이나 「인연因緣」처럼 구체적인 일상 경험에 바탕을 둔 수필을 많이 썼다. 전자의 수필에서 그는 "고무창 댄 구두를 신고 아스팔트 위를 걷기를 좋아한다"라고 밝힌다. 또 "나는 골목을 지나갈 때에 발을 멈추고 한참이나 서 있게 하는 피아노 소리를 좋아한다"느니, "나는 비 오시는 날 저녁 때 뒷골목 선술집에서 풍기는 불고기 냄새를 좋아한다"느니 하고 말하기도 한다. 피천득은 이러한 비유를 빌려 수필이 자연과의 교감을 묘사할 뿐만 아니라 더 나아가 때로는 복잡한 도회의 일상을 기록해야 한다는 점을 지적한다.

피천득의 「수필」의 두 번째 단락도 찬찬히 눈여겨 볼 필요가 있다. 그가 수필이 "청춘의 글은 아니요, 서른여섯 살 중년 고개를 넘어선 사람의 글"이라고 말하는 까닭이 어디 있을까? 피 끓는 젊은이라면 아마 시나 소설을 쓰지 수필을 쓰지 않을 것이다. 수필이라는 장르는 시나 소설 같은 장르와는 달라서 원숙한 삶의 경지에 이른 사람만이 쓸 수 있다는 뜻이 강하게 함축되어 있다. 그런데 그저 중년의 사람이라고 말해도 좋을 텐데 하필이면 왜 서른여섯 살의 중년이라고 굳이 못 박아 말할까? 지금은 '백세 시대'를 말하는 단계에 이르렀지만 피천득이 이 글을 쓸 무렵에는 아마 일흔 살 정도를 평균 수명으로 생각했을지 모른다. 그렇다면 서른여섯 살은 인생의 후반부가 시작하는 시점일 것이다. 방금 앞에서 "청초하고 몸맵시 날렵한 여인"을 삼십 대 중반이나 사십 대 초반의 여성일지 모른다고 말한 까닭도 여기에 있다.

어찌 되었든 여기서 관심 있는 것은 "서른여섯 살 중년"이 아니라 "중년 고개를 넘어선 사람의 글"이라는 구절이다. 한국어에서 '고개를 넘다'라는 말은 은유적 표현으로 자주 쓰인다. 예를 들어 "보릿고개를 넘다"가 그러하고, "죽음의 고개를 넘다"가 그러하다. "중년 고개를 넘다"도 그 중에 하나다. 피천득은 여기서 중년에서 장년으로 접어드는 것을 고개를 넘는 것에 빗댄다. 서른다섯 살까지의 중년이 기나긴 오르막길이라면, 서른여섯 살부터 장년과 노년에 이르는 길은 빠르게 지나가는 내리막길이다. "중년 고개를 넘다"라는 은유는 그동안 하도 많이 써 온 탓에 닳고 닳아서 실오라기가 훤히 들여다보일 만큼 진부하지만 오히려 진부하기 때문에 더욱 설득력이 있다.

그런데 여기서 한 가지 주목해야 할 것은 「수필」에서 피천득이 지적하는 수필의 성격이나 특징은 어디까지나 그 일부에 지나지 않는다는 점이다. 수필이라는 문학 장르는 무척 다양하여 어느 한두 특징으로 한정지을 수 없다. 김기림金起林은 일찍이 "형태의 구속을 버리고 자유로운 형식으로" 수필을 써야 한다고 지적하였다. 또 앞에서 언급한 김광섭은 수필을 두고 "무형식이 그 형식적 특징"인 문학이라고 정의하였다. '자유로운 형식'이나 '무형식의 형식'은 아마 수필을 규정짓는 가장 중요한 특징이다. 피천득이 말하는 수필의 정의나 성격에 대하여 누구보다도 문제를 제기한 사람은 윤오영尹五榮이다. 나이가 세 살 차이밖에 되지 않는 윤오영과 피천득은 아주 각별한 사이다. 피천득은 윤오영에 대해 "고등학교 일학년 때에 복된 인연으로 우리는 문우가 되어 지금까지 같이 늙어간다"라고 말한 적이 있다. 두 사람은 양정고등보통학교 출신으로 졸업 후에도 교류를 계속하였다. 윤오영의 수필 「비원秘苑의 가을」에 나오는 '금아'가 바로 피천득이고, 피천득의 수필집 『인연』에 실린 「치옹痴翁」이라는 수필의 주인공 '치옹'이 다름 아닌 윤오영이다.

수필은 '난이요, 학'이라고 했지만 사람에 따라서는 '피요, 눈물'이라고 할 수도 있다. '청초하고 몸맵시 날렵한 여인'이라고 했지만 때로는 남성적일 수도 있다. '수필은 중년 고개를 넘어선 사람의 글'이라고 했지만, 모든 것이 신기하고 청신하게 느껴지는, 때 안 묻은 소년의 글일 수도 있고, 인생을 회고하며 생을 거의 체념한 노경(老境)의 글일 수도 있다. 이 수필론(隨筆論)으로 포섭할 수 없는 그 밖의 수필은 얼마든지 있다.

윤오영이 피천득의 수필론을 비판하면서도 그처럼 은유를 비롯한 수사를 구사한다는 점이 무척 흥미롭다. 예를 들어 윤오영은 수필을 '피요, 눈물'에 빗대어 말한다. 이 "피와 땀과 눈물"이라는 구절에서는 마치 종소리를 들으면 침을 줄줄 흘리는 파블로프의 개처럼 금방 영국의 수상을 지낸 윈스턴 처칠을 떠올리게 된다. 1940년 5월 당시 보수당 의원이었던 처칠은 히틀러의 나치 독일군이 네덜란드-벨기에-룩셈부르크를 돌파한 뒤 프랑스를 향하여 진격하고 있을 때 의회에서 연설하였다. 불과 며칠 전 대독對獨 유화론자던 네빌 챔버레인에 이어 수상首相을 계승한 처칠은 이 연설에서 "나는 피, 수고手苦, 눈물, 그리고 땀밖에 드릴 것이 없습니다"라는 그 유명한 말을 남겼다. 윤오영이 수필이 '난이요, 학'이 아니라 '피요, 땀'이라고 말하는 것은 고고하고 아름다운 장르라기보다는 오히려 누추한 일상과 밀접한 관계를 맺고 있는 장르라는 말이다. 한편 처칠의 유명한 연설문을 염두에 둔다면 이 구절은 남의 말을 인용하는 인용법引用法이나 인유법引諭法, 예로부터 전해오는 유명한 고전에 근거를 두고 말하는 전고법典故法에 해당할 것이다.

인용문의 두 번째 문장 "모든 것이 신기하고 청신하게 느껴지는, 때 안 묻은 소년의 글일 수도 있고"에서 '때 안 묻은 소년'은 은유다. "때 묻은 왕사발 부시듯"이라는 관용적 표현도 있듯이 '때 묻은'이라는 말은 어떤 물체에 때가 들러붙어 더러워진 것을 가리킨다. 그러나 이 말은 일상어에서 축어적 표현 못지않게 비유적인 표현으로도 자주 사용한다. 가령

"세파에 시달리다 보니 여리고 순수한 너의 마음도 결국 때 묻고 말았구나"니, "어린이를 순수의 표상으로 생각하는 것은 그들의 본성이 아직 때 묻지 않은 까닭이다"니 하는 문장이 좋은 예다. 때가 묻었다는 것은 오염되어 순수성을 잃었다는 뜻이고, 때가 묻지 않았다는 것은 아직도 순수성을 그대로 간직하고 있다는 뜻이다. 그러므로 "때 안 묻은 소년"은 천진무구天眞無垢한 소년, 즉 세파에 아직 시달리지 않아 순수하고 깨끗한 마음을 간직한 소년을 말한다. "모든 것이 신기하고 청신하게 느껴지는" 것은 이렇게 타고난 순수성을 그대로 유지하고 있기 때문이다.

지금 다루고 있는 주제에서 조금 벗어난 것이기는 하지만, 피천득은 윤오영의 수필을 자못 긍정적으로 평가하였다. 피천득은 무엇보다도 윤오영이 아주 다양한 소재로 수필을 쓴다는 점을 높이 산다. 이 점과 관련하여 피천득은 "그는 무슨 제목을 주어도 글다운 글을 단시간 내에 써낼 수 있다. 이런 것을 작자의 역량이라고나 하나 보다. 평범한 생활에서 얻는 신기한 발견, 특히 독서에서 오는 풍부하고 심각한 체험이 그에게 많은 이야깃거리를 제공한다"라고 말한다. 그러면서 피천득은 윤오영의 수필이 곧 "타고난 예민한 정서, 예리한 관찰력, 놀랄 만한 상상력, 그리고 그 기억력이 산물"이라고 평가하는 것이다.

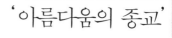

'아름다움의 종교'

유미주의와 퇴폐주의의 개념과 성격

　유미주의는 18세기 독일 낭만주의 사상에 깊이 뿌리를 박고 있다. 임마누엘 칸트를 비롯한 아르투르 쇼펜하우어, 프리드리히 셸링, 프리드리히 쉴러, 요한 볼프강 폰 괴테, 루트비히 티크 등은 프랑스와 영국문학에 유미주의의 씨앗을 뿌린 대표적인 철학가들이나 문학가들이었다. 가령 쇼펜하우어는 일찍이 '절대적 예술'이란 어쩔 수 없이 일상적 삶과는 유리될 수밖에 없고 의지의 구속에서도 자유롭게 해방된다고 지적하였다. 그래서 그는 "음악처럼 되려는 것이 모든 예술이 지향하는 궁극적 목표"라고 부르짖기에 이르렀다. 이러한 태도는 비록 정도의 차이는 있을망정 동시대의 철학가들과 문학가들한테서도 마찬가지로 쉽게 엿볼 수 있다. 쉴러와 셸링 그리고 괴테 등은 한결같이 문학의 자율성과 독자성을 주창한 대표적인 사람들이었다. 괴테가 영국문학과 미국문학 그리고 프랑스문학에 끼친 영향은 무척 컸다. 뒷날 계몽주의의 세례를 받은 뒤 낭만주의에서 젖을 뗐고 "고전주의는 건강한 문학이고 낭만주의는 병적인 문학"이라고 주장했지만, 적어도 청년 괴테는 본질적으로 낭만주의문학에 심취해 있었다.

이 중에서도 특히 칸트의 미학 이론은 유미주의가 발전하는 데 가장 중요한 역할을 하였다.『판단력 비판』(1790)에서 그는 '순수한' 미적 경험이 실재나 공리성이나 도덕성 같은 '외적' 목적에 관계없이 오직 대상에 대한 '사심 없는 관조'에서만 비롯한다고 주장하였다. 목적론적 판단과 심리적 판단을 구별하는 그는 후자에서 얻는 지식이란 논리적 추리에 기초를 두고 있는 전자의 지식과는 본질적으로 다르다고 지적하였다. 칸트에 따르면 목적론적 판단은 대상과 그 대상의 목적성을 고려하기 때문에 개념이나 범주와 어떤 식으로든지 관련되지 않을 수 없다. 그러나 이와는 달리 심미적 판단은 외부의 목적과 대상을 전혀 고려하지 않는다. 그렇기 때문에 우리가 예술에서 얻는 아름다움과 즐거움은 예술 외의 다른 영역에서 얻게 되는 그것과는 전혀 다른 독특한 것이라고 칸트는 주장하였다. 다른 쾌락과는 달리 미적 쾌락은 한 대상을 수단이 아니라 목적, 실용적인 것이 아니라 장식적인 것, 그리고 도구가 아니라 성취로 인식하는 데서 비롯한다는 것이다. 이것이 바로 칸트가 말하는 '목적이 없는 목적성' 또는 '내적 목적성'의 개념이다.

1

유미주의의 이론적 토대는 칸트의 미학에서 큰 영향을 받은 낭만주의자들한테서도 쉽게 찾아볼 수 있다. 가령 독일 낭만주의를 영국에 처음

소개하는 데 이바지한 토머스 칼라일을 비롯하여 새뮤얼 테일러 콜리지, 찰스 램, 윌리엄 블레이크, 존 키츠 같은 시인들은 비교적 공리성이나 실용성에서 벗어나 문학 그 자체에 깊은 관심을 기울였다. 그래서 유미주의 운동에서 주도적 역할을 한 월터 페이터는 키츠와 램, 그리고 역시 이 운동에서 크게 활약한 앨저넌 찰스 스윈번은 블레이크를 각각 유미주의의 시조로 간주하기도 한다. 심지어는 정치적, 사회적, 또는 철학적 문제에 남달리 깊은 관심을 기울인 윌리엄 워즈워스나 퍼시 비쉬 셸리 같은 낭만주의자들한테서도 부분적이나마 유미주의적 경향을 엿볼 수 있다. 문학의 심미적 기능은 대부분의 낭만주의자들에게 핵심적 개념이라고 할 상상력과 밀접하게 연관되어 있다. 그들에게 상상력은 세계 인식의 한 방법일 뿐만 아니라 더 나아가 예술 창조를 통제하는 힘이었다. 이렇듯 자율적 창조물인 문학과 예술은 공리적이고 실용적인 것과는 따로 떼어서 생각할 수 없는 일상생활과는 엄격히 구별되기 마련이다.

낭만주의 가운데에서도 특히 미국의 시인이요 비평가인 에드거 앨런 포는 유미주의와 관련하여 특히 눈여겨보아야 한다. 그는 인간 정신을 크게 ① 순수 지성, ② 취향, ③ 도덕의식의 세 갈래로 나눈다. 이 세 가지는 하나같이 인간 본성에 내재되어 있지만 그것이 맡고 있는 기능이나 임무는 저마다 서로 다르다. 즉 순수 지성은 진리와 관련이 있고, 취향은 아름다움과 관련되어 있으며, 도덕의식은 선이나 의미와 관련되어 있다. 시인을 비롯한 문학가들과 예술가들은 이중에서 바로 두 번째 경우를 다루는 사람들이라고 포는 주장하였다. 포에 따르면 시란 한마디로 추상적 관념이 아니라 영혼을 고양시키는 심미적 흥분이나 자극에 지나지 않는다. 그는 「시의 원리」(1950)라는 글에서 시 그 자체 외의 다른 어떠한 목적도 염두에 두지 않고 쓴 시만이 가장 참다운 의미의 시라고 부르짖었다.

그동안 사람들은 시의 궁극적 목표가 진리라는 사실을 묵시적으로나 명시적으로, 직접 또는 간접으로 받아들여 왔다. 모든 시는 어느 특정한 도덕을 가르쳐야 하고, 바로 이러한 도덕에 따라 작품의 시적 가치가 평가 받아야 한다고 말한다. 우리 미국 사람들은 특히 이러한 관념을 정당한 것으로 받아들였고, 특히 보스턴 사람들은 이 관념을 충실히 실천에 옮겨 왔다. 만약 단순히 시만을 위하여 시를 쓰는 것, 그렇게 하는 것이 우리의 계획이었다고 인정하는 것은 곧 훌륭한 시적 품위나 힘을 잃는 것이라고 자백하는 것이라고 믿게 되었다. 그러나 실제로는 바로 이러한 시, 즉 오직 시만을 위하여 쓴 시보다 더 철저하게 품위 있고 더 고상한 작품은 이 세상에 없거니와 또 있을 수도 없다.

인용문에는 앞으로 유미주의자들이 부르짖게 될 주요한 개념이 거의 다 들어 있다시피 하다. 여기서 포가 말하는 "시만을 위하여 쓴 시"는 바로 유미주의자들이 슬로건으로 내세우는 '예술을 위한 예술'이나 '순수시'와 크게 다르지 않다. 그는 시적 담론을 과학적 진술이나 철학적 진술과는 서로 엄격히 구분 지으려고 하였다. 그래서 동시대의 시인인 헨리 롱펠로 같은 시인들이 어떤 명시적 목적을 염두에 두고 시를 창작하는 태도를 아주 못마땅하게 생각하였다. 포는 롱펠로의 이러한 창작 태도를 아예 '교훈의 이설異說'이라고 낙인을 찍었다.

흔히 '라파엘전파前派주의'로 잘 알려진 예술 운동 또한 유미주의가 태어나는 데 산파 역할을 맡았다. 1848년 런던의 젊은 예술가들을 중심으로 처음 결성된 이 운동은 19세기 중엽에 풍미한 예술 인습에 맞서 르네상스 시대 이탈리아의 화가이며 조각가인 산치오 라파엘 이전의 예술 형식으로 다시 돌아가자는 운동이었다. 이 무렵 영국에는 라파엘을 비롯한 르네상스 시대 화풍이 휩쓸고 있었다. 그러나 라파엘전파 예술가들은 라파엘 대신 지오토 같은 중세 화가들이 보여 준 진솔하고 단순한 예술을 지향하였다. 처음에는 화가들이 중심이 되었지만 점차 시인들까지 이 운동에 합세하였다. 이 유파에 속한 시인들은 이 무렵으로서는 가히 우상 파괴적이라고 할 중세주의와 감각주의, 상징주의의 경향을 짙게 풍기는 작품을 즐겨 썼다. 그래서 로버트 뷰캐넌은 댄티 게일브리얼 로제티를 비롯한 라파엘전파 시인들과 그들의 영향을 받은 유미주의 시인들의 작품에 아예 '육체파 시'라는 달갑지 않은 꼬리표를 붙였다.

그러나 유미주의는 19세기 말엽에 걸쳐 독자적인 문예 사조나 전통으로 완성되었다. 비유적으로 말하자면 고대와 중세에 뿌려진 유미주의의 씨앗이 르네상스 시대에 배태하여 19세기 말엽에 이르러 비로소 활짝 꽃을 피웠다고 할 수 있다. 모든 문예 사조나 전통이 흔히 그러하듯이 유미주의가 하나의 '이즘'이나 '주의'로 발전하기 위해서는 그것에 알맞은 풍토와 토양이 필요하였다. 19세기 후반부는 유미주의가 성장하는 데 그야말로 가장 적합한 문화적 풍토를 마련해 주었다. 이 무렵에는 그 어느 때보다 과학적이고 합리주의적인 사고와 함께 유물론의 거센 물결이 밀려왔다. 라파엘전파주의가 성립한 바로 그 해에 카를 마르크스와 프리드리히 엥겔스는 『공산당 선언문』(1848)을 발표하였고, 마르크스는 1867년부터 『자본론』(1894)을 출간하기 시작하였다. 이 무렵 산업과 기술이 눈부시게 발전하면서 많은 사람들은 국가의 부富를 곧 문명이나 문화의 척도로 삼았다. 이렇게 모든 현상을 인과 법칙에 따라 합리적으로 파악하거나 유물론적 입장에서 파악하려는 상황에서 인간의 정신적 활동은 크게 위축될 수밖에 없었다.

더구나 이 무렵 흔히 '청교도 도덕' 또는 '개신교 윤리'로 일컫는 입장 또한 유미주의가 발전하는 데 소중한 밑거름이 되었다. 청교도들은 근면과 절대와 공리적 행위를 강조할 뿐만 아니라 삶을 도덕적 투쟁이나 정신적 구원에 이르기 위한 순례로만 간주하였다. 그들에게 올바른 삶이란 관조적인 것이라기보다는 오히려 활동적인 것이었다. 그들은 오직 동료 인간들에게 물질적으로 선을 행하고 악을 회피한다는 관점에서만 올바른 사람을 규정지으려고 했을 뿐 그 밖의 정신적인 것을 경시하였다. 중산층들 사이에 널리 퍼진 청교도들의 도덕이나 윤리는 역시 중산층들이 신봉하는 '진보의 종교'에서 단적으로 드러난다. 빅토리아 시대에 이르러 사람들은 발전과 진보를 마치 신앙처럼 굳게 믿고 있었다. 이러한 발전과 진보의 종교에서 공리성과 실용성은 종교적 계명과 크게 다름없었다. 그들은 인간의 모든 행위와 그 행위의 산물을 오직 공리성과 실용성의 관점에서만 파악하려고 했던 것이다.

또한 빅토리아 시대는 중산층의 속물주의가 그 어느 때보다 힘을 얻던 시기였다. 갑자기 주변부에서 중심부로 부상한 중산층은 무엇보다도 물질적인 가치를 중시한 채 부를 축적하는 데만 관심을 기울였다. 매슈 아널드는 이렇게 교양 없고 천박한 중산층을 두고 성서에 언급된 용어를 빌려 '불레셋 사람들', 즉 필리스티아 사람들이라고 불렀다. 물질지향적이고 상업주의적인 것만을 추구하는 중산층이 문학이나 예술을 비롯한 인간의 정신적, 지적 활동에 어떤 의미나 가치를 부여할 리 없었다. 그래서 문학의 교육적 기능에 무게를 싣는 아널드는 『문화와 무정부』(1869)를 비롯한 책에서 "이 세상에 알려지고 생각된 최상의 것"에 바탕을 둔 문화를 역설하였다. 그리고 그는 이러한 문화를 기초로 속문주의자들을 계도할 것을 부르짖었다.

그런데 여기서 한 가지 염두에 두어야 할 것은 유미주의가 단순히 문학에만 국한된 현상은 아니라는 점이다. 물론 문학가들이 이 사조나 전통에서 가장 중심적인 역할을 한 것은 사실이지만, 다른 분야에 종사하는 사람들도 깊이 관여하였다. 특히 화가들은 유미주의가 발전하는 데 견인차 역할을 맡았다. 이 가운데에서도 에드워드 번-존스, 댄티 로제티, 제임스 맥닐 휘슬러, 오브리 비어즐리 등은 특히 눈여겨볼 만하다. 이밖에도 몇몇 철학자들이 이 운동에 참여하여 이론적 기틀을 마련해 주기도 하였다.

그렇다면 유미주의는 과연 언제 그리고 어디서 처음 시작되었는가? 역사적 시대 구분이 으레 그러하듯이 유미주의도 시작한 시기를 정확히 규정짓는 것이 그렇게 단순하지 않다. 영국에서는 아무리 일찍 잡는다고 하여도 1860년대 이전에 유미주의가 본격적으로 시작되었다고 보기 어렵다. 영국 유미주의에 크나큰 영향을 끼친 프랑스 유미주의는 두말할 나위 없이 이보다 조금 앞서 시작되었다. 19세기를 마감하는 마지막 10년에서 20년, 그러니까 1880년대와 1890년대는 유미주의가 최고조에 이른 시기라고 할 수 있다. 유미주의는 적어도 영국에서는 오스카 와일드가 동성연애 죄목으로 재판에 회부되어 2년 동안 감옥에 갇힌 1895~1897년에 공식적으로 종식된 것으로 보는 것이 보통이다. 이러한 사정은 프랑스에서도 크게 다르지 않아서 20세기에 들어오면서 유미주의는 쇠퇴일로를 걷기 시작하였다.

유미주의는 아무래도 프랑스와 영국을 중심으로 유행한 예술 운동으로 보는 것이 좀 더 정확할 것 같다. 그 중에서도 파리와 런던은 이 운동의 메카였다. 물론 이 나라를 넘어 다른 유럽 나라로 퍼져 나갔다. 가령 벨기에서는 모리스 메테를링크, 노르웨이에서는 헨릭 입센, 스페인에서는 파르도-바산, 그리고 이탈리아에서는 가브리엘레 단눈치오와 루이지 카푸아나 등이 이 전통 아래에서 작품 활동을 하였다. 그러나 이 두 나라를 제외한 다른 나라에서는 예술 운동으로까지 발전하는 못하였다. 심지어 낭만주의가 크게 힘을 떨친 독일에서조차 유미주의는 제대로 빛을 보지 못하였다.

2

유미주의란 글자 그대로 무엇보다도 아름다움 그 자체를 목적으로 삼는 태도를 가리킨다. 그런데 유미주의가 한 예술 사조나 전통으로 발전하기 위해서는 단순히 미적 가치를 중시하는 것만으로는 충분하지 않다. 앞에서 이미 지적했듯이 미적 가치를 중시하는 입장은 유미주의 이전에도 얼마든지 있었기 때문이다. 그러나 미적 가치를 극단적으로 밀고나간다는 점에서 유미주의는 그 이전의 사조나 전통과는 다르다. 유미주의자들은 인간의 다른 어떤 가치와 비교하여 미적 가치가 절대적으로 우월할 뿐만 아니라 다른 가치들과 서로 첨예하게 대립한다고 주장한다. 다시 말해서 19세기 말엽의 유미주의자들은 예술이 불러일으키는 감정이야말로 인간이 자신의 정체성을 발견하고 탐험할 수 있는 유일한 수단으로 파악하였다. 이렇게 감각에서 비롯하는 미적 가치에 무엇보다 무게를 싣는 그들은 전통적인 종교나 기계적 과학보다 예술이 훨씬 더 큰 만족을 줄 수 있다고 지적하였다. 이 점과 관련하여 스윈번은 윌리엄 블레이크에 관한 글에서 "예술에서는 가장 아름다운 것이 가장 좋은 것이고, 과학에서는 가장 정확한 것이 가장 좋은 것이며, 도덕에서는 가장 고결한 것이 가장 좋은 것이다"라고 잘라 말하였다.

여기서 잠깐 '유미주의'라는 용어의 본뜻을 알아보는 것이 좋을 것 같다. 두말할 나위 없이 이 말의 뿌리를 캐어 들어가 보면 '아이스테시스'라는 그리스어를 만나게 된다. 그런데 이 그리스어는 본디 '감성'이나 '감각 인식'을 가리키는 말이었다. 그러니까 이 말은 실체적인 것, 곧 감각을 통하여 인식할 수 있는 것을 가리켰다. 고대 그리스 사람들은 실체가 없는 것이나 오직 관념적으로 생각하는 것과 구별 짓기 위하여 이 말을 사용했던 것이다. 한편 한국과 일본을 비롯한 동양에서 사용하는 '유미주의'라는 용어에서 '유미'란 이 세상에서 오로지唯 아름다움美만을 최고의 가치로 간주한다는 뜻이다.

레이먼드 윌리엄스는 '심미적aesthetic'이라는 영어 어휘의 반대말은 '비심미적unaesthetic'이 아니라 '무감각anaesthetic'이라고 지적한다. 흔히 사람들은 '무감각'이나 '둔감한'이라는 낱말을 감각 작용의 결함이나 그러한 결함을 일으키는 원인이라는 뜻으로 사용하였다. 더구나 의학이 발달하면서 사람들은 이제 이 낱말을 아예 '마취의'나 '마취 상태에 있는'이라는 뜻으로 사용하고 있는 실정이다. 병원의 수술실 냄새가 짙게 풍기는 '마취'

라는 말과 문예 개념인 '유미주의'라는 말 사이에는 얼핏 아무런 연관성이 없는 것처럼 보일지 모른다. 그러나 적어도 어원에서 보면 이 낱말은 서로 아주 밀접하게 연관되어 있다.

유미주의는 이렇게 미적 가치를 지고의 가치로 받아들인다는 점 말고도 몇 가지 특징을 더 지닌다. 무엇보다도 먼저 유미주의자들은 예술이나 그것이 추구하는 아름다움의 개념을 새롭게 정의하려고 하였다. 중세기에 활약한 기독교 철학자 토마스 아퀴나스는 일찍이 아름다움을 관조의 대상으로 파악하였다. 그에게는 단순히 감각을 통해서나 정신 그 자체 안에서나 인간을 즐겁게 해주는 것은 하나같이 아름다움의 대상이 될 수 있었다. 그렇다면 아름다움이란 어디까지나 인간이 수동적으로 받아들이는 대상에 지나지 않는다. 그러나 유미주의자들은 아퀴나스보다 한결 더 역동적으로 아름다움을 규정짓는다. 영국 유미주의 운동에서 선도적인 역할을 한 월터 페이터는 이제는 고전이 되다시피 한 책 『르네상스사 연구』(1873)의 서문에서 아름다움이란 수동적이거나 추상적인 대상이 아니라 오히려 감각을 통하여 즉각적으로 경험하는 대상이라고 지적하였다.

아름다움이란 인간이 경험하는 모든 다른 특성과 마찬가지로 상대적이다. 그리고 아름다움을 정의하는 일은 그 추상성에 비례하여 무의미하고 무용하다. 가장 충상적인 관점이 아니라 가장 구체적인 관점에서 아름다움을 정의 내리는 것, 그 보편적인 공식이 아니라 그것이 표현되는 이러저러한 특수한 상황을 가장 적절하게 보여 주는 공식을 발견하는 것이야말로 진정한 미학도들이 추구해야 할 목표다.

더구나 유미주의자들은 무엇보다도 표현의 자유를 중시하였다. 물론 유미주의 이전에도 몇몇 예술가들이나 이론가들이 예술 표현의 자유를 주창해 왔다. 그러나 유미주의자들은 이러한 자유를 좀 더 극단적으로 밀고 나간다. 즉 예술 작품을 창작하는 데 예술가는 어떠한 경우에도 제약을 받아서는 안 된다고 주장한다. 그들에게 예술 창작보다 더 높은 위치를 차지하는 인간 행동은 이 세상에 없기 때문이다. 이렇게 그들은 예술 창작을 절체절명의 과제로 간주하려고 하였다. 심지어 일상적 삶까지도 예술의 관점에서 파악하려고 하였다.

　예술에서 표현의 자유가 극단적인 형태로 발전한 것이 이른바 '예술을 위한 예술'이다. 유미주의 하면 곧 이 표현을 머리에 떠올릴 만큼 이제 이 슬로건은 유미주의를 지칭하는 꼬리표가 되다시피 하였다. 그런데 이 용어를 과연 누가 처음 사용했는지는 아직도 학자들 사이에서 논란거리로 남아 있다. 몇몇 이론가들은 흔히 스위스 태생의 프랑스 소설가 벤자맹 콩스탕이 1804년에 이 용어를 처음 사용했다고 주장한다. 또 다른 이론가들은 역시 프랑스 철학자 빅토르 쿠쟁이 1818년에 처음 사용했다고 지적하기도 한다. 영국에서는 스윈번과 페이터 등이 이 용어를 자주 사용하였다. 특히 페이터는 이 세상에서 인간이 할 수 있는 가장 훌륭한 일이 바로 짧은 삶을 '정열적인 감정'으로 채우려고 노력하는 것이라고 주장하였다.

　　엄청난 정열은 삶, 사랑의 희열과 비애, 우리에게 일어나기 마련인 사심이 있건 없건 여러 형태의 열광적인 활동에 대하여 첨예하게 느끼게 해줄지 모른다. 우리에게 이렇게 다양하고 첨예한 의식(意識)의 결과를 불러오는 것이 바로 정열이라는 점을 확신하라. 이러한 슬기 가운데에서도 시적 정열, 아름다움을 추구하려는 욕망, 예술을 위한 예술에 대한 사랑은 가장 중요하다. 예술은 순간순간의 삶에, 그리고 오직 그 순간만을 위하여 가장 고귀한 특성을 숨김없이 부여하려고 한다.

인용문에서 무엇보다도 찬찬히 눈여겨 볼 구절은 첫 문장의 '엄청난 정열'이다. 페이터가 '정열'이라는 명사 앞에 '엄청난'이라는 형용사를 붙이는 것은 그 정열이 일상적 정열과는 사뭇 다르기 때문이다. 비범하고 특수한 정열이라는 말이다. 그러면서 페이터는 이러한 정열 중에서도 시적 정열이 가장 소중하다고 역설한다. 이 시적 정열은 '아름다움을 추구하려는 욕망'이나 '예술의 위한 예술'과는 떼려야 뗄 수 없이 서로 깊이 연관되어 있다. 몇몇 비평가들이 페이터에게 '쾌락주의자'라는 낙인을 찍는 것도 어찌 보면 그다지 무리가 아닌 듯하다.

그런데 과연 누가 이 '예술을 위한 예술'이라는 용어를 처음 사용했는지는 그렇게 중요하지 않다. 그보다 더 중요한 것은 이 용어가 유미주의를 특징짓는 가장 핵심적인 개념이 되었다는 점이다. '모방'이나 '재현'이라는 용어를 들으면 곧 리얼리즘을 연상하듯이 '예술을 위한 예술'이라는 표현을 들으면 곧바로 유미주의를 연상하게 된다. 유미주의를 흔히 예술지상주의, 유미주의자들을 예술지상주의자라고 부르는 까닭이 바로 여기에 있다.

'예술을 위한 예술'은 공리적이고 실용적인 모든 것을 거부하는 태도에서 단적으로 엿볼 수 있다. 유미주의자들은 조금이라도 공리적이고 실용적인 것에 알레르기처럼 민감하게 반응한다. 그들은 프랑스 유미주의에 굳건한 기틀을 마련해 준 테오필 고티에의 "예술이란 아무 쓸데없는 것이다"라는 명제를 기본 입장으로 받아들인다. 두 번째 시집 『알베르 튀』(1832)의 서문에서 고티에는 "일반적으로 말해서 어떤 사물이 실용적인 것이 되면 아름다움을 잃어버리게 된다"라고 밝힌다. 이러한 태도는 마리오 프라즈가 '데카당스의 성서'라고 부른 그의 소설 『모팽의 아가씨』(1835)의 서문에 이르러 정점에 이른다. 이 서문에서 고티에는 예술이 그 외의 다른 어떠한 공리적 기능이나 실용적 구실도 맡아서는 안 된다고 부르짖는다.

실용성을 떠나지 않고서는 그 무엇도 진정으로 아름다울 수가 없다. 실용적인 것은 하나같이 추하다. 그것은 어떠한 필요성을 표현하는 것이고, 인간의 필요성이란 그의 보잘것없고 연약한 천성처럼 천하고 혐오스럽기 때문이다 집안에서 가장 실용적인 장소라면 화장실만한 곳이 없을 것이다.

고티에한테서 큰 영향을 받은 오스카 와일드도 예술에서 실용적인 것을 모두 거부하였다. 와일드의 이러한 태도는 "예술은 그 자체 외의 어느 것도 표현하지 않는다"라느니, "우리에게 관련되지 않는 것만이 오직 아름답다"라느니 하는 말에서 단적으로 드러난다. 와일드는 고티에처럼 "모든 예술은 완전히 쓸모없는 것이다"라는 결론에 이르렀다.

이렇듯 유미주의자들은 문학의 가치가 일상적 삶과 연관되어 있다는 생각을 좀처럼 받아들이려고 하지 않았다. 만약 예술이 삶과 아무런 관련을 맺고 있지 않다면 정치적이건 사회적이건, 또는 도덕적이건 윤리적이건 어떠한 문학 외적 기능도 맡을 수 없을 것이다. 특히 19세기 지식인들이 종교처럼 그토록 믿고 있던 인도주의적 이상과 사회 개혁, 그리고 역사적 발전과 진보는 뒷전으로 밀려날 수밖에 없었다. 적어도 이 점에서 유미주의자들은 낭만주의자들과 차이가 난다. 낭만주의자들은 그 나름대로 사회 개혁에 적잖이 관심을 기울였다. 그러나 유미주의자들의 관점에서 보면 비록 문학이 어떠한 공리적이고 실용적인 기능을 맡는다 하더라고 그것은 지극히 우연적인 것에 지나지 않을 뿐 예술로서의 가치와는 전혀 무관하다. 한마디로 유미주의자들은 하나같이 예술을 공리성과 실용성의 굴레에서 완전히 해방시킴으로써 예술의 독자성을 확보하려고 했던 것이다.

유미주의자들이 이렇게 예술의 독자성을 확보하려고 한 데는 그럴 만한 까닭이 있었다. 그들은 예술이 다른 어떠한 가치에 종속될 수 없는 특유의 자기목적성을 지닌다고 판단했기 때문이다. 유미주의자들에 따르면 예술은 다른 가치에 의존하지 않고서도 얼마든지 홀로 설 수 있는 존재이유와 내적 힘을 지니고 있다. 칸트가 일찍이 예술에서 얻는 쾌락이란 모든 이해관계를 떠난 '사심 없는' 쾌락이라고 주장한 것도 이러한 맥락에서 이해할 수 있을 것이다.

그런데 여기서 한 가지 염두에 두어야 할 것은 유미주의자들이 주관적 경험을 중시하되 예술을 자아 표현의 수단으로 삼지는 않았다는 점이다. 그들의 관점에서 보면 예술가 자신의 자아를 표현하는 것도 궁극적으로는 공리적이고 실용적인 기능에 해당한다. 바로 이 점에서 그들은 전통적인 낭만주의자들과는 엄격히 구분된다. 낭만주의자들은 예술을 어디까지나 자아를 표현하는 수단으로 삼았다. 가령 워즈워스는 시를

"흘러넘치는 감정의 자연스러운 발로"라고 정의하였다. 이러한 입장은 비록 정도의 차이는 있지만 조지 바이런이나 존 키츠, 또는 퍼시 비쉬 셸리 같은 다른 낭만주의 시인들, 그리고 토머스 드퀸시나 윌리엄 해즐리트 같은 낭만주의 산문 작가들에게서도 쉽게 엿볼 수 있다.

유미주의자들의 이러한 몰개성적 태도는 프랑스에서 낭만주의에 대한 반작용으로 시작된 파르나소스주의(파르나시아니즘)에 이르러 정점에 이른다. 쉴리-프루돔, 알베르 글라티니, 프랑수아 코페, 테오드로 드방빌 등이 빅토르 위고, 비니, 알퐁스 라마르틴의 초기 낭만주의를 극복하고 새로운 문학과 예술 운동을 창조하려고 새로운 운동을 전개하였다. '파르나소스'란 두말할 나위 없이 아폴로 신과 예술의 여신 무사가 살던 그리스의 파르나소스 산으로, 이 운동에 가담한 예술가들이 『현대의 파르나소스』라는 잡지를 출간하면서 이러한 별명이 붙게 되었다. 사실 파르나소스주의는 될 수 있는 대로 시인의 개성을 제외시킨 채 작품을 써야 한다고 주장한 고티에에게서 그 기원을 찾을 수 있다. 그는 "시인이란 곧 조각가와 다르지 않다"라고 주장하였다. 다시 말해서 견고성이나 선명성을 추구할 뿐만 아니라 더 나아가 형식에 깊은 관심을 기울인다는 점에서 시인은 조각가와 비슷하다는 것이다.

파르나소스주의의 이러한 태도는 아일랜드 태생의 소설가 조지 무어한테서도 엿볼 수 있다. 오직 사물의 세계만이 영원하다고 굳게 믿는 그는 "시란 시인이 자신의 개성을 떠나 창조하는 것이다"라고 주장하였다. 이러한 입장은 뒷날 에즈러 파운드와 T. S. 엘리엇의 이미지즘 운동과 모더니즘으로 이어진다. 시의 몰개성 이론이나 객관적 상관물 이론도 궁극적으로는 파르나소스주의와 맞닿아 있다.

그러나 유미주의나 파르나소스주의의 태도에는 문제가 없지 않다. 좀 더 엄밀히 말해서 이 세상에는 공리성이나 실용성에서 완전히 떠난 예술은 존재하지 않는다. 가령 어린이들을 위한 동화만 하여도 얼핏 겉으로는 아무런 메시지가 없는 것 같지만 그 나름대로 메시지를 담고 있다. 유미주의자들이 파르나소스주의자들의 주장처럼 가령 사회-정치적 메시지나 윤리-도덕적 메시지를 배제한 '순수' 문학 작품을 창작했다고 하자. 그러나 엄밀히 따지고 보면 그러한 작품은 이데올로기를 배제한다는 메시지를 담고 있는 것이 된다. 그것은 마치 진공 속에서는 어떠한 유기체도 존재할 수 없는 것과 같다. 인간의 언어가 가치를 담고 있는 이상 언어를 매체로 삼는 문학예술은 완전히 가치를 배제할 수 없다.

이렇게 예술지상주의를 깃발로 내세우는 유미주의는 작품의 내용보다는 형식에 무게를 싣기 마련이다. 이 점과 관련하여 고티에는 『빅토르 위고』(1835)에서 조각품이 길거리에 나뒹구는 돌덩어리와 다른 것은 다름 아닌 형식 때문이라고 지적하였다. 스윈번은 예술가가 작품에서 "형식만 잘 지키면 예술은 알아서 영혼을 보살필 것이다"라고 말하였다. 빅토리아 시대의 영국 시인 앨프리드 테니슨도 한 작품에서 "아무리 불결한 그림이라도 잘만 그리면 / 아무리 순결한 그림이라도 잘못 그린 것보다 낫다"라고 노래한 적이 있다. 물론 빅토리아 주의를 대변하는 테니슨은 유미주의와는 거리가 먼 시인이지만 적어도 문학에서 형식을 중시한다는 점에서는 고티에나 스윈번과 크게 다르지 않다.

형식을 중시하려는 입장은 비단 문학에 그치지 않고 회화에서도 엿볼 수 있다. 가령 미국에 태어나 영국에서 활약한 화가 제임스 맥닐 휘슬러는 1872년에 자신의 어머니를 그린 한 초상화에 '회색과 검은색에 따른 배열'이라는 제목을 붙인다. 이 제목에는 인간적인 관심사를 모두 배제한 채 오직 순전히 심미적 구성으로만 되어 있는 작품이라는 뜻이 강하게 함축되어 있다. 이와는 조금 다른 맥락이지만 오스트리아 태생의 예술사가 에른스트 곰브리치는 『예술과 환상』(1960)에서 "휘슬러가 런던의 안개를 그리기 전까지 런던에는 안개가 존재하지 않았다"라고 말하였다. 오스카 와일드도 사람들이 안개를 보는 것은 안개가 존재해서라기보다는 오히려 시인들과 화가들이 사람들에게 그 신비스럽고 아름다운 효과를 보여 주었기 때문이라고 밝혔다. 그러면서 그는 "안개는 예술이 창조하기 전에는 존재하지 않았다"라고 잘라 말하였다. 하나같이 예술에서 형식을 중요하게 생각하는 발언이다. 휘슬러는 런던의 안개를 시각적 이미지로 표상하면서 내용보다는 그 형식에 무게를 실었다.

한편 월터 페이터는 쇼펜하우어와 마찬가지로 "모든 예술은 끊임없이 음악의 상태를 지향한다"라고 주장하였다. 그가 이렇게 음악을 최고의 예술 형태로 간주하는 것은 음악에는 형식과 내용이 서로 구별할 수 없을 만큼 뒤섞여 있기 때문이다. 물론 '표제 음악'이라고 하여 음악 외적인 이야기를 음악적으로 묘사하는 유형이 있지만 이것은 어디까지나 음악의 주류라기보다는 지류에 속한다. 그러므로 유미주의에는 '형식주의적'이라는 달갑지 않은 꼬리표가 거의 언제나 따라다닌다.

유미주의자들의 이러한 태도는 18세기 문학 이론과는 정면으로 어긋난다. 18세기만 하여도 이론가들은 언어를 비롯한 형식을 기껏해야 '내용이 있는 옷'으로밖에는 간주하지 않았다. 그들에게는 옷 안에 들어 있는 몸, 곧 문학의 주제나 사상이 중요할 뿐 주제나 사상을 감싸고 있는 옷이라고 할 형식은 그렇게 중요하지 않았다. 그러나 유미주의자들에게 중요한 것은 몸이 아니라 옷이었다. 다르게 비유한다면 유미주의자들은 그릇에 담겨 있는 음식 그 자체보다는 음식을 담는 그릇에 무게를 실었다.

그러나 모든 유미주의자들이 하나같이 형식을 중시한 것은 아니다. 몇몇 유미주의자들은 형식에 조금 유보적인 입장을 취하였다. 예를 들어 페이터는 예술을 '훌륭한 예술'과 '위대한 예술'의 두 갈래로 나누었다. 얼핏 '훌륭한'이라는 형용사와 '위대한'이라는 형용사 사이에 별다른 차이가 없는 것 같지만 실제로 그 차이는 작지 않다. 페이터에 따르면 '훌륭한 예술'은 단순히 형식만을 강조하는 예술을 말하는 한편, '위대한 예술'은 형식 못지않게 주제나 내용에도 깊은 관심을 기울이는 예술을 가리킨다. 역사적 시간과 사회적 공간 안에서 일어나는 구체적인 인간의 문제를 다룰 때 모든 예술 작품은 비로소 위대성을 획득할 수 있다. 다시 말해서 명시적으로 교훈적인 입장을 취하지 않고서도 얼마든지 도덕적 의미를 지닐 수 있다고 페이터는 생각했던 것이다.

바로 이 점에서 영국의 유미주의는 프랑스의 유미주의와는 적잖이 다르다. 기질적으로 도덕적이고 윤리적인 특성이 강한 영국 작가들은 프랑스 작가들처럼 문학에서 도덕이나 윤리를 완전해 배제할 수 없었다. 프랑스의 유미주의자들이 중산층에 충격을 주는 것을 가장 중요한 목표로 삼은 반면, 영국의 유미주의자들은 중산층에 그렇게 적대감을 품지 않았다. 바꾸어 말해서 영국 유미주의자들은 프랑스 유미주의자들의 기본 정신을 받아들이되 그것을 그대로 실행에 옮기지는 않았다.

3

유미주의는 문학과 예술에 지고의 위치를 부여할 뿐만 아니라 더 나아가 예술과 삶의 관계를 새롭게 정립한다는 점에서도 다른 예술 사조나 전통과 뚜렷이 다르다. 바로 이 점에서 유미주의는 단순히 새로운 예술관으로 규정지을 수 없고 새로운 인생관이나 세계관이라는 관점에서 다루어야 할 것이다. 유미주의에 바로 앞서 유럽에서 크게 풍미한 리얼리즘만 하여도 플라톤이나 아리스토텔레스의 모방 이론에 따라 삶을 재현하거나 모사하는 것을 가장 중요한 목표로 삼았다. 이러한 예술관에서 삶과 예술은 서로 엄격하게 구별되지 않을 수 없었다. 그러나 유미주의자들은 삶과 예술을 그렇게 변별적으로 구별하려 하지 않았다.

먼저 유미주의자들은 무엇보다도 '예술 정신에 입각하여' 삶을 영위하려고 하였다. 여기서 '예술적 정신에 입각하여'라는 말은 삶을 영위하되 어디까지나 삶을 예술로 파악한다는 것을 뜻한다. 유미주의자들에게 아름다움이나 다양성 그리고 극적 장관壯觀에서 삶은 예술과 크게 다르지 않다. 그들은 관념을 통한 추상적 삶보다는 감각을 통한 구체적인 삶을 중시하였다. 월터 페이터가 이제는 이 분야의 고전이 되다시피 한 책 『르네상스』에서 지적하듯이 삶의 실재란 변화무쌍한 삶의 경험을 예술가가 포착하는 인상이나 이미지 그리고 감각과 크게 다르지 않다. 얼핏 궤변처럼 들리지 모르지만 예술이 삶을 모방하기는커녕 오히려 삶이 예술을 모방한다는 오스카 와일드의 주장은 이러한 맥락에서 이해할 수 있을 것이다. 청교도들은 삶을 천국에 이르는 고통스러운 순례나 악과의 끊임없는 투쟁으로 파악하였다. 그러나 유미주의자들에게 삶이란 순례나 투쟁이 아니라 오히려 흥미로운 구경거리에 지나지 않았다.

그런데 유미주의자들은 심미적 삶을 영위하기 위하여 인식 능력을 계발해야 한다고 주장하였다. 페이터는 무엇보다도 감각과 내적 성찰의 힘을 길러야 한다고 지적하였다. 그는 "견고한 보석 같은 찬연한 불꽃으로 항상 타오르는 것, 이러한 환희를 계속 유지하는 것이야말로 성공적인 삶이다"라고 잘라 말한다. 이렇게 심미적 관점에서 삶을 파악하려는 유미주의적 태도는 삶에 대하여 초연하거나 아예 삶을 포기하려는 극단적 형태로 발전하기도 한다. 유미주의자들은 구체적인 삶에서 역동적인 역할을 하는 대신 오직 방관자로서 삶을 관조하는 태도를 취하기도 한다. 이러한 유형의 유미주의를 일컫기 위하여 R. V. 존슨은 '관조적 유미주의'라는 용어를 만들어 내기도 하였다.

유미주의자들의 이러한 삶의 태도는 염세주의적 세계관과 깊이 연관되어 있다. 역사적 발전과 진보를 신앙처럼 믿고 장밋빛 낙관주의에 한껏 들떠 있던 빅토리아 시대 사람들과는 달리, 대부분의 유미주의자들은 삶을 비극적으로 파악하려고 하였다. 이러한 세계관에 걸맞게 그들은 현세주의에 젖어 있었다. 그래서 호라티우스가 처음 사용한 이후 서구 문학가들이 중요한 주제로 사용해 온 '카르페 디엠'은 그들이 즐겨 사용하는 모토가 되다시피 하였다. 유미주의자들에게 만약 삶에서 한 가지 분명한 사실이 있다면 그것은 바로 죽음이 우리를 기다리고 있다는 것이다. 페이터는 "인간은 누구나 다 사형 선고를 받고 있다. 다만 무기한으로 그 선고가 유예되고 있을 뿐이다"라고 말하였다. 그러므로 우리가 지금 누리고 있는 현세의 삶을 최대한으로 만끽하려는 쾌락주의가 유미주의자들 사이에 널리 퍼져 있었다.

이렇게 삶을 심미적으로 파악하려는 태도는 곧 예술가에 대한 태도로 이어진다. 유미주의자들은 문학가들과 예술가들에게 아주 특별한 의미를 부여하였다. 귀스타브 플로베르를 비롯한 작가들은 예술을 '아름다움의 종교'라고 불렀으며, 예술가란 바로 이 '아름다움의 종교'에 복무하는 일종의 사제와 다름없는 사람이다. 유미주의자들은 예술가가 범상한 일상인과는 뚜렷이 다른 부류의 사람이라고 주장하였다. 예술가의 위상에 대하여 앨프리드 테니슨은 "시인의 마음을 괴롭히지 마라 / 그대의 천박한 지식으로 / 시인의 마음을 괴롭히지 마라 / 그대는 그것을 헤아릴 수 없나니"라고 노래하였다. 샤를 보들레르는 시인을 앨버트로스 새에 빗대었다. 배의 갑판 위에 앉아 있을 때는 흉측하게 보일지 모르지만 일단 하늘로 날아가면 그 우아한 자태를 보여 주는 앨버트로스 새처럼 예술가들도 일상적 삶에서는 보잘것없는 사람처럼 보일지 모르지만 일단 예술을 창조할 때는 천재성이 보석처럼 빛을 내뿜는다는 것이다.

유미주의자들은 거의 예외 없이 비타협주의자들이었다. 사회의 인습이나 가치관에 맞서 그들은 극도로 개인주의적 태도를 취하였다. 더욱이 유미주의 전통에 서 있는 문학가들과 예술가들은 보헤미안적 삶의 태도를 지향하였다. 보헤미아 지방에서 떠돌아온 집시처럼 그들은 방탕한 삶을 일삼기 일쑤였다. 그뿐만 아니라 유미주의자들은 사회적 인습의 테두리를 박차고 나와 비윤리적이고 부도덕한 삶을 영위하였다. 반사회적이고 비도덕적인 태도는 19세기 초엽에 활약한 영국의 작가이며 화가인 토머스 그리피스 웨인라이트에 대한 오스카 와일드의 태도에서 단적으로 엿볼 수 있다. 웨인라이트는 화폐를 위조했을 뿐만 아니라 심지어는 사람을 독살한 범법자였지만 와일드는 그를 옹호하였다. 와일드는 일상인으로서의 인간과 예술가로서의 인간은 전혀 무관하다고 주장하였다. 그런데 유미주의자들의 이러한 태도는 어떤 의미에서는 낭만주의적 주관주의와 자기수양, 개인주의적 에고와 감성이 극단적으로 발전한 결과로 볼 수 있을 것이다.

4

유미주의를 말할 때마다 퇴폐주의(데카당스)라는 용어가 그림자처럼 늘 따라다닌다. 실제로 많은 이론가들은 그동안 이 두 용어를 서로 엄격히 구별 짓지 않고 동의어와 거의 다름없이 사용해 왔다. 그러나 이 두 용어는 서로 엄밀히 구별 지어 사용하는 것이 좋을 것 같다. 퇴폐주의는 유미주의와 동일어가 아니라 유미주의의 한 갈래, 좀 더 정확히 말해서 그 하부 유형이다. 마테이 캘리네스큐 같은 이론가들은 아예 일반적 의미의 유미주의와 퇴폐주의를 구별하기 위하여 '퇴폐적 유미주의'라는 용어를 사용하기도 한다. 더구나 퇴폐주의는 유미주의가 한결 극단적으로 발전한 것이라고 할 수 있다. 이미 앞에서 지적하였듯이 유미주의는 19세기 후반에 들어와 풍미했지만 퇴폐주의는 좀 더 19세기 말엽에 걸쳐 주로 프랑스와 영국을 중심으로 짧게 유행하였다. 퇴폐주의가 19세기 말과 깊이 연관되어 있는 것은 바로 그 때문이다.

퇴폐주의를 좀 더 쉽게 이해하기 위해서는 '데카당'이나 '데카당스'라는 말의 어원을 살펴보는 것이 좋을 것 같다. 이 말의 뿌리를 캐어 들어가다 보면 '쇠퇴'나 '타락'이라는 뜻의 중세 라틴어 '데카덴시아'를 만나게 된다. 이 말은 본디 어떤 사물이나 일이 그 이전보다 더 나쁜 상태나 조건으로 떨어지는 것을 뜻한다. 프리드리히 니체는 일찍이 퇴폐의 시대를 나무에서 과일이 떨어지는 것에 빗댄 적이 있다. 과일이 풍성하게 열려 있는 시대가 황금 시대라면, 나무에서 과일이 농익어 저절로 땅에 떨어지는 시대가 바로 퇴폐의 시대라는 것이다. 생선에 빗대어 말한다면 신선도를 잃고 부패하기 시작하는 것이 곧 '퇴폐'인 셈이다.

이 '퇴폐'라는 말은 어떤 의미에서는 인류 역사와 더불어 이미 시작되었다고 할 수 있다. 세계 여러 나라에서 그동안 전해 내려온 신화나 종교는 한결같이 유위변전有爲變轉이나 영고성쇠榮枯盛衰를 다룬다. 플라톤은 "우리 앞에서 살았던 사람들은 우리보다 더 훌륭했고, 신들에게 더 가까웠다"라고 말한 적이 있다. 그래서 방금 앞에서 언급한 캘리네스큐는 "어쩌면 플라톤이 퇴폐주의의 개념 위에 존재론의 집을 세운 최초의 위대한 서양 철학자일지도 모른다"라고 지적하였다. 더구나 캘리네스큐는 퇴폐의 개념이 모더니티와 진보의 개념과 깊이 연관되어 있다고 주장하기도 한다. 진보는 곧 퇴폐이고 퇴폐는 곧 진보라는 얼핏 역설적인 결론을 이끌어 내기에 이른다. 그렇다면 '퇴폐주의'라는 용어는 특정한 시대와는 관계없는 상대적 개념에 지나지 않는다. 러시아의 이론가 블라미르 얀켈레비치는 "어떤 역사적 내용도 그 자체로서는 퇴폐적이라고 규정지을 수 없다"라고 밝힌다.

문학이나 예술과 관련하여 '퇴폐'나 '퇴폐주의'는 그 이전의 작품이나 작가 또는 시대와 비교하여 그보다 열등한 상태로 전락한 경우를 가리킨다. 실제로 문학사가들은 예술사에서 그동안 그 이전의 시대보다 우수성이나 탁월성이 쇠퇴한 작품이나 그 작품이 쓰인 시대를 흔히 '데카 당'이나 '데카당스'라고 불러 왔다. 예를 들어 기원전 3세기의 비잔티움의 그리스문학이 그러하였고, 기원후 1~2세기에 걸친 로마문학이 또한 그러하였다. 흔히 '은 시대'로 일컫는 기원전 3세기의 라틴문학은 타시투스, 마르시알리스, 루카누스 등이 활약한 시기로 베르길리우스와 호라티우스와 오비디우스 등이 활약한 아우구스투스 황제 시대의 '황금 시대'와 비교해 볼 때 질적인 면에서 크게 떨어졌다. 이와 마찬가지로 아우구스투스 황제 사망에서 하드리안 황제 사망에 이르는 로마문학 또한 바로 앞 시기의 문학과 비교해 보면 눈에 띄게 쇠락한 상태에 있었다.

이러한 현상은 영국문학에서도 쉽게 찾아볼 수 있다. 많은 문학사가들은 18세기 초엽 앤 여왕 재위 기간을 흔히 '은 시대'라고 부른다. 바로 앞 시대 찬란했던 왕정복고문학과 비교해 볼 때 앤 여왕 시대 문학은 양적인 면에서는 말할 것도 없고 질적인 면에서도 초라하기 그지없다. 물론 앤 여왕 시대에도 조셉 애디슨, 조너선 스위프트, 앨릭샌더 포프 같은 작가들이 고대 로마의 황금 시대 문학을 모방하여 작품을 썼지만 존 밀턴이나 존 드라이든 같은 작가들과 비교해 보면 문학적 성과는 크게 미흡하였다.

그러나 유미주의와 깊이 관련되어 있는 문예 개념으로서의 퇴폐주의는 상대적 개념이 아니라 어디까지나 질적 개념이다. 앞에서 지적했듯이 문예 사조나 전통으로서의 퇴폐주의는 19세기 말엽에 일어난 예술 운동이다. 흔히 '세기말 병'이라고 부르는 질병에 감염된 예술가들의 작품 경향을 기술하는 용어다. 유미주의는 1870년대에서 1900년대에 이르러 극단적으로 발전하였으며, 이렇게 극단적으로 발전한 형태가 바로 퇴폐주의다. 퇴폐주의는 유미주의와 마찬가지로 프랑스에서 처음 시작되어 점차 영국과 이탈리아 등지로 널리 퍼져나갔다.

　프랑스에서 데카당스 운동은 흔히 샤를 보들레르한테서 시작하는 것으로 말한다. 많은 이론가들은 그의 시집 『악의 꽃』(1857)을 이 운동의 선언문으로 간주한다. 그러나 좀 더 엄밀한 의미에서 퇴폐주의는 보들레르보다는 조리스-칼 위스망스의 소설 『거꾸로』(1884)에서 그 계보를 찾는 것이 훨씬 정확할 것이다. 아서 시먼스가 '퇴폐주의 운동의 일일 기도서'라고 부른 이 소설은 퇴폐주의에서 아주 중요한 역할을 하였다. 이 작품의 주인공 데제생트는 바로 '세기말 병'에 감염된 인물이다. 취향이나 행동에서 지극히 비정상적인 그는 일상적 삶에 완전히 등을 돌린 채 의도적으로 병적이고 기벽스러운 것만을 일삼는다. 프랑스 퇴폐주의는 위스망스 말고도 아르튀르 랭보, 폴 베를렌, 라포르그, 빌리에르 드 릴-아당, 같은 작가들, 그리고 귀스타브 모로 같은 화가의 작품에서 잘 나타나 있다. 퇴폐주의는 아나톨 바주가 발간한 기관지 『르 데카당』을 통하여 널리 전파되었다.

　한편 영국에서는 아일랜드 태생의 소설가 조지 무어가 퇴폐주의를 발전시켰다. 그의 소설 『한 젊은이의 고백』(1888)은 흔히 최초의 영국 퇴폐주의의 선언문으로 평가받는다. 이렇게 소설에서 처음 영국에 소개된 퇴폐주의는 그 뒤 시인 아서 시먼스가 이론적으로 뒷받침해 주었다. 그는 1893년에 「문학의 데카당스 운동」이라는 글을 발표하여 이 운동의 이론적 기초를 다졌다. 이 밖에도 오스카 와일드를 비롯하여 어니스트 도슨, 프랭크 해리스, 그리고 와일드의 『살로메』(1893)의 삽화를 그린 화가 오브리 비어즐리 등은 영국 퇴폐주의 운동에서 크게 활약한 예술가들이다.

특히 그로테스크한 그림을 즐겨 그린 비어즐리는 퇴폐주의의 분위기를 시각적으로 표상하는 데 성공을 거둔 예술가다.

그렇다면 퇴폐주의는 과연 어떠한 면에서 유미주의와 차이가 있는가? 이 두 운동에 참여한 문학가들과 예술가들이 서로 중복되는 데서도 잘 엿볼 수 있듯이 그 차이는 사실상 아주 미묘하고 복잡하다. 그러나 이 두 문예 사조나 전통 사이에는 아무리 사소한 것이라고 할지라도 차이가 있다. 퇴폐주의는 예술의 독자성과 자율성을 강조한다는 점에서는 유미주의와 크게 다르지 않다. 이 두 운동은 하나같이 문학과 예술의 자기목적성을 중시한다는 점에서 문학과 예술에 높은 위치를 부여한다.

그러나 퇴폐주의는 부르주아사회에 대한 적대감을 한층 더 강조한다는 점에서 유미주의와는 조금 다르다. 다시 말해서 퇴폐주의는 유미주의자들의 부르주아 비판을 한결 더 극단적으로 밀고 나간다. 경우에 따라서는 삶 자체를 거부하기도 한다. 프랑스의 극작가 빌리에르 드 릴아당은 그의 희곡 작품 〈악셀〉(1890)에서 주인공의 입을 빌려 "삶을 영위한다고? 우리 하인들이 우리를 대신해 삶을 영위해 줄 것이다"라고 말한다. 퇴폐주의자들은 악셀처럼 자신의 삶마저 하인들에게 맡겨 버린 채 오직 심미적인 것에만 탐닉할 뿐이다. 퇴폐주의자들에게 예술가는 기껏해야 사회에 적응하지 못하는 사람이나 반사회적 인물, 또는 '저주 받은' 사람에 지나지 않는다.

더구나 퇴폐주의자들은 살아 숨 쉬는 것보다는 쇠락하고 부패한 상태를 훨씬 더 좋아한다. 그들은 최상의 아름다움은 사멸하거나 부패할 때 비로소 나타난다고 주장한다. 이렇게 부패하거나 병적이고 죽음에서 아름다움을 찾으려는 태도는 가히 병적이라고 아니할 수 없다.

한편 퇴폐주의자들은 자연적인 것을 거부하고 오직 인위적인 것을 강조하였다. 이러한 인위성 숭배는 1868년판 『악의 꽃』에 수록한 테오필 고티에의 글에서 단적으로 엿볼 수 있다. 보들레르의 작품 특성을 기술하면서 고티에는 예술과 자연은 극단적으로 대립한다고 지적하였다. 여기서 그가 말하는 '자연'이란 생물학적 의미의 자연뿐만 아니라 도덕과 윤리 규범을 가리킨다. 고티에의 주장대로 퇴폐주의자들은 본능적이고 유기적인 자연의 삶을 포기하고 그 대신 부자연스럽고 인위적인 것을 추구하려고 하였다. 가령 위스망스의 『거꾸로』에서 주인공 데제생트는 생화生花가 조화造花를 모방하기를 바란다. 오스카 와일드도 "삶의 첫 번째 임무는 될수록 인위적으로 사는 것이다. 삶의 두 번째 임무가 무엇인지는 아직 아무도 찾아내지 못했다"라고 말하였다.

퇴폐주의자들이 추구하는 인위성은 작품의 주제에 그치지 않고 소재나 형식에서도 잘 드러난다. 예를 들어 어니스트 도슨과 와일드는 창녀들의 생활을 비롯한 삶의 누추한 경험을 작품 소재로 즐겨 사용하였다. 빅토리아주의가 큰 힘을 떨치고 있던 19세기 중엽 그들의 창작 태도는 가히 충격적이었다. 와일드는 그의 유일한 소설 『도리언 그레이의 초상』에서 시 작품에서처럼 퇴폐적인 삶의 모습을 진솔하게 묘사한다.

퇴폐주의자들은 이렇게 오직 인위적인 것을 추구하려는 나머지 유미주의자들보다 훨씬 더 극단적인 방법으로 감각 세계에 탐닉하였다. 아르튀르 랭보는 이러한 태도를 "모든 감각의 체계적 혼란"이라는 말로 표현하였다. 그의 말대로 퇴폐주의자들은 체계적인 방법으로 인간의 모든 감각을 혼란시키려고 하였다. 감각 세계에 몰입하기 위한 수단으로 그들은 마약, 성도착, 변태, 간통 같은 반사회적 행동을 일삼기 일쑤였다. 퇴폐주의 전통에 서 있는 작가들이나 예술가들이 거의 대부분 요절한 사실은 단순히 우연의 탓으로만 돌릴 수 없다. 그들은 감각적 쾌락에 지나치게 빠져 있었기 때문이다.

그렇다면 퇴폐주의는 보들레르를 비롯하여 스테판 말라르메, 아르튀르 랭보, 베를렌, 폴 발레리, 폴 클로델 같은 시인들이 주도한 상징주의와는 어떠한 관련성이 있는가? 역시 19세기 프랑스에서 처음 시작된 상징주의는 이 무렵 리얼리즘과 자연주의에 대한 비판과 반작용에서 시작하였다. 주로 시 장르에서 일어난 상징주의는 직접적 진술보다는 암시적인 방법으로 인상을 표현하려고 하였다. 시기적으로 볼 때 퇴폐주의보다 조금 앞서 일어난 상징주의는 퇴폐주의가 발전하는 데 큰 영향을 끼쳤다. 장르의 관점에서 볼 때도 상징주의는 산문보다는 주로 시에 국한되어 일어난 사조요 전통이다.

이 점을 제외하고 나면 상징주의와 퇴폐주의는 거의 동의어와 다름없다. 1880년대 말엽 이후 비평가들은 프랑스에서 퇴폐주의를 뜻하는 '데카디즘'이라는 용어를 더 이상 사용하지 않고 그 대신 '생볼리즘'이라는 좀 더 포괄적인 용어를 사용하기 시작하였다. 지금 프랑스 문화권에서는 '상징주의'라는 용어를 영미 문화권의 '모더니즘'과 거의 같은 의미로 사용하고 있다.

이왕 용어 이야기가 나왔으니 하는 말이지만, 이탈리아에서 자주 사용하는 '데카덴티스모'라는 용어에도 주의를 기울일 필요가 있다. 프랑스나 영국과는 달리 이탈리아에서 '데카덴티스모'는 낭만주의나 리얼리즘 또는 모더니즘이 문예 사조나 전통에서 차지하는 것과 똑같은 위치를 차지한다. 바꾸어 말해서 이 용어는 모더니즘의 하부 유형으로 수직적 관계보다는 오히려 모더니즘과 수평적 관계를 맺고 있다. '데카덴티스모'는 스페인 문화권의 '모데르니스모'나 영미 문화권의 '모더니즘'과 거의 같은 의미를 지닌다. 더구나 이 용어는 단순히 문예 개념의 범위를 훨씬 뛰어넘어 철학 개념으로도 널리 쓰인다. 가령 이탈리아의 법철학자요 정치 역사가인 노베르토 보비오는 『데카덴티스모의 철학』(1944)에서 철학의 비합리주의, 특히 실존주의를 가리키는 개념으로 이 용어를 사용하고 있다.

5

유미주의는 창작 못지않게 문학 비평과도 아주 깊이 연관되어 있다. 프랑스의 역사가 에르네스트 르낭은 퇴폐주의 시대에는 창작보다 비평이 더 괄목할 만한 성취를 이룩했다고 지적한다. 물론 그의 주장에는 조금 지나친 면이 없지 않지만 유미주의자들이 비평을 창작처럼 중요하게 생각하는 것은 틀림없다. 그러나 창작과 마찬가지로 비평에도 그들은 종래와는 다르게 생각하였다. 소설이나 시가 전통적인 부르주아문학을 타파하려고 하였듯이 유미주의 비평은 전통적인 비평 방법을 정면으로 거부하려고 하였다.

문학의 자기목적성을 중시한 유미주의자들은 비평에서도 자기목적성에 무게를 실었다. 그들은 비평이 단순히 문학 작품을 분석하고 해석하는 기능을 담당한다고 보지 않았다. 유미주의 비평을 한 마디로 요약한다면 곧 '인상주의 비평' 또는 '감상주의 비평'이 될 것이다. 실제로 많은 비평가들이나 이론가들은 이 무렵의 비평을 그렇게 불렀다. 비평가들은 어떠한 유형이건 가치 평가를 배제한 채 될수록 작품에서 느끼는 즐거움을 비교적 자유롭게 표현하고 전달하려고 하였다.

인상주의 비평을 대변하는 비평가 가운데에서도 월터 페이터는 아마 첫 손가락에 꼽힐 것이다. 아서 시먼스가 일찍이 "영국문학에서 가장 아름다운 산문집"이라고 말하고, 또 오스카 와일드가 '황금의 책'이라고 칭찬해마지 않은 『르네상스사 연구』에서 페이터는 문학 비평에 획기적인 전기를 마련해 주었다. 시먼스는 이 책이야말로 비평을 새로운 예술과 창작의 반열에 굳건히 올려놓은 책으로 높이 평가한다.

> 월터 페이터의 산문과 헨리의 시는 (…중략…) 공쿠르와 베를렌이 프랑스어로 시도했던 작업을 영어로 시도하였다. 페이터의 산문은 현재 쓰이고 있는 영어 산문 중에서 가장 아름다운 산문이다. 그리고 공쿠르의 산문과는 달리 그의 산문은 언어에 폭력을 행사하지 않는다. 어떠한 생경한 효과도 추구하지 않는다. 그것은 과묵에서 많은 비결을 찾아내었다. 무엇을 생략해야 하는지 잘 알고 있다. (…중략…) 『르네상스사 연구』는 비평을 새로운 예술로 만들었다. 즉 이 책은 비평을 거의 창작 행위로까지 올려놓았다.

페이터는 『르네상스사 연구』에서 '예술을 위한 예술'의 사도답게 '경험의 결과'보다는 오히려 '경험 그 자체'에 관심을 기울일 것을 촉구하였다. 그 유명한 결론에서 그는 변화무쌍한 삶에 대하여 언급하면서 끊임없이 변화하는 인상을 강렬하게 경험할 것을 부르짖었다. 페이터의 이러한 태도는 문학 비평에도 거의 그대로 적용된다고 할 수 있다. 그는 비평에서 무엇보다도 중요한 것이 비평가가 작품을 읽고 느끼는 인상이라고 주장하였다.

시먼스의 지적대로 유미주의 비평은 창조적 비평에서 그 특성을 쉽게 엿볼 수 있다. 흔히 '제2의 창작'으로 일컫는 창조적 비평은 비평 행위를 일종의 창작 행위로 간주한다. 이 점에서 와일드는 페이터와는 또 다른 면모를 보여 준다. 페이터는 비평이 맡아야 할 가장 중요한 역할이 "대상을 있는 그대로 보는 것"에 있다고 지적하였다. 사실 이 말은 매슈 아널드가 정의한 비평의 기능을 표현만 조금 바꾸어 옮겨놓은 것과 같다. 그러나 와일드는 "비평이 맡아야 할 가장 중요한 목표는 대상을 있는 그대로 보지 않는 것이다"라고 말함으로써 페이터의 이론에 정면으로 맞섰다. 비평가는 예술가처럼 자유롭게, 아니 어떤 의미에서 예술가보다도 더 자유롭게 자신의 주장을 펴야 한다고 생각하였다. 예술가는 예술적 관습이나 전통에 구애받을 수 있지만 비평가는 그러한 제약에서 벗어나 타고난 기질과 상상력에 따라 비평 활동을 할 수 있다는 것이다. 와일드는 비평가를 예술가와 동일한 반열에 올려놓았다.

와일드의 이러한 입장이 가장 잘 드러나 있는 글은 「예술가로서의 비평가」(1890)이다. 제목에서 엿볼 수 있듯이 그는 비평을 창작으로, 비평가를 예술가로 간주하였다. 그는 "비평은 자료를 사용하여 작업하고 그 자료들은 주관적이며, 다른 것의 비밀이 아닌 그 자체의 비밀을 드러내려고 하는 가장 완벽한 형식이다"라고 잘라 말한다. 문학 비평은 작품에 대하여 무엇인가를 말할 필요가 없고, 그 자체로서의 일종의 예술 작품이 된다는 것이다. 물론 이렇게 창작과 비평을 엄격하게 구분 짓지 않으려는 태도는 동시대의 비평가 아널드에게서도 찾아볼 수 있지만 와일드를 비롯한 유미주의자들한테서 훨씬 더 극명하게 드러난다.

바로 이 점에서 유미주의 비평은 최근 포스트모더니즘 비평과 비슷하다. 흔히 모더니즘의 대부로 알려진 엘리엇은 소설이나 시 같은 창작에는 자기목적성이 있는 반면, 비평에는 자기목적성이 없다고 주장하였다. 그런데 포스트모더니즘 비평가들은 엘리엇의 이 주장을 정면으로 반박한다. 그들은 모더니스트들이 그동안 창작과 비평 사이에 세워놓은 높다란 장벽을 무너뜨린다. 포스트모더니스트들에게 소설이나 시 같은 창작이나 문학 비평은 다같이 '글 쓰는' 행위, 좀 더 구체적으로 말하자면 '에크리튀르'의 범주에 속할 따름이다.

6

19세기 후반에 프랑스를 중심으로 유럽에서 크게 유행하던 유미주의와 퇴폐주의는 20세기에 들어오면서 적잖이 도전을 받기 시작하였다. 이 무렵 몇몇 지식인들을 중심으로 점증하던 사회의식의 대두와 더불어 퇴폐주의를 비롯한 유미주의는 철퇴를 맞았다. 특히 윌리엄 모리스나 존 러스킨 그리고 레프 톨스토이 같은 문학의 사회적 기능을 중시하는 문학가들이 삶과 유리된 문학과 예술에 회의를 품기 시작하였다. 실제로 유미주의는 최악의 경우 매너리즘에 빠졌다는 비난을 모면하기 어려웠다.

지나치게 감각적 경험에 탐닉한 나머지 엘리트주의적 쾌락주의에 탐닉한다는 비판을 받았다. 특히 유미주의는 반사회적이고 비정치적이라는 이유로 사회 개혁을 중시하는 비평가한테서 공격을 받았다. 한편 러시아의 비평가요 마르크스 이론가인 게오르기 플레하노프는 '예술을 위한 예술'이 궁극적으로는 '돈을 위한 예술'이 되어 버렸다고 지적하기도 하였다. 자본주의의 시대에 모든 예술은 상업적으로 전락하지 않을 수 없다는 것이다.

그러나 유미주의가 단순히 반사회적이고 비정치적이라는 비판은 그렇게 정당한 것 같지 않다. 유미주의는 겉으로 보이는 것과는 달리 실제로는 삶과 그렇게 동떨어져 있지 않고 그 나름대로 비판적 기능을 담당했기 때문이다. 마테이 캘리네스큐의 지적대로 이 운동에 가담했던 문학가들과 예술가들은 도덕-윤리적 문제나 사회-정치적 문제에 무관심하지 않았다. 비록 유토피아적 비전에 탐닉해 있었던 것은 부정할 수 없는 사실이지만 그 나름대로 사회 개혁에 관심을 보였을 뿐만 아니라 때로는 폭력을 통한 혁명의 가능성에도 조심스럽게 관심을 기울였다. 프랑스에서는 스테판 말라르메가 무정부주의에 심취하였으며, 이러한 사정은 몇몇 영국의 유미주의자들한테서도 엿볼 수 있다. 20세기에 접어들면서 유미주의 운동에 가담했던 작가들이 대부분 사회주의에 깊은 관심을 기울였다는 것은 결코 우연한 일이 아니다.

영국의 미술 비평가 클라이브 벨의 지적대로 문학은 어쩔 수 없이 "순수할 수 없는" 예술일 수밖에 없다. 형식과 내용이 엄격히 구분되지 않는 음악과는 달리 문학예술은 어디까지나 관념에 의존하지 않을 수 없다. 더구나 문학이 매체로 삼고 있는 언어의 특성에서도 문학은 순수할 수 없다. 굳이 미하일 바흐친의 이론을 빌리지 않더라도 언어는 여러 사회적 가치가 충돌하는 일종의 계급투쟁의 장場이 아니던가. 이러한 상항에서 문학은 삶과 완전히 유리될 수 없을 것이다.

더구나 유미주의는 당대 사회의 모순과 가치관의 허위를 지적했다는 점에서도 비판적 기능을 맡았다. 19세기 후반 자본주의가 제국주의적 자본주의에서 시장 자본주의 단계로 접어들면서 그 병폐와 모순이 점차 드러나기 시작하였다. 산업사회의 탐욕, 야만성, 불평등과 억압, 그리고 위선과 허위의식 등이 바로 그것이다. 그런가 하면 이 무렵에는 중산층의 자기만족감과 속물주의가 그 어느 때보다 팽배하였다. 바로 이러한 물질주의 시대에 유미주의는 말하자면 방부제 역할을 하였다.

요컨대 유미주의는 단순히 문학사의 한 장章을 장식하는 것에 그치지 않는다. 빅토리아 시대의 도덕적 엄숙주의라는 사원을 무너뜨리는 데 크게 이바지한 유미주의는 문학사에서 아주 독특한 위치를 차지하고 있다. 더구나 현대 문예 사조나 전통이 발전하는 데 소중한 밑거름이 되었다. 유미주의는 '블룸스베리 그룹'으로 계승되었고, 이 그룹은 이어서 아방가르드와 모더니즘이 태어나는 데 산파 역할을 맡았다. 더구나 제1차 세계대전에 바로 앞서 흄이나 에즈러 파운드 그리고 리처드 올딩턴 등이 이끈 이미지즘 운동, 그리고 형식주의와 신비평은 한결같이 유미주의라는 비옥한 토양에서 자양분을 얻고 발전하였다.

또한 1960년대 미국에서 수전 손탁을 중심으로 일어난 '예술의 에로틱학'도 그 계보를 거슬러 올라가 보면 유미주의와 그 맥이 닿아 있다. 손탁은 문학 작품을 해석하고 가치 판단을 내리는 일보다는 오히려 작품을 직접 즐기고 감상하는 일이 앞서야 한다고 지적하였다. 손탁에서 영향을 받은 듯한 롤랑 바르트의 '텍스트의 환희' 이론도 엄밀히 따지고 보면 유미주의와 무관하지 않다. 바르트는 문학을 비롯한 예술 작품에서 독자들이 얻게 되는 미적 경험을 성적 쾌감에 곧잘 빗댄다.

최근 포스트모더니즘이나 자크 데리다의 해체주의 또한 그 기본 태도에서는 유미주의의 유산으로 볼 수 있다. 그리고 신역사주의와 해체주의에 깊은 회의를 품고 있는 생태주의 비평 이론도 적어도 심미성을 회복하려 한다는 점에서는 유미주의와 연관되어 있다. 한마디로 유미주의는 단순히 한 시대를 풍미하다 사라져 버린 문화적 유행에 그치지 않는다. 궁극적으로 삶에 대한 태도요 세계관과 크게 다르지 않다고 할 수 있을 것이다.

7

한국문학사에서 유미주의나 퇴폐주의는 1919년 기미독립운동의 실패와 파리강화회의 대표단의 입장 거부 등 암울한 시대적 분위기에서 발전하였다. 일제 강점기 독립에 대한 열망이 무참히 짓밟힌 절망적인 분위기에서 실의에 빠지고 좌절한 조선 지식인 청년들의 심정과 맞물려 생긴 일종의 병적인 낭만주의문학이라 할 수 있다. 물론 한국의 유미주의나 퇴폐주의는 19세기 말엽 기성도덕과 인습을 거부한 유럽의 세기말 문학과 이 무렵 러시아의 근대적 우수문학憂愁文學에서 적잖이 영향을 받았다. 그러나 이 무렵의 문학 사조나 이론이 흔히 그러하듯이 유럽이나 미국에서 직접 수입한 것이 아니라 어디까지 식민지 종주국 일본을 거쳐 간접 수입 형태로 들어 왔다. 서양 문화를 직접 만나지 못하고 일본을 매개로 간접적으로 만난 것이 한국 근대화의 비극이었다. 그런데 이러한 비극은 문학에서도 예외가 아니었다.

1920년대 유미주의나 퇴폐주의를 이끈 잡지나 동인지는 『폐허廢墟』와 『백조白潮』였다. 『폐허』는 소설, 시, 평론 같은 문학 작품을 주로 실었지만 당시의 사회상, 생활정보에 관한 것도 싣고 있어 문예지보다는 차라리 종합잡지에 가까웠다. 1920년에 창간되어 그 이듬해 2호를 끝으로 강제로 폐간 당할 때까지 『폐허』는 비관·절망·퇴폐의 병적인 분위기를 반영하였다. 이 잡지는 자유주의적이고 낭만주의적인 작품과 서구 작품을 소개함으로써 몇몇 보수주의적인 문인들로부터 반사회적인 분위기를 조장할 우려가 있다는 비판을 받았다. 1921년에 조선총독부는 자유주의적이고 낭만주의적인 성향으로 퇴폐 풍조를 부추길 우려가 있다는 이유로 강제로 폐간시켰다.

『폐허』가 폐간되고 난 뒤 나온 잡지가 바로 『백조』다. 1922년 1월에 창간된 순수 문예지 『백조』는 한국문학사에서 초기 낭만주의문학 운동에서 구심적 역할을 하였다. 이 문예지에 속한 동인들은 '예술로의 순교'라는 깃발을 높이 치켜들면서 예술과 비예술, 예술과 세속을 엄격히 구분 지으려 하였다. 그들에게 예술은 이 세계의 일부가 아닌, 절대적인 것이었다. 『백조』의 동인들도 『폐허』의 동인들처럼 기미독립운동 이후 민족적 비애와 상실감 그리고 절망에서 비롯한 실의·퇴폐·비애·동경 등의 감정을 주조로 한 작품을 주로 발표하였다. 『백조』 동인의 한 사람이었던 박영희朴英熙의 지적대로 그들은 하나같이 서정적인 애상哀傷의 시인들과 작가들로서 『폐허』 동인들과 마찬가지로 퇴폐·염세·감상·낭만적 경향의 작품에 관심을 기울였다. 특히 『백조』는 산문 작가들보다는 시인들의 활약이 두드러졌다. 동인들은 이념에서는 낭만주의, 분위기에서는 퇴폐주의, 문학적 태도에서는 상징주의, 예술관에서는 유미주의를 표방하였다. 가령 박종화朴鍾和의 「밀실로 돌아가다」는 이러한 경우의 좋은 예가 될 것이다.

> 저 젊은이들의
> 즐거운 웃음소리가
> 그것이 참 삶의 노래리까.
> 퍼런 곰팡내 나는 낡은 무덤 속에
> 썩은 해골과 같은
> 거리거리마다 즐비하게 늘어진 그것이
> 삶의 즐김이 흐르는 곳이리까.
> 아, 나는 돌아가다 캄캄한 密室로 돌아가다.
>
> ─ 박종화, 「밀실로 돌아가다」 일부

이 작품의 시적 화자는 두 가지 삶의 방식 사이에서 선택의 갈림길에 서 있다. 한 가지 삶의 방식은 젊은이들이 즐겁게 웃어대는 세계다. 그것은 행복의 세계요 환희의 세계다. 다른 삶의 방식은 곰팡이 냄새 나는 오래된 무덤 속에서 썩은 해골 같은 세계다. 그것은 곧 부패와 타락의 세계요 죽음의 세계다. 시적 화자는 이 두 가지 중 어느 것이 "참 삶의 노래"일까 하고 묻는다. 그러나 마지막 행 "아, 나는 돌아가다 캄캄한 밀실로 돌아가다"라는 구절을 보면 그가 추구하려는 삶의 방식이 무엇인지는 불을 보듯 뻔하다. 또한 시적 화자가 갈구하는 세계는 그가 이 작품에서 선택하는 시어에서도 엿볼 수 있다. 가령 '퍼런 곰팡내', '낡은 무덤', '썩은 해골' 그리고 '캄캄한 밀실' 같은 어휘는 저 유럽의 세기 말 시인들이나 샤를 보들레르의 상징주의의 작품을 떠올리기에 충분하다. 이러한 병적 낭만주의는 박종화의 또 다른 작품에서 쉽게 엿볼 수 있다.

> 검은 옷을 해골 위에 걸고
> 말없이 朱土빛 흙을 밟는 무리를 보라
> 이곳에 생명이 있나니
> 이곳에 참이 있나니
> 장엄한 漆黑의 하늘, 경건한 주토의 거리
> 해골! 無言!
> 번쩍 어리는 진리는 이곳에 있지 아니 하냐
> 아, 그렇다 永劫 위에.
> (…중략…)
> 온갖 醜穢를 가리운 이 시절에
> 진리의 빛을 볼 수 없나니
> 아, 돌아가자
> 살과 혼
> 훈향내 높은 환상의 꿈터를 넘어서
> 거룩한 해골의 무리
> 말없이 걷는

칠흑의 하늘, 주토의 거리 돌아가자.

— 박종화, 「死의 禮讚」 일부

이 작품에서 무엇보다 눈길을 끄는 것은 작품의 제목 '사의 예찬'이다. 1923년 9월 『백조』 3호에 처음 발표한 이 작품은 이탈리아 탐미주의자 가브리엘레 단눈치오의 장편소설 『죽음의 승리』(1894)에서 큰 영향을 받았다. 감각의 수렁에서 허덕이는 의지박약한 젊은이 조르조 아우리스파가 이폴리타라는 여성에 대한 육욕肉慾을 사랑으로 극복하려다가 끝내 실패하고 마는 내용을 그린 이 소설은 세계문학사에서 세기말적 묘사에 탁월한 탐미주의 작품으로 평가받는다. 이 작품은 일제 강점기 한국에서도 큰 인기를 끌었다. 흔히 한국 최초의 소프라노 가수로 일컫는 윤심덕尹心悳이 1926년에 발표한 노래 〈사의 찬미〉도 주제와 분위기에서 단눈치오의 소설과 맞닿아 있다.

박종화의 「사의 예찬」에서 시적 화자는 「밀실로 돌아가다」의 시적 화자처럼 삶이 아닌 죽음에서 진리를 찾으려고 한다. "검은 옷을 해골 위에 걸고 / 말없이 주토빛 흙을 밟는 무리를 보라"에서 '주토빛 흙'이란 누런 황토빛 흙을 가리킨다. '검은 옷'이니 '해골'이니 '주토빛 흙' 등의 시어는 하나같이 부정적으로 죽음과 깊이 관련되어 있다. 한편 시적 화자는 죽음과 관련한 것들을 묘사하면서 긍정적인 형용사를 구사하기도 한다. 예를 들어 "장엄한 칠흑의 하늘, 경건한 주토의 거리"에서 '장엄한'과 '경건한'이라는 형용사, "거룩한 해골의 무리"에서 '거룩한'이라는 형용사가 바로 그러하다. 보들레르를 비롯한 상징주의 시에서 흔히 볼 수 있듯이 박종화는 이 작품에서 공감각이나 모순어법을 즐겨 사용한다. 그런데

이 작품에서 관심을 끄는 것은 시적 화자가 바로 "이곳에 생명이 있나니 / 이곳에 참이 있나니"라고 노래한다는 점이다. 1920년대 실의와 비탄, 좌절과 절망에 빠진 젊은 시적 화자는 식민주의 시대 암담하고 우울한 현실보다는 차라리 영원한 생명과 진리가 살아 있는 죽음의 세계에서 한 가닥 위안을 찾으려 한다.

이렇게 삶과 진리가 살아 숨 쉬고 있는 곳은 비단 해골 위에 검은 옷을 걸치고 말없이 황토를 밟는 무리만이 아니다. 시적 화자는 이번에는 "장엄한 칠흑의 하늘"과 "경건한 주토의 거리"로 독자를 안내한다. 이곳에도 해골이 있고 침묵이 있다고 말한다. 그러면서 시적 화자는 "번쩍 어리는 진리는 이곳에 있지 아니 하냐"라고 수사적 질문을 던진다. 그가 이러한 수사법을 구사하는 것은 이곳에서는 도저히 진리를 찾을 수 없다는 사실을 애써 힘주어 말하기 위해서다.

죽음을 예찬하는 퇴폐주의적이고 병적인 낭만주의는 「사의 예찬」의 맨 마지막 연에 이르러 가장 두드러지게 드러난다. "온갖 추예를 가리운 이 시절에"에서 '추예'란 한국에서는 좀처럼 사용하지 않고 주로 일본에서 사용하는 한자어다. '슈와이'로 발음하는 이 어휘는 지저분하고 더러운 것을 의미한다. 그러니까 '추예를 가리운'이라는 말은 더럽고 지저분한 것을 눈에 보이지 않게 가린다는 뜻이다. 시적 화자는 이렇게 더럽고 누추한 것을 감춘 곳에서 '진리의 빛'을 볼 수 없다고 말한다. 그러면서 "아, 돌아가자 / 살과 혼 / 훈향내 높은 환상의 꿈터를 넘어서 / 거룩한 해골의 무리 / 말없이 걷는 / 칠흑의 하늘, 주토의 거리 돌아가자"라고 노래한다.

이러한 병적이고 퇴폐적인 낭만주의는 이상화李相和의 작품에서도 쉽게 엿볼 수 있다. 이러한 경향은 「빼앗긴 들에도 봄은 오는가」에도 잘 드러나 있지만 「말세의 희탄」에서 좀 더 분명하게 드러나 있다.

아아 밑없는 그 洞窟 속으로
끝도 모르고
끝도 모르고
나는 거꾸러지련다
나는 파묻히련다.

가을의 병든 微風의 품에다
이 꿈꾸는 微風의 품에다
낮도 모르고
밤도 모르고
나는 술취한 집을 세우련다
나는 속아픈 웃음을 빚으련다.

— 이상화, 「末世의 希嘆」 일부

이 작품에서도 시적 화자는 밝은 대낮 대신에 밑도 끝도 없는 어두운 동굴을 안식처를 삼으려 한다. 이 작품에서 '동굴'은 박종화가 「밀실로 돌아가다」에서 노래하는 '캄캄한 밀실'과 같은 상징적 의미를 지닌다. 그런데 이 동굴에서마저 시적 화자는 서 있거나 앉아 있는 것이 아니다. "나는 거꾸러지련다 / 나는 파묻히련다"라는 구절에서 볼 수 있듯이 시체처럼 꼬꾸라져 흙 속에 파묻히려 한다. 또한 그가 '술취한 집'을 세우려는 곳도, '속아픈 웃음'을 빚으려는 곳도 '병든 미풍의 품'이다.

　　박종화와 이상화의 퇴폐적 낭만주의는 이번에는 박영희의 작품에서
도 엿볼 수 있다. 박영희 작품 중에서도 『백조』 3호에 실린 「월광으로 짠
병실」은 이러한 경향을 보여주는 가장 대표적인 작품으로 꼽을 만하다.

　　　　달빛이 가장 거리낌없이 흐르는
　　　　넓은 바닷가 모래 위에다
　　　　나는 내 아픈 마음을 쉬게 하려고
　　　　조그만 病室을 만들려 하여
　　　　달빛으로 쉬지 않고 쌓고 있도다.
　　　　가장 어린애같이 빈 나의 마음은
　　　　이때에 처음으로 무서움을 알았다.

　　　　한숨과 눈물과 후회와 분노로
　　　　앓는 내 마음의 臨終이 끝나려 할 때
　　　　내 병실로는 어여쁜 세 처녀가 들어오면서
　　　　당신의 앓는 가슴 위에 우리의 손을 대라고 달님이
　　　　우리를 보냈나이다.
　　　　이때로부터 나의 마음에 감추어 두었던
　　　　희고 흰 사랑에 피가 묻음을 알았도다.

　　　　나는 고마워서 그 처녀들의 이름을 물을 때
　　　　나는 '슬픔'이라 하나이다.

나는 '두려움'이라 하나이다.

나는 '安逸'이라고 부르나이다.

그들의 손은 아픈 내 가슴 위에 고요히 닿도다.

이때로부터 내 마음이 미치게 된 것이

끝없이 고치지 못하는 병이 되었도다.

　　　　　　　　　　　　— 박영희, 「月光으로 짠 病室」 일부

　이 작품의 시적 화자는 달빛이 쏟아지는 바닷가 모래 위에 '아픈 마음'이 편히 쉴 안식처로 병실을 만든다. 그런데 그는 이 병실을 목재나 콘크리트로 짓는 것이 아니라 마치 옷감을 짜듯 달빛을 모아서 짓는다. 시적 화자가 사용하는 건축 자재만 보아도 이 병원이 물리적 공간이 아니라 정신적 공간임을 알 수 있다. 그러고 보니 박영희가 자신의 호를 '회월懷月', 즉 회한의 달로 지었다는 점이 특이하다. 그러나 시적 화자는 병실에서도 공허한 마음을 달랠 길이 없다. 오히려 이곳에서 엄연한 현실을 직시하며 삶에 대한 공포를 처음으로 깨닫는다. 이 '조그만 병실'은 박종화가 말하는 '퍼런 곰팡내 나는 낡은 무덤'이거나 '주토빛 흙무덤'이거나 이상화가 말하는 '밑없는 동굴'처럼 폐쇄적인 공간이다.

　「월광으로 짠 병실」에서 시적 화자가 바닷가 모래 위 '조그만 병실'에서 한숨과 눈물과 후회와 분노로 임종을 맞을 때, 달님이 보냈다고 하면서 천상의 '어여쁜 세 처녀'가 나타난다. 천상의 세 처녀를 맞이하는 기쁨도 잠시 시적 화자는 자신의 마음속에 깊이 감추어 두었던 '희고 흰 사랑'에 붉은 피가 묻어 있음을 알아차린다. 다시 말해서 고이고이 간직했던 순결한 사랑도 결국 상처투성이임이 드러난다. 그런데 세 처녀의 이름은 상처받고 패배한 사람이 걸머져야 할 멍에인 '슬픔'과 '두려움'과 '안일'이다. 시적 화자는 이때부터 자신이 영원히 치유 받지 못할 고질병에 걸리고 말았다고 한탄한다. 이러한 상처에 대한 자각은 시적 화자 자신의 개인적인 비극적 상황일 수도 있고, 일제 식민주의의 굴레에서 고통 받으며 신음하는 한민족의 비극적 상황일 수도 있다. 아니면 좀 더 범위를 넓혀 보아 형이상학적 의미에서 인간이 놓인 비극적 인간 조건을 가리킬 수도 있다.

박영희는 「월광으로 짠 병실」을 두고 "현실에 대한 도피"니 "현실을 떨쳐 버린 순수화"니 하고 밝힌 적이 있다. 실제로 이 시에서 그가 노래하는 환상과 몽환의 세계는 대지에 뿌리를 박고 있는 구체적인 현실 세계와는 거리가 멀다. 팔봉 김기진金基鎭은 이 무렵 박영희 작품에 관류하는 이러한 병적 낭만주의와 현실 도피적 감상주의를 날카롭게 비판하였다. 김기진한테서 이렇게 호된 비판을 받고 난 박영희는 1925년에 단편 「사냥개」를 발표하면서 신경향파로 문학 노선을 바꾸면서 조선프롤레타리아예술가동맹KAPF의 핵심적인 이론가로 변모하였다. 그러나 결국 계급문학에 염증을 느낀 나머지 그는 결국 "얻은 것은 이데올로기요, 상실한 것은 예술 자신이었다"라는 유명한 말을 남기고 계급문학에 등을 돌리고 다시 순수문학 쪽으로 노선을 바꿨던 것이다.

순수문학과 대중문학

간격을 좁히고 틈을 메우기 위하여

"이 세상에 도덕적인 책이니 비도덕적인 책이니 하는 것은 없다. 다만 잘 쓴 책과 잘못 쓴 책이 있을 뿐이다." 아일랜드의 극작가요 소설가인 오스카 와일드의 말이다. 폐부를 찌르는 듯한 그 특유의 재치가 마치 보석처럼 번뜩인다. 와일드의 말을 문학으로 좁혀 적용해 본다면, 순수문학이니 통속문학, 본격문학이니 대중문학이니 하는 것도 있을 수 없다. 다만 잘 쓴 문학 작품과 그렇지 못한 작품이 있을 뿐이다. 한국문학사에서 신문학의 화려한 첫 장은 춘원 이광수의 『무정』(1918)에서 시작한다. 김동인은 이 작품의 여러 문학적 가치를 말하면서 그중 하나로 "조선에서 처음으로 대중에게 환영받은 소설로서 가치가 있다"라고 평가하였다. 또한 『무정』은 "춘원의 대표작인 동시에 조선의 신문학이라 하는 대건물의 가장 중요한 주춧돌이다"라고 평가하기도 하였다. 『무정』은 고급 독자들이 아닌 일반 독자들에게 환영을 받은 소설이면서 동시에 한국 신문학의 집을 떠받들고 있는 주춧돌 같은 작품이다.

잘 팔리지 않는 문학 작품이 '고전'이고 잘 팔리는 작품이 '대중문학'

이라고 생각하는 것은 한낱 편견에 지나지 않는다. 그것은 책이 잘 팔리지 않는 작가들이 위안을 삼기 위한 생각일 뿐이다. 고전의 반열에 올라 있는 작품도 얼마든지 잘 팔릴 수 있고, 대중문학에 속하는 책도 잘 팔리지 않을 수 있다. 20세기 문학 작품으로 좁혀 보더라도 지금 전 세계에 걸쳐 낙양의 지가를 올리고 있는 이탈리아 작가 움베르토 에코의 『장미의 이름』(1980)이나 체코의 망명 작가 밀란 쿤데라의 『참을 수 없는 존재의 가벼움』(1984) 또는 콜롬비아 작가 가브리엘 가르시아 마르케스의 『백년의 고독』(1967) 같은 소설은 작품성과 상업성 모두에서 성공을 거둔 작품이다. 그러므로 이 작품들을 두고 대중문학이니 순수문학이니 따지는 것은 이렇다 할 의미가 없다.

20세기 중엽 이후 포스트모더니즘의 거센 물결을 타고 그동안 순수문학과 대중문학 사이에 놓여 있던 높다란 장벽이 동서 냉전의 상징이던 베를린 장벽처럼 허물어지기 시작하였다. 순수문학이 그 고고한 자리에서 한 단계 내려온 반면, 대중문학은 주변부에서 점차 중심부로 이행하면서 이제 제대로 대접받는 단계에 이르렀다. 그러므로 전처럼 이 두 문학을 구분 짓다가는 자칫 시대착오적이라는 비난을 면하기 어렵다. 더구나 자신의 현 상태나 기득권을 계속 유지하기 위한 음모나 술책으로 비난받을지도 모른다.

1

　순수문학의 개념을 쉽게 이해하기 위해서는 무엇보다도 먼저 그 용어를 살펴볼 필요가 있다. 서양에서는 그동안 어쩌다 '순수시'라는 용어를 사용해 왔을 뿐 '순수문학'이라는 용어는 별로 사용하지 않았다. 순수시라는 용어는 그 의미가 애매할 뿐더러 '순수'라는 낱말이 지니는 부정적인 함축적 의미 때문에 자못 의심을 받아 왔다. 순수시는 어디까지나 '불순한 시'를 전제로 할 때 성립할 수 있는 용어이기 때문이다. 그러나 폴 발레리의 말대로 환경 미화원이 길거리를 청소하듯이 시인이 "언어적 상황을 정화하는" 역할을 하는 사람이라면 순수시를 전혀 무시할 수도 없을 것이다. 그것은 마치 제철소에서 쇠똥 같은 찌꺼기나 불순물을 제거하고 순수한 쇠를 얻는 작업과 크게 다르지 않기 때문이다.

　월터 페이터는 14세기 이탈리아에서 활약한 화가 조르지오네에 관한 에세이에서 모든 예술이 그러하듯이 '순수시'는 음악의 상태를 지향하는 시로 간주하였다. 페이터의 말대로 시가 음악을 지향한다면 시어는 의미와 소리가 더할 나위 없이 조화와 균형을 유지해야 할 것이다. 19세기 미국 시인 에드거 앨런 포가 『시의 원칙』(1850)에서 "가장 순수하고 가장 고양되고 가장 강렬한 즐거움은 '아름다움'을 관조하는 데서 비롯한다"라고 주장한 것도 같은 이와 같은 맥락에서 이해할 수 있다. 뒷날 포의 이론은 프랑스에서 샤를 보들레르와 말라르메와 베를렌을 비롯한 상징주의 시인들이 상징주의 집을 세우는 주춧돌로 삼았다. 특히 보들레르는 '교훈의 이설'을 부르짖으며 시에서 어떤 도덕이나 윤리 같은 교훈적 기능을 말끔히 씻어버리려고 노력하였다. 그런가 하면 20세기에 들어와 아베 브레몽 같은 시인은 순수시를 기도와 관련시키면서 궁극적으로 주문呪文의 상태를 지향한다고 지적하였다.

그렇다면 소설은 어떠했는가? 소설은 순수문학의 반열에 들어갈 수 없는가? 일반 대중을 목표로 삼는 소설은 아예 처음부터 '순수'와는 거리가 멀었다. 탄생 자체가 중산층과 밀접한 관계가 있는 소설은 어디까지나 '불순한' 문학의 범주에 들어갈 수밖에 없었다. 비단 소설뿐만 아니라 모든 산문문학은 순수문학에 포함되지 않았다. 될수록 함축적이고 운율적인 언어를 구사하여 인간 감정이나 사상을 응축하여 표현하려는 시와는 달리, 소설은 한 글자라도 더 늘려 인간의 삶을 표현하려고 하였다. 이를 달리 말하면, 소설은 처음부터 돈 냄새를 풍겼다고 할 수 있다. 소설가는 지금도 여전히 글자 수나 원고지 분량에 따라 돈을 받는다.

예외 없는 규칙 없다고 여기에도 얼마든지 예외는 있다. 서양문학사에서 소설가로서 순수문학을 부르짖은 작가로는 아마 스탕달이 첫 손가락에 꼽힐 것이다. 그는 소설 속에 정치문제를 다루는 것을 끔찍이 싫어하였다. 이 점과 관련하여 그는 『파르마의 수도원』(1839)에서 "문학 작품에서 정치는 음악회가 한창 진행 중인데 갑자기 권총을 발사하는 것과 같다"라고 말하였다. 그러면서 "저속하기는 하지만 무시할 수도 없다"라고 덧붙였다. 또 "정치란 문학의 목에 매단 돌과 같다"라고 말하기도 하였다. 여기서 정치는 문학 외적인 요소를 가리킨다. 이렇듯 그는 문학가의 정치 참여를 몹시 싫어하였다. 스탕달은 이 작품을 "소수의 행복한 사람들에게" 헌정하였다. '행복한 소수'란 두말할 나위 없이 예술적 심미안이 발달한 고급 독자를 말한다. 그는 처음부터 이러한 고급 독자들을 염두에 두고 이 작품을 집필하였다. 그에게 '무식한' 일반 대중은 안중에도 없었다. 그런데도 『적과 흑』(1830)을 보면 스탕달만큼 왕정복고 시대의 정치 현실을 잘 형상화한 작가도 찾아보기 어렵다. 20세기에 이르러 버지니아 울프와 제임스 조이스와 윌리엄 포크너 같은 모더니즘 계열의 작가들도 대중의 접근을 차단한 채 예술적 귀족주의 속에 칩거하려고 하였다.

스탕달이 소설 장르에서 순수문학을 부르짖었다면 아일랜드의 극작가 조지 버나드 쇼는 희곡 장르에서 순수문학을 외쳤다. 쇼는 전 인구의 10% 이상이 좋아하는 그림은 모두 불살라 버려야 한다고 말하였다. 물론 여기서 그는 회화에 대하여 말하고 있지만 희곡 작품에 대한 언급으로 보아도 크게 틀리지 않을 것이다. 그러고 보면 문학에서 순수성을 주장하는 것은 비단 시 장르에 그치지 않고 소설과 희곡을 포함한 모든 장르에서 엿볼 수 있다.

이 '순수문학'이라는 용어는 서양보다는 오히려 동양에서 주로 사용되어 온 용어로 일본에서는 '순문학', 한국에서는 '순수문학'이라는 용어를 즐겨 사용하였다. 한국에서 순수문학은 시대에 따라 그 의미가 조금씩 변해 왔다. 순수문학이란 개념이 한국에서 처음 사용되기 시작한 것은 일제강점기 1920년대로 거슬러 올라간다. 1923년을 전후하여 사회의식을 강조하며 등장한 신경향파문학은 일본프롤레타리아연맹NAPF의 영향을 받아 1925년 조선프롤레타리아예술가동맹KAPF이 결성되면서 더욱 박차를 가하였다. 이 무렵 순수문학은 계급의식을 고취시키기 위한 목적으로 쓰는 경향문학과 프로문학에 대립되는 의미로 사용하였다. 사회주의 리얼리즘에 입각한 당시의 경향문학이나 프로문학은 소재에서 다분히 공식적이고 기계적인 테두리를 벗어나지 못하고 있었으며, 주제에서도 사회적·정치적 목적성에서 벗어날 수 없었다. 이 무렵 이러한 목적지향적 문학에 맞서는 문학으로 순수문학이라고 부를 수 있는 문학이라면 민족문학과 흔히 '해외문학파'로 알려진 외국문학연구회가 주창한 '신흥문학'을 들 수 있을 것이다. 순수문학과 계급문학은 해방 후 1960년대와 1970년대에 이르러 본격문학 또는 순수문학과 참여문학의 형태로 나타난다. 김수영金洙暎과 이어령李御寧 사이에서 벌어진 논쟁은 바로 이 두 형태를 두고 벌인 논쟁이었다. 사회적·정치 기능을 중시하건, 사회 참여적인 특성을 강조하건 문학 작품의 도구성이나 목적성에 무게를 싣는다는 점에서는 크게 다르지 않다.

그러나 최근 들어 순수문학은 대중문학이나 통속문학과 대립되는 용어로 널리 사용되고 있다. 일반 대중을 상대로 하는 통속적인 문학이 아닌 문학이 곧 순수문학으로 대접받고 있다. 한편 대중문학이나 통속문학은 순수문학과는 달리 비교적 이해 능력이 낮은 대중의 통속적 흥미에 호소할 뿐만 아니라 상업성을 목적을 염두에 두고 쓴 문학을 말한다. 독자들의 호기심을 불러일으키기 위해서는 줄거리에 치중하여 이야기를 흥미 위주로 이끌어 갈 수밖에 없을 것이다. 대중문학은 작품의 수용자에 초점을 맞춘 용어고, 통속문학은 작품의 성격에 초점을 맞춘 용어지만 이 두 문학의 지향점은 서로 일치한다. 한국문학에서 방인근, 조흔파, 정비석, 김말봉 같은 작가들이 통속문학 또는 대중문학 분야를 개척했다고 볼 수 있다. 한편 순수문학은 줄거리보다는 작중인물의 심리나 성격 묘사에 치중하여 인간 실존 같은 좀 더 형이상학적 문제에 관심을 기울인다. 순수문학가는 작가 의식을 바탕으로 인물의 내면세계에 초점을 맞춘다.

여기서 잠깐 요즈음 들어 자주 듣게 되는 '장르문학'을 살펴보는 것이 좋을 것 같다. 글자 그대로 장르문학이란 특정한 장르의 문학적 관습을 따르는 문학을 가리킨다. '스토리 세미나'로 널리 알려진 미국 작가 로버트 맥키에 따르면, 장르적 관습이란 "각각의 장르와 그 하위 장르를 정의하는 특정한 배경, 역할, 사건 따위"를 말한다. 대부분의 장르는 독자들이 기대하는 일련의 특정한 요소를 지닌다. 이를 달리 말하면 동일한 장르에 속하는 작품들은 똑같거나 비슷한 요소를 공유한다.

그러나 장르 자체를 명확하게 규정짓기가 아주 어렵기 때문에 어떤 작품이 특정 장르에 속한다고 말한다는 것은 어디까지나 임의적이고 주관적일 수밖에 없다. 그래서 서양에서는 장르를 "포지의 집합", 즉 경계선이 흐릿하고 서로 겹쳐지는 것으로 간주하는 경향이 있다. 물론 시장에 책을 내놓는 출판사나 작가들은 그러한 장르적 관습을 뚜렷하게 인식하고 작품을 집필하고 출간한다. 한마디로 장르소설이란 서부개척소설, 탐정소설, 공포소설, 외설소설, 공상과학소설, 판타지소설 등을 말한다. 그렇다면 순수문학에 포함되지 않는 유형의 문학을 장르문학이라고 불러도 크게 틀리지 않을 것이다.

그러나 20세기 말부터 순수문학과 통속문학, 본격문학과 대중문학을 엄격히 구분 짓기가 어렵게 되었다. 통속문학의 수준이 향상되는 한편, 순수문학도 흥미 요소를 중요하게 생각하기 시작했기 때문이다. 이에 따라 순수문학과 통속문학도, 본격문학과 대중문학의 경계선도 애매하고 모호하게 되었다. 이제 순수하게 예술성을 추구하는 문학을 찾아보기 힘들고, 마찬가지로 지나치게 대중에 영합하는 통속문학을 찾아보기도 어렵다. 앞에서 이미 언급했듯이 이렇게 두 문학의 경계를 허물고 벽을 무너뜨리는 데는 무엇보다도 포스트모더니즘의 역할이 무척 컸다. 포스트모더니즘의 특징을 한두 가지로 정의 내리기란 쉽지 않지만 그중 하나가 고급문화와 저급문화 사이의 장벽을 허물었다는 점일 것이다. 잘 알려진 것처럼 미국의 비평가 레슬리 피들러는 「경계를 넘고 간격을 메우며」(1969)에서 모더니즘 같은 전통적인 소설이 이제 종말을 고하고 순수문학과 통속문학, 고급문화와 대중문화가 서로 침투하며 영향을 끼치는 포스트모던 시대가 찾아왔음을 지적하였다. 통합과 상호공존의 가치를 지향하는 하이브리드 시대에 이 두 갈래의 문학을 지나치게 이분법적으로 구분 짓는다면 자칫 시대착오적이라는 비판을 면하기 어려울 것이다.

여기서 잠깐 순수문학과 대중문학을 군이 구별하지 않고 작품 활동을 해 온 일본의 젊은 작가 요시다 슈이치吉田修一의 입장을 살펴보는 것이 좋을 것 같다. 『퍼레이드』(2002)와 『파크 라이프』(2002), 『악인』(2007) 같은 소설을 잇달아 발표하여 관심을 모았던 그는 흔히 순수문학과 대중문학을 자유롭게 넘나드는 '크로스오버 작가'로 널리 알려져 있다. 2009년 한국을 방문한 그는 『중앙일보』와 인터뷰를 한 적이 있다. 그의 작품이 순수문학과 대중문학의 중간에 해당한다는 평가를 어떻게 생각하느냐는 질문을 받자 그는 이렇게 대답하였다.

개인적으로 순수·대중문학의 경계 허물기에는 찬성한다. 하지만 두 경향이 섞이더라도 좋은 작품, 나쁜 작품은 생기기 마련이다. 순수문학, 대중문학은 엄연히 차이가 있다고 생각한다. 하지만 나는 두 경향 어느 쪽인지 정하지 않고 쓰는 편이다. 또 내가 대중문학 작가로 불려도 상관없다고 생각한다. 나는 운이 좋다. 『퍼레이드』는 순수문학으로 생각하고 썼는데 대중문학상을 받았고, 반면 『악인』은 대중문학으로 생각했는데 순수문학상을 받았다. 아마 내가 생각하는 순수문학 · 대중문학의 정의가 일반적인 정의와는 다른 것 같다.

인용문에서 순수문학과 대중문학의 구분이 얼마나 작위적이고 애매한지 단적으로 읽을 수 있다. 그가『퍼레이드』로 받았다는 대중문학상은 '야마모토 슈고로山本周五郎 상'을 말하고,『악인』으로 받았다는 순수문학상은 '오사라기 지로大佛次郎 상'을 말한다. 슈이치가 순수문학으로 생각하고 쓴 작품은 대중문학에 주는 상을 받은 반면, 대중문학으로 생각하고 쓴 작품은 순수문학에 주는 상을 받았다는 것은 단순한 아이러니 차원을 훨씬 뛰어 넘는다. 아이러니라기보다는 얼핏 대립적인 것처럼 보이는 이 두 문학의 본질이나 특성을 그대로 보여 준 사례라고 할 수 있다. 슈이치는 자신이 생각하는 순수문학과 대중문학의 정의가 일반적인 정의와는 서로 다른 것 같다고 밝히고 있지만 다른 것이 아니라 서로 일치하는 것이다. 일반적인 정의에 따르더라도 두 문학의 경계는 사뭇 유동적이다.

슈이치가 생각하는 순수문학과 대중문학의 차이점이 여간 이색적이지 않다. 이 두 문학의 차이점에 질문을 받자 그는 백 사람에게 물어보아도 그 답은 저마다 다를 수밖에 없을 것이라고 전제한 뒤 "순수문학은 '목소리', 대중문학은 '스토리'라고 생각한다"라고 대답한다. 그렇다면 '목소리'와 '스토리'는 과연 어떻게 다른 것일까? 슈이치는 "독자가 소설에서 주인공의 목소리를 생생하게 느낀다면 순수문학, 독서를 중단할 수 없을 정도로 흥미롭다면 대중문학이라고 얘기하고 싶다"라고 밝힌다. 그러면서 자신은 "항상 스토리가 재미있으면서 주인공의 목소리가 살아 있는 작품을 쓰려고 한다"라고 말한다. 앞에서 이미 지적했듯이 무엇보다도 수용자를 고려해야 하는 대중문학이나 통속문학에서는 독자의 호기심을 끌기 위하여 아무래도 흥미진진한 스토리, 즉 사건 전개에 무게를 실을 수밖에 없을 것이다. 한편 순수문학에서는 사건보다는 역시 작중인물과 그 성격 형성에 무게를 실어야 할 것이다. 슈이치가 말하는 '목소리'는 작중인물과 깊이 관련되어 있다. 그가 러시아의 문학 이론가 미하일 바흐친의 대화주의 이론을 알고 있는지는 잘 모르겠지만, 여기서 '목소리'는 다성성多聲性 개념에서도 볼 수 있듯이 바흐친의 이론에서 핵심적인 개념이다. 목소리는 의식을 떠나서는 생각할 수 없고, 의식은 작중인물을 떠나서는 상상할 수 없다.

순수문학과 대중문학의 경계선에서 활동하는 슈이치의 작품은 그동안 꽤 많이 영화로 만들어져 좀 더 폭넓은 대중과 만났다. 『퍼레이드』와 『악인』을 비롯하여 『동경만경』(2003), 『거짓말의 거짓말』(2004), 『7월 24일 거리』(2004), 『여자는 두 번 떠난다』(2006) 등이 영화로 만들어졌다. 그런가 하면 『워터』(2007) 같은 작품은 슈이치가 직접 메가폰을 잡고 감독하기도 하였다.

요시다 슈이치의 작품이나 그의 진술에서도 볼 수 있듯이 순수문학과 대중문학은 마치 무지개의 스펙트럼과 같아서 어디서 끝나고 어디서 시작하는지 엄격하게 구분 짓기란 그렇게 쉽지 않다. 그래서 최근에는 '중간문학' 또는 '미들브라우middlebrow문학'이라는 용어를 흔히 사용한다. 1925년 영국의 풍자잡지 『펀치』가 처음 사용한 이 용어는 고급문학(하이브라우)과 저급문학(로우브라우) 중간에 위치하는 문학을 말한다. 골상학에서 빌려온 이 '미들브라우'라는 용어는 영국 모더니즘의 대모大母라고 할 버지니아 울프, 미국의 문화 이론가 드와이트 맥도널드 그리고 『하퍼스 매거진』의 편집자 러셀 라인스 같은 사람들이 조롱하고 공격하면서 일반에게 널리 알려지게 되었다. 한편 맥도널드는 '미드컬트midcult'라는 용어를 사용하기도 한다. 『매스컬트와 미드컬트』(1960)라는 책에서 그가 처음 사용한 이 용어는 순수문화나 대중문화, 본격문학과 대중문화 어느 한쪽에 치우치지 않고 이 두 가지의 성격을 동시에 지니는 문화를 가리킨다. 그에 따르면 미들브라우는 고급문화의 수준을 존중하는 것 같지만 실제로는 그 수준을 희석시켜 통속화시킬 따름이다. 맥도널드는 '하이브라우'와 '로우브라우' 사이에 좀 더 분명한 차이를 받아들일 것을 주장한다. 미드컬트의 대표적인 예로 그는 손턴 와일더의 희곡 작품 『우리 읍내』(1938)와 어니스트 헤밍웨이의 『노인과 바다』(1951) 등을 든다.

중간문학은 일본에서는 뿌리를 내린 지 이미 오래 되었지만 한국에서는 최근에 부쩍 관심을 끌고 있다. 순수문학과 통속문학, 본격문학과 대중문학의 장벽이 급속히 허물어지고 있다는 사실을 뒷받침하는 대목이다. 문단에서 그동안 작품성을 인정받아 동인문학상이나 이상문학상 등을 받은 몇몇 본격문학 작가들이 탐정소설, 추리소설, 공상과학소설, 스포츠소설 등 장르소설로 일컬을 수 있는 작품을 잇달아 출간하여 관심을 끌었다. 예를 들어 권지예의 『4월의 물고기』(2010), 정이현의 『너는 모른다』(2009), 이홍의 『성탄 피크닉』(2009) 등은 탐정 소설이나 추리 소설의 기법을 사용하였다. 장르문학 전문 웹진 『거울』에서 그동안 활동하던 배명훈도 사회 풍자적 요소를 가미한 공상과학 소설 『타워』(2009)를 출간하여 관심을 모았다. 이명랑은 인터넷 웹진에 연재하여 누적 조회 수 140만을 기록하며 큰 인기를 얻었던 작품 『여기는 은하스위트』(2010)에서 코믹 소설, 판타지 소설, 하이틴 소설 등을 절묘하게 결합하였다.

이렇게 중간문학이 점점 세력을 얻고 있다는 사실은 최근 도서출판 파란미디어가 순수문학과 대중문학의 경계를 허물고 작품성과 오락성을 동시에 만족시키겠다는 가치를 내세우고 출간하기 시작한 '새파란상상' 시리즈에서도 엿볼 수 있다.

현대의 문화는 이미 하이브리드 시대, 모든 것이 혼합·융합되는 시대에 들어섰다고 이야기한다. 그러나 한국에서는 아직도 순수문학과 대중문학의 경계가 완고하기만 하다. (…중략…) 이미 세계문학계는 주류 문학과 서브 장르 사이의 중간문학의 중요성에 주목하고 있다. 문화 사업에 있어서 우리가 외국의 영화와 뮤지컬, 드라마를 언급해도 쫓아갈 수 없는 현실은 바로 이런 중간을 키우지 않았기 때문이라 하겠다.

인용문은 말하자면 '중간문학의 선언문'이라고 할 만하다. 중간문학의 필요성을 역설하면서 이 선언문은 이명랑, 박상, 이홍, 배명훈, 권지예, 정보라, 문영 같은 젊은 작가들의 작품을 잇달아 출간하겠다는 포부를 밝혔다. 새파란상상에서는 중간문학 시리즈의 첫 번째로 박상의 처녀 장편소설 『말이 되냐』를 출간하였다. 그동안 현실에서 소외된 사람들의 삶을 야구를 소재로 삼아 희극적으로 그려냈던 그는 이번에도 일상에 찌든 삼십 대의 소시민의 꿈과 희망 그리고 절망을 야구로 풀어낸다. 1981년 신군부가 국민들의 정치적 관심을 다른 데로 돌리기 위하여 6개 구단으로 출범한 한국 프로야구는 지금 가장 인기 많은 프로 스포츠로 각광받고 있다. 박상은 바로 이 점에 착안하여 야구를 작품의 중심 모티프로 삼는다. 말하자면 그는 활자 매체인 문학과 스포츠인 야구를 유기적으로 결합하려고 시도한다. 이 작품에 대하여 박상은 "상상력을 가미한 재미 있는 이야기를 해보고 싶었다. 순수문학은 재미가 없고 장르문학은 메시지가 없다는 얘기를 하는데, 중간문학에 새로운 가능성이 있다고 생각한다"고 말한다.

2

한국에서 중간문학은 21세기에 들어와 우후죽순처럼 생겨났지만 엄밀히 따지고 보면 그 역사는 1970년대로 거슬러 올라간다. 최인호崔仁浩는 한국 문단에서 순수문학과 통속문학, 본격문학과 대중문학을 구별 짓는다는 것이 얼마나 부질없는지 여실히 보여 준 작가다. 오스카 와일드에게 '도덕적인' 책이나 '부도덕한' 책이 없듯이 그에게는 통속작가나 순수작가도 이렇다 할 의미가 없다. 오직 '소설답게' 소설을 쓰는 작가와 '소설답지 않게' 소설을 쓰는 작가가 있을 뿐이다. 『별들의 고향』(1973)은 바로 이 점에서도 획기적인 작품이라고 할 만하다. 연재를 모두 마치고 예문관에서 단행본으로 출간한 지 몇 달 뒤인 1974년 4월 24일 최인호는 『한국일보』에 「청년문화 선언」이라는 글을 기고하였다. 이 글에서 최인호는 "고전이 무너져 간다고 불평하지 말고 대중의 감각이 세련되어 가고 있음을 주목하라"라고 부르짖었다.

그런데 최인호가 발표하기 바로 일주일 전쯤 고려대학교의 사회학 교수 임희섭은 1974년 4월 18일 자 『조선일보』에 「청년문화」라는 글을 기고하였다. 이 글에서 임희섭은 "우리나라에는 청년문화는 없고 대학생으로 대표되는 대학문화 혹은 본격문학, 생맥주 고고를 즐기는 대중문화, 통기타 가수들에게 심취하는 '공돌이 공순이들'의 근로자문화로 나누어지는데 이 세 문화는 서로 상통하는 의미도 없으며 오직 이들의 문화는 대학생인 본격문학에 의해 선도되어야 할 것이다"라고 주장하였다. 한국에 청년문화가 없다는 주장은 최인호로서는 좀처럼 받아들이기 어려운 주장이었다. 더구나 대학생문화는 있는데 청년문화는 없다는 주장은 논리에도 잘 들어맞지 않는다. 대학생은 청년이 아니고, 대학생문학은 곧 청년문화가 아니란 말인가? 그러므로 최인호의 글은 어떤 의미에서는 임희섭의 글에 대한 반박문으로 볼 수 있다.

「청년문화 선언」에서 최인호가 말하는 '고전'은 '순수문학'이나 '본격문학'이라는 말로 바꿔놓을 수 있다. 최인호는 "오늘날의 청년문화는 소수의 엘리트에 의해서 대표되는 그런 문화가 아니다"라고 못 박아 말한다. 그러면서 청년문화는 소수 엘리트 사고방식과 대중의 사고방식의 간격을 좁히는 것에서 시작된다"라고 덧붙인다. 1960년 말부터 대중문학이나 통속문학이 마치 성난 파도처럼 밀려오는데도 몇몇 문학가들은 문학의 영역이 얼마나 넓어졌는지 간과한 채 순수문학이나 본격문학의 성城이 무너지고 있다고 한탄만 늘어놓고 있었다. 또한 그들은 급격한 사회 변화에 제대로 대응하지 못하고 여전히 기존 전통에 안주해 있었다. 최인호는 만약 기성세대가 시대정신을 호흡하지 못하고 달라진 대중의 취향을 외면한다면 백악기 말에 이 지구상에서 멸종된 공룡처럼 문화계에서 도태할 수밖에 없을 것이라고 경고한다. 그러므로 최인호의 「청년문화 선언」은 이러한 시대착오적인 기성세대들을 향하여 부르짖는 절규와 다름없었다.

　최인호가 「청년문화 선언」에서 말하는 '고전'은 어떤 의미에서는 기성세대의 '권위'나 '위선' 또는 '허위의식' 등을 뜻하는 말로 받아들여도 크게 틀리지 않을 듯하다. 그가 말하는 '청년문화'의 밑바탕에는 기성세대의 권위나 위선 따위를 인정하지 않으려는 집요한 노력이 깔려 있기 때문이다. 한국에서나 서양에서나 청년문화는 바로 그러한 집요한 노력의 결과로 태어났다. 최인호는 기성세대를 향하여 젊은이들에게 허위와 위선과 권위, 훈장, 격식을 보이지 말고 변명을 하지 말며 오직 진실만을 말하라고 주문하였다. 그는 "젊은이들을 비난만 할 것이 아니라 솔직하고 정직한 침묵의 대중을 정확히 이해하는 사제司祭가 나타나 분연한 이론으로 우리들을 빠르고 신속하게 눈뜨게 해주기를 바랄 뿐이다"라는 문장으로 이 선언문을 끝맺었다.

　최인호가 말하는 청년문화는 기성문화와의 근본적인 차별성에서 출발한다. "이전의 문화가 소수의 엘리트를 보고도 다수의 대중들을 예견할 수 있는 하향식 문화였다면, 청년문화는 침묵의 다수로부터 위로 올라가는 상향식의 문화"라고 지적하였다. 이 말에서 19세기 중엽 카를 마르크스와 프리드리히 엥겔스가 『독일 이데올로기』를 비롯한 여러 저서에서 언급한 말이 떠오른다. 마르크스주의의 초석을 세운 두 사람은 인간의 삶이 "하늘에서 땅으로 향해" 내려온다고 부르짖은 헤겔의 철학에 맞서 오히려 삶이 "땅에서 하늘을 향해" 올라간다고 주장했던 것이다. 하늘에서 땅으로 내려오는 철학이 관념론이라면 땅에서 하늘로 올라가는 철학은 두말할 나위 없이 유물론일 것이다. 최인호가 말하는 '하향식' 문화가 바로 순수문학이나 본격문학이요 기성문화라면, 그가 말하는 '상향식' 문화는 다름 아닌 대중문학이나 통속문학이요 청년문화다.

그런데 여기서 한 가지 찬찬히 눈여겨 보아야 할 것은 최인호가 순수문학과 통속문학, 본격문학과 대중문화를 그렇게 변별적으로 엄격하게 서로 구분 짓지 않는다는 점이다. 이 둘은 얼핏 보이는 것처럼 그렇게 뚜렷이 다르지 않다. 「청년문화 선언」에서 그는 순수문학과 통속문학, 본격문학과 대중문화의 이분법, 좀 더 정확히 말하면 이항대립을 단호하게 거부한다. 대부분의 포스트모더니스트들이나 포스트구조주의자들에게 그러하듯이 최인호에게도 이항대립은 축복이 아니라 저주일 뿐이다. 모든 이항대립적 사유의 집은 계급 질서라는 주춧돌 위에 세워진다. 이러한 계급 질서에 기반을 둔 이항대립은 어쩔 수 없이 폭력을 수반할 수밖에 없다. 서구 전통 철학에 맞서 해체주의解體主義를 부르짖은 자크 데리다가 "이항대립에는 어느 하나가 다른 것보다 우위를 차지하고 지배하려는 폭력적 질서가 자리 잡고 있다"라고 지적하는 것은 바로 그 때문이다.

최인호가 청년문화를 선언한 것은 그동안 벌어질 대로 벌어진 순수문학과 통속문학, 본격문학과 대중문화의 간격을 좁히고 그 벽을 허물려는 데 그 목적이 있었다. 이 선언문을 뒷받침하는 작품이 최인호의 첫 장편소설 『별들의 고향』이다. 그의 많은 작품 중에서도 이 소설은 문학성을 인정받으면서도 상업적으로 상당한 성공을 거두었다. 『조선일보』에 연재한 뒤 단행본으로 출간된 이 작품은 무려 100만 부나 팔렸고, 곧 이어 영화로 만들어졌을 때 50만 명의 관객을 동원할 정도로 인기를 끌었다.

연재를 시작하기 전에 사고(社告)를 통해 큰 욕심 부리지 않고 많이 읽히고 나중에 기억나는 소설을 쓰고 싶다고 했는데 그대로 적중했죠. 청년문화를 얘기하는 건 나로서는 그다지 달갑지 않죠. 『별들의 고향』이 나의 대표작처럼 얘기되는 것도 그렇고, 『별들의 고향』에 대한 편향된 해석도 저로서는 기분 좋은 일이 아니죠. 청년문화의 '기수'라 아니라 '괴수'라고 불리곤 했죠.

인용문에서 최인호가 "많이 읽히는" 작품을 쓰고 싶다고 말하는 점을 눈여겨 볼 필요가 있다. 일 년 전 이 작품을 구상할 무렵에도 그는 이장호에게 "반드시 사람들에게 널리 읽히는 소설을 쓰겠다"라고 밝힌 적이 있다. 『조선일보』 독자들에게 소설 연재를 알리는 '사고'에서도 "큰 욕심부리지 않고 많이 읽히는" 작품을 쓰겠다고 약속하는 것이다. 그런데 여기서 최인호는 이 작품의 대중문학적 성격을 말한다고 볼 수 있다. 대중문학이나 통속문학이란 글자 그대로 많은 사람에게 읽히는 작품을 말한다. 한편 그가 "나중에 기억나는 소설"을 쓰고 싶다고 말하는 것은 아마 순수문학이나 본격문학을 염두에 두고 있기 때문일 것이다. 최인호는 처음부터 이렇게 두 마리 토끼를 쫓으려고 하였고, 그의 의도는 비교적 잘 들어맞았다.

그렇다면 한국 청년문화의 중심에 서 있는 최인호가 왜 "청년문화를 얘기하는 건 나로서는 그다지 달갑지 않죠"라고 말할까? 청년문화의 '기수'가 아니라 그 '괴수'로 평가받아 온 그로서는 이 작품에 '청년문화'라는 꼬리표가 붙어 다니는 것이 아마 거추장스럽고 불편했을지 모른다. '청년문화'라는 말에는 적어도 이 무렵에는 긍정적인 의미보다는 부정적인 의미가 더 많았기 때문이다. 그로서는 『별들의 고향』을 아무런 편견이나 선입견 없이 오직 한 편의 소설로 평가받고 싶었을 것이다. 이 소설이 처음 출간된 지 40년이 지난 2013년에 쓴, 그가 '지각생의 서문'이라고 부른 「작가의 말」에서 최인호는 이 작품이 "나를 유명하게 만들겠지만 이 소설의 그림자는 작가로서의 내 인생에 오랫동안 부정적인 그림자를 드리울 것"이라는 예감이 들었다고 밝힌다.

더구나 최인호가 『별들의 고향』이 자신의 대표작이 아니라고 말하는 점도 눈여겨보아야 한다. 그동안 비평가들이나 독자들이 지나치게 이 작품에만 관심을 기울여 온 나머지 그의 중요한 작품들이 주목받지 못했기 때문일 것이다. 그는 『별들의 고향』보다는 『도시의 사냥꾼』(1987), 『불새』(1987), 『적도의 꽃』(1983), 『고래사냥』(1983), 『겨울 나그네』(1984, 2005) 같은 작품을 선호했는지 모른다. 이밖에도 『타인의 방』(1971)이나 『깊고 푸른 밤』(1982) 같은 작품집에 수록한 단편소설이나 중편소설 중에도 뛰어난 작품들이 더러 있다. 아니면 『잃어버린 왕국』, 『길 없는 길』, 『왕도의 비밀』 같은 1980년대 이후에 쓴 역사 소설을 염두에 두고 있는지도 모른다.

앞에서 요시다 슈이치를 언급했지만 최인호는 이 일본 작가처럼 영화에 큰 관심을 기울였다. 최인호는 작품이 가장 많이 영화로 만들어진 작가일 뿐만 아니라 더 나아가 직접 영화 시나리오를 집필한 작가이기도 하다. 2013년 9월에 작고한 그는 신영균예술문화재단(이사장 안성기)이 주최한 '아름다운예술인상' 대상 수상자로 선정되었다. 작고한 작가를 대상 수상자로 선정한 것은 이번이 처음이다. 노벨문학상도 마찬가지지만 사망한 작가에게는 상을 주지 않는 것이 관례다. 그런데도 이러한 관례를 깨뜨리고 신영균예술문화재단은 그를 2013년 수상자로 발표한 것이다. 선정 이유에 대하여 재단은 "최인호 작가는 1970년대부터 소설과 영화로 청년문화의 장을 열었고, 그의 100여 편에 이르는 소설 가운데

『별들의 고향』, 『바보들의 행진』, 『고래사냥』, 『겨울 나그네』, 『깊고 푸른 밤』, 『황진이』 등 30여 편은 영화로 제작되었다"라고 밝힌다.

이렇게 영화로 만들어진 30여 편의 작품 중에서도 『별들의 고향』은 가장 유명하다. 이장호 감독이 메가폰을 잡고 이장희가 음악을 맡았다. 최인호는 한 인터뷰에서 "이장호는 고교 동기이고 이장희는 잘 아는 동생입니다. 함께 어울려 영화를 만들고 영화 음악을 만드는 건 자연스러운 일이었습니다. 음악 감상실에서 자주 어울리면서 이장희와 송창식의 부탁으로 가사를 써주었죠"라고 밝힌 적이 있다. 한마디로 이 영화는 최인호, 이장호, 이장희 세 사람이 환상의 콤비가 되어 이룩한 개가였던 것이다.

더구나 최인호는 직접 시나리오를 집필하기도 하였다. 1970년대는 군부 독재와 산업화와 그에 따른 급격한 사회 변동 때문에 시나리오는 이렇다 할 관심을 끌지 못하였다. 이렇게 침체된 시나리오 장르에 신선한 바람을 불러일으킨 사람이 바로 최인호다. 가령 『바보들의 행진』, 『병태와 영자』, 『고래사냥』 같은 자신의 작품을 직접 시나리오로 각색함으로써 그만의 독특한 시나리오 세계를 구축하였다. 이렇게 꾸준한 관심의 결실로 1986년에는 영화 〈깊고 푸른 밤〉으로 아시아영화제 각본상을 수상하기도 하였다.

뒷날 최인호는 "이십 편이 넘는 영화를 제작하는 데 직접 시나리오를 쓰고 참여해 본 것은 내게 있어 소중한 경험이었다"라고 밝힌 적이 있다. 그가 여기서 말하는 '소중한 경험'이라는 말을 좀 더 찬찬히 주목해 보아야 한다. 단순히 문학가로서 종합예술로 일컫는 영화에 기웃거렸다는 뜻이 아니기 때문이다. 최인호는 문학 못지않게 영화에도 깊은 관심을 기울였다. 그의 소설을 읽다 보면 구체적인 이미지가 자주 눈앞에 어른거린다. 작품을 집필할 때 그만큼 영상 이미지를 염두에 두고 있었음에 틀림없다. 그의 작품을 접하다 보면 단순히 활자를 '읽는' 것이 아니라 시각적 이미지를 '보는' 것 같은 착각을 일으킬 때가 더러 있다. 이렇게 최인호는 활자 매체와 영상 매체를 교묘하게 결합시키는 데 탁월한 솜씨가 있다.

적어도 이 점에서 최인호는 아르헨티나의 작가 마누엘 푸익과 비슷한 데가 있다. 『거미여인의 키스』(1976)로 우리에게도 잘 알려진 푸익은 대중문화의 중요성을 일찍부터 인식하여 1956년대 중반 이탈리아의 로마로 가서 실험영화센터에서 영화를 공부하였다. 1960년대 초에는 부에노스아이레스와 로마에서 영화 조감독으로 일하기도 하였다. 고급문화와 대중문화의 위계질서를 무너뜨리려고 노력한 푸익은 영화를 기반으로 새로운 소설 미학을 정립하는 데 크게 이바지하였다.

3

미국의 소설가 시드니 셸던은 순수문학과 대중문학의 경계선을 넘고 장벽을 허무는 데 크게 이바지한 작가 중 한 사람으로 꼽힌다. 그에게는 "미국 최고의 작가"니 "세계적인 베스트셀러를 만드는 천부적 소설가"니 하는 꼬리표가 거의 언제나 붙어 다녔다. 실제로 셸던은 가장 흥미롭고 박진감 넘치는 소재로 전 세계 독자를 사로잡았다. 그야말로 미국뿐만 아니라 전 세계에 걸쳐 중간문학의 가장 대표적인 작가라고 할 만하다.

시카고의 가난한 집안에서 태어난 셸던은 가족 중에서 유일하게 고등학교를 졸업한 사람이었다. 경제 대공황기에 청소년기를 보낸 그에게 삶은 여간 신산스럽고 혹독한 것이 아니었다. 오죽하면 가난을 견디지 못해 약국에서 훔친 수면제를 삼키려고 했을까. 열일곱 살의 셸던에게 그의 아버지는 "인생이란 끝까지 페이지를 넘기지 않으면 그 결말을 알 수 없는 소설 같은 것이다. 그러니 너무 빨리 책을 덮지 말았으면 좋겠다"라고 말하였다.

그래서 셸던은 덮으려던 삶의 책장을 다시 펼치고 열일곱 살의 젊은 나이에 작가가 되기 위해 할리우드 행 기차에 올라탔다. 그러나 이렇다 할 제도 교육도 경험도 없는 그는 영화 스튜디오의 정문에서 수위들로부터 수없이 문전박대를 받기 일쑤였다. 그러던 중 우연히 존 스타인벡의 소설 『생쥐와 인간』(1937)을 각색한 것을 계기로 유니버설 스튜디오에서 일하기 시작하였다. 그 뒤 MGM 등에서 시나리오 작가뿐만 아니라 제작과 감독으로 일하면서 명성을 얻었다. 스물다섯 살 때에는 브로드웨이에서 뮤지컬 세 편을 동시에 히트시키는 놀라운 재능을 발휘하였다. 그러고 난 뒤에는 다시 ABC 방송국과 손을 잡고 드라마 각본을 쓰고 제작을 맡기도 하였다. 연극 각본 6편, 시나리오 25편, 드라마 200편을 쓰는 등 셸던은 그야말로 지칠 줄 모르고 왕성하게 활동하였다. 연극에서 토니상을 수상한 것을 비롯하여 영화 〈독신남과 사춘기 소녀〉로 아카데미상을 수상하기도 하였다.

시드니 셸던이 소설가로 데뷔한 것은 그의 나이 쉰 살이 되던 해였다. 앞에 언급한 최인호가 열여덟 살, 그러니까 고등학교 이학년 때 문단에 데뷔한 것과 비교해 보면 늦깎이 중에서도 늦깎이라고 할 수 있다. 이렇게 뒤늦게 소설을 쓰기 시작했지만 셸던은 사망할 때까지 무려 20여 편에 이르는 장편소설을 출간하여 문학적 재능을 유감없이 과시하였다. 『꾸밈없는 얼굴』(1970)을 비롯해 『자정의 저편』(1973), 『거울 속의 이방인』(1976), 『내일이 오면』(1985), 『신들의 풍차』(1987), 『시간의 모래』(1988), 『영원한 것은 없다』(1994), 『천사의 분노』(1980) 같은 작품은 수많은 독자로부터 찬사를 받았다. 현재 그의 소설은 거의 대부분 무려 40여 개 언어로 번역되어 전 세계에 걸쳐 선풍적인 인기를 끌고 있다. 1977년에는 세계에서 가장 많은 언어로 작품을 번역해 출간한 작가로 기네스북에 이름을 올릴 정도였다.

그 중에서도 특히 한국 독자들에게 가장 큰 인기를 끈 작품이라면 역시 『천사의 분노』다. 스릴러나 법정소설 장르에 속하는 이 소설은 법정을 무대로 욕망과 야망, 음모, 갈등 그리고 사랑을 둘러싼 사건을 다룬다. 그렇다면 이 소설이 그토록 인기를 끈 까닭이 도대체 어디에 있을까? 무엇보다도 박진감 넘치는 플롯 전개를 빼놓을 수 없다. 다른 작품도 마찬가지지만 특히 이 작품에서 셸던은 뛰어난 솜씨로 꼬리에 꼬리를 물고 사건을 전개해 나감으로써 독자들에게 손에 땀을 쥐도록 만드는 서스펜스를 불러일으킨다.

이 소설이 처음 출간되었을 때 『퍼블리셔스 위클리』지誌는 "박진감 넘치게 빠르게 진행하는 플롯, 페이지마다 새로운 놀라움을 간직한 책으로 팬들을 완전히 사로잡는다"라고 찬사를 보냈다. 실제로 이 소설만큼 이야기꾼으로서의 타고난 능력을 유감없이 발휘한 작품도 찾아보기 어려울 것 같다. 스토리텔링의 장인匠人의 면모를 쉽게 엿볼 수 있는 작품이다. 플롯 전개와 관련하여 셸던은 "보통 독자들이 한 장章의 끝을 읽고 나면 책을 덮어 버리고 잠을 잔다. 의도적으로 나는 독자가 한 장의 끝 장면을 읽을 때 한 페이지 더 넘기도록 작품을 쓴다"라고 말한 적이 있다. 독자들이 도저히 한 장 끄트머리에서 그냥 책을 덮지 못 하고 새 장을 읽도록 사건을 교묘하게 전개한다는 말이다. 이렇듯 소설가란 뭐니 뭐니 해도 입심 좋게 이야기를 엮어 나가는 이야기꾼이어야 한다. 소설의 집에서 플롯은 곧 지붕을 떠받들고 있는 기둥이다. 이 플롯의 기둥이 굳건히 서 있지 않고서는 소설의 집은 제대로 지탱될 수 없다.

둘째, 셸던은 뛰어난 구성과 함께 작중인물의 창조와 그의 성격 형성에도 남다른 재주를 보인다. 그의 작품이 흔히 그러하듯이 이 작품도 여성을 주인공으로 삼는다. 『천사의 분노』의 미모의 여주인공 제니퍼 파커는 변호사 시험에 합격한 뒤 부푼 희망을 품고 검사시보로 법조계에 첫발을 들여놓는다. 그러나 살인죄로 기소된 마이클 모레티의 교묘한 술책에 말려 제니퍼는 검사시보 직은 말할 것도 없고 변호사 자격마저 박탈될 위기에 놓인다. 그러나 온갖 시련과 냉엄한 현실 앞에서 굴하지 않고 험난한 역경을 헤치고 자신의 운명을 개척해 나간다.

작중인물과 관련하여 셸던은 "나는 내 작중인물들을 탈출구가 없을 만큼 위험한 상황에 놓여 있게 한다. 그러고 나서 나는 그들을 위기에서 건져 낼 방법을 생각해 낸다"라고 말한 적이 있다. 이렇게 위기에 놓인 작중인물들을 구출해 내되 그는 그들을 살아 숨 쉬는 인물로 만들어 낸다. 쇼윈도의 마네킹 같은 인물이 아니라 우리 주위에서 쉽게 만날 수 있는 설득력 있는 인물로 창조해 내는 것이다. 『천사의 분노』에서 제니퍼 파커는 유능한 변호사로서 로버트 디 실바 지청장의 끊임없는 방해와 도전에도 좀처럼 기죽지 않고 철저한 준비와 논리로 자신의 자리를 확보하고 능력을 검증 받는다. 그러나 한 여성으로서 그녀는 유부남인 애덤 워너와 사랑에 빠지고 유괴당한 자신의 아들을 구출하기 위해 마피아 두목과 타협을 하기도 한다.

셋째, 셸던은 대중 작가로서는 보기 드물게 유려한 문체를 구사한다. 연극이나 시나리오 대본을 많이 쓴 작가답지 않게 그는 소설에서 문어체를 구사하면서도 간결하면서도 탄탄한 문체로 플롯을 이끌어 나간다. 흔히 대중 작가라고 하면 플롯에만 관심을 기울일 뿐 문체에는 별로 신경을 쓰지 않는 것으로 알려져 있다. 그러나 셸던은 소설에서 문체가 플롯이나 작중인물이나 그들의 성격 못지않게 중요하다고 생각하였다. 그를 두고 '언어의 마술사'라고 부르는 것도 그다지 무리는 아닌 듯하다.

물론 셸던의 작품에 문제가 없는 것은 아니다. 대중의 인기를 의식하고 잇달아 작품을 출간해야 하다 보니 남에게 작품 집필을 의뢰할 수밖에 없다. 그는 소설의 줄거리를 생각해 낸 뒤 전문 작가들을 고용해 집필하게 하는 이른바 '산업적 글쓰기'로도 유명하다. 아니, '유명하다'고 말하기보다는 차라리 '악명 높다'고 말하는 쪽이 더 정확할 것이다. 말하자면 생산할 수 있는 능력 이상으로 제품 주문을 맡아 놓고 남에게 하청을 주어 제품을 만들어 내듯이 셸던은 그렇게 작품을 생산해 냈던 것이다.

적어도 이 점에서 셸던은 19세기에 프랑스 작가 알렉상드르 뒤마와 비슷한 데가 있다. 뒤마는 '소설 제작소', 즉 싸구려 작가들을 고용하여 작업실에서 작품을 생산했다. 뒤마의 '소설 제작소'에는 많을 때는 70명에 이르는 작가들이 일하였고, 해마다 20편에서 30편 정도의 소설을 쏟아냈다. 이 '소설 제작소'에서는 뒤마가 소설의 줄거리와 인물의 성격 등 큰 틀을 설정해 주면, 고용된 작가들이 각각 부분을 맡아서 집필하였다.

이렇게 분업으로 쓴 소설은 마지막으로 뒤마의 의견을 듣고 최종적으로 수정을 거친 뒤에 출간되었다. 그 때문에 뒤마는 엄청난 양의 작품을 출간하여 대중적 인기를 한 몸에 받았지만 문단에서는 따가운 시선을 받아야만 하였다.

그러나 이러한 행위는 양심 있는 작가라면 해서는 안 될 일이다. 세계 문학사를 보면 보석을 연마하듯이 평생 한두 작품을 갈고 닦으며 집필한 작가들이 적지 않다. 가령『폭풍의 언덕』을 쓴 에밀리 브론테가 그러하고,『호밀밭의 파수꾼』(1951)을 쓴 J. D. 샐린저가 그러하고,『앵무새 죽이기』(1960)를 쓴 하퍼 리가 그러하다. 마거릿 미첼도 늘 '대중소설'이라는 꼬리표가 붙어 다니는『바람과 함께 사라지다』(1936) 한 권으로 문명文名을 남겼다. 이들 작가와 비교해 볼 때 셸던은 대중의 인기에 지나치게 영합한 나머지 작가로서의 성실성을 배반했다고 할 수 있을 것이다.

창녀와 성녀

최인호의 『별들의 고향』

한국 현대문학사에서 최인호崔仁浩만큼 '최초'나 '최고' 또는 '최연소'라는 꼬리표가 자주 붙어 다니는 작가도 아마 찾아보기 드물 것이다. 어렸을 적부터 일찍이 소설가를 꿈꾸었던 그는 '최연소로' 일간신문 신춘문예에 당선된 작가다. '최연소로' 일간신문에 소설을 연재한 작가며, 잡지에 가장 오랫동안 소설을 연재한 작가다. 잘 알려진 것처럼 최인호가 『조선일보』에 『별들의 고향』을 처음 연재하기 시작한 것이 약관 스물여섯 살 때였다. 월간잡지 『샘터』에 무려 34년 넘게 『가족』을 연재하여 '최장기 소설 연재'라는 기록을 세웠다. 또한 작품이 '최고로 많이' 영화로 만들어진 작가며, 책 표지에 사진이 실린 '최초의' 작가이기도 하다.

이밖에도 최인호는 한국 '최초의' 전업 작가다. 일정한 직업 없이 오직 글을 쓰는 일만으로 평생 생계를 유지하였다. 이문열李文烈은 언젠가 "내가 등단할 무렵에는 소설가 중에서 부업 없이 글만 써서 밥 먹고 사는 소설가는 최인호 선배 정도뿐이었던 것 같다"라고 회고한 적이 있다. 그런가 하면 최인호는 컴퓨터의 워드프로세서로 집필하는 대신 원고지에 직접 손으로 집필한 작가이기도 하다. 언제가 그는 컴퓨터로 작업한 글은 "마치 기계로 만든 칼국수" 같은 데다 왠지 "성형 수술한 느낌"이 든다고 밝힌 적이 있다. 그래서 그는 끝까지 원고지와 펜을 고집하였다. 적어도 이 점에서 최인호는 그보다 두 해 먼저 태어난 조정래趙廷來와 비슷하다. 그러나 이 점을 빼고 나면 두 작가는 여러모로 사뭇 다르다. 조정래의 말대로 "최인호는 [그]와는 다른 방식으로 문학적 열정을 불태운 작가"다.

원고지와 펜 끝에서 나온 최인호의 작품은 1960년대부터 작고하기 전 2010년대까지 독자들의 사랑을 받으며 한국 현대문학사에서 굵직한 한 획을 그었다. 그는 고등학교 2학년 재학 시절인 1963년 단편소설 「벽구멍으로」가 『한국일보』 신춘문예에 가작으로 입선하여 문단 말석에 자리를 얻었다. 그러나 이 무렵 그를 정식 작가로 인정해 주는 사람은 아무도 없었다. 그도 그럴 것이 그는 아직 까까중이 고등학생으로 한낱 '소년 문사'에 지나지 않았기 때문이다. 그래서 최인훈은 1965년 연세대학교 영문과에 입학하자마자 많은 작품을 썼다. 그가 작가로 대접받기 시작한 것은 그로부터 2년 뒤, 그러니까 1967년 단편소설 「견습환자」가 『조선일보』 신춘문예에 당선되면서부터다. 이로써 그는 정식으로 문단에 데뷔하였다. 그 뒤 『현대문학』과 『월간문학』 그리고 『문학과지성』에 잇달아 단편소설과 중편소설을 발표하면서 소설가로서의 입지를 굳혀 나갔다.

이렇듯 데뷔한 지 10년이 채 되기도 전에 문단에서 최인호의 위상은 참으로 대단하였다. 그의 위상은 1980년대 초부터 문단에서 선풍적인 인기를 끈 이문열과 비교해 보면 쉽게 알 수 있다. 비록 나이는 최인호보다 세 살 어리지만 이문열은 이 무렵 문단에 아직 이름도 올리지 못하고 있었다. 이문열이 「나자레를 아십니까」로 대구 『매일신문』 신춘문예에 가작으로 당선되면서 등단한 것이 1977년이니 최인호와 비교해 보면 늦깎이라고 하여도 크게 틀리지 않을 것 같다. 이 무렵 최인호만큼 대중의 인기를 한 몸에 받고 있던 작가도 찾아보기 어려웠다. 그러나 그가 '천재적인' 작가로 인정받기 시작한 것은 1972년 9월부터 이듬해 9월까지 장편소설 『별들의 고향』(1973)을 발표하면서부터다. 이 소설로 그는 이제 문단에서 확고부동한 위치를 차지하게 되었던 것이다.

1

최인호가 이십대 중반의 젊은 나이에 『조선일보』에 『별들을 고향』을 연재한 것은 그 자체가 가히 파격적이요 혁명적이었다. 이 무렵에는 쉰 살, 적어도 마흔 살은 넘어야 일간신문에 소설을 연재할 수 있었다. 박종화朴鍾和와 유주현柳周鉉 그리고 손창섭孫昌涉 같은 내로라하는 문단 원로들이 이 무렵에 일간신문에 연재소설을 쓰고 있었다. 그들보다 조금 젊은 세대로는 이호철李浩哲이 참여하고 있을 따름이었다. 비교적 젊은 작가로서는 유일하게 이청준李淸俊이 『조선일보』에 소설을 연재하다가 그만 도중 하차하고 말았다. 그 뒤로 신문 편집자들은 위험성이 따른다고 하여 젊은 작가에게는 좀처럼 연재소설을 맡기려고 하지 않았다.

그러나 1972년 어느 날 최인호에게 중앙 일간신문에 소설을 연재할 수 있는 행운이 찾아왔다. 『조선일보』 문화부장이던 유경환柳庚煥이 신춘문예 심사를 맡았던 황순원黃順元과 박영준朴榮濬에게 연재소설을 쓸 만한 참신한 작가가 없는지 문의하자 두 사람은 하나같이 최인호를 적극 추천하였다. 유경환한테서 소식을 전해들은 최인호는 뒷날 "순간 가슴이 내려앉는 것 같은 충격"을 느꼈다고 술회한 적이 있다. 이 무렵 편집국장을 맡은 신동호^{申東灝}는 스물여섯 살의 청년 최인호를 처음 만나 무척 당황하였다. 이렇게 당황하는 그에게 최인호는 "맡겨만 주신다면 절대로 후회하지는 않을 것입니다"라고 대답하였다.

그런데 최인호의 이 말은 단순히 젊은 패기에서 나온 호언장담이 아니었다. 그는 이제까지의 신문 연재소설의 관행을 깨뜨리고 연재소설의 새로운 지평을 열겠다고 다짐하고 있었다. 그의 다짐은 "신문 연재야말로 작가가 독자와 만날 수 있는 최고의 공간이 아닌가"라는 말에서 단적으로 드러난다. 이 무렵 작가들은 순수 문예지에만 관심을 기울일 뿐 일간신문 같은 대중매체를 가볍게 보는 경향이 있었다. 최인호는 작가가 동시에 많은 독자들을 만날 수 있는 공간으로서는 일간신문만큼 좋은 곳이 없다고 판단하였다. 뒤에서 자세히 언급하겠지만 그는 순수문학과 통속문학, 엘리트문화와 대중문화를 굳이 이분법적으로 구분 지으려고 하지 않았다.

『별들의 고향』을 연재하기 일 년 전인 1971년 최인호는 고등학교 동창생인 이장호^{李長鎬}와 함께 충청북도 청주에 있는 화장사^{華藏寺}라는 절에서 한여름을 보낸 적이 있었다. 이때 그는 이장호에게 일간신문에 연재소설을 쓰게 된다면 "반드시 사람들에게 널리 읽히는 소설을 쓰겠다"라고 밝혔다. 그러면서 지금 생각하고 있는 소설은 오래 전부터 구상해 온 작품이라고 덧붙이기도 하였다. 최인호는 독자들에게 "널리 읽히는 소설"이라고 하여 통속소설로 매도하는 태도는 옳지 않다고 생각하고 있었다. "널리 읽히지 않는 소설"이 순수소설이고 엘리트적인 고급소설이라고 생각하는 것은 한낱 편견과 오해에 지나지 않기 때문이다.

더구나 최인호는 이 무렵 신문에 연재소설을 쓰는 작가들이 사명감이나 자부심이 없다고 한탄하였다. 실제로 작가들은 때로는 패배 의식에 젖어 있었다. 독자들이 없다고 한탄하면서 신문 연재소설을 진지하게 생각하지 않았다. 이 점과 관련하여 최인호는 "그런데 어째서 작가들은 이 귀중한 지면을 낭비하고 있는 것일까. 그러면서 어째서 작가들은 독자들이 없다고 불평하고 있는 것일까"라고 스스로 물었다. 신문 연재소설이 인기가 없다면 그 책임은 독자에게 있는 것이 아니라 어디까지나 작가한테 있다고 생각하였다.

최인호는 한편으로는 젊은 나이에 주요 일간신문에 연재소설을 청탁받았다는 사실에 적잖이 가슴 뿌듯하면서도 다른 한편으로는 은근히 겁을 먹고 걱정하기도 하였다. 그가 느낀 이러한 복합적인 감정은 『조선일보』의 사고社告 형식으로 나온 「작가의 말」에서도 엿볼 수 있다.

큰 욕심은 부려 보지 않겠다. 나이가 젊다고 객기를 부려 보지도 않겠다. 신문 소설이 작가에게 주는 영향은 대부분 마이너스라는 소리도 수십 번 들었다. 그래서 솔직히 겁이 난다. 그러나 최소한도 문장 하나하나에 신경을 쓰고 사건 하나하나에 신경을 써서 써 보겠다. (…중략…) 우리 주위에서 흔히 볼 수 있고 흔히 만날 수 있는 여인의 얘기가 독자들의 구미를 만족시켜 줄 수 있을는지 없는지 나는 모르겠다. 또 약간은 환상적인 여자의 얘기가 어떤 반감을 일으킬지도 모르겠다. 그러나 최선을 다해 보이겠다.

최인호는『조선일보』편집장과 독자들에게 약속한 대로 최선을 다하여『별들의 고향』을 집필하였다. 공책에 먼저 쓴 다음 정성껏 그것을 다시 원고지에 옮겨 적었다. 옮겨 적는 과정에서 고치고 또 고쳐 썼을 것이다. 지금까지 40여 년 동안 작가 활동을 하면서 이렇게 두 번 넘게 원고를 정서하는 작업은 이 작품을 집필할 때 말고는 해 본 적이 없다고 털어놓았다. 뒷날 이 소설에 대하여 최인호는 "세월을 초월하여 젊은 사람들에게 읽힐 만큼 이 소설이 명작이라고는 생각지 않지만, 스물여섯 살의 나이였던 젊은 작가가 혼신의 힘을 다해서 불과 같은 정열로 써내려갔던 그 열망만은 읽고 느껴지기를 소망한다"라고 말하였다.

그런데『별들의 고향』의 연재와 관련하여 주목을 끄는 사항이 몇 가지 있다. 무엇보다도 먼저 작품 제목과 관련한 문제가 그중 하나다. 연재를 시작하기 전 최인호가 고심 끝에 붙인 이름이 '별들의 무덤'이었다. 그가 이장호에게 밝혔듯이 그가 오랫동안 구상하고 있던 작품은 "우리들이 함부로 소유했다가 함부로 버리는, 도시가 죽이는 여자의 이야기"다. 도시에 살다가 도시에서 죽는 여성에 관한 이야기이니 마땅히 '고향'보다는 '무덤'이 훨씬 잘 어울릴 것이다. 그러나 신동호 편집국장은 이 제목을 보자마자 최인호에게 "조간신문에 무덤이라니 재수 없게. 다른 이름으로 고쳐 봅시다"라고 말하였다. 그래서 몇 사람이 모여 즉석에서 개명한 이름이 바로 '별들의 고향'이었다. 별들의 무덤이건 고향이건 별들이 있는 곳은 지상이 아닌 천상의 세계일 것이다. 그러나 '무덤'과 '고향'의 함축적 의미는 사뭇 다르다. 주제와 관련시켜 보면 전자보다는 후자가 훨씬 더 안성맞춤이다.

두 번째로 관심을 끄는 것은『별들의 고향』에 등장하는 주인공의 이름이다. 신동호 편집국장은 최인호에게 연재소설의 대략적인 줄거리를 써 오라고 말하였다. 이 말을 듣고 최인호는 "작가로서 차마 참을 수 없는 수모"를 느꼈지만 『조선일보』에 소설을 연재하기 위해서는 그 '명령'을 마다할 수 없었다. 그때 그가 제출한 줄거리에는 주인공의 이름이 '오경 아'가 아니라 '노승혜'로 나온다. 경아라는 이름은 최인호가 고등학교 후 배로 당시 무명가수였던 이장희李章熙에게 써 준 토크송의 가사에서 비롯 하였다. "제 연인의 이름은 경아였습니다. 나는 경아가 아이스크림 먹는 것을 보고 싶었습니다. 아이스크림 먹는 경아를 보고 싶다는 나의 소망 은 언제나 어디서나 나를 사로잡고 있었습니다." 이 노래 가사는 오래 전 에 최인호가 습작으로 썼던 소설의 한 부분이었다. 〈그건 너〉나 〈한 잔의 추억〉 같은 이장희의 히트곡의 가사도 사실은 뒷날 최인호가 써 준 것이 다. 주인공 이름을 바꾼 것을 두고 뒷날 최인호는 '노승혜'라는 이름보다 는 '오경아'라는 이름이 "더욱 귀엽고 평범하며 보편적"이라고 판단을 내 렸다고 술회하였다. 작가에게 경아는 "예쁘고 착한 여자"이면서 동시에 "약간은 환상적인 여자"로 주인공의 이미지에 썩 잘 어울리는 것 같다. 어찌 되었던 신문에 소설이 연재되자 전국의 술집 아가씨들이 자신의 이 름을 '경아'로 바꾸는 진풍경이 벌어지기도 하였다.

2

『별들의 고향』은 1972년 9월부터 이듬해 9월까지 일 년 동안 『조선일보』에 연재되자마자 그야말로 폭발적인 인기를 끌었다. 신문의 판매 부수가 늘어난 것은 말할 것도 없고 독자들의 반응이 무척 뜨거웠다. 회사 사무실로 신문이 배달되는 아침이면 이 소설을 먼저 읽으려고 쟁탈전이 벌어졌다. 심지어 병원에서도 간호사들과 입원 환자들 사이에 연재소설을 먼저 읽으려고 다툼이 벌어지곤 하였다. 문단에는 그런 대로 이름이 알려졌어도 일반 독자들에게는 무명작가나 거의 다름없던 최인호는 이 연재소설로 하루아침에 유명 작가가 되었다. 영국의 낭만주의 시인 바이런 경卿은 장편 서사시『해럴드 공자公子의 편력』(1818)을 출판하고 난 뒤 선풍적인 인기를 얻자 이 뜻밖의 인기에 놀라 "어느 날 아침에 잠에서 깨어 보니 유명해져 있더라"라고 말하였다. 최인호가 이 소설을 연재하면서 느낀 감정도 아마 바이런의 감정과 비슷하면 비슷하였지 그보다 덜하지는 않았을 것이다.

최인호가 마지막 314회로『별들의 고향』의 연재를 마치자 언론과 문단에서 화제가 되었다. 주요 일간신문이 사설에서 이 작품을 다룰 만큼 그 반응은 참으로 엄청났다. 가령 1973년 9월『중앙일보』는 사설에서 "누구에게나 있을 수 있는 일을 다루면서 그것을 마치 환상을 다루는 것처럼 처리한 데서 독자들을 설명할 수 없는 곳으로 이끌고 가는 장점이 있다"라고 평가하였다. 그러면서 "사실『별들의 고향』에 갈채를 보내는 오늘의 젊은 세대는 전투적인 참여파나 퇴폐적인 반문화의 신도라기보다는 차라리 조용히 살고 싶어 하는 소시민적 세대라고 할 수 있다"라고 지적했는데 참으로 적절할 평가다. 단행본으로 출간되고 곧 이어 영화로 만들어지면서 이 작품은 이른바 '별들의 고향 신드롬'을 불러일으켰다. "입은 하나의 조그만 술잔. 향그럽고 단 조그만 술잔"같은 몇몇 문장은 젊은이들 사이에서 자주 입에 오르내렸다.

그러나 이 무렵『별들의 고향』에 대한 평가는 이렇게 긍정적이고 호의적인 것만은 아니었다. 최인훈이 우려했던 대로 찬사 못지않게 비난이 빗발쳤다. 대중의 시선이 젊은 작가 최인호에게 집중되자 문단에서 작가로서의 입지를 다진 기성 작가들은 적잖이 위협을 느끼고 그를 '통속작가'로 비판하기 시작하였다. 몇몇 지식인들과 문학인들은『별들의 고향』을 '호스티스문학'이라고 매도하였다. 두말할 나위 없이 주인공 오경아가 술집에서 호스티스로 일하기 때문에 붙여진 이름이다. 그러나 최인호도 밝히고 있듯이 주인공의 직업이 한때 호스티스였을 뿐이지 그 직업은 소설과는 직접적인 관계가 없다. 이 작품을 '호스티스문학'이라고 부르는 것은 마치 한국문학사에서 최초의 근대소설로 평가 받는 춘원^{春園} 이광수^{李光洙}의『무정』(1918)을 '기녀^{妓女}문학'이라고 부르는 것과 같다. 또한 서정인^{徐廷仁}의『강』(1968)이나 황석영^{黃晳暎}의『삼포 가는 길』(1973)도 '작부 소설'로 불러야 할 것이다.

한편 이 무렵『별들의 고향』에는 '상업주의 소설'이라는 달갑지 않은 꼬리표가 붙기도 하였다. 특히 민중문학 진영에서는 이 작품을 "더럽고 야비한 상업주의의 소산"이라고 맹공을 퍼부었다. 물론 이즈음 이러한 이유로 비판을 받은 작가는 비단 최인호 한 사람에만 그치지 않았다. 가령 조해일^{趙海一}, 조선작^{趙善作}, 김주영^{金周榮}, 그리고 그들보다 조금 뒤늦게 문단에 데뷔한 한수산^{韓水山}과 박범신^{朴範信} 등 1970년대에 등장한 젊은 작가들도 하나같이 이와 비슷한 이유로 비판을 받았다. 그러나 이들 작가 중에서도 최인호는 1970년대 '상업주의 소설'을 대변하는 가장 대표적인 작가로 기성 문단으로부터 집중포화를 받아야 했다. 이 '상업주의 소설'이라는 용어가 한국 문단에 처음 본격적으로 등장한 것도 바로 이 무렵이었다. 그러나 엄밀히 따지고 보면 '상업주의 소설'이라는 용어만큼 막연하고 애매한 용어도 찾아보기 어렵다. 일간신문이나 잡지 같은 상업적인 매체에 발표한 작품을 가리키는 것인가? 상업적으로 성공을 거둔 소설을 말하는 것인가? 아니면 일반 대중을 대상으로 삼는 통속문학을 가리키는 것인가? 이 세 가지 중 어느 하나에 해당하면 아마 '상업주의 소설'의 범주에 들어갈 것이다.

그런가 하면 문단 일각에서는 심지어 최인호 '호스티스 작가'나 '상업주의 작가'로 모자라 아예 '퇴폐주의 작가'로 몰아세웠다. 민중문학이 맹위를 떨치고 있던 이 무렵 '퇴폐주의 작가'라는 꼬리표는 그야말로 치명적인 사형선고와 다름없었다. 서양문학으로 좁혀 말하자면, '퇴폐적'이니 '퇴폐주의'니 하면 거창하게 들릴지 모르지만 물 지난 생선이 썩는 것처럼 이전의 상태보다 나빠지거나 쇠퇴하는 것을 말한다. 옥스퍼드 영어사전에 따르면, 1837년 스코틀랜드 역사가요 문필가인 토머스 칼라일이 어떤 고귀한 이상理想이 더 이상 자라거나 꽃을 피우지 못하는 시대를 가리키기 위하여 처음 이 용어를 사용하였다. 20세기에 들어와서는 게오르크 루카치가 제임스 조이스나 프란츠 카프카 또는 윌리엄 포크너 같은 모더니즘 계열의 작가들을 비판하기 위하여 이 '퇴폐적'이라는 용어를 사용하면서 널리 알려지게 되었다. 그러나 『별들의 고향』을 제대로 이해하려면 무엇보다도 먼저 '호스티스문학'이니 '상업주의문학'이니 '퇴폐주의문학'이니 하는 꼬리표를 떼어주어야 한다. 이러한 꼬리표가 붙어 있는 한, 이 작품을 올바로 이해하고 평가하기란 무척 어렵다.

『별들의 고향』에 대한 평가는 문학적 성과를 떠나 이 무렵의 시대적 상황과 깊이 맞물려 있었다. 1971년 선거에서 석연치 않게 3선을 달성한 공화당 정권은 1972년 10월 유신으로 헌정을 파괴하고 대통령 직선제마저 부정하는 제4공화국 정권을 수립하였다. 이에 따라 재야와 야당의 반(反)유신과 민주화 운동이 거세게 일어났지만, 정권은 긴급조치라는 초법적인 횡포로 맞섰다. 제3공화국이 단순히 권위적인 민주주의 국가였다면, 제4공화국은 그야말로 독재 국가로 치닫고 있었다.

이러한 상황에서 문학도 마땅히 사회 변혁에 동참해야 한다는 목소리가 높았다. 다시 말해서 1970년대 초엽에는 그 어느 때보다도 문학의 사회적 기능이 요구되었다. 카를 마르크스와 프리드리히 엥겔스의 표현을 빌린다면, 문학은 이제 세계를 '해석'하는 일에 관심을 기울일 것이 아니라 세계를 '변혁'하는 일에 관심을 기울여야 하였다. "행동하지 않는 양심은 악의 편"이라는 영국의 정치철학자 토머스 페인의 말이 더욱 설득력을 얻고 있었다. 이 무렵 한국사회에서는 열 가지, 백 가지 이론보다 한 가지 실천이 훨씬 더 소중하였다.

그런데 최인호의 『별들의 고향』은 이러한 사회 변혁 의지와는 이렇다 할 관계가 없었다. 관계가 없었다기보다는 차라리 그러한 의지의 반대쪽을 지향하고 있었다고 보는 쪽이 더 옳을지도 모른다. 최인호의 말대로 이 작품은 "사회의 비판 의식을 갉아먹는 무서운 독소"와 다름없었다. 이렇게 사회를 비판하는 의식을 마비시킴으로써 궁극적으로는 독재 체제 편에 서서 그것을 옹호하는 결과를 낳기 때문이다. 이 무렵에는 침묵도 '체제순응적'이라고 의심받기 충분하였다. 궁핍한 시대에 작가가 변혁 의지에 무관심하다는 것은 마치 고대 로마가 활활 불타고 있는데 네로 황제가 현악기를 타고 있는 것과 다를 바 없다.

그러고 보니 『별들의 고향』은 대중으로부터 큰 인기를 끌면서도 다른 한편에서 신랄한 비판을 받았다는 점에서 20여 년 전에 나온 정비석鄭飛石의 『자유부인』(1954)과 여러모로 비슷하다. 다만 차이가 있다면 정비석의 작품이 외설 시비로 비판을 받았다면 최인호의 작품은 역사적 현실을 외면한다는 이유로 비판을 받았다. 정비석은 한국전쟁이 휴전에 들어간 직후 『서울신문』에 『자유부인』을 연재하였다. 그는 제1공화국 당시 이 소설의 음란성 시비에 휘말리면서 필화 사건을 겪었다. 당시 이승만 대통령의 지시로 특무대에 연행되기도 하였다. 특무대의 경찰관들은 정비석에게 북한의 지시로 대한민국을 음란하고 퇴폐적으로 묘사하여 적화赤化를 기도하지 않았느냐며 고문을 가하기도 하였다. 그 때문에 이 소설은 일본과 대만, 북한에서까지 화제를 불러일으켰다. 물론 최인호는 정비석처럼 신체적으로 고통을 겪은 것은 아니지만 적어도 정신적으로는 선배 작가 못지않게 적잖이 고통을 겪었다. 이 무렵의 일을 회고하며 최인호는 "나는 그때 약간의 신경쇠약 증상까지도 느낄 만큼 황송하게도 70년대의 대표 작가로 집중포화를 맞고 있었다"라고 고백하였다.

3

최인호는 비단 진보 진영 쪽에서만 비판의 화살을 맞은 것은 아니었다. 순수문학이나 엘리트문화를 부르짖는 보수 진영 쪽에서도 그를 날카롭게 비판하였다. 한 인터뷰에서 그는 "체제의 반대편에 선 사람들에게는 상업주의라는 비난을 받았고, 체제를 수호하려는 이들로부터는 퇴폐주의라는 양날의 협공을 받았다"라고 털어놓은 적이 있다. 말하자면 새 편에서는 쥐로, 쥐 편에서는 새로 따돌림 받는 이솝우화의 박쥐와 같은 신세였다. 가령 그동안 참여문학에 맞서 순수문학의 기치를 치켜들고 최인호를 옹호해 온『문학과지성』의 김현順炫도 최인호와『별들의 고향』을 탐탁지 않게 평가하였다. 최인호의『별들의 고향』이 '낙양洛陽의 지가紙價'가 아닌 '서울의 지가'를 올리던 무렵 어느 날 김현은 술자리로 최인호를 불러 이렇게 양자택일을 강요하였다.

> 당신은 참 좋은 작가였다. 그런데『별들의 고향』으로 대중작가가 되려 한다. 당신은 우리가 옹호했던 작가였다. 그런데 당신 때문에도 그렇지 않아도 난처한 우리의 입장이 점점 코너에 몰리게 되었다. 그러니 양자 중에 하나를 택일하여 달라.

인용문 첫 문장에서 김현이 "당신은 참 좋은 작가였다"라고 말한다는 점에 주목하여야 한다. '작가다'라고 현재형으로 말하는 것이 아니라 '작가였다'라고 과거형으로 말하는 것이다. 최인호는 한때 '참 좋은' 작가였는지 모르지만 지금은 그렇지 않다는 뜻이 강하게 함축되어 있다. 그러면서 김현은 곧바로『별들의 고향』을 그 근거로 제시한다. 이 소설로 최인호는 '대중작가'가 되려고 한다는 것이다. 그렇다면 이 작품을 발표하기 전, 즉『현대문학』에「술꾼」,『월간문학』에「모범동화」,『문학과지성』에「타인의 방」같은 단편소설과 중편소설을 쓸 때까지만 하여도 최인호는 '순수작가'였다는 말이 된다.

김현은 계속하여 『문학과지성』이 그렇지 않아도 코너에 몰려 있는데 최인호 때문에 더더욱 코너에 몰리게 되었다고 불평을 늘어놓는다. 왜 코너에 몰려 있었는지 저간의 사정은 알 수 없되 최인호가 잡지와 동인들을 더욱 코너에 몰아넣는 데 한몫을 한 것만은 틀림없다. 그러면서 김현은 최인호에게 "양자 중에 하나를 택일하여 달라"라고 주문하는 것이다. 여기서 '양자택일'이란 순수문학을 선택할 것이냐, 아니면 통속문학을 선택할 것이냐, 엘리트문학을 선택할 것이냐, 대중문학을 선택할 것이냐 중에서 어느 한쪽을 선택하라는 말임은 두말할 나위가 없다.

김현의 말을 듣고 있던 최인호는 조금도 주눅이 들지 않고 당당하게 맞섰다. 김현에게 "내게 신경 쓰지 마시오, 형님. 내가 못마땅하면 내 이름을 평론에서 빼시오. 내 이름이 부담스러우면 내 이름을 평론에서 제외시키시오"라고 말하였다. 여기서 최인호가 김현을 두고 '형님'이라고 부르는 것은 나이가 세 살 더 많기 때문이다. 나이도 나이지만 이 무렵 김현이 비평가로서 문단에서 차지하는 몫이 무척 컸기 때문이었는지도 모른다. 선배 비평가에게 이렇게 대답한다는 것은 이 무렵 대중의 인기를 한 몸에 받고 있다고는 하지만 문단에서는 아직 갈 길이 먼 최인호로서는 여간 용기 있는 일이 아니었다. 조금 무례하다 싶게 김현의 제안을 단호하게 거부한 일을 두고 뒷날 최인호는 "그런 판단이 내게는 참 좋은 것이었다"라고 회고하였다. 김현의 '참 좋은 작가'라는 말과 최인호의 '참 좋은 판단'이라는 말이 참으로 묘한 반어적 대조를 이룬다.

작가는 문단을 떠나야 한다고 나는 생각하고 있다. 화가는 화단(畫壇)을 떠나야 하고, 하다못해 중도 종단(宗團)을 떠나야 한다고 나는 생각한다.

어떤 곳이든 예술가든, 작가든, 구도자든 그들의 속해 있는 필드(field), 즉 단(壇)은 그들의 정신을 갉아먹는다. 작가는 근본적으로 혼자여야만 하고 문단을 의식할 필요는 없는 것이다.

문단이란 생리적으로 하나의 먹이사슬 형태를 갖고 있기 마련으로 이념과, 지방색과, 학연과 인연으로 뭉쳐진 하나의 집단일 수밖에 없다. 여기에 복잡하게 신문과 잡지의 담당 기자들까지 합세하여 마치 조직 사회와 같은 속성을 갖고 있는 것이다.

예술가나 종교가가 특정 집단에 얽매어서는 안 된다는 최인호의 생각은 참으로 옳다. 녹이 쇠를 갉아먹듯이, 그의 말대로 특정 집단은 예술가나 종교가의 정신을 갉아먹는다. 특히 온갖 '연緣'이 마치 거미줄처럼 복잡하게 짜여 있는 한국사회에서는 더더욱 그러할 것이다. 미국의 작가 윌리엄 포크너는 작가란 필요하다면 조국을 배반할 수도, 심지어 자기 어머니를 강탈할 수도 있어야 한다고 말한 적이 있다. 물론 과장해서 말한 혐의가 짙지만 작가란 자유로운 영혼의 소유자여야 한다는 점을 강조한 말이다.

그 뒤 최인호는 스스로 문단에 발을 끊은 뒤 바다 밑까지 내려가 보기로 하였다. 그의 표현을 빌리자면 그는 "줄이 끊겨져 버린 연鳶처럼 바람 부는 대로" 떠돌아다녔다. 그러나 뒷날 최인호는 "지금에 와서 생각하면 그때 내가 내린 선택이야말로 최선이었다고 판단한다"라고 밝힌다. 그의 문학이 때로 찬란한 빛을 내뿜는 것은 바로 이렇게 문단 권력의 자장磁場에서 과감하게 벗어나 자유롭게 작가 정신을 구현하였기 때문이다. "바다 밑까지 내려가 본 내가 지난 과거의 발자취가 이제 나를 산으로 이끌고 있다"라는 그의 말은 이 점을 뒷받침한다. 여기서 '산'이란 작가나 예술가라면 하나같이 지향하는 이상적인 목표, 저 그리스 신화에서 예술의 신 무사가 살고 있던 고향 '파르나소스 산'을 가리킨다.

한편 최인호는 이보다 앞서 『창작과비평』의 진보 진영 쪽에서도 따돌림을 받았다. 이 무렵 이 잡지의 편집자로 있던 비평가 염무웅廉武雄이 최인호에게 작품 한 편을 부탁하였고, 최인호는 중편소설 「미개인」을 그에게 주었다. 그러나 몇 달을 기다려도 잡지에 작품이 실리지 않자 최인호는 염무웅에게 전화를 걸어 만나자고 하여 그 이유를 물었다. 그러자 염무웅은 작품의 주제가 약하다고 말하면서 저항 의식이 없으니 작품 뒷부분을 '강하게' 고쳐 달라고 주문하였다. 주인공이 두들겨 맞는 것으로 작품이 끝나는 것은 지나친 패배 의식에 지나지 않는다는 것이다. 그러나 최인호는 뒷날 김현에게 그리하였듯이 염무웅에게도 "내 작품을 평론가가 감히 이리 고쳐라 저리 고쳐라 하고 주문하는 것은 옳지 못한 일이다"라고 단호하게 말하였다. 그러면서 최인호는 그에게 작품 원고를 당장 돌려 달라고 말하였고, 염무웅은 잡지 편집실로 돌아가 원고를 가지고 와서 돌려주었다. 이로써 최인호는 『창작과비평』과는 영원히 결별하고 말았다.

최인호는 작가든 비평가든 자신을 비난하던 부류를 향하여 "그래, 나는 통속작가다. 그런데 그러는 너희들은 뭐냐?"라고 일갈하며 기성세대의 무능과 사상적 빈곤에 날카롭게 일침을 가하였다. 그의 관점에서 보면 기성 문인들은 엘리트주의나 문화 귀족주의라는 전가傳家의 보도寶刀로 기득권을 유지하고 있었다. 그러나 최인호는 이에 굽히지 않고 자신의 입장을 단호하게 고수하려고 하였다. 자신들의 명성을 지키려던 기성 작가들과 비평가들은 그의 거침없는 태도와 비판에 주춤하지 않을 수 없었다. 젊은 작가의 치기나 패기가 아니라 치열한 작가 정신에서 나온 판단이기에 최인호의 행동은 더욱 설득력이 있었다. 1987년 가톨릭에 귀의한 최인호는 장편소설 『고래사냥』(1983), 『겨울 나그네』(1983), 『바보들의 행진』(1987), 『낯익은 타인들의 도시』(2011)를 잇달아 발표하였다. 또 『잃어버린 왕국』(1988), 『왕도의 비밀』(1995), 『상도』(2000, 2009), 『해신』(2003) 같은 역사소설과 『길 없는 길』(1993)과 『유림』(2007) 같은 종교소설 등을 발표하면서 문학적 영역을 계속 넓혀 나갔다.

4

『별들의 고향』은 '도시문학'이라는 새로운 장르가 태어나는 데 크게 이바지한 작품이다. 최인호보다 40여 년 앞서 이무영李無影이 '농촌문학' 장르를 개척한 것과 맞먹는다. 1970년대와 1980년대에는 해방을 전후하여 태어난 한글세대들이 한국 문단에서 본격적으로 활약하기 시작하였다. 이 시기에 걸쳐 한국사회는 역사에서 그 유례를 찾아볼 수 없을 만큼 급속도로 변화하였다. 다른 나라에서라면 아마 몇 십 년, 몇 백 년이 걸릴지도 모르는 사회 변동이 겨우 몇 년 안에 일어나고 있었다고 하여도 크게 틀리지 않을 것이다. 이 무렵 농경사회에서 산업사회로 빠르게 이행하고 있었다. 산업 구조가 농업 중심에서 제조업, 더 나아가 사회 간접자본과 서비스업 중심으로 옮겨갔다. 이에 따라 농업도 공업화를 겪게 되어 농촌 인구가 눈에 띄게 줄고 도시가 급격하게 성장하는 도시화가 일어났다. 이 무렵 일제 식민 지배에서 해방된 1945년에 12.9%였던 도시 인구 비율은 1960년에 28%로 무려 두 배 넘게 늘었다. 그러나 흥미롭게도 사회 변동이 빠르게 일어나고 있었지만 한국사회는 여전히 과거의 전통적인 농경사회와 현재의 지배적인 산업사회, 그리고 앞으로 다가올 정보사회가 어렴풋하게나마 동시에 혼재해 있었다. 한국사회의 근대화는 이렇게 워낙 짧은 기간에 복합적으로 일어났기 때문에 '복합적 근대와' 또는 '농축된 근대화'로 부를 수 있을 것이다.

그러나 빛이 있으면 그림자가 있듯이 이렇게 빠르게 진행된 한국의 근대화는 부작용과 폐해도 적지 않았다. 한국사회가 전반적으로 대중사회의 성격을 띠기 시작하면서 가족의 구성과 기능이 전보다 크게 축소되었고, 개인중심주의가 만연하면서 인간관계가 이익사회로 바뀌었으며, 정신과 문화가 세속화하는 경향을 띠었다. 한편 경제 성장으로 생활수준이 향상되고 공산품이 널리 보급됨으로써 자본주의사회의 특징이라고 할 소비지향의 생활양식이 자리 잡게 되면서 황금만능주의, 물질 숭상, 쾌락 추구 등의 부정적인 풍조가 두드러지게 나타나기 시작하였다.

특히 1970년대 중반부터 경제 호황으로 국민소득이 높아지면서 향락 산업이 부쩍 고개를 쳐들기 시작하였다. 도시를 중심으로 경제 성장의 어두운 그림자라고 할 유흥업소가 독버섯처럼 여기저기 생겨났다. 직장인들이 자주 드나드는 곳에는 룸살롱이 우후죽순처럼 생겨났고, 도시 뒷골목에는 사창가가 늘어났다. 접대와 회식 문화가 발달한 것도 한몫 톡톡히 하였다. 유흥업소도 점점 진화하여 흘러간 옛 노래를 부르며 막걸리를 팔던 술집은 도시 변두리로 밀려나고 그 자리에 맥주를 팔고 화려

한 드레스를 입은 아가씨들이 접대하는 맥주홀 같은 새로운 종류의 술집들이 들어서기 시작하였다. 아가씨들은 비록 가명일망정 이름 대신 번호로 통하고 저녁에 출근해 아침에 퇴근하였다. 막걸리 집이건 맥주홀이건 이러한 업소에서 일하는 여성들은 급격한 산업화로 농촌 공동체가 붕괴되면서 시골에서 도시로 올라온 젊은 아가씨들이었다. 사회적 약자인 그들은 향락 문화의 틈바구니 속에서 고달프게 살면서 몸과 마음과 영혼이 상처를 입을 수밖에 없었다.

최인호와 거의 같은 시기에 걸쳐 활약한 작가 중에는 이미 앞에서 언급한 조해일, 조선작, 김주영, 한수산, 박범신 말고도 황석영黃晳暎, 송영宋榮, 조세희趙世熙, 윤흥길尹興吉 같은 작가들이 있다. 그들은 그 이전의 작가들과는 달리 20세기 중엽 산업화를 거치면서 그 과정의 부작용이나 폐해를 작품의 소재로 즐겨 삼았다. 그러나 그들은 산업사회의 희생자라고 할 공장 노동자들이나 도시 빈민의 삶에 좀 더 깊은 관심을 기울인 반면, 최인호는 도회인의 감수성으로 이 무렵 젊은이들의 고뇌와 갈등에 초점을 맞추었다. 형식이나 기법에서도 최인호는 나머지 작가들과 조금 차이가 난다. 이 무렵에 활약한 대부분의 작가들이 전통적인 사실주의의 테두리 안에서 크게 벗어나지 않았다면, 최인호는 여러모로 사실주의의 좁은 울타리를 벗어나려고 애썼다. 황석영을 비롯한 작가들이 견고한 사실주의를 무기 삼아 1970년대 산업화의 그늘을 정면으로 날카롭게 비판했다면, 최인호는 도회적인 감수성으로 산업화의 그늘을 우회적으로 묘사하였다.

도시문학이라고 하여도 『별들의 고향』의 주인공 오경아는 조선작의 대표작이라고 할 「영자의 전성시대」(1973)의 주인공 영자와는 조금 다르다. 물론 산업화의 물결을 타고 무작정 대도시로 온 시골 처녀들의 고단한 삶은 서로 비슷할지 모른다. 조선작의 소설을 원작으로 김호선 감독이 메가폰을 잡은 동명 영화 개봉 당시 포스터에는 "우리가 만난 여자, 우리가 사랑한 여자, 우리가 버린 여자"라는 문구가 적혀 있었다. 우연의 일치인지는 모르지만 경아를 두고 최인호가 이장호에게 밝힌 내용과 아주 비슷하다.

그러나 경아한테서는 영자에게서 좀처럼 찾아볼 수 없는 도회적인 면모가 있다. 이러한 특징은 최인호가 서울에서 태어나 자라난 '서울 작가'라는 사실과 깊이 관련되어 있다. 작가에게 태생적 환경은 식물이 자라는 토양과 같아서 작품 창작에 직접·간접으로 영향을 끼치기 마련이다. 최인호는 2005년 '채널예스'와의 인터뷰에서 자신이 도시에서 태어나 한 번도 도시를 떠나 본 적이 없는 '도시 작가'라고 밝혔다. 그러면서 바로 이 점에서 동시대의 다른 동료 작가들과는 조금 다르다고 말하였다.

사실 우리나라에는 도시 작가가 드물어요. 보통 전라도, 경상도, 충청도에서 올라온 사람들이라고. 그들은 서울에서 타인이라고. 항상 그들에게 서울은 묘사되고 있지만 그들에게 서울이라는 도시는 극복해야 할 대상이라고. 그러니까 하숙생의 눈으로 서울을 보는 거라고. 나는 아니야. 나에게 있어 서울은 극복해야 할 그 무엇도 아니고 그저 삶 자체라고. 그 점은 『별들의 고향』에서부터 나타나죠. 경아는 서울에서 산다고. 골목에서 살다가 골목에서 죽어나지. (…중략…) 나에게 있어 광화문, 나에게 있어 남산, 나에게 있어 한강은 말하자면 삶의 근원이라고.

인용문에서 "경아는 서울에서 산다고. 골목에서 살다가 골목에서 죽어나지"라는 문장을 찬찬히 눈여겨볼 필요가 있다. 엄밀히 말하면 경아는 서울에서 태어나서 자란 것은 아니다. 강원도 시골에서 태어나 그곳에서 자라다가 초등학교 2학년 때 철도 역무원으로 일하던 아버지가 서울로 전근되는 바람에 서울로 이사 왔다. 그러니까 경아가 서울에 올라온 것은 아홉 살쯤이다. 영등포 근처에서 셋방을 얻어 서울살이를 시작하였다. 불광동과 미아리 등 몇 번 이사를 다녔어도 경아는 이때부터 줄곧 서울에서 살았으니 산업화의 물결을 타고 무작정 시골에서 대도시로 올라온 시골 처녀인 영자와는 사뭇 다르다.

이렇듯 최인호는 세련된 문체로 '도시문학' 또는 '도회문학'의 새로운 지평을 열면서 그 가능성을 조심스럽게 탐색한 작가였다. 1960년대부터 1970년대에 걸쳐 서울을 비롯한 도시는 대가족 중심의 농경사회와 핵가족 중심의 산업사회가 서로 충돌하는 지점이었다. 말하자면 도시라는 공간의 씨줄과 1960년대와 1970년대라는 시간의 날줄이 서로 교차하여 만들어 낸 문학 장르가 곧 '도시문학'이다. 이 장르의 문학은 소비지향적이고 향락적인 문화와는 떼려야 뗄 수 없을 만큼 깊이 관련되어 있다. 한편 최인호의 도시문학은 순수문학과 대중문학, 엘리트문화와 대중문화의 경계선에 위치한다.

최인호에게 '도시문학'의 특징은 단순히 도회에서 살고 있는 작중인물을 묘사하거나 도회에서 일어나는 사건을 플롯으로 삼는 데 있지 않다. 『별들의 고향』에는 도시는 단순히 배경이나 소도구가 아니라 그 자체로 살아 숨 쉬는 실체로 작중인물로서의 역할을 맡기도 한다. 예를 들어 이 소설의 첫 장면에서 화자話者요 주인공인 김문오는 "창밖으로 스쳐지나가는 거리의 건물들이 무겁게 이를 악물고 서 있는 모습을 멍하니 내다 보았다"라고 말한다. 서울 거리의 건물들을 도시 생활과 고전분투하고 있는 도회인에 빗대는 표현이다. 또 "붉은 야경 경찰봉을 든 경찰관의 호루라기 소리가 얼어붙은 밤의 도시를 찢고 있었다"라고 말한다. 이 역시 서울 같은 대도시를 살아 있는 유기체로 간주하는 말이다.

이 소설의 화자 김문오는 고향에 내려와 머무는 동안 "내 몸 속에 흐르고 있는 도시에 대한 막연한 향수심 같은 것이 고개를 들고 있다"라고 말한다. 남해의 어느 시골 바닷가가 그의 고향인 그가 서울에 향수를 느낀다는 것이 논리적으로 썩 잘 들어맞지 않는다. 이렇듯 고향에 내려가 일 년 남짓 지내면서도 그의 의식 한 구석에는 언제나 서울이 자리 잡고 있다. 문오는 오경아에게 서울이 싫어져 고향으로 내려가겠다고 말했지만 실제로는 경아와 헤어지기 위한 평계에 지나지 않는다. 문오가 다른 장면에서 "우리는 이 우울한 도시의 그늘에서 뛰쳐나갈 수가 없다"라고 말하는 것도 의미심장하다. 상징주의 시인 샤를 보들레르의 시집 『파리의 우울』(1868)을 연상시키는 언급이다. 문오를 비롯하여 주인공인 오경아도, 그녀의 첫사랑 강영석도, 한때 결혼한 그녀의 남편 이만준도 하나같이 이 '우울한 도시' 서울에서 벗어날 수 없는 도회인들이다. 문오는 경아에 대하여 "도시의 빌딩 꼭대기에 경아가 앉아 있었다. 마치 바닷가 둑 위에 앉아서 바닷물에 발을 첨벙첨벙 담그고 있듯이 경아는 빌딩 꼭대기에 앉아서 맨발을 도시의 물결 속에 담그고 있었다"라고 말한다. 이렇듯 경아와 도시와는 떼려야 뗄 수 없이 유기적으로 깊이 관련되어 있다.

5

　최인호는 한 인터뷰에서 『별들의 고향』이 그의 대표작처럼 회자되는 것을 별로 좋아하지 않는다고 밝힌 적이 있다. 그러나 작가의 평가는 대개의 경우 믿을 만한 것이 되지 못한다. 최인호의 평가와는 관계없이 『별들의 고향』은 그의 작품 중에서 가장 널리 알려져 있을 뿐만 아니라 어떤 의미에서 가장 대표적인 소설이다. 그가 발표한 최초의 장편소설이지만 이 작품에는 소설가 최인호의 작가적 역량을 가장 잘 엿볼 수 있는 청우계 같은 작품이다. 그의 말대로 스물여섯 살의 젊은 작가가 "혼신의 힘을 다해서 불과 같은 정열로 써내려갔던" 작품임에 틀림없다.

　『별들의 고향』은 어찌 보면 자칫 진부한 이야기일 수도 있다. 초등학교 2학년 때 아버지를 따라 상경하여 영등포 근처에서 셋방살이를 시작한 오경아는 아버지가 사망하면서 불행이 시작된다. 음악대학 성악과에 들어가지만 가정 형편 때문에 한 학기 만에 학업을 포기할 수밖에 없다. 생계를 위하여 작은 무역회사에 취직하여 강영석과 사랑하는 사이가 되지만 뜻하지 않게 아이를 갖게 되어 낙태 수술을 하고 곧 버림을 받는다. 아내와 사별한 중소기업 사장 이만준과의 결혼도 과거가 탄로 나면서 또 다시 버림받는다. 이때부터 술을 마시기 시작하는 경아는 외항선원 이동혁을 만나면서 호스티스로 전락한다. 그 뒤 자상하고 따뜻한 화가요 미술 대학 강사인 김문오를 만나 일 년 반 동안 행복하게 동거 생활을 하지만 그들도 헤어질 수밖에 없다. 경아는 이렇게 여러 남자를 거치는 동안 배신감과 냉혹한 현실을 견디다 못하여 알코올 중독자가 된다. 마침내 어느 눈 내리는 밤, 술에 취한 채 심하게 기침을 하며 거리를 방황하던 중

수면제를 과다하게 복용하고 약 기운이 몸에 퍼지자 잠을 이기지 못하고 흰 눈 속에 파묻혀 얼어 죽는다. 한마디로 "순수하고 아름다우며 멋진 육체를 가진 처녀"가 온갖 남자를 만나 사랑하지만 하나같이 버림을 받고 결국 길거리에서 목숨을 잃는다는 이야기다.

그러나 엄밀히 따지고 보면 『별들의 고향』에는 한 개인의 차원을 넘어 좀 더 사회적인 의미가 담겨 있다. 마치 고생물의 모습을 그대로 간직하고 있는 화석처럼 1960년대 말과 1970년대 초 한국의 시대상을 고스란히 간직하고 있다. 독자들이 경아를 처음 만날 때 그녀는 눈부시게 아름다웠다. 이 소설의 화자는 작품 첫 머리에서 "경아의 모습은 봄 상에 오른 야채샐러드처럼 싱싱하게 보였다"라고 말한다. 또 "온몸이 비늘 돋친 생선처럼 생동하고 있는 것" 같다고 말하기도 한다. 그러나 경아가 죽기 몇 달 전 문오가 어느 술집에서 마지막으로 그녀를 만났을 때 그녀의 모습은 옛날의 경아가 아니었다. "경아는 엄청나게 달라져 있었다. 한마디로 추해져 있었다. 몸은 굉장히 비대해져 있었고, 용모에도 관심이 없는 듯 되는 대로 화장을 한 모습이었다"라고 말한다. 이렇게 달라진 것은 비단 외모만이 아니라 성격도 마찬가지다. 처음 만난 경아에 대하여 문오는 "천성적인 밝음과 천성적인 낙관을 가진 그녀는 언제나 어디서나 어떤 역경에서도 예쁘고 건강하였다"라고 말한다. 그러나 마지막으로 독자가 만나는 경아는 알코올 중독 증세로 손을 심하게 떠는 수전증에 콜록콜록 기침을 하는 환자에다 삶을 포기한 듯한 나약한 인간으로 전락하고 만다. 그렇다면 경아는 과연 무엇 때문에 그토록 짧은 시간에 몰라보게 달라졌을까?

이미 앞에서 밝혔듯이 오경아는 "우리들이 함부로 소유했다가 함부로 버리는, 도시가 죽이는 여자"였다. 여기서 '우리들'이라는 일인칭 복수는 단순히 여주인공 오경아를 성^性의 도구로 사용하다가 함부로 버리는 남성들만을 뜻하지 않는다. 좀 더 본질적으로 여성의 몸을 돈을 주고 사고파는 상품으로 전락시킨 자본주의사회의 시장 논리를 뜻한다. 자본주의사회에서 모든 사물은 사용 가치보다는 교환 가치로서의 의미가 훨씬 크다. 또한 자본의 집중과 집적을 위해서 될 수 있으면 모든 사물을 상품화하려는 경향이 있으며, 이를 통하여 자본을 확대하고 재생산한다. 자본주의는 인간의 노동은 말할 것도 없고 사회생활의 모든 부분을 상품 가치로 전환하며, 인간의 성마저도 상품화시킨다. 인격적인 부분이어야 할 성이 상업주의적 전략에 따라 하나의 상품으로서 소비된다. 이러한 과정에서 경아는 자본주의의 소비사회에서 한낱 소비 상품으로 사물화^{事物化} 될 수밖에 없을 것이다.

그래, 경아는 실제로 존재하지 않았던 여자인지도 몰라. 밤이 되면 서울 거리에 밝혀지는 형광등의 불빛과 네온의 번뜩임, 땅콩 장수의 가스등처럼 한때 피었다 스러지는 서울의 밤, 조그만 요정인지도 모르지. 그래, 그녀가 죽었다는 것은 바로 우리가 죽인 것이야. 무책임하게 골목골목마다에 방뇨를 하는 우리가 죽인 여자이지. (…중략…) 그녀는 마치 광화문 지하도에서 내일 아침 조간신문을 외치는 소년에게서 십 원을 주면 살 수 있는 조간신문일지도 몰라. 잠깐 보고 버리면 그만이었어. 그래, 그녀가 살아 있었다는 것은 조그만 불빛이었어. 서울의 거리에서 흔히 볼 수 있는 불빛이었지.

김문오가 경아가 안치되어 있는 적십자 병원 시체 안치소에 들렀다가 길거리로 걸어 나오면서 경아를 생각하는 장면이다. 첫 문장 "경아는 실제로 존재하지 않았던 여자인지도 몰라"는 그녀의 죽음이 화자에게 실감나지 않는다는 말보다는 자본주의의 소비사회에서 한낱 익명적인 소모품에 지나지 않았다는 말로 받아들일 수 있다. 실제로 경아는 지하도에서 십 원 주고 살 수 있는 조간신문처럼 하찮은 존재일지도 모른다. 잠깐 대충 훑어보고 나서 버리면 그만인 신문 말이다. 조간신문 사회면 기사에는 경아의 자살에 가까운 죽음은 한 토막 기사거리도 되지 못한다. 그보다는 오히려 중앙청 앞길에서 뛰어다니다가 잡혔다는 사슴이 기사 거리가 될 뿐이다. 도시에 밤이 찾아오면 가로등이나 네온사인이나 장사꾼의 가스등처럼 명멸하다 사라져 버리는 불빛이 어쩌면 경아의 실존이었는지 모른다.

그러나 인용문에서 찬찬히 눈여겨볼 것은 "바로 우리가 죽인 것이야"니 "우리가 죽인 여자이지"니 하는 구절이다. 경아의 죽음은 자살에 가깝지만 궁극적으로 그녀를 죽음으로 내몬 것은 자본주의사회의 시장 논리다. 다시 말해서 그녀는 자살한 것이 아니라 타살당한 셈이다. 경아는 도구로 이용되다가 사용 가치가 없어져 버려진 폐기처분 당한 소비품에 지나지 않는다. 화장터에서 그녀가 한줌의 재로 변하는 모습을 바라보면서 문오는 그러한 생각을 떨쳐 버릴 수가 없다. "우리가 버린, 우리가 한때 사랑하고 그리고 위안을 받고 떠나 버린 육체, 경아의 모든 것. 아직 우리의 과거가 고여 있는 경아의 몸, 그 모든 것, 아아, 경아의 모든 것. (…중략…) 그 모든 것들을 향해 불이, 불길이 붉은 화염이 태우고 태워 한줌의 재를 만들고 있었다." 여기서 '우리'는 한때 경아를 사랑하고 위로 받던 강영석, 이만준, 이동혁, 김문오만을 가리키지 않는다. 성을 상품으로 간주하는 자본주의사회의 소비자들을 뜻한다. 그러고 보니 "무책임하게 골목골목마다에 방뇨를 하는 우리"라는 구절도 새삼 그 의미가 새롭게 다가온다. 술을 마신 뒤 무책임하게 골목에 방뇨를 하듯이 자본주의사회의 소비자들은 경아의 몸에 욕망과 실의와 좌절과 절망과 비애를 배설하였던 것이다.

6

『별들의 고향』에서 오경아를 죽음으로 내몬 것은 비단 자본주의의 소비사회에 그치지 않고 더 나아가 가부장 질서의 남성중심주의도 한몫 톡톡히 한다. 앞에서 언급한 "바로 우리가 죽인 것이야" 또는 "우리가 죽인 여자이지"라는 문장에서 일인칭 복수 대명사 '우리'는 어디까지나 여성이 아닌 남성이라는 사실을 염두에 둘 필요가 있다. 이 무렵 한국사회가 근대화 과정을 거치면서 대가족의 농경사회에서 핵가족의 산업사회로 이동했다고는 하지만 가부장 질서는 여전히 서슬 퍼렇게 살아서 직접·간접으로 큰 힘을 떨치고 있었다. 입으로만 여권女權과 남녀평등을 부르짖을 뿐 남성의 의식은 19세기 말엽과 비교하여 크게 달라지지 않았다. 우리 속담에 "여자 팔자는 뒤웅박 팔자"라는 말이 있다. 흔히 마른 그릇으로 쓰이던 뒤웅박은 거기에 무엇이 담느냐에 따라서 '팔자', 즉 용도가 달라지기 때문에 그런 속담이 생긴 것이다. 말하자면 여자는 어떤 남편을 만나느냐에 따라 팔자나 운명이 정해진다는 뜻이다. 그런데 이러한 상황은 조선시대나 20세기 중엽이나 크게 달라진 것이 없었다. 이 소설의 화자는 강영석과 오경아의 관계와 관련하여 "남자는 자기의 여인에게 자기가 최초의 남자이길 바라고, 여인은 자기의 남자에게 자기가 최후의 여인이기를 바라는지 모른다"라는 시정市井에 나도는 말을 인용한다. 이 말에서도 엿볼 수 있듯이 이 무렵 한국의 사회 구조는 여전히 남성보다는 여성이 불리하게 짜여 있었다.

오경아는 바로 이러한 위선적인 남성중심주의의 제단에 바친 제물로 볼 수 있다. 스물한 살의 경아한테서 순결을 빼앗는 강영석만 하여도 그러하다. 경아가 영석에게 처음으로 몸을 허락할 때 그녀는 조그마한 호텔의 목욕실에 들어가 문을 꼭 닫고 기도를 드린다. 예전에 성당에 다녀본 적은 있어도 그녀는 지금 교회나 성당에 다니지 않는다. 그런데도 경아는 "저를 행복하게 해 주시옵소서. (…중략…) 그이가 저를 버리지 않게 해 주시옵소서. 영원히 저를 사랑하게 해 주시옵소서"라고 기도를 올리는 것이다. 기도를 드린 뒤에도 경아는 영석에게 "약속하세요, 날 영원히 사랑하겠다구요"라고 말하면서 다짐을 받는다. 그러나 일단 경아의 몸을 얻자 점차 무관심해지는 영석은 그녀로부터 임신 소식을 듣자 더욱 냉담해진다. 결혼하기도 전에 임신한 경아는 이제 자신의 삶이 오직 영석의 손에 달려 있다는 사실을 깨닫는다. 가부장사회에서 그녀에게 영석은 "자기가 믿는, 믿을 수밖에 없는, 아니 믿지 않으면 안 되는, 이제는 믿어야만 하는 오직 한 사람" 남성인 것이다. 낙태 수술을 하고 난 뒤 경아가 영석에게 "날 사랑하세요?"라느니 "날 버리지 않겠죠?"라느니 하며 계속 비굴하게 확인하는 까닭도 바로 여기에 있다. 경아가 영석에게 결혼하자고 제안하자 그는 마지못해 홀어머니를 만나게 주선하지만 마음은 이미 경아한테서 멀리 떠나 있다. 이렇게 영석한테서 배신당한 경아는 자신을 두고 "버림받은 여자 (…중략…) 버림받은 여자보다 더욱 불쌍한, 이미 잊혀진 여자"라고 부른다.

오경아가 두 번째로 만나는 이만준은 누구보다도 철저하게 가부장 제도에 길들어 있는 인물이다. 경아는 자신보다 열일곱 살이나 많은 만준을 만나 그와 결혼하기로 결심할 때도 강영석에게 몸을 맡길 때 그리 하였듯이 "천주님, 저를 행복하게 해주세요. 그이가 저를 버리지 않게 해주세요"라고 기도를 드린다. 가부장적인 한국사회에서 여성의 운명이 얼마나 남성에게 달려 있는지, 여성의 삶이 얼마나 남성의 지배를 받는지 웅변적으로 말해 주는 대목이다. 그러나 이러한 기도에도 불구하고 경아는 어쩔 수 없이 가부장 제도의 희생양이 될 수밖에 없다. 두 번째 남자 이만준에게 낙태 수술을 한 사실을 들켜 그한테서 손찌검을 당할 때도 경아는 "이제는 오직 믿는, 아니 믿지 않으면 안 되는, 믿어야 할 남편"이라고 생각하며 참는다. 그녀는 그동안 사회화 과정을 거치면서 남성중심의 가부장 질서에 그만큼 내면화되어 있다는 증거다.

이만준의 가부장적 태도는 전처 김선희 사이에서 낳은 딸 명혜를 대하는 행동에서 엿볼 수 있다. 명혜는 겨우 여덟 살짜리 초등학생 여자아이인데도 한여름에 긴 치마에 스타킹을 신게 한다. 시원하게 옷을 입히자는 경아에게 그는 "난 여자애는 어릴 때부터라도 함부로 행동해서는 안 되고, 함부로 맨살을 드러내서는 안 된다고 생각하고 있소"라고 단호하게 잘라 말한다. 그러면서 "난 잡초처럼 애를 키워 본 적은 없소. 난 엄격하고 품위 있게 애를 키우고 싶소"라고 덧붙인다. 어린 딸을 자연스럽게 키우는 것이 잡초를 키우는 것과 같다면, 어떻게 키우는 것이 과연 '엄격하고 품위 있게' 키우는 것일까? 모르긴 몰라도 아마 화초처럼 키우는 것일 것이다. 오랫동안 유교 질서의 영향을 받아 온 한국사회에서 여성은 가부장 제도라는 온실 속에서 화초처럼 자랄 수밖에 없었다. 병적이다 싶을 만큼 딸에게 엄격한 이만준의 태도는 전처 김선희를 죽음으로 내몬 의처증에서 비롯한다. 경아의 생각대로 그 사람에게는 "잔인한 적개심"과 "잔인한 복수심"이 굳게 자리 잡고 있어 섬뜩할 정도로 명혜와 경아를 압박하고 있다.

이만준이 명혜에게 강요하는 두꺼운 옷도 따지고 보면 군을 대로 굳어진 가부장 제도를 보여 주는 더할 나위 없이 좋은 상징이다. 이왕 말이 나왔으니 말이지만 경아도 옷을 모두 벗어 버릴 때 무한한 행복감을 느낀다. 이 소설의 화자는 경아에 대하여 "집에서는 대부분 벌거벗고 있기를 좋아했다"라고 말한다. 이만준과 신혼여행을 떠난 첫날밤에도 경아는 "난 왜 옷만 벗으면 이렇게 즐거운지 몰라"라고 생각하면서 마치 다이빙하는 선수처럼 첨벙하고 욕조 안으로 뛰어 들어간다.

이만준이 명혜와 경아에게 강요하는 가부장적 윤리는 『예기禮記』에서 말하는 "남녀칠세부동석男女七歲不同席"의 유교 윤리와 크게 다르지 않다. 물론 한국에서는 이 '부동석'이라는 구절을 잘못 해석하여 자리를 같이 하지 않는다는 말로 받아들이는 경향이 있다. 이때 '석'은 요 같은 깔개를 뜻하는 '석蓆'자와 같은 뜻으로 일곱 살이 되면 사내아이와 계집아이를 함께 재우지 않는다는 뜻이다. "남녀칠세부동석"이라는 말 다음에는 일곱 살이 되면 함께 식사를 하지 않는다는 "남녀칠세부공식男女七歲不共食"이라는 구절이 나온다. 만준은 『예기』의 내용을 글자 그대로 맹목적으로

믿으려는 경향이 있다. 유가의 가부장적 윤리가 시대에 따라 달라질 수밖에 없다는 사실을 좀처럼 받아들이려고 하지 않는다.

어떤 의미에서 옷을 둘러싼 경아와 명혜가 이만준과 벌이는 긴장이나 갈등은 단순히 가족 구성원 사이의 긴장이나 갈등으로만 볼 수 없다. 좀 더 범위를 넓혀 보면 가부장 질서에 맞서는 여성을 상징적으로 보여 주기 때문이다. 처음에는 꺼려하지만 양어머니의 권유를 받아들여 명혜는 마침내 짧은 치마를 입고 스타킹을 벗어 버린다. 그러고 난 뒤 두 사람은 다정한 친구나 자매처럼 가까워진다. 이 소설의 화자는 "최초의 해방감이, 공범의식이 명혜와 경아를 급속도로 친해지게 만든 최초의 계기"가 되었다고 말한다.

그러나 이만준의 가부장적 태도가 가장 뚜렷이 드러나는 것은 아내 오경아에 대한 행동에서다. 그는 경아의 생각이나 의견 따위는 조금도 아랑곳하지 않고 오직 남성으로서의 권위만 내세운다. 만준은 걸핏하면 경아에게 "이 집의 가장은 나요, 내가 명령하는 대로 행해 주기 바라오"라고 말한다. 그가 가장인 것은 맞지만 가장이라고 하여 집안에서 모든 명령을 내리고, 집안 식구들은 그저 그 명령에 따라야만 하는 것은 아니다. 만준의 아내이면서도 경아는 그의 견고한 남성중심주의의 성城에 갇힌 채 늘 타인과 같은 존재로, 더 나아가 남편의 죽은 전처럼 "죽은 사람"으로 살아간다. 남편의 전처와 무언無言의 대화를 나누면서 "나는 눈을 뜨고 있지만 마치 죽은 사람 같아요"라고 고백하기도 한다. 최인호가 경아와 이만준과의 결혼생활을 다루는 제7장에 하필이면 왜 "인형의 집"이라는 제목을 붙였는지 알 만하다. 헨릭 입센은 "여성은 현대사회에서 여성으로서 제대로 구실을 할 수 없다. 현대사회는 전적으로 남성중심, 남성의 관점에서만 여성의 행동을 판단한다"라고 말하면서 처음부터 『인형의 집』(1879)을 통하여 남성중심의 가부장사회를 비판하기로 마음먹었다. 경아는 이 작품에 등장하는 가정주부 노라 헬머와 여러모로 닮아 있고, 만준은 노라의 남편 토르발트 헬머와 적잖이 닮아 있다. 한마디로 경아가 살고 있는 만준의 집은 그야말로 '인형의 집'과 크게 다르지 않다. 실제로 경아는 집을 나가는 남편에게 "난 마치 인형과 같아요. 태엽 풀린 인형인 것 같아요"라고 고백한다.

강영석과 헤어진 뒤 오경아는 적잖이 자책감과 죄의식에 시달린다. 한숨을 내쉬는 일이 많아졌으며, 자신을 "죄 많은 여자, 지독스럽게 부도덕한 여자"로 생각하기 일쑤다. 경아가 느끼는 자책감은 "자신을 아무렇게나 꾸겨 던져버린 휴지 조각처럼" 생각한다는 사실에서 단적으로 엿볼 수 있다. 이 무렵 그녀의 심리 상태를 묘사하는 표현으로 이 상징적 이미지보다 더 효과적인 것을 찾기란 아마 무척 어려울 것이다. 이만준한테서 청혼을 받고 나서 경아는 더더욱 죄의식에 시달리며 심한 갈등을 겪는다. 그러면서 "나는 부도덕하고 부도덕하고 부도덕하고 부도덕한 여자에 불과하다"라고 속으로 말한다. 이렇게 마치 주문呪文을 외기라도 하듯이 '부도덕'이라는 말을 무려 네 번이나 되풀이한다. 심지어 신혼여행에 가서도 "너는 처녀가 아니다. 처녀가 아니야. 그것도 한 번도 아니고 수십 번, 그리고 뱃속에 있는 아기까지 지운 일이 있는 타락하고 더러운 여자다"라고 자책한다. 그러나 경아가 결벽증 있는 남편에게 자신의 과거를 솔직하게 고백한다는 것은 불가능한 일이다.

여자인 그대는 자기의 과거를 얘기해서는 아니 된다. 남성에게 있어서 여자의 편력은 어느 정도 훈장이 될 수 있을지도 모르지만 여성에게 있어서 과거는 그녀가 숨겨야 할 일급비밀인 것이다. 가사(假使) 남자가 감언이설로 속이려 든다고 할지라도 현명한 그대는 묵비권을 행사하여야만 할 것이다.

이렇게 화자가 경아를 비롯한 여성에게 절대로 자신의 과거를 사랑하는 남성에게 털어놓아서는 안 된다고 말하는 데는 그럴 만한 까닭이 있다. 그의 말대로 한국 남성들은 자신의 여성 편력을 무슨 훈장처럼 자랑하면서도 자신의 아내한테서는 순결을 강요하기 때문이다. 신문에 보면 젊은 여성들이 이러한 문제로 상담하는 내용을 심심치 않게 보게 된다. '러브멘토'라는 상담사는 하나같이 자신의 과거를 무덤까지 가지고 가라고 조언한다. 사랑하는 남성에게 좀 더 가깝게 다가가고 싶어서 순수하게 가슴을 열고 자신의 과거를 보여 주었더니 그 남자는 처음에는 아주 너그러운 미소를 짓더니 서서히 자신으로부터 떠나갔다고 경험담을 털어놓는 젊은 여성들이 적지 않다. 경아는 소설의 화자의 충고대로 끝까지 묵비권을 행사하였지만, 상상임신인 줄도 모르고 남편과 함께 산부인과 병원을 찾았다가 과거 비밀이 탄로 나고 말았다.

마침내 경아의 비밀을 알게 된 이준만의 태도는 돌변한다. 경아가 무릎을 꿇고 용서를 빌어도 남편의 태도는 조금도 달라지지 않는다. 자신이 만준을 속였듯이 만준도 전처가 자살한 사실을 숨기지 않았느냐고 항변하여도 결과는 마찬가지다. 아파트로 혼자 나가 살다가 집에 돌아온 이만준은 경아에게 "나는 당신이 싫어졌소. (…중략…) 당신의 부정에 대해선 도저히 용서할 수 없는 것 같은 생각이 들었소"라고 말한다. 이만준은 집에서 나가 아파트에서 혼자 살고 있고, 아파트로 그를 방문한 경아에게 생활비를 주어 내쫓는다. 멀리 바닷가로 혼자 여행을 떠나 경아에게 이혼을 알리는 편지를 보낸다. 결혼한 지 겨우 여덟 달밖에 되지 않았고, 겨우 스물두 살밖에 되지 않는 젊은 경아에게 그야말로 청천벽력이 아닐 수 없다. 이 소설의 화자는 "경아는 버림을 받았다. 아직 머리에 썼던 흰 면사포가 아른아른 눈에 선하고, 손에 들었던 꽃다발 무게가 채 사라지지 않았을 때 경아는 버림을 받았다"라고 말한다.

『별들의 고향』의 이 장면은 영국의 자연주의 소설가 토머스 하디의 작품 『테스』(1891)의 한 장면과 아주 비슷하다. 방탕아 알렉의 겁탈로 테스는 임신하여 아이를 분만하지만 아이는 곧 사망한다. 자신의 그늘진 과거를 숨기고 시골 농장에서 일하는 테스는 에인절 클레어라는 청년을 만나고, 그 청년의 집요한 설득으로 마침내 결혼을 허락한다. 그러나 첫날밤 에인절이 자신의 과거를 고백하자 테스도 자신의 과거를 고백한다. 그러자 에인절은 돌변하여 테스를 농장에서 남겨둔 채 멀리 아르헨티나로 떠나간다. 이렇게 남녀의 순결문제에서 이중적인 잣대를 사용한다는 점에서 이만준과 에인절은 서로 형제처럼 닮아 있다.

『별들의 고향』의 남성 작중인물 중에서 가부장 제도의 남성중심주의에 가장 적게 물들어 있는 일물은 바로 일인칭 화자요 주인공이라고 할 김문오다. 화가인 그는 예술가들이 흔히 그러하듯이 아마 일상적 규범에서 한 발 벗어나 있기 때문일 것이다. 서로 헤어질 때 경아가 걱정할 정도로 문오는 세상살이에 영악하지 못한 선량한 인물이다. 남에 대한 배려심도 많고 책임감도 있다. 문오에게 오경아는 단순히 독신 남성의 무료함을 달래주는 동반자를 뛰어넘어 예술의 신 무사와 같다. "나는 저 조그만 여자에로부터 구원을 받았다"라고 생각할 만큼 처음에는 무기력한 삶에서 깨어나 삶의 의욕을 되찾을 뿐만 아니라 경아로부터 예술적 영감을 받아 한때 창작욕에 불타기도 한다.

그러나 김문오도 30여 년 동안 가부장사회에서 살아온 탓에 자신도 모르게 남성중심주의의 마각을 드러낼 때가 가끔 있다. 가령 "경아는 내가 밤마다 키우는 비밀스런 한 그루의 나무였다. 나는 그 나무에 나의 외로움을, 우울함을, 권태를 부어 자라게 하였다"라는 문장은 이를 뒷받침한다. 그런데 이 비밀스런 나무는 교묘한 이기주의라는 나무다. 문오는 '키우는'이라는 말 대신에 아예 '사육'이라는 말을 사용하기도 한다. 문오는 경아와 함께 그런 대로 행복하게 살면서 가끔 그녀와의 관계를 생각할 때가 있다. 그래서 그는 "내게 있어서 경아는 내가 키우는 나의 이기주의일지도 모른다"라고 생각한다.

나의 외로움, 나의 슬픔, 나의 고독, 나의 깊은 권태, 내 곁에 빚어지는 모든 육욕과 끓어오르는 환락에 대해서 나는 끊임없이 초조해 하고, 기웃거리고, 망설이다가 그녀에게, 조그만 나의 경아에게 나의 모든 초조함을 그녀의 섹스 속에 사정해 버리듯 털어놓고, 나는 본래의 나로 돌아가려고 천연덕스러운 친절과 적당한 웃음을 연기하고 있을지 모른다.

김문오는 자신의 교묘한 이기주의와 친절과 동정으로 경아를 이용하고 있으며 궁극적으로는 그녀를 조금씩 파멸시키고 있다고 생각한다. 또 "너 또한 그 사내와 마찬가지로 한때의 절망, 한때의 외로움을 그녀의 육신 위에 납처럼 부으며 망연茫然히 책임을 배우는 그런 사내가 아닌가"라고 자문하기도 한다. 여기서 '그 사내'란 아침마다 경아를 매질하고 그녀의 몸에 억지로 문신을 새기는 이동혁을 말한다. 그러면서 문오는 어쩌면 자신이 이동혁보다도 더 그녀를 학대하고 있는 것인지 모른다고 자책한다. 경아를 만나기 바로 전만 하여도 문오는 하루 종일 아파트 방에 틀어박혀 있다가 밤이 되면 거리로 나가 술을 마시곤 하였다. 이 무렵의 자신에 대하여 그는 "값싼 창녀 집에 들러 배설을 하였다. 이상하게도 나는 그녀들을 만나면 안심이 되고 마음이 편안해지곤 하였다"라고 말한다. 그러면서 "나는 요강을 핥는 기분으로 나를 던지곤 하였다"라고 밝히기도 한다. 바로 이때 경아를 만나 동거 생활을 시작하는 것이다. 물론 이렇게 경아와의 관계를 분명하게 깨닫고 있으면서 자신을 탓한다는 점에서 문오는 강영석이나 이만준 또는 이동혁과는 아주 다르다. 그러나 문오가 경아를 자신과 같은 존재로 인정하기보다는 한 대상으로 객관화시키려고 한다.

더구나 김문오도 결국에는 경아를 버린다. 그 방법에서는 강영석이나 이만준 또는 이동혁과 사뭇 다르지만 결과적으로는 크게 다르지 않다. 일 년 가까이 동거하면서 문오는 경아에 조금씩 싫증을 느끼기 시작하는 것이다. 경아와 헤어지는 문제와 관련하여 그는 "우리의 삶이 만나고 헤어지는 인연에 불과하다는 것을 나는 비로소 서른이 넘어서야 터득하고 있었다"라고 말한다. 그는 인연이라는 불교 속에 교묘하게 몸을 숨기려 한다. 불교에서는 결과를 낳기 위한 내적인 직접적 원인을 '인因'이라고 하고, 이를 돕는 외적인 간접적 원인을 '연緣'이라고 하지 않는가? 또 문오는 "우리는 결과적으로 서로 떨어져 있는 혼자일 수밖에 없다"라고 말하면서 자못 철학 속에 숨어 책임을 회피하려고 한다. 한마디로 아무리 그럴듯하게 포장하려 하여도 그가 경아를 버리는 것만은 틀림없는 사실이다.

그런가 하면 김문오는 "우리들의 생활은 초기의 즐거움, 번득이는 생동감을 천천히 때가 묻기 시작하였다"라고 말한다. 여기서 '때'란 동거생활의 때, 즉 권태를 말한다. 한마디로 문오는 이제 경아한테서 싫증이 난 것이다. "도시가 내게 구원을 주지는 않았어. (…중략…) 더 때가 묻기 전에 가야겠어"라는 말이 더할 나위 없이 공허하게 들린다. 그래서 "경아는 같이 살면 살수록 완전한 타인이었다"라는 그의 말도 선뜻 받아들이기 어렵다. 이보다는 차라리 "아름답고 탄력 있던 팽팽한 경아의 몸매는 술과 게으름에 젖어 보기 싫을 정도로 살이 찌고 있었다"라는 말이 훨씬 더 솔직할 것이다.

7

서양문학을 비롯한 예술에서는 여성을 이분법적으로 '창녀' 아니면 '성녀'로 나누는 경향이 짙다. 지그문트 프로이트는 일찍이 '성녀(마돈나)-창녀 콤플렉스'라는 용어를 만들어 내기도 하였다. 미국의 추리소설 작가 댄 브라운이 소설 『다빈치코드』(2003)를 발표하면서 그동안 2천여 년 동안 장막에 가려진 성서의 주요 인물 막달라 마리아가 다시 한번 주목받고 있다. 이 소설은 그리스도인들이 그토록 찾으려고 해 온 성배聖杯가 실제로는 포도주 잔이 아니라 예수 그리스도가 막달라 마리아와 결혼해 낳은 후손들이며, 로마 가톨릭의 은폐와 박해로부터 비밀 조직들이 이를 보호하고 비밀을 지켜왔다는 내용을 담고 있다. 실제 성경 어디에도 '막달라'라는 지역 출신의 마리아라는 여성이 창녀라든가 성적으로 타락하였다는 이야기는 나오지 않는데도 그 여성은 뭇 사람들에게 '회개한 창녀'의 이미지로 깊이 각인되어 있다. 오히려 그녀는 예수의 재정적 후원자로 예수와 최후까지 함께 하였으며, 예수의 부활을 최초로 목격한 인물로 나와 있을 뿐이다. 한편 이름이 같은 '성모 마리아'는 막달라 마리아가 창녀로 전락한 것과 달리 신격화의 이미지로 등장한다.

그렇다면 창녀와 성녀의 차이점은 과연 무엇일까? 하룻밤을 보내고 돈을 비롯한 보상을 받는다면 창녀이고, 낯선 남자들 품에 안겨 그들을 진심으로 위로해 준다면 성녀인가? 이러한 이분법적 분류를 뛰어넘어 성을 사려고 하는 남성들과 팔려고 하는 여성들 사이에 이해관계가 끊임없이 반복되는 과정에서 '성녀 같은 창녀' 또는 '창녀 같은 성녀'를 상정해볼 수도 있을 것이다. 가령 가정이나 사회로부터 버림받거나 소외된 남성들은 누군가로부터 위로받고 싶어 한다. 이런 저런 이유로 창녀가되었지만 자신을 찾아오는 남성들을 진심으로 위로해 주려고 하는 여성들이 있다. 한편 겉으로는 아무리 우아하고 세련되고 교양 있어 보이지만 실제로 정신적으로 타락하여 창녀와 다를 바 없는 여성들도 있다. 막달라 마리아의 창녀 이미지나 성모 마리아의 성녀 이미지 모두 그동안 사실과 다르게 왜곡된 이미지로 남성들이 여성을 특정한 틀 안에 가두려는 도구로 사용되었다.

이왕 말이 나왔으니 말이지만 '창녀'니 '매춘부'니 하는 용어는 정치적으로 적합한 용어는 아니다. 그 용어에는 여전히 가부장 질서가 도사리고 있기 때문이다. 그래서 한국의 전국성노동자연대나 성노동자권리 모임 등에서 그 대안으로 '성 근로자'라는 용어를 사용할 것을 주장한다. 물론 이 용어는 영어 'sex worker'를 번역한 말이다. 이 영어는 지나치게 포괄적이어서 몸을 파는 사람뿐만 아니라 섹스 산업에 종사하는 종업원을 통틀어 일컫는 말이기 때문에 엄밀히 말하면 '창녀'나 '매춘부'와는 조금 다르다.

최인호는 『별들의 고향』에서 성녀와 창녀를 둘러싼 문제를 중심적인 주제 중의 하나로 삼는다. 이 작품에는 창녀로 볼 수도 있고 성녀로 볼 수 있는 여성들이 등장한다. 가령 오경아의 첫사랑 강영석이 관계를 맺는 여성들이 그 좋은 예가 된다. 여자를 처음 사귈 때 헤어지는 순간을 늘 생각할 만큼 영석은 바람둥이다. 그는 기회만 있으면 여성을 유혹하려고 한다. "늘 후한 웃음을 뿌리고 다니는" 영석은 경아가 몸을 쉽게 허락하지 않자 길거리에서 여성에 접근하여 손에 넣는다. 한 번은 술에 취한 영석을 위하여 경아가 약국에서 약을 사러 간 동안 그는 길거리를 지나가는 여성 한 사람을 툭 치고, 그 여성은 피하려는 기색도 없이 그를 빤히 쳐다본다. 영석이 "시장 골목에서 달러를 바꾸는 사람처럼" 그 여성에게 두어 마디 말을 건네자 그녀는 높은 목소리로 웃는다. 이 소설의 화자는 "둘은 아주 눈 깜짝할 사이에 친숙해져서 이상스럽게도 팔짱을 낀 채 밤이 기울여져 지쳐 있는 거리로 흐느적흐느적 걸어가기 시작했다"라고 말한다. 그리고 난 뒤 두 사람은 곧 애인처럼 골목에 있는 여관으로 들어간다. 그렇다면 이 여성은 비록 성녀는 아니라고 하여도 정숙한 미혼 여성이나 가정주부인가, 아니면 몸을 파는 창녀인가? 돈을 주고받지 않는다고 하여도 영석과 하룻밤 몸을 섞는 이 여성은 '길거리 여인'이 아니던가? '길거리 여인'이란 바로 창녀나 매춘부를 가리키는 환유다.

주인공 오경아는 막달라 마리아처럼 창녀로 볼 수도 있고, 성모 마리아처럼 성녀로 볼 수도 있다. 실제로 경아는 한 장면에서 자신이 혹 창녀가 아닌지 의문을 품기도 한다. 제7장에서 경아가 결혼 전에 낙태 수술을 한 사실을 알게 된 남편 이만준은 그녀의 만류에도 집에서 나가 아파트에서 혼자 생활한다. 한 달을 기다려도 집에 돌아오지 않자 경아는 마침내 아파트로 그를 찾아간다. 아파트 문이 열리자 경아는 마치 "죄를 지은 사람처럼" 그에게 수줍게 웃는다. 여전히 화가 나 있는 남편은 아직 외투도 벗지 않은 경아에게 문득 생각이 난 듯이 수표 한 장을 건네준다.

경아는 무심코 손을 뻗쳐 수표를 받았다. 그리고 아무런 생각 없이 수표를 받고 거기에 쓰인 액면 가격을 보다가 문득 자기가 거리의 여인처럼 몸을 주고받는, 이것이 어쩌면 몸값인지 모른다는 생각이 들었고, 그래서 얼른 핸드백 속에 그것을 집어넣었다.

그래 나는 몸값을 받았다. 그리하여 이제는 떠나야 한다. 들어올 때처럼 전혀 남인 것처럼 떠나야 한다.

인용문에서 '거리의 여인', '몸' 그리고 두 번이나 되풀이하여 사용하는 '몸값'이라는 말에 주목하여야 한다. '거리의 여인'은 방금 앞에서 언급하였듯이 길거리에서 몸을 파는 창녀를 가리킨다. 여기서 '길거리'는 '여염집 처녀'니 '여염집 규수'니 할 때의 그 '여염집'과 대비되는 말이다. '몸값'이란 두말할 나위 없이 흔히 '꽃값'이라고 부르는 화대花代로 고객이 창녀에게 성매매의 대가로 지불하는 돈을 말한다. 한국에서는 모든 성매매가 불법이므로 화대를 주고받는 일도 불법에 해당한다.

오경아는 남편한테서 '몸값'을 받자 곧바로 자리에서 일어난다. 그렇게 하는 것이 그녀가 취할 "가장 적절한 행동"이라는 생각이 들었기 때문이다. 창녀는 성매매가 끝나고 몸값을 받았으면 마땅히 자리를 떠나야 한다. 이렇게 내쫓기듯이 아파트에서 나온 경아는 남편이 빗장을 거는 소리를 듣는다. 복도를 걸으며 경아는 "아, 아, 나는 마치 창녀와 같아. 들른 지 삼십 분이 못 되어 밀회하는 사이처럼 돈을 받고 헤어진다"라고 절망감을 털어놓는다.

실제로 오경아와 이만준의 결혼생활은 이렇다 할 애정이 없는 계약결혼과 다름없다. 적어도 만준의 태도는 그렇게 생각하기에 충분하다. 그는 첫 번째 아내 김선희의 망령에 사로잡혀 지내고 있기 때문에 경아와의 결혼생활은 불행할 수밖에 없다. 경아와 신혼여행을 가면서도 전처의 사진을 가지고 갈 정도이니 그녀에 대한 만준의 집착은 가히 병적이라고 할 만하다. 집안 곳곳에는 전처의 사진이 걸려 있고 응접실에는 초상화까지 걸려 있을 뿐만 아니라 이층 구석진 방에는 그녀가 살아 있을 때 사용하던 물건들이 고스란히 놓여 있다. 남편이 출장 간 사이 경아는 전처의 물건을 모두 치울 생각으로 이층 방을 들어간다.

시간은 그녀가 죽은 십 년 전의 시점에 머물러 있었다.

그리하여 이 방 모든 물건들은 그녀가 죽은 시간에 정지되어, 온 방 안에서는 죽은 이의 썩은 항내, 죽은 이의 속살거리는 음험한 밀어, 마치 형광불빛 밑에서 돌연 손을 움직였을 때 진득진득 묻어나오는 빛처럼 죽은 이의 혼은 경아가 손을 내밀어 가구들을 만질 때마다 부르르 떨며 경아의 손을 쥐기도 하고, 차가운 대리석 같은 손으로 경아의 이마를 건드리고 하고 낄낄대면서 조롱하기도 하였다.

이 장면을 읽노라면 영국 소설가 찰스 디킨스의 『위대한 유산』(1861) 의 한 장면이 떠오른다. 귀부인 미스 해비샘은 결혼하는 날 아침, 남자로 부터 배신을 당하고 그 충격으로 시간과 기억을 정지시켜 놓고 세상과 단절하고 살아간다. 그 후 그녀는 평생 웨딩드레스를 입은 채 독선과 자만 속에서 남자에 대한 복수심을 불태우며 마녀 같은 삶을 영위한다. 남자에 대한 복수의 방법으로 아름다운 소녀 에스텔라를 이용하여 자신의 아픔을 보상 받으려 하기도 한다. 『별들의 고향』에서 미스 해비샘 역할을 하는 인물이 바로 이만준이다.

성별이 바뀌어 있을 뿐 이만준과 해비샘은 서로 비슷하다. 해비샘에게 결혼식 날짜 이후의 삶이 멈추어 있듯이 만준에게도 전처가 죽은 이후의 모든 삶은 그 사망 시점에 정지되어 있다. 경아가 그에게 "이 집에는 모든 것이 죽어 있다"라고 말하는 것도 그다지 무리는 아니다. 경아는 남편에게서 "처세와 기만으로 두텁게 위장되었던 잔인한 적개심"과 "싸늘하고 잔인한 복수심"을 느낀다. 만준이 경아에게 전처의 부정不貞에 속아서 깊은 상처를 받았다고 말하면서도 이렇게 전처의 망령에서 좀처럼 벗어나지 못하는 까닭이 어디 있을까? 일종의 가학피학증SM 환자로 볼 수밖에 없을 것이다. 죽은 전처를 마음속으로 학대하면서 쾌감을 느끼는 동시에 그녀로부터 학대 받는다고 생각하면서 쾌감을 느끼기 때문이다. "선생님은 실상은 옛 아픈 상처를 잊으려고 하고 있지만 오히려 즐기시고 있는 것 같아요"라는 경아의 말에는 일리가 있다. 그러면서 그녀는

"과거에 선생님이 하셨던 잔인하고 집요한 학대를 제게 고스란히 되풀이하고 계신 거예요"라고 따진다.

이러한 상황에서 이만준의 합법적인 아내로서 오경아가 남편의 삶 속에 들어설 자리란 거의 없다. 처음부터 만준에게 경아는 죽은 아내의 대용물에 지나지 않는다. 처음 경아에게 끌린 것도 그녀의 얼굴이 전처와 닮았기 때문이다. 그래서 경아는 그에게 "언제 한 번 날, 이 경아를 경아로 봐준 적이 있어요? 언제나 제게서 죽은 전 부인 생각만 했어요"라고 대든다. 허울만 만준의 아내지 실제로는 명혜를 키우고 돌보는 양어머니일 뿐이다. 그러므로 경아가 자신을 '몸값'을 받는 창녀라고 생각하는 것도 마땅하다.

더구나 『별들의 고향』에는 오경아를 '심리적 창녀'나 '정신적 창녀'가 아니라 실제 창녀로 볼 수 있는 장면도 있다. 한 해가 저무는 어느 눈 내리는 날, 김문오와 마지막으로 헤어진 지 1년 뒤 길거리에 쓰러져 사망하는 마지막 장면이 바로 그것이다. 늦은 밤 경아는 허술한 싸구려 술집에서 만난 한 남성에 이끌려 여관에 들어간다. 물론 몸을 가누지 못할 만큼 몹시 술에 취해 있을 뿐더러 삶의 의욕을 모두 포기한 듯 자포자기 상태에 빠져 있다. 사내가 서둘러 방사를 끝낸 뒤 코를 골며 잠에 떨어지자 경아는 자리에서 슬그머니 일어나 벽에 걸린 사내의 옷을 뒤져 주머니에서 지폐 몇 장을 꺼내 들고 여관방을 빠져 나온다. 경아의 짓이라고 보기에는 너무 낯설고 의외의 행동이다. 이 무렵 알코올 중독에 변변한 일자리마저 없는 처지로 전락하기는 했지만 경아가 남의 돈을 훔친다는 것은 좀처럼 상상하기 어렵다. 그것도 그녀가 원하든 원하지 않든 낯선 사내와 성행위를 한 뒤가 아닌가? 성매매 행위로 불 수 있을 뿐만 아니라 더 나아가 일간신문 사회면에서 가끔 보게 되는, 성매매 상대의 금품을 훔치는 절도 행위로 보아도 크게 틀리지 않을 것이다.

그런데 열댓 쪽에 이르는 제10장의 마지막 장면에서 찬찬히 눈여겨보아야 할 것은 최인호가 더 이상 '경아'라는 이름을 사용하지 않는다는 점이다. '경아'라는 개별적이고 구체적인 고유명사 대신에 '여인'이라는 막연한 보통명사를 사용할 뿐이다. 이 장면은 "그로부터 일 년 후, 겨울, 자정이 가까운 시간에 한 여인이 술집 앞을 기웃이고 있었다"라는 문장으로 시작한다. 빈칸으로 처리한 바로 앞 장면에서 김문오는 경아와 마지막으로 질펀한 정사를 끝낸 뒤 편지를 남겨두고 서둘러 그녀의 방에서 빠져나온다. 이 빈칸 사이에 일 년 정도의 시간이 압축되어 있다. 1년 전 문오는 눈발이 세차게 흩날리는 가운데 경아의 집을 쳐다보며 "안녕, 안녕히, 사랑하는 경아여, 안녕히"라고 혼잣말로 되뇐다. 그리고 나서 그는 "경아의 손이 나를 향해 어지럽게 흔들렸다"라고 말한다. 이것이 이 작품에서 '경아'라는 이름을 사용하는 맨 마지막 문장이다. 언덕길을 따라 미친 듯이 뛰어 내려가면서 김문오는 "돌아봐서는 안 돼, 돌아봐서는 안 돼. 나는 돌아보면 마치 선 자리에서 돌이 되어 버리는 듯한 느낌을 받아 언덕길을 허우허우 뛰어 내려갔다"라고 말한다. 『구약성서』「창세기」에서 롯이 식구들을 데리고 소돔과 고모라를 떠나는 장면이 떠오른다. 문오가 돌아보지 말자고 굳게 다짐하는 것을 보면, 롯의 아내가 뒤를 돌아보았다가 소금 기둥으로 변한 사건을 염두에 두고 있기 때문이다. 그렇다면 지금 경아가 잠자고 있는 집과 그가 일하는 미아리 술집은 소돔과 고모라에 해당할 것이다.

빈칸 이후의 장면부터 최인호는 '거리의 여인'이라고 할 때의 바로 그

'여인'이라는 낱말만 사용한다. 예를 들어 "추운 날씨인데도 옷을 껴입지 않아서 꽤 춥게 보이는 여인이었다"느니, "여인은 망설이듯 술집 안을 기웃거리고 있었다"느니, "술잔을 앞에 하고 앉은 여인의 모습은 쓸쓸하고 그리고 적적하게 보였다"느니 하는 식이다. 작가 최인호가, 아니 좀 더 정확히 말해서 이 소설의 화자인 김문오가 '경아'라는 이름을 다시 사용하는 것은 '경아 안녕'이라는 맨 마지막 제11장에서다. 이 장은 "경아의 장례식은 월요일에 거행되었다"라는 문장으로 시작한다. 액자소설에 원형 구조 형식을 사용하는 이 작품에서 작가는 소설을 맨 처음 시작하던 장면으로 다시 돌아가 소설을 끝맺는다. 그렇다면 경아는 예수 그리스도처럼 죽어서 다시 살아나는 셈이다.

한편 『별들의 고향』에서 최인호는 오경아를 창녀 못지않게 성녀로 묘사하기도 한다. 어떤 의미에서 그는 전자 쪽보다는 후자 쪽에 손을 들어준다고 볼 수 있다. 자칫 놓치기 쉽지만 최인호가 이 작품의 제10장에 '성처녀'라는 제목을 붙이고 있다는 점을 주목해 볼 필요가 있다. 여기서 '성처녀'란 경아를 일컫는 말임은 두말할 나위가 없다. 이 장은 김문오가 고향에 내려가 그림을 그리며 지내는 시간과 은사로부터 미술대학의 강사 자리를 제의받고 상경하여 서울에서 지내는 시간으로 크게 나뉜다. 전반부에서 문오는 경아를 거의 잊고 지낸다. "내가 한때 사랑을 하고 몸을 나누고 그런 여인으로 남아 있느니보다는 내 몸을 흐르는 도시적인 기질 속에 용해된 도시의 그림자에 불과하였다"라고 말한다.

그러나 후반부에 이르러서 김문오는 두 번이나 경아를 다시 만나게 된다. 한 번은 미술대학 동료 강사들과 함께 술집에 들려 술을 마실 때고, 두 번째는 경아의 세 번째 남자 이동혁의 부탁을 받고 직접 경아가 일하는 술집으로 찾아갈 때다. 일 년 반 만에 만난 그녀는 여러모로 몰라보게 달라져 있다. 오죽하면 경아 스스로 자신의 별명이 '돼지'라고 말하겠는가? 이 만남에서는 둘이서 술만 마시고 헤어진다. 그러나 두 번째로 만날 때는 두 사람은 함께 경아가 일하는 술집에서 술을 마신 뒤 그곳에서 그다지 멀지 않은 경아의 집에 간다. 두 사람이 자리에 눕는 장면은 이 작품에서 가장 오랫동안 뇌리에 남는 장면 중 하나다. 문오가 "오랜만이군"이라고 중얼거리며 이불 속으로 들어온 경아의 몸을 껴안는 장면은 자못 육감적이다. 두 사람의 성행위를 묘사하는 문장도 마치 눈앞에서 직접 보는 것처럼 그 이미지가 아주 선명하다. 가령 "찢어진 경아의 몸이 달아오르기 시작하였다. 천 개의 혀를 가진 것처럼 경아의 모든 부분이 이글거리기 시작하였다"느니, "이제는 가진 것이라곤 모두 잃어버리고 또 하나 남은 그녀의 육체가 달군 쇠처럼 뜨겁게 익어 올랐다. 비등점을 향해 경아의 몸은 달리고 있었다"느니, "경아의 혀가 내 몸에 흐른 땀을 핥아주기 시작하였다. 마치 자기의 몸을 자신의 혀로 핥아 목욕하는 젖먹이 짐승처럼"이느니 하는 문장이 그러하다. 또 "뚜렷하지 않은 신음소리가 경아의 입에서 새 나왔다. 그 신음소리는 타 버린 재처럼 잦아들었다. 그러고는 죽음과 같은 침묵이 우리 둘을 사로잡아 우리는 죄악을 저지른 사람들처럼 어느 정도 두려움을 느끼고 누워 있었다"라는 문장도 마찬가지로 무척 감각적이다.

더구나 한바탕 격렬한 정사를 벌인 뒤 누운 채 김문오와 오경아가 서로 주고받는 대사를 기억할 사람이 많을 것이다. 이 장면에서 최인호는 될수록 지문을 생략하고 오직 대화로써만 이야기를 이끌어 나감으로써 극적 효과를 극대화한다.

"난 남자 없으면 못 살 것 같아요. 여자란 건 참 이상하게두 남자에 의해서 잘잘못이 가려져요. 한땐 나도 결혼을 하고 남편을 위한 밥을 짓고 밤마다 예쁜 잠옷도 입었었어요."

　"꿈에 불과해, 지나간 것은 모두 꿈에 불과해."

　"꿈이라도 아름다운 꿈이에요. 내겐 소중해요. 소중한 꿈이에요. 또 내 몸을 스쳐간 모든 사람이 차라리 사랑스러워요. 내 몸엔 그들의 흔적이 남아 있어요. 그들이 한때는 날 사랑하고 그들이 한때는 슬퍼하던 그림자가 내 살 어딘가에 박혀 있어요."

　위 대화에서 "여자란 건 참 이상하게두 남자에 의해서 잘잘못이 가려져요"라는 문장이 관심을 끈다. 어떤 남자를 만나느냐에 따라 여성의 위치가 좌우된다는 뜻이다. 첫사랑 강영석에게 경아는 한낱 성욕을 충족시켜 주는 대상이었다. 두 번째 남자 이만준에게 그녀는 죽은 전처 김선희를 대치할 여성에 지나지 않았다. 세 번째 남자 이동혁에게 그녀는 가학증 또는 학대음란증虐待淫亂症이나 돈벌이의 대상이었다. 그리고 맨 마지막 남자 김문오에게 경아는 진정으로 마음을 주고받는 사랑하는 사람이었다. 경아는 이만준과의 결혼을 기억하며 "한땐 나도 결혼을 하고 남편을 위한 밥을 짓고 밤마다 예쁜 잠옷도 입었었어요"라고 말하자, 문오는 "꿈에 불과해, 지나간 것은 모두 꿈에 불과해"라고 대답하면서 그 특유의 허무주의를 드러낸다.

　그러나 인용문에서 가장 중요한 것은 "내 몸을 스쳐간 모든 사람이 차라리 사랑스러워요. 내 몸엔 그들의 흔적이 남아 있어요. 그들이 한때는 날 사랑하고 그들이 한때는 슬퍼하던 그림자가 내 살 어딘가에 박혀 있어요"라는 경아의 마지막 말이다. 뭇 남성이 목마른 사슴처럼 경아의 사랑을 갈구하고, 그녀는 기꺼이 자신의 몸을 바쳐 그들을 위로해 준다. 경아가 강영석이나 이만준 또는 이동혁 같은 사람들을 비난하거나 증오하거나 저주하는 모습은 아무리 눈을 씻고 찾아도 찾아볼 수가 없다. 오히려 그들을 애틋하게 그리워하고 사랑스러워 한다. 경아에게는 그들과의 관계가 하나같이 "아름다운 꿈"일 뿐이다. 곧이어 그녀는 문오에게 "생각이 닿는 곳마다 모두 아름다운 기억들뿐이에요. 지금은 다들 무엇을 하고 지낼까?"라고 말하며 그들의 현재 삶을 궁금하게 생각한다.

이 일이 있기 1년 반 전쯤 김문오가 경아에게 서울을 떠나 고향으로 가겠다고 결별을 선언할 때도 마찬가지다. 경아는 그에게 "나는 아무런 도움도 줄 수 없는 사람이에요"라고 자기 연민에 젖어 말한다. 그러면서 "한때 모든 사람들은 내게 위안을 받아요. 내 무릎에 몸을 누이고 편안한 것처럼 보여요. 그러나 그러다가는 하나 둘 내 곁을 떠나고 말아요"라고 말한다. 비록 그들이 떠나간 것이 아쉽기는 하지만 그렇다고 경아는 그들을 원망하지 않는다. 이렇게 남성들이 자기 몸에서 편안하게 위로를 받은 것으로 만족할 뿐이다. 경아의 말과 행동을 생각해 보면 그녀는 창녀보다는 차라리 성녀에 가깝다. 문오가 마지막으로 그녀와 헤어지면서 잠자고 있는 그녀 머리맡에 긴 편지를 남기면서 "경아야 새처럼 예쁜 경아야"라고 세 번이나 되풀이하여 말한다. 성聖 프란치스코와 관련한 일화에서도 볼 수 있듯이 새는 성인에게 더할 나위 없이 친근한 벗이다.

조금 과장하여 말하는지 몰라도 어떤 의미에서 오경아는 『화엄경華嚴經』에 나오는 바수밀다婆修蜜多와 비슷한 데가 있다. 바수밀다는 인도의 창녀로 그녀와 잠자리를 같이하는 모든 남성은 이튿날 불가佛家로 귀의하게 된다는 설화 속의 포교자다. 김기덕이 감독한 영화 〈사마리아〉(2004)는 바로 이 설화에 뿌리를 두고 있다. 주인공 재영은 친구인 여진과 함께 유럽 여행 경비를 마련하려고 원조교제를 하지만 오직 돈을 목적으로 교제하는 다른 여고생들과는 차원이 다르다. 재영은 여진에게 자신을 인도 설화 속의 주인공 '바수밀다'로 불러달라고 부탁한다. 어느 날 재영은 여관에 들이닥친 경찰을 피하려고 창문으로 뛰어내려서 죽게 되고, 여진은 죽은 재영과 그동안 관계를 했던 남자들을 찾아다니며 받았던 돈을 되돌려주고 그들을 용서한다.

오경아는 바수밀다나 그 인도의 창녀를 흉내 내는 재영이나 여진처럼 자신의 몸으로 뭇 남성에게 위로를 주려고 한다. 불가에서는 육보시肉布施보다 더 큰 보시는 없다고 말한다. 물론 여기서 말하는 '육보시'란 단순히 아무 대가를 바라지 않고 남에게 육체적 관계를 허락하는 것만을 뜻하지 않는다. 본디 이 말은 죽음을 앞둔 고승들이 깊은 산속에 들어가 자신의 육신을 들짐승들에게 내맡기는 것을 뜻하였다. 적어도 자신에게서 한때 위로를 받았던 남성들을 원망하거나 저주하지 않고 그리워한다는 점에서 경아는 바수밀다로 볼 수 있을 것이다.

8

최인호는 얼핏 진부해 보이는 소재로 『별들의 고향』이라는 소설의 집을 짓되 주제를 좀 더 보편적인 것으로 끌어올렸다. 이 작품에서 최인호가 오경아의 스물일곱 살 짧은 삶을 빌려 말하고 싶은 궁극적인 주제는 고독한 존재로서의 인간, 우주의 미아로서의 인간의 모습이다. 이 작품 곳곳에는 고독과 허무와 절망이 안개처럼 자욱하게 드리워져 있다. 이 소설에 등장하는 작중인물들은 정도의 차이는 있을망정 하나같이 고독의 멍에를 걸머쥐고 살고 있을 뿐만 아니라 죽음을 첨예하게 의식하고 있다. 이 작품의 화자 김문오는 경아의 첫 번째 남자 강영석을 두고 "무언가 고독하고 지친 듯한 피로감이 그의 어깨 위에서 퍼덕이고 있었다"라고 말한다. 영석은 경아에게 입버릇처럼 "죽어지면 썩어질 몸 가지고 그리 재지 맙시다"라느니 "죽어지면 썩을 몸 아껴서 무엇 하겠소"라느니 하고 자주 말하기도 한다. 물론 이 말은 경아를 유혹하려고 하는 말이지만 그 이상의 의미가 실려 있다. 아직 스물일곱 살밖에 되지 않는데도 영석은 인생을 다 살고 난 노인처럼 "인생은 다 그렇구 그런 거"라고 말할 만큼 삶에 무척 지쳐 있다. 조동화라는 친구에게 고백하듯이 경아와의 관계도 진지한 사랑이나 애정보다는 "다소 장난스러운 생각"에 지나지 않을 뿐이다. 그의 무책임한 태도는 "사랑이 뭔지는 모르지만 어쨌든 부담을 느낀다"라는 말에서 단적으로 엿볼 수 있다.

적어도 이렇게 삶에 지쳐 있고 허무주의의 늪에 빠져 있다는 점에서 오경아도 강영석과 크게 다르지 않다. 영석과 김문오가 인정하듯이 경아는 천성적으로 밝고 낙관적인 성격의 소유자다. 그러나 아버지가 일찍 사망하고 대학을 중퇴한 뒤 강영석한테서 배신을 당하고 나서부터 조금씩 삶의 태도가 달라지기 시작한다. 노래를 즐겨 부르고 춤도 잘 추지만 경아는 재미있는 희극 영화를 보면서도 곧잘 울 정도로 유난히 울음이 많다. 이 소설의 화자의 말대로 경아는 걸핏하면 "고장 난 수도꼭지처럼"

평평 눈물을 쏟아낸다. 선천적으로 마음이 여리다는 의미도 되지만 그만큼 삶에 지쳐 있다는 의미가 되기도 한다. 또한 경아는 짙은 화장으로 삶에 대하여 느끼는 실의나 절망감을 감추려고 한다. 이 소설의 화자는 "상복을 입은 여자처럼 그녀의 작은 두 어깨 위엔 슬픔이 걸려 있었다"라고 말한다. 김문오와 동거할 때 경아는 언제가 한 번은 그에게 "우리도 언젠가는 불로 향해 뛰어드는 불나비와 같아서 거대한 자연의 손에 의해 죽을지 모르지 않겠느냐"라고 말한다. 화자의 말대로 그녀의 이 말에는 '제법 철학적 의미'가 담겨 있다. 불빛을 좇다 불에 타 죽는 불나비처럼 인간도 환락을 좇다 거대한 초월적 힘에 죽음을 맞게 되기 때문이다. 경아는 문오에게 "결국엔 우리가 혼자뿐이라는 것을 나는 알아요"라고 말한다.

오경아의 이러한 모습은 김문오가 창가에 앉아 있는 그녀를 모델로 삼아 그림을 그릴 때 적나라하게 드러난다. 이상하게도 문오에게는 화가 畫架를 세우고 붓을 들 때 비로소 사물이 제 모습을 드러내기 시작한다. "눈으로 보아서는 알 수 없는 경아의 웃음 뒤에 감춰진 슬픔, 빛나는 아름다운 경아의 육체 뒤에 숨어 있는 절망감, 우리가 우리의 집요한 헛된 욕망으로 학대하는 죽음과도 같은 정욕, 이런 감추어진 모든 물건들이 부분부분 엿보이고 있었다"라고 말한다. 경아의 허무주의와 절망감은 이렇듯 낙천적인 그녀의 겉모습 뒤에 숨어 있어 좀처럼 겉에 드러나지 않지만 좀 더 자세히 들여다보면 적나라하게 드러난다.

그러나 가장 허무주의적인 인물은 역시 이 소설의 화자요 주인공인 김문오다. 미술대학을 나온 뒤 화가로 지내는 그는 누구보다도 패배의식에 젖어 있다. 그는 "그림이라도 그리지 않으면 아무것도 할 일이 없는" 무능력자라고 자신을 비하한다. 어쩌다 친구들을 만나 술을 마시는 것을 제외하고는 그는 서른이 넘도록 타인과 교류를 거의 끊고 홀로 살아가다시피 한다.

> 내가 지금껏 서른세 살까지 살아오는 동안 대부분 나는 줄곧 혼자였다. 나는 혼자 일어나 혼자 아침을 해먹고, 혼자 그림을 그렸고, 혼자 주말에 영화를 보았었다. 나는 이미 타인과의 즐거운 유희가 끝난 후 밀려오는 외로움의 무게가 더 하다는 것을 잘 알고 있었기 때문에 나 자신을 타인의 무리 속에 밀어 넣고 싶지 않았다.

인용문의 처음 두 문장에서 최인호는 화자 김문오와 관련하여 '혼자'라는 낱말을 무려 다섯 번이나 되풀이하여 사용한다. 물론 그의 독신 생활을 강조하는 말이지만 그의 고독한 정신세계를 엿볼 수 있는 말이기도 하다. 타인을 만난 뒤 느끼는 고독의 무게가 두려워 다른 사람들을 만나지 않을 만큼 문오는 삶에 지쳐 있다. 그에게는 오직 술이 유일한 위안이다. 그러던 중 오경아를 만나 동거하면서부터는 섹스가 잠시 그의 고독을 달래 줄 뿐이다.

그러나 아이러니하게도 김문오는 오경아를 만나 사랑하면서 고독의 깊이를 더욱 절감한다. 경아의 육체를 껴안으면 안을수록 더욱 더 외로움을 느낀다. 어느 날 경아를 부둥켜안으면서 그는 "피어나는 꽃잎에서도 이미 지는 모습을, 만나서 떨리는 입술을 나눌 때에도 우리의 가슴에 아무리 부정하려 해도 떠오르는 것은 헤어질 때의 슬픔"이라고 밝힌다. 경아와 한바탕 정사를 벌이고 난 뒤 문오는 문득 허무감에 빠진다. "우리가 이렇게 죽음을 향해 온몸을 짓부숴뜨리는 정사로써 서로가 서로의 몸을 껴안고 뒹군다고 할지라도 우리가 서로의 몸으로써 확인될 수 있는 것은 바다보다 깊은 허무라는 것도 나는 잘 알고 있다"라고 말한다. 그렇다, 문오는 자주 이 '바다보다 깊은 허무'의 늪에 빠져 있다.

언젠가 김문오의 옛 애인 한혜정이 전방 부대로 그를 면회 온 적이 있다. 혜정이 갑자기 그에게 한 회사원과 약혼한다는 소식을 전하자 문오는 홧김에 충동적으로 자원입대하였다. 주둔지 다방에 앉아 커피를 마시는 두 사람의 귓가에 유행가가 들려온다. "사랑이라면 하지 말 것을, 하지 말 것을, 하지 말 것을⋯⋯" 하면서 레코드 음반이 긁혀 앞으로 나아가지 못하고 똑같은 구절을 반복하고 있다. 얼핏 대수롭지 않게 보일지 모르지만 이 일화에서는 사랑의 부정적인 면을 엿볼 수 있다. 물론 문오는 경아를 사랑하면서 점차 삶에 대한 통찰과 인식을 얻지만 그것 못지않게 동시에 삶의 비극적 의미를 첨예하게 깨닫고 절망하기도 한다.

김문오의 허무 의식은 오경아를 만나기 전부터 이미 시작되었다. 아파트 6층 구석진 방에 칩거하는 그는 고독과 권태 속에서 하루하루를 보낸다. 멀리 떨어져 있는 친구들에게 편지를 써서 입버릇처럼 죽고 싶다고 말한다. 화가인 그에게는 주위에 늘 그림물감이 있고, 그 물감에는 독소가 있어 언제든지 마음만 먹으면 죽을 수 있다.

나는 늘 주머니 속에 죽음을 넣고 다니고 있었다.
감기에 걸린 사람들이 주머니 속에 비약(鼻藥)을 넣고 다니다가 코가 막히면 콧구멍을 뚫듯, 나는 주머니에 죽음을 넣고 다니다가 늘 그것의 냄새를 맡곤 하였다. 죽음은 주머니 속에 들어 있는 손수건처럼 손때가 묻고 구겨져 있었다.

이렇듯 김문오에게 죽음은 언제나 그의 곁에 가까이 있다. 그는 특히 "저녁 무렵이면 언제나 코발트 빛깔의 죽음 뿌리가 보였다"라고 말한다. 물론 여기서 그는 '코발트 바이올레트'라는 그림물감을 언급하고 있지만 청산가리靑酸加里가 쉽게 떠오른다. 연한 푸른색 가스를 발산하기 때문에 '청산가리'라고 부르는 시안화칼륨은 흔히 자살할 때 사용하는 약품이기 때문이다. "나는 늘 주머니에 죽음을 넣고 다니고 있었다"느니, "늘 죽음의 냄새를 맡곤 하였다"느니, "죽음은 주머니 속에 들어 있는 손수건처럼 손때가 묻고 구겨져 있었다"느니 하는 문장에서 비유법은 그야말로 찬찬한 빛을 내뿜는다. 앞으로 자세히 언급하겠지만 최인호는 시인을 무색하게 할 정도로 온갖 수사법을 구사한다. 이 무렵 문오가 언제나 죽음을 의식하면서 살고 있었다는 사실은 이렇게 손수건에 빗대어 표현할 때 그 이미지가 아주 구체적이어서 여간 실감 나지 않는다. 그것도 깨끗한 손수건이 아니라 여러 번 사용하여 손때가 묻어 더럽고 구겨진 손수건에 빗대기 때문이다.

김문오는 오경아를 만나 동거 생활을 하면서 잠시나마 허무주의의 늪에서 벗어나면서 삶에 대한 의욕을 되찾는다. 그러나 경아의 죽음은 그에게 삶이 얼마나 덧없는지 다시 깨닫게 해준다. 새벽녘에 전화를 받고 경찰서를 찾아간 그는 담당 형사로부터 경아가 수면제 과다 복용으로 사망했다는 소식을 듣는다. 사실 관계를 확인한 뒤 형사는 문오에게 경아의 핸드백과 주머니에 들어 있던 껌 하나를 내준다.

경아의 죽음이 내게 껌 하나로 실감되는군. 그녀의 죽음과 내가 살아 있음은 조그만 껌 하나로 연결되는 군. 그래 우리가 살아간다는 것은 조그만 껌을 씹는 것과 마찬가지. 우리는 무의식중에 껌을 씹다가 아무렇게 투— 껌을 뱉어버린다. 더구나 껌 하나를 남겨주고 죽은 그녀의 죽음은 얼마나 그녀다운가.

오경아는 무엇보다도 껌을 씹기를 좋아하였다. 그야말로 언제나 어디서나 껌을 씹는다. 그것도 한 개씩 씹는 것이 아니라 두세 개씩 씹을 때도 있다. 또 씹다 만 껌을 버리지 않고 집안 곳곳에 붙여두는 습관이 있다. 문오는 경찰서를 나와 경아의 시체가 보관되어 있는 병원으로 걸어가면서 문득 그녀와 껌을 생각한다. "그녀가 준 껌을 씹는 나의 심정은 그녀가 아무렇게나 죽음의 벽 위에 붙여놓은 껌을 입 안에 털어 넣는 심정과 같았다"라고 말한다. 여기서 주목해야 할 구절은 '죽음의 벽 위에 붙여 놓은 껌'이다. 그녀는 부엌의 찬장이며, 욕탕의 거울이며, 화장대 크림 병이며, 심지어 변기 앞 세면 도구함에까지 껌을 붙여 놓는다. 한마디로 일상생활과 관련된 곳이라면 껌이 붙어 있다. 그렇다면 경아는 이렇게 일상생활에서 죽음을 의식하고 있다는 것이 된다.

인용문에서 찬찬히 눈여겨보아야 할 것은 "그래 우리가 살아간다는 것은 조그만 껌을 씹는 것과 마찬가지지"라는 문장이다. 오경아처럼 우리는 껌을 씹다가 무의식중에 아무렇게 '투' 하고 껌을 뱉어버린다. 최인호는 인간 실존을, 삶의 의미를 이처럼 간결하게 그리고 구체적인 이미지로 생생하게 요약할 수가 없다. 껌은 한 번밖에는 사용할 수가 없다. 물론 유독 껌을 좋아 하는 경아는 껌이 아까워 한 번 씹다가 이곳저곳에 붙여놓고 떼어서 다시 씹고 하지만 그것은 어디까지 예외적인 행동이다. 그리고 두 번 씹는 껌은 단물이 이미 빠져 있다. 껌은 한 번 씹고 뱉어버리는 것이 보통이다.

군이 실존 철학자들의 말을 빌리지 않는다고 하여도 인간의 삶이란 일회적一回的이고 무상적無償的이며 잉여적剩餘的이다. 마르틴 하이데거의 말대로 태어나는 순간부터 죽음을 향해 걸어가는 행진이며, 그마저도 오직 한 번밖에는 살 수 없다. 오경아가 집안 어딘가에 붙여 놓았던 껌을 다시 떼어내어 씹듯이 인간 실존은 어디까지나 우연성이 지배한다. 우리가 이 세상에 태어난 것은 순전히 우연한 사건에 지나지 않는다. 그것은 마치 길바닥에 나뒹구는 하찮은 돌멩이처럼 우연의 산물일 뿐이다. 또한 인간 실존은 무상적이다. 나의 존재를 이 세상에 내보내기 위하여 누군가가 값비싼 대가를 지불한 것이 아니라 나는 그저 '공짜로' 이 세상에 태어났을 따름이다. 공짜 물건이 가치가 없듯이 나의 존재 또한 아무런 가치가 없다. 그런가 하면 이렇게 우연하게 아무런 대가 없이 무상으로 태어난 나의 존재는 이 세상에 꼭 필요한 존재도 아니다. 있어도 좋고 없어도 좋은 여분의 존재, 즉 잉여적 존재일 뿐이다. 이러한 잉여적 존재에 어떤 가치와 목적을 부여하는 것은 타인이 아니라 오로지 나 자신 한 사람 뿐이다.

앞에서 밝혔듯이 최인호는 본디 이 소설을 구상할 무렵 제목을 '별들의 고향'이 아닌 '별들의 무덤'으로 삼았다. 그러나 이 소설을 연재한 신문사에서 '별들의 무덤'이 너무 부정적이라고 하여 지금의 제목으로 고쳤다. 그런데 제목에서도 엿볼 수 있듯이 이 작품의 주제를 여는 열쇠는 바로 '별'과 '고향'이라는 두 낱말에 들어 있다. 하늘에 높이 떠 있는 별은 질퍽한 대지와 대조를 이루는 환상의 세계다. 오경아는 비록 질퍽한 대지에 발을 박고 살아가고 있으면서도 언제나 천상의 아름다운 별을 좇는다. 그녀는 언제나 자신의 넋이 자유롭게 하늘의 별을 향해 날아가기를 바란다. 이 소설에서 작가는 '별'이라는 낱말을 하나하나 헤아리기 어려울 만큼 무척 많이 사용한다.

오경아에게 별은 여러모로 각별한 의미가 있다. 그녀가 처음 만나는 두 남자 강영석과 이만준은 별과 관련이 있다. 경아가 영석을 만난 지 얼마 되지 않았을 때 두 사람은 생맥주 집에서 맥주를 마시고 거리로 나온다. 그때 서울의 하늘 위에는 수많은 별들이 반짝이고 있다. 경아는 별을 바라보며 "아, 아, 별이었다면"이라고 중얼거린다. 그러나 영석은 잠깐 하늘을 쳐다보며 "아, 서울에도 별이 보이는군. 별이야 예쁘지, 왜냐하면 별이야 손에 잡히지 않는 먼 곳에 있으니까"라고 말한다. 영석은 경아가 별을 바라보고 있는 순간 자연스럽게 그녀를 끌고 가까운 호텔 안으로 들어간다. 영석에게 처음으로 몸을 허락하는 바로 그날 밤의 일이다. 그런데 뒷날 영석이 경아를 배신하는 행동에 비춰보면 이 말에서는 묘한 뉘앙스가 풍긴다. 뒷날 김문오와 동거 생활을 하는 경아는 어느 날 밤 그와 함께 밤하늘에 떠 있는 별을 바라본다. 문오가 그녀에게 "별이 예쁘군"이라고 나지막하게 말하자 경아는 "별이야 예쁘죠. 멀리 있으니까요"라고 대꾸한다.

이만준이 경아에게 청혼하는 날 밤도 밤하늘에 별이 총총 빛나고 있다. 인천에서 낚시질을 하고 서울로 돌아오는 도중 그는 갑자기 교차로에서 자동차를 멈춘 뒤 근처 황량한 벌판에 나선다. 하늘에는 마치 "불티를 뿌린 듯 별들이 깔려" 있고, 바람이 불어와 경아의 머리칼과 치마폭을 흩날리게 한다. 이 소설의 화자는 "경아는 말없이 별들을 쳐다보았다. 서울에서 본 별들과는 판이하게 다른 별들이 맑고 푸른 하늘 위에 별 받쳐럼 깔려 있었다"라고 말한다. 그러면서 경아의 마음속을 훤히 들여다보듯이 "별을 보면 왜 마음이 평온해지는지 모르겠어. 경아는 수많은 별 중에 보일 듯 말 듯 전해 오는 별을 하나 꼬옥 붙들었다"라고 밝힌다. 여기서 '별 하나'란 다름 아닌 이만준을 말한다. 만준한테서 청혼을 받자 경아는 마음속으로 "난 선생님을 사랑할 수밖에 없어요. 왜냐하면 난 누구의 사랑 없이는 살아갈 수 없는 여자니까요"라고 생각한다. 그 뒤 두 사람이 창경원으로 밤 벚꽃 구경을 갈 때도 흰 벚꽃 사이로 밤하늘에는 별이 총총 떠 있다. 이 소설의 화자는 "그녀는 무어라고 말할 수 없는 기쁨이 솟아오르는 것을 느꼈다. 하늘의 별들만 바라보면 그녀 가슴은 뛰었다"라고 말한다. 이처럼 경아에게 별은 누추한 현실에서 벗어나 그녀가 안주하고 싶은 고향과 같은 곳이다.

그러나 지상에서 오경아가 살아가는 현실은 천상의 별과는 너무 멀어 보잘 것 없고 누추하기 짝이 없다. 경아를 처음 만나고 서너 달 뒤 다시 만난 김문오는 술에 취한 그녀를 집으로 데려온다. 곤히 잠들어 있는 경아를 바라보며 "자거라, 이제 마음껏 자거라. 오랜 방황에서 돌아와 죽음보다 깊은 잠에 빠져라"라고 말한다. 그러면서 그는 "너는 조그마한 야광충에 불과해. 그것을 켜면 겨우 네 발 앞만 비추일 정도야. 그것이 꺼지면 참따랗게 재만 남는다. 재가 남고 재가 남아 버릇처럼 재만 남으면 너는 이윽고 부서지고 만다"라고 자못 철학적인 독백을 늘어놓는다.

김문오와 오경아의 동거 생활이 시들해지기 시작한 무렵 어느 날 밤 경아는 술잔을 들고 유리창 밖으로 하늘에서 반짝이는 별을 올려다본다. 이동혁이 문오를 찾아와 경아를 돌려달라고 말하는 바로 그날이다. 경아는 동혁이 다시 찾아올지 모르니 아예 봄이 되면 한적한 교외로 이사 가서 꽃도 키우면서 사는 것이 어떠냐고 제의한다.

"왜 사람들은 보이지 않는 것에 대해서만 기웃거리는지 모르겠어요. 이제 겨우 겨울인데 말이에요."

"그게 희망이라는 거야. 그게 있으니까 우리가 살지."

"그게 없어지면요?"

"그럼 죽는 거야."

"난 죽으면 무덤에 묻히고 싶지 않아요."

경아가 다소 쓸쓸하게 나를 쳐다보았다.

"난 가족도 없으니까 죽으면 화장이나 해서 눈 내리는 강가에 뿌려줬으면 좋겠어요. 난 그게 소원이에요. 아니, 내 희망이에요."

경아가 말하는 첫 문장 "왜 사람들은 보이지 않는 것에 대해서만 기웃거리는지 모르겠어요"는 그 의미가 불분명하여 어떻게 해석할지 헷갈린다. 곧 이어서 하는 "이제 겨우 겨울인데 말이에요"라는 말을 염두에 두면 교외로 이사 갈 새봄이 오려면 아직도 시간이 많이 남아 있는데 굳이 서두를 필요가 없다고 말하는 것 같다. 그러나 지금 경아는 유리창 밖으로 반짝이는 별을 올려다보며 이 말을 한다는 사실을 고려하면 어떤 식으로든지 천상의 별과 관련이 있는 듯하다. 누추한 현실에서 눈을 돌리고 아름다운 천상의 세계에 관심을 둔다는 말로 해석할 수 있다. 물론 이 '사람들'이라는 말 속에는 경아 자신도 들어감은 두말할 나위가 없을 것이다. "그게 희망이라는 거야. 그게 있으니까 우리가 살지"라는 문오의 말을 보면 더더욱 그러한 생각이 든다. 앞에서 언급한 마르틴 하이데거는 삶이란 '죽음을 향한 행진'일뿐더러 피투적被投的 상태에 놓여 있다고 지적한다. 다시 말해서 인간은 자신의 의지와는 아무 상관없이 이 광활하고 무의미한 우주 속에 '던져진 존재'라는 것이다. 이러한 비극적 삶에 살아갈 수 있는 것은 문오의 말대로 오직 희망이 있기 때문이다. 문오가 단도직입적으로 말하듯이 인간에게 희망이 없다면 금방 죽고 만다. 물론 그 희망은 사람에 따라 저마다 다를 수밖에 없지만 그것이 삶의 원동력임에는 틀림없다. 경아에게 희망은 소박하여 죽으면 화장하여 한 줌의 재가 눈 내리는 강가에 뿌려지는 것이다. 어찌 보면 경아는 2년쯤에 다가올 자신의 죽음을 미리 예감하고 있었는지 모른다.

한편 '고향'도 '별'과 함께 이 소설의 주제를 열 수 있는 중요한 열쇠다. 마침내 김문오는 오경아에게 서울 생활을 청산하고 고향으로 내려갈 생각이라고 밝힌다. 서울이 싫증났다고 말하지만 실제로는 경아와의 동거 생활에 종지부를 찍기 위한 구실로 보아 크게 틀리지 않을 것이다. 문오 말을 들은 경아는 "고향이 있다는 것은 좋은 일이에요"라고 조용히 말한다. 그러면서 "나두 고향이 있었으면 좋겠어요"라고 밝힌다. 실제로 그녀에게는 고향이 없다. 초등학교 이학년 때 떠나온 강원도 시골 마을이나 영등포 셋집은 이미 그의 뇌리에서 사라진 지 오래다. 문오가 "고향이야 어디 바깥에 있나, 우리들 마음속에 있잖아?"라고 위로해 보지만 경아에게는 공허하게 들릴 뿐이다. 경아는 그에게 "내 고향은 멀어요, 별처럼 멀어요"라고 말한다. 좀 더 정확히 말하면 그녀의 고향은 별처럼 먼 곳에 있는 것이 아니라 별이 찬란하게 빛나는 저 천상에 있다.

오경아와 헤어진 뒤 2년 가까운 시간이 흐른 뒤 김문오는 이동혁의 부탁을 받고 미아리 언덕 근처 술집으로 그녀를 찾아간다. 눈이 내리는 날

밤 그녀의 벽지가 떨어지고 천장에서는 비가 샌 흔적이 있는 누추한 방에서 두 사람은 마지막으로 회포를 푼다. 퇴색한 벽지에 드문드문 신문지를 붙인 벽지와 비가 샌 흔적이 있는 천장, 그리고 찢어진 문풍지는 이 무렵 경아가 얼마나 밑바닥까지 내려왔는지 보여 주는 일종의 객관적客觀的 상관물相關物이다. 그날 밤 문오는 "가슴속으로 분노와 절망감, 슬픔이 치솟아" 난폭하게 경아를 다룬다. 경아 역시 "천 개의 혀를 가진 것처럼" 온 몸이 이글거리며 "달군 쇠처럼 뜨겁게" 익어 오른다. 이렇게 한바탕 정사를 치른 뒤 두 사람은 나란히 누워 대화를 나눈다. 경아는 문오에게 "며칠 전에 엄마한테 편지를 했는데, 오늘 편지가 되돌아 왔어요. 그런 사람이 없다는 거예요"라고 말한다. 문오로서는 경아한테서 그녀의 어머니 얘기를 듣는 것은 이번이 처음이다. 그러면서 경아는 그에게 "너무 오래 잊었었어요. 내일이나 모레쯤 엄마를 찾으러 가야겠어요. 엄마가 보고 싶어요"라고 말한다. 고향은 말할 것도 없고 이제 어머니의 행방마저 알 길이 없이 경아는 고아와 다름없다.

삶의 방식에서는 오경아와 김문오와는 서로 비슷할지 모른다. 실제로 경아는 여러 번 자신과 문오가 비슷한 점이 많다고 밝힌다. 그러나 적어도 이렇게 돌아갈 고향이 있다는 점에서는 두 사람은 사뭇 다르다. 문오는 경아와 헤어진 뒤 1년 남짓 고향에 머물면서 도시에서 입은 상처를 치유하고 잃어버렸던 화가로서의 예술혼을 되찾기도 한다. 또한 그의 고향 바닷가에는 그가 자주 찾는 동굴이 있다. 방파제를 돌아 산 옆을 끼고 돌면 암석 지대가 있고, 그 암석 지대 깊숙한 곳에 조그마한 동굴이 하나 있다. 고향으로 문오를 찾아온 한정혜가 동굴을 보고 "여기가 문오 씨 밀실인가?"라고 묻자 그는 "나의 자궁이지"라고 대답한다. 그러면서 그는 계속 "가끔 가끔 말이야, 어머니의 자궁으로 기어들어가고 싶다고 느낄 때가 있으면 말야, 난 이곳에 온다구"라고 말한다. 한혜정은 '요나 콤플렉스'를 겪고 있는 것이 아니냐고 놀려대지만 문오는 진지하게 "이것은 말하자면 나의 진짜 고향이야"라고 대꾸한다. 이렇게 고향이 있고 자궁이 있는 문오와 비교해 보면 경아야말로 별에서 지상으로 유배 온 사람과 같다.

이 점에서 최인호는 『별들의 고향』에서 '하이마트로직카이트', 즉 고향 상실의 주제를 다룬다고 볼 수도 있다. 오경아는 이 지구에서 길을 잃은 미아나 고향을 잃어버린 실향민과 같다. 그녀가 천상의 별에 그토록 깊은 관심을 기울이는 것은 바로 그 때문이다. 죽으면 땅에 묻히지 않고 화장한 재를 강물에 던져지기를 바라는 것도 어쩌면 수증기가 되어 다시 하늘로 올라갈 수 있기 때문인지도 모른다. 마지막 날 밤 경아는 김문오의 팔베개를 베고 누워 어린 시절 강원도 시골에 살 때 점쟁이가 해준 말을 들려준다. 점쟁이는 그녀가 이다음에 크면 "땅을 밟지 않고 새처럼 훨훨 날아다니게" 될 것이라고 말했다는 것이다. 또 그러면서 경아는 "나 이담에 죽으면 나비가 될 터예요. 초봄에 눈에 띄는 노랑나비가 될 터예요. 그래서 땅을 짚고 걸어 다니지는 않을 터예요. 점쟁이 말처럼 훨훨 날아만 다닐 테예요"라고 말하기도 한다.

마르틴 하이데거는 일찍이 현대 세계를 기술 문명 속에서 모든 사람들이 고향을 잃어버리고 존재 의미를 상실해 버리고 서로가 서로에게 하나의 도구가 되어 버린 불안과 공허와 권태의 세계로 파악하였다. 그래서 하이데거는 고향의 들길에서 들려오는 자연의 소리에 귀를 기울이라고 권하였다. 이와는 조금 다른 맥락이지만 헝가리의 문학 이론가 게오르크 루카치는 『소설의 이론』(1916)을 "별이 빛나는 창공을 지도 삼아 가능한 모든 길을 찾아갈 수 있는 시대는 얼마나 행복한가?"라는 자못 시적인 문장으로 시작한다. 루카치는 우주와 인간, 자연 질서와 인간 세계 사이에 조화와 균형이 깨진 것을 무척 안타깝게 생각하였다. 그러고 보니 최인호가 왜 이 작품을 '성인 동화'라고 못 박아 말했는지 이제 알 만하다. 작가는 이 소설에서 우리에게 고향을 잃은 현대인의 모습을 동화처럼 보여 주기 때문이다. 멜로드라마처럼 보이는 플롯에 심오한 주제를 다루는 솜씨가 여간 돋보이지 않는다. 더구나 작가는 이러한 주제를 독자들에게 강요하는 것이 아니라 자연스럽게 전달하기 때문에 그 울림은 더더욱 크다고 할 것이다.

9

최인호는 『별들의 고향』에서 여러 문학 장치를 구사함으로써 좀 더 문학성 있는 작품으로 끌어올리려고 무척 애썼다. 무엇보다도 눈길을 끄는 형식의 특징은 액자소설 형식에 일인칭 화자를 등장시켜 이야기를 이끌어간다는 점이다. 앞에서 잠깐 언급했듯이 이 작품은 액자소설의 형식을 취하는 일인칭 소설이다. 액자소설은 자칫 산만할 수 있는 이야기를 액자 안에 담아 낼 수 있다는 이점이 있다. 다시 말해서 좀 더 플롯에서 통일성이나 일관성을 노릴 수 있다. 만약 오경아가 직접 화자로 등장하거나 전지적 삼인칭 화자를 등장시켜 그녀를 둘러싼 이야기를 전달하였더라면 모르긴 몰라도 아마 멜로드라마로 흐를 가능성이 지금보다 훨씬 더 클 것이다. 경아의 이야기는 예술가요 지식인인 화자의 의식을 거쳐 일단 여과된 뒤 독자들에게 전달되기 때문에 좀 더 심미적 거리를 유지할 수 있다.

더구나 이 작품은 일인칭 화자 '나'가 사건을 전달하는 소설이되 종래의 일인칭 소설과는 조금 다르다. 액자소설에서 일인칭 화자 '나'는 일반적으로 액자 밖에 위치해 있거나 액자 안에 위치해 있다. 그러나 이 소설에서 화자는 액자 안과 밖을 자유롭게 넘나들면서 이야기를 독자들에게 전달한다. 이 소설은 모두 11장으로 구성되어 있는데 그중 제1장 '돌연한 사건'과 제11장 '경아 안녕'이 액자에 해당하고 그 중간, 즉 제2장부터 제10장까지가 액자 안의 그림에 해당한다. 일인칭 화자 '나'는 이야기를 전달하는 화자이면서 동시에 소설 안에서 작중인물로서의 역할을 맡고 있다. 이렇게 '나'가 사건에 직접 개입하는 일인칭 시점을 사용하는 작품에서 화자는 흔히 단순히 작중인물 중 한 사람이 아니라 주인공으로 부각되는 경우가 있다. 일인칭 화자 '나'는 여러 경험을 겪으면서 삶에 대한 통찰을 새롭게 얻거나 인식의 지평을 넓혀나가기 일쑤다.

외국 작품에서 그 실례를 찾는다면 『별들의 고향』은 아마 미국 작가 F. 스콧 피츠제럴드의 『위대한 개츠비』(1925)에 가장 가까울 것 같다. 피츠제럴드의 작품에서 화자 닉 캐러웨이는 제이 개츠비를 둘러싼 일련의 사건에 개입하고 목격하면서 점차 좀 더 성숙한 인간으로 탈바꿈한다. 마찬가지로 『별들의 고향』에서 김문오도 3년 남짓 오경아를 만나면서 삶에 대한 새로운 깨달음을 얻는다. 물론 하루아침에 삶의 방식이나 인생관이 갑자기 달라지는 것은 아니지만 아마 조금씩 그의 삶에 변화가 일어난 것이다.

최인호가 화자 김문오의 나이를 서른세 살로 설정하는 것은 결코 우연이 아니다. 서른 세 살이라면 예수 그리스도가 십자가에 매달려 사망할 때의 바로 그 나이다. 문오는 서른 살 때부터 3년여 동안에 일어난 사건을 독자들에게 전달한다. 신약성서의 사복음서에 나타난 내용에 따르면 예수가 공생애를 시작한 것도 바로 서른 살 때다. 그렇다면 이 소설의 사건이 문오의 나이 서른 살에서 서른세 살에 끝난다는 것은 자못 상징적이다. 경아의 죽음을 목도하면서 문오는 그 자신도 상징적 죽음을 맞는다. 앞으로 그는 그 이전의 삶과는 다른 삶을 살게 될 것이다. 경아를 화장터에서 화장한 뒤 그 재를 한강에 뿌린 날 밤 그는 모처럼 숙면을 취한다. 문오는 "숙면한 탓에 일어나니 기분이 상쾌했고 얼굴이 이발관 면도사처럼 정결해 보였다"라고 말한다. 강의가 있는 날이기는 하지만 오랫동안 깎지 않은 수염을 깎고 얼굴에 로션까지 바른다. 이날 아침 문오한테서는 분명히 그 이전과는 다른 그 무엇을 감지할 수 있다. 문오만이 아니라 세상도 달라 보인다. 어제까지만 하여도 세차게 내리던 눈이 어느새 감쪽같이 멈추었다. "간밤에 눈은 완전히 그쳐 있었고, 대신 찬연한 햇빛이 온 누리를 비추고 있어서 눈이 부실 정도로 흰 눈빛이 눈을 찌르고 있었다"라고 말한다. 이 소설의 마지막 장면은 시사하는 바 자못 크다.

쌓인 눈이 햇살을 반사하면서 예리하게 빛나고 있었다.
나는 사관학교 생도처럼 어깨를 펴고 걸었다.
버스가 정박한 정류장으로 가기까지 나는 곡조가 잘 맞지 않는 노래를 휘파람으로 후익후익 불었다.

버스는 텅 비어 왔다. 나는 육상 선수처럼 뛰어서 버스에 올라타고 빈 자리에 앉았다.

최인호는 이 장면에서 유난히 햇살을 강조한다. 이 날 아침 "예리하게 빛나고 있는" 햇살, 온 누리를 비추고 있는 "찬연한 햇살"이 그야말로 눈이 부시다. 오경아에 대한 생각은 이미 잊은 지 오래된 듯하다. 문오는 휘파람까지 불면서 버스 정류장을 향하여 경쾌하게 발길을 옮긴다. 이보다 더 기분이 좋을 수가 없다. 더구나 문오는 마치 "사관학교 생도처럼" 두 어깨를 쫙 편다. 사관생도는 무엇보다도 절도 있는 행동, 엄격한 규율, 그리고 올바른 가치관을 목숨처럼 소중하게 생각한다. 이러한 그의 몸가짐은 그동안 문오의 무질서한 생활을 염두에 둘 때 가히 양자적 도약이라고 할 만하다. 또 그는 마치 "육상 선수처럼" 뛰어서 버스에 올라타는 것도 새로운 도약을 다짐하는 상징적 행위다. 버스의 빈자리는 앞으로 그가 채워 나갈 삶이다. 인용문은 좀 더 자세히 살펴보면 볼수록 문오의 단순한 외적 변화를 암시할 뿐만 아니라 더 나아가 내적 변화를 암시하기도 한다.

최인호가 『별들의 고향』에서 액자소설을 사용하는 데 문제가 없는 것은 아니다. 일인칭 화자 김문오는 액자 밖으로 뛰쳐나오는 때가 있어 독자들을 당혹스럽게 한다. 경아와 동거한 것은 겨우 1년 반 남짓밖에 되지 않는데도 문오는 강영석과 이만준와 관련한 사건을 모조리 꿰뚫고 있다. 엄밀히 말하면 이동혁을 제외하면 세 번째 남자라고 할 문오로서는 첫 번째 남자와 두 번째 남자에 대해서는 알 길이 없다. 물론 제9장의 한 장면에서 문오는 "경아는 띄엄띄엄 자기가 지내온 얘기를 시키지도 않았는

데 꺼내놓기 시작했으며 나는 거의 수면 상태 속에서 그 얘기를 듣고 하였었다"라고 말한다. 그는 경아가 말한 것을 토대로 상상력을 발휘하여 재구성할 수 있을 것이다.

그러나 이 소설의 제10장의 마지막 장면에 이르면 문제는 이보다 훨씬 심각하다. 앞에서 잠깐 언급했듯이 "그로부터 일 년 후……"로 시작하는 장면에서 일어나는 사건은 문오로서는 도저히 알 수 없는 일이다. 그는 어느 날 새벽 형사로부터 전화 연락을 받을 때까지 1년 동안 오경아의 행방에 대하여 아무것도 모르고 있다. 신 같은 초월적 존재자가 아니고서는 알고 싶어도 도저히 알 길이 없다. '여인'이 추운 날씨인데도 아직 가을용 원피스를 입고 그 위에 코트를 입은 것을 보면 경제적으로 무척 궁핍하게 살아 온 것 같다. 손이 전보다 심하게 떨리는 것으로 보아 알코올 중독에 따른 수전증도 훨씬 심각한 듯하다. 밤늦게 허술한 술집에서 혼자서 술을 마시고 모르는 사내에 이끌려 여관에 들어가고, 돈을 훔쳐 나온 뒤 마치 "춤추는 발레리나의 치마폭 같은 흰 눈"이 내리는 길거리를 쿨럭쿨럭 기침을 하며 비틀거리고 걷고 있다. '여인'은 핸드백을 뒤져 수면제를 한 알, 또 한 알, 마지막에는 남은 세 알을 한꺼번에 입속에 틀어넣고 물 대신 허리를 굽혀 땅 위에 쌓인 눈을 입 안에 넣는다. 그리고 과다하게 복용한 수면제에 취하여 눈 위에 쓰러져 깊은 잠에 든다. 이 장면은 "여인은 일어나지 않았다. 그녀의 깊은 잠은 아무도 흔들어 깨울 수 없을 것 같아 보였다"라는 문장으로 끝난다. 최인호는 김문오가 일인칭 화자로서 액자 안의 그림과 액자 사이를 오고가야 한다는 사실을 잠깐 잊고 있었던 것 같다.

일인칭 화자와 관련하여 한 가지 주목해야 할 것은 최인호가 『별들의 고향』에서 조심스럽게 자기반영적^{自己反映的} 메타픽션을 실험하고 있다는 점이다. 이 점에서도 이 작품은 전통적인 소설과는 적잖이 차이가 난다. 고전주의 미학 전통에서 사실주의와 전지적 화자의 환상을 따르는 전통적인 작가들과는 달리, 포스트모더니즘 계열의 작가들은 문학 작품의 허구성, 즉 소설이란 작가가 언어라는 매체를 빌려 만들어 낸 허구적 작품에 지나지 않는다는 사실을 강조하려고 한다. 이탈리아의 현대 작가 이탈로 칼비노는 흔히 가장 대표적인 메타픽션 소설가로 꼽힌다. 『어느 겨울밤 한 여행자가』(1979)에서 그는 "당신은 지금 이탈로 칼비노의 새 소설 『어느 겨울밤 한 여행자가』를 읽으려고 한다. 긴장을 풀라. 주의를 집중하라. 다른 생각은 모두 떨쳐 버려라"라는 문장으로 작품을 시작한다. 칼비노를 비롯한 메타픽션 소설가들에게 소설이란 이렇게 한낱 언어적 구성물에 지나지 않을 뿐이다. 그들은 소설이 마치 거울이 사물을 비추듯이 현실을 있는 그대로 재현해 놓은 것이라는 전통적인 사실주의의 환상을 좀처럼 받아들이지 않는다.

『별들의 고향』의 일인칭 화자 '나' 김문오는 칼비노처럼 독자들에게 자신이 지금 소설을 창작하고 있다는 사실을 끊임없이 상기시킨다. 물론 『어느 겨울밤 한 여행자가』와 비교해 볼 때 이 작품은 자기반영적 특성이 그렇게 두드러지게 드러나지는 않지만 여전히 부분적으로는 '소설의 소설' 또는 '소설에 관한 소설'로 볼 수 있다. 예를 들어 화자 '나'는 경아가 화장실에 노래하는 '기묘한 버릇'에 대하여 언급하는 장면에서 "이야기가 좀 이상한 데로 흐르는 것을 용서해 주기 바란다"라고 말한다. 경아가 이만준과 처음으로 부부싸움을 하는 장면에서도 화자는 "얘기가 빗나고 말았지만……"이라고 말하면서 창작 행위 자체를 언급한다. 제8장

'밤으로의 여로' 첫머리에서도 "이제 내 얘기를 해야겠다"라는 문장도 일인칭 화자로서 자신에 대하여 말하겠다는 뜻이면서도 동시에 독자들에게 창작 행위를 주목하게 만드는 언급이기도 하다. 제10장 첫머리에서도 "내가 고향에 내려가서 무슨 무슨 일을 하였는가는 자세히 쓸 필요가 없을 것이다"라는 진술도 자기반영적 메타픽션이 아니고서는 할 수 없는 말이다.

더구나 최인호는 『별들의 고향』에서 독자들에게 강렬한 인상을 남기는 주인공을 창조하였다. 이를 달리 표현하면, 그는 무엇보다도 작중인물 창조나 성격 형성 솜씨가 무척 뛰어나다는 말이 된다. 아리스토텔레스는 일찍이 『시학』에서 플롯을 '비극의 영혼'이라고 말했지만 연극은 몰라도 적어도 소설에서는 플롯보다 더 중요한 것이 작중인물이다. 소설에서는 작중인물이 곧 '소설의 영혼'이라고 할 수 있다. 최인호는 이 소설을 집필하기 전 한국문학에 주인공의 이름이 길이 기억될 만한 문학작품이 없다는 데 불만을 느껴 온 터였다. 표도르 도스토옙스키의 『죄와 벌』(1866)에는 소냐가 있고, 레프 톨스토이의 『부활』(1899)에는 카츄샤가 있으며, 안톤 체호프의 『귀여운 여인』(1899)에는 올렌카가 있다. 그리고 토머스 하디의 소설 『테스』에는 테스가 있지 않은가? 그래서 최인호는 『별들의 고향』을 구상하면서 "소설의 주인공인 여자 이름을 모든 사람들이 오랫동안 기억하도록 만들겠다"라고 다짐하였다. 그러기 위해서 그는 쇼윈도의 마네킹처럼 죽은 여성이 아니라 살아 숨 쉬는 여성의 이야기를 쓰리라고 마음먹었다. "특별한 지식과 특별한 재능을 지닌 여인이 아니라 마치 체호프의 소설에 나오는 올렌카처럼 보통 여인, 그러나 평범하기 때문에 누구나의 가슴속에 살아 있는 여인"에 대한 이야기를 쓰려고 하였다.

최인호가 창조해 낸 올렌카 같은 여성이 바로 오경아다. 그는 경아를 살아 숨 쉬는 젊은 여성으로 창조하기 위하여 그녀의 외모를 묘사하는 데 무척 세심한 노력을 아끼지 않았다. 가령 그녀의 키는 155센티미터가 넘지 않고, 가슴둘레는 87센티미터가량, 몸무게는 44킬로그램쯤 된다. 그래서 문오는 이렇게 예쁘장하게 몸집이 있는 경아에게 농담으로 "미스 코리아 나가긴 틀렸군. 차라리 우량아 콘테스트에 나가는 게 낫겠어"라고 말한다. 한쪽 눈에만 눈꺼풀이 있는 짝짝이 눈꺼풀이다. 경아의 신체 부위 중에서 눈은 유난히 컸다. 그래서 화자 문오는 그녀의 두 눈이 "홀로 밤에 빛나는 가등街燈처럼 크고 맑았다"라고 말한다. 어깨 뒤쪽에 검은 점이 하나 있고, 엉덩이 부근에는 찢긴 상처가 조그맣게 남아 있다. 팔뚝에는 청색 잉크로 하트 모양의 조그마한 문신이 새겨져 있다. 뒤에 알게 되지만 이 문신은 외항 선원 이동혁이 자신의 정표로 새겨 놓은 것이다. "알밴 게처럼 통통한 몸매"에 남보다 작은 키를 감추려고 경아는 늘 굽이 높은 하이힐을 신고 다닌다.

최인호는 경아의 모습을 마치 사진을 보듯이 이렇게 생생하게 묘사하면서 자신의 아내 황정숙의 모습을 그대로 옮겨 놓았다고 밝힌 적이 있다. 키며 몸무게며 어깨 뒤쪽의 점이며 하나같이 아내의 신체적 특징을 빌려왔다는 것이다. 경아의 신체적 특징뿐만 아니라 그녀와 첫 번째 남자 강영석의 첫사랑은 최인호 자신이 아내와 겪었던 연애 경험을 소설 속에 그대로 옮겨놓았다고 말한다. 비록 신체적 특징은 작가의 아내와 닮아 있을지 몰라도 경아의 정신은 작가 자신의 정신과 닮았다고 할 수 있다. 방황하고 좌절하면서 삶을 모색하는 최인호의 모습이 경아의 짧은 삶 속에 그대로 투영되어 있다. 실제로 젊은 날 그가 겪었던 고뇌와 시련 그리고 절망의 그림자가 경아의 모습에서 아른거린다. 최인호는 여백미디어에서 『별들의 고향』을 새로 출간하면서 쓴 「작가의 말」에서 오경아를 "내 청춘의 젊은 초상"이라고 밝힌다.

이제야 비로소 나는 젊은 시절에 내가 창조하였던 여인 경아를 정면으로 마주본다. 스물일곱 살의 나이로 죽은 경아. 죽어서 자신의 소원대로 청산 가는 나비가 되어 훨훨훨 나래를 치면서 날아가 버린 경아. 경아야말로 지금은 흘러가서 다시는 오지 못할 내 청춘의 젊은 초상인 것이다. (…중략…) 한때는 내 자신이었고 내 분신이었고 내 애인이었고 한때는 내 딸처럼 느껴졌었지만 이제는 누님처럼 돌아와 거울 앞에 선 경아. 경아 그대에게 바치는 내 뒤늦은 축문(祝文)이오니, 경아여 이제야말로 헤어질 때가 가까워 왔으니, 잘 가시오 경아. 그리고 안녕.

최인호가 이 글을 쓴 것은 그가 2013년 9월, 요즈음 기준으로 보면 짧다고 할 예순여덟의 나이로 세상을 떠나기 몇 달 전이다. "경아여, 이제야말로 헤어질 때가 가까워 왔으니, 잘 가시오 경아"라는 구절을 보면 작가는 어쩌면 자신의 죽음을 예견한지도 모른다. 이 글을 두고 최인호는 경아에게 바치는 "뒤늦은 지각생의 서문"이라고 했지만 어찌 보면 작가 자신을 위한 축문이라고 할 수도 있다. 더 나아가 경아는 험난한 근대화를 숨 가쁘게 거쳐 온 우리 모두의 '가엾은 누이'요 우리 모두의 슬픈 자화상이기도 하다.

인용문에서 "내 딸처럼 느껴졌었지만 이제는 누님처럼 돌아와 거울 앞에 선 경아"라는 구절도 눈여겨보아야 한다. 두말할 나위 없이 서정주徐廷柱의 「국화 옆에서」에서 "머언 먼 젊음의 뒤안길에서 / 인제는 돌아와 거울 앞에선 / 내 누님같이 생긴 꽃이여"를 염두에 둔 구절이다. 잘 알려진 것처럼 이 작품에서 서정주는 한국 여성이 인고忍苦의 세월을 거쳐 마침내 삶의 원숙에 도달한 모습을 노래한다. 누님이 돌아와 거울 앞에 서 있다는 것은 자아를 성찰한다는 뜻으로 마침내 방황과 인고의 세월을 끝내고 완성의 순간에 이르렀다는 말이다. 작가 최인호에게 경아는 사랑스럽게 귀여운 딸이요 성숙한 아름다움을 자랑하는 누님이다. 그렇다면 경아는 유년시절부터 성년의 한국 여성을 상징하는 인물로 볼 수도 있을 것이다.

어찌 되었든 최인호가 『별들의 고향』을 연재할 무렵 젊은 여성의 심리를 너무 잘 알고 있다고 하여 혹시 '최인호'라는 작가가 여성이 아니냐는 문의가 신문사에 쏟아졌을 정도다. 남성 작가라면 이렇게 젊은 여성의 심리를 샅샅이 날카롭게 파헤칠 수 없을 것이라는 것이다. 여성이 아니라면 적어도 산전수전 다 겪은 쉰 살 넘은 남성일 것이라고도 하였다. 그러나 독자들은 작가가 겨우 스물여섯 살 청년이라는 사실을 알고 놀라지 않을 수 없었다. 작가가 경아의 모습을 어찌나 구체적으로 묘사하는지 주인공을 실제로 눈앞에서 직접 보는 듯하다.

최인호가 작중인물을 묘사하는 솜씨는 비단 오경아 한 사람에게만 그치지 않는다. 정도의 차이는 있을망정 김문오를 비롯하여 강영석이나 이만준 또는 이동혁 같은 남성 작중인물을 묘사하는 솜씨도 뛰어나다. 화가인 문오는 나이는 작가 최인호보다 대여섯 살 많지만 여러모로 작가의 분신으로 보아 크게 틀리지 않다. 작가나 화가로서의 소명을 느낄 뿐 두 사람은 아직 삶의 방향 감각을 잡지 못한 채 방황과 모색을 거듭한다. 홀어머니 밑에서 외아들로 자란 강영석은 스물일곱 살 청년답게 행동한다. 의처증 환자인 이만준의 성격도 잘 부각되어 있다. 그런가 하면 거친 바다에서 생활해 온 외항 선원답게 이동혁은 거칠면서도 의리 같은 것을 엿볼 수 있다. 한마디로 한국의 현대 작가 중에서 최인호만큼 작중인물의 성격 창조에 탁월한 솜씨를 보이는 사람을 찾아보기 힘들다.

그런가 하면 최인호는 『별들의 고향』에서 간결한 문장과 감각적인 문체를 구사한다. 그의 시적인 문체는 한국 문단에 그야말로 오월 훈풍처럼 신선한 충격이었다. 『조선일보』로부터 처음 연재소설 제의를 받았을 때 최인호의 머릿속에 제일 먼저 떠오른 생각은 작품의 내용이나 주제가 아니라 문장이나 문체였다. "독자들에게 소설을 읽는 즐거움을 줘야 한다. 그러기 위해서는 무엇보다 문장이 새로워야 한다. 문장을 읽는 즐거움을 느끼도록 해야 할 것이다"라고 다짐하였다. 이 점에서 최인호는 네 살 위인 김승옥金承鈺과 맞먹는다. 최인호는 1960년대에 김승옥이 시도했고 1970년대에 한수산이 시도하게 되는 '감수성의 혁명'을 한 발 더 밀고 나간다. 참신하고 날카로운 감각으로 삶의 모습을 새롭게 바라보기 위해서는 무엇보다도 문체가 참신해야 할 것이다. 최인호는 영문학을, 김승옥은 불문학을 전공하였다. 외국문학을 전공한 작가답게 그들의 문체는 어딘지 모르게 김치 냄새보다는 버터 냄새가 풍긴다.

최인호는 무엇보다도 시적 장치를 즐겨 사용한다. 소설의 중간 중간에 현대 시인들의 작품을 삽입함으로써 소설 장르와 시 장르의 결합을 꾀하였다. 그가 밝히고 있듯이 그가 이 작품을 쓰던 1970년 초엽만 하여도 시는 아예 읽히지 않는 문학 장르와 다름없었다. 소설의 중간에 상황에 걸맞은 시 작품을 삽입함으로써 시적 분위기를 자아낼 뿐만 아니라 더 나아가 독자들에게 시를 접할 수 있는 기회를 줄 수 있었다. 박성룡朴成龍의 「풀잎」, 이형기李炯基의 「송가」, 구자운具滋雲의 「친화」, 마종기馬鍾基의 「연가」, 박희진朴喜璡의 「회복기」, 유경환劉庚煥의 「나비」, 강은교姜恩喬의 「우리가 물이 되어」 같은 작품을 적재적소에 적절히 사용하였고, 그의 계획은 독자들로부터 큰 호응을 받았다.

최인호는 이 작품에서 시뿐만 아니라 온갖 종류의 노래 가사도 즐겨 삽입하기도 한다. 동요와 가곡에서 1960년대 말과 1970년 초에 유행한 포크송과 작가가 '때 묻은 노래'라고 부르는 흘러간 옛 노래까지 그 레퍼토리의 폭도 무척 넓다. 온갖 노래 가사를 무려 스물다섯 번 넘게 인용하고 있다. 물론 이 노래들은 거의 대부분 노래 부르는 것을 유난히 좋아하는 경아가 부른다. 최인호가 이 소설에서 인용하는 시와 마찬가지로 노래들도 임의로 아무렇게나 골랐다기보다는 장면의 분위기나 사건에 잘 어울리는 것으로 골라 작품의 유기적 연관성을 꾀하려고 하였다.

최인호는 이 작품에서 시나 노래 가사를 인용하는 것 말고도 시인을 무색하게 할 만큼 온갖 비유법을 구사하기도 한다. 비유법을 구사하는 솜씨를 보면 만약 그가 소설가로 성공하지 않았더라면 어쩌면 시인이 되었을지도 모른다는 생각이 든다. 어떤 비유법은 다른 시인의 작품에서 빌려온 것들도 있다. "바다는 새파랗게 무청처럼 싱싱했다"는 문장이 바로 그러하다. 그런데 문오의 고향 바닷가를 묘사하는 이 구절은 바로 김기림金起林의 유명한 작품 「바다와 나비」에서 빌려온 것이다. "아무도 그에게 수심水深을 일러준 일이 없기에 / 흰나비는 도무지 바다가 무섭지 않다. // 청靑무우 밭인가 해서 내려갔다가는 / 어린 날개가 물결에 절어서

/ 공주처럼 지쳐서 돌아온다."

　　그러나 이 작품에서 최인호가 사용하는 비유는 거의 대부분 그가 직접 만들어 낸 참신한 비유다. 이러한 비유는 하나하나 예로 들 수 없을 만큼 무척 많지만 몇 가지 실례를 들어보는 것으로 충분할 것 같다. 가령 제1장의 첫 장면에서 "그래서 간밤에는 지나가는 기차의 기적 소리도 물기에 젖어 있었군"이라는 문장을 한 예로 들어보자. 지금 창밖에는 초겨울의 눈이 내리고 있고, 기차가 기적을 울리면서 지나가고 있다. 눈이 내리면 눈송이 결정에 물이나 수증기 입자가 붙어 음파로 움직이는 소리가 임의의 방향으로 운동하다 부딪히거나 흡수되면서 주위가 조용해진다. 눈이 내리면 저기압 상태가 되어 맑은 날 보다 소리가 멀리 퍼져 나가지 아 않는 것도 또 다른 이유다. 기적 소리가 '물기에 젖어 있다'라는 것은 기적 소리를 옷 따위가 축축하게 젖어 있는 상태에 빗대어 말하는 은유적 표현이다. "벌게진 눈가가 물기에 젖어 있다"니 "머리를 베고 있는 베개에 물기가 젖어 있다"니 하고 말하면 축어적 표현이지만, "기적 소리가 물기에 젖어 있다"라고 하면 비유적 표현이 된다. 이 은유적 표현은 '기적 소리가 나지막하게 들렸다'라고 말하는 것보다 훨씬 더 시적이고 감각적이다. 전날 밤 술을 무척 많이 마신 김문오는 아직도 술이 덜 깬 상태에 있어 이 은유는 더욱더 피부에 와 닿는다.

　　한편 "우산 위를 두드리는 빗방울 소리는 가볍고 윤기에 젖어 있었다"라는 문장도 은유이기는 마찬가지다. 가을비가 내리는데 우산이 없어 망설이고 있는 오경아에게 강영석이 우산을 들고 불쑥 나타나서 데이트를 신청한다. 두 사람이 작은 우산 하나를 받쳐 들고 길거리를 걷기 시작하자 가을비가 내리면서 빗방울이 우산 위에 떨어지는 소리가 들린다. 그런데 빗방울 소리가 '윤기에 젖어 있다'라는 것은 '윤기가 흐른다'라는 표현처럼 우산에 떨어지는 빗방울 소리를 반질반질하게 광택이 나는 물건에 빗대어 말하는 은유적 표현이다. 바로 앞에 '가볍고'라는 형용사를 사용하듯이 '윤기에 젖어 있다'라는 표현은 밝고 기분이 좋은 상태를 나타내는 말이다. 지금 영석은 경아와 첫 데이트를 한다는 사실에 기분이 한껏 들떠 있어 휘파람으로 유행가를 부르고 있다. 경아도 "까닭 없이 마음이 부풀어 올라" 있어 영석을 따라 휘파람을 불고 싶은 생각이 든다. 또한 이 표현은 청각적 이미지를 시각적 이미지로 표현하는 공감각共感覺이기도 하다.

최인호는 오경아의 "작고 예쁜" 몸을 묘사할 때도 비유법을 즐겨 구사한다. 가령 "그녀의 젖꼭지는 정말 씹다 버린 껌과도 같았어"라는 표현도 뛰어난 직유법이다. 언제 어디서나 껌을 씹는 것을 좋아하는 경아이기에 김문오가 그녀의 젖꼭지를 껌에 빗대는 것은 자연스러운 일이다. 씹다 버린 껌은 딱딱하게 굳어져 있지만 일단 입 안에 넣고 침을 섞어 씹으면 다시 말랑말랑하게 풀어진다. 화자가 "그녀의 조그만 성감대"라고 일컫는 경아의 젖꼭지도 마찬가지다. 그녀의 젖꼭지에 대하여 그는 "처음에 입에 넣으면 수축되고 딱딱하지만 서너 번의 저작咀嚼으로 말랑말랑하게 풀어지거든 아주 단 호박 냄새를 내면서 말이야"라고 말한다. 이 직유법은 그 어떤 축어적 표현으로 묘사하는 것보다 훨씬 더 감각적이고 외설스럽다.

이왕 젖꼭지를 묘사하는 비유가 나왔으니 말이지만 이번에는 최인호가 경아의 젖가슴을 묘사하면서 구사하는 비유법을 살펴보기로 하자. 이 소설의 화자는 강영석이 경아에게 입을 맞추는 모습에 대하여 "키스할 때마다 영석의 손은 능숙하게도 경아의 화재를 알리는 비상벨처럼 작고 예민한 젖가슴을 향해 달려들었고……"라고 직유법으로 표현한다. 경아의 젖가슴을 화재 비상벨에 빗대는 것은 그 신체 부위가 유난히 예민하기 때문이다. 화재 비상벨은 아무리 힘이 약한 노약자가 살짝 눌러도 경보가 울릴 것이다.

화재 비상벨이 경아의 신체적 민감성을 보여 주기 위한 직유적 표현이라면, '달려들었고'라는 표현은 강영석의 성적 욕망을 보여 주는 더할 나위 없이 좋은 은유적 표현이다. 죽은 은유와 거의 다름없어 자칫 놓치기 쉽지만, "젖가슴을 향해 달려들었고"에서 '달려들었고'는 은유법이다. "늑대가 여우에게 달려들었다"나 "며칠 굶은 사람들이 밥상에 달려들었다" 같은 문장처럼 이 동사는 사나운 기세로 무섭게 다가드는 행동을 일컫는 말이다. 그러므로 영석의 손이 경아의 젖가슴을 향하여 '달려든다'는 것은 축어적 표현보다는 아무래도 비유적 표현으로 볼 수밖에 없다. 영석이 손으로 경아의 젖가슴을 만지려는 것을 마치 굶주린 늑대가 먹이를 발견하고 그것을 향하여 돌진하는 행동에 빗대어 말하는 비유적 표현이기 때문이다. 지금 영석은 무척 성에 굶주려 있으며 기회만 있으면 어떻게 해서든지 경아를 유혹하려고 호시탐탐 노리고 있다. 영석은 "점점 노골적으로 경아의 맨살을 낱알 털어 내리는 탈곡기처럼 세차게 혹은 부드럽게 비벼대기 시작했다"라든지, "장님 점자點字 더듬듯이 영화관에 들어서면 여인의 손을 더듬더듬 잡으려 들게 되는 것이다"라든지 하는 문장과 관련시켜 보면 '달려든다'라는 은유적 표현이 좀 더 피부에 와 닿는다.

이번에는 오경아가 싸늘한 시체가 되어 누워 있는 적십자 병원의 시체 안치소와 관련하여 최인호가 구사하는 의인법擬人法의 예를 들어보기로 하자. 김문오는 병원 뒤쪽을 걸어 '영생의 집'이라는 안치실로 발걸음을 옮긴다. 지나가는 사람도 눈에 띄지 않고 가로등 하나만이 외롭게 불을 밝히고 있을 뿐이다. 이 장면에서 작가는 "쓸쓸한 외등이 고개를 꺾고 붉은 벽돌담에 매달려 있었다"라고 말한다. 여기서 '고개를 꺾고'라는 구절은 의인법이다. 의인법은 좀 더 넓은 의미에서 은유법의 한 갈래로 볼 수 있다. 원관념과 매개관념의 관계에서 매개관념이 인간이거나 인간과 관련한 속성을 지니는 은유가 바로 의인법이기 때문이다. 아래쪽을 향하여 빛을 발사하도록 되어 있는 전기등을 사람이나 짐승이 고개를 숙이고 있는 모습에 빗대어 말하는 수사법이다. 담이나 전봇대에 매달려 있는 전기등은 빛의 발산을 막기 위하여 갓을 씌워 땅 쪽을 향하여 설치해 놓는다. '고개를 꺾다'는 '고개를 숙이다'나 '고개를 떨구다'라는 말보다 함축적 의미가 훨씬 강하다. 일찍이 식구들과 헤어져 혼자서 살아온 경아의 삶은 그야말로 '고개가 꺾인' 삶이라고 할 수 있다.

더구나 이 '고개를 꺾고'라는 구절은 '쓸쓸한 외등'이라는 말과 결합하면 독특한 효과를 자아낸다. 경아의 삶은 아무도 없는 벽돌 건물 벽에 홀로 매달려 있는 외등처럼 외롭고 쓸쓸하였다. 경아의 말대로 남자 몇 명이 그녀 몸에 흔적을 남기고 지나갔지만 김문오 한 사람을 제외하고는 하나같이 그녀를 이용했을 뿐이다. 물론 한때 그녀의 몸을 스쳐간 남성들에게 외등처럼 잠시나마 위안의 빛을 던져주기도 하였다. 이 소설의 화자는 한 장면에서 경아의 눈을 두고 "홀로 밤에 빛나는 가등처럼 크고 밝았다"라고 말한다. 이 문장은 비단 그녀의 눈을 묘사하는 것에 그치지 않고 그녀의 삶 자체를 말하는 것으로 보아도 크게 틀리지 않다. 경아는 스물일곱의 꽃다운 젊은 나이에 외롭게 눈길에 쓰러져 의식을 잃고 목숨을 잃고, 지금 싸늘한 행려병사자가 되어 시체 보관함 속에 누워 있다. 경아가 '쓸쓸한 외등'과 같다면 구겨진 '휴지 조각'과 같기도 하다. 첫사랑 강영석한테서 배신당하고 난 뒤 경아는 한때 자기비하와 자기경멸에 빠진다. 그때 그녀는 자신이 "아무렇게나 꾸겨 던져버린 휴지 조각처럼" 느껴졌다고 말한다.

그러나 반짝인다고 모두 황금이 아니듯이 이렇게 시적이고 감각적인 문체를 구사한다고 하여 모두가 다 효과적이지는 않다. 스물여섯 살의 젊은 작가가 쓴 작품인 탓에 이곳저곳에서 미숙함이 엿보이는 것도 부정할 수 없는 사실이다. 산문 작품답지 않게 어떤 때는 시적 비유가 지나치게 많다. 그러다 보니 몇몇 비유법은 너무 지나쳐 마치 탄력을 잃은 고무줄과 같다. 가령 경아가 병원에서 임신이 아니라는 사실을 알고 난 뒤 허탈감에 빠져 혼자 병원에서 나와 잔디밭 위에 앉아서 주위를 돌아보는 장면은 좋은 예가 될 것이다.

웃느라고 벌린 입들이 햇빛을 받아 치약 거품을 문 것처럼 빛나고 있었다. 아이들은 부모의 손에 잡혀 키 작은 채송화처럼 카메라를 쏘아보고 있었다. (…중략…) 이윽고 물매미처럼 셔터가 챠르르 내려지자 손을 털며 큰소리로 웃었다. 그가 손을 털자 햇빛이 꽃씨처럼 떨어지고 있었다.

이렇게 짧은 단락에서 최인호는 무려 네 번에 걸쳐 직유법을 구사한다. 사진을 찍고 있는 아이들 입이 "치약 거품을 문 것처럼" 빛난다는 비유는 그렇다고 치더라도 나머지 세 비유는 아무래도 지나치다고 아니할 수 없다. 아이들이 "채송화처럼 카메라를 쏘아보고" 있다느니, 카메라 셔터가 "물매미처럼 챠르르" 내려졌다느니, 햇빛이 "꽃씨처럼" 떨어졌다느니 하는 직유적 표현은 적절한 비유라고는 할 수 없다. 물론 행복하게 사진을 찍는 가족과 낙심하여 울고 있는 경아 사이에 반어적 대조를 노리려고 한 작가의 의도는 충분히 이해할 수 있다. 그럼에도 인용문에서 작가가 비유법을 남용하고 있다는 비난은 면하기 어려울 것 같다.

이와 마찬가지로 "잠시 톱밥처럼 무거운 침묵이 흘렀다"느니, "온 항구를 무겁게 내리누르는 톱밥과 같은 햇빛에 잠겨 있는 건물"이니 하는 직유법도 그다지 효과적으로 보이지 않는다. 톱밥을 무거움과 관련시키는 것을 보면 나무나 재목에서 갓 잘려 나온 톱밥이나 비에 젖은 톱밥을 염두에 두고 있는 듯하다. 무거운 침묵이나 햇빛의 무게를 표현하는 비유법으로서는 아무래도 어색하다. 자칫 진부해 보일지 모르지만 "납덩어리처럼 무겁다"라고 말하는 쪽이 더 나을 것이다. 실제로 최인호는 『영혼의 새벽』(2002)에서 "발자국 소리가 사라지고 납덩어리와 같은 무거운 침묵이 다가오자 그는 순간 공포를 느꼈다"라는 문장을 사용한다. 강영석이 경아와 처음 키스하는 장면에서 화자는 "누가 볼지도 모른다는 불안 속에 난간에 넌 빨래처럼 기대고 있었다"라고 말한다. 이만준이 경아에게 청혼하는 장면에서도 화자는 "경아의 몸이 널어놓은 빨래처럼 힘없이 그의 가슴으로 무너졌다"라고 말한다. 그러나 이러한 비유적 표현도 좀처럼 피부에 와 닿지 않는다. 새벽녘에 이마에 닿는 한기를 표현하는 "식은 찻잔에 첫 입술을 대듯 새벽 한기가 이마에 은장도銀粧刀를 겨누고 있었다"라는 비유도 그다지 적절해 보이지 않는다.

더구나 최인호는 똑같거나 비슷한 비유법을 작품 곳곳에서 되풀이하여 사용하기도 한다. 가령 "조그맣고 알 밴 게처럼 통통한 손"이니, "온몸이 비늘 돋친 생선처럼 생동하고 있다"니, "고장 난 수도꼭지처럼 울었다"니, "그녀의 얼굴은 밀도 고른 유리 제품처럼 맑고 투명하였다"니 하는 비유적 표현을 반복하여 사용하는 것이 좋은 예다. 만약 다른 비유법을 구사하거나 조금 변이를 주어 비슷한 비유법을 사용했더라면 지금보다 훨씬 더 효과적이었을 것이다. 비단 비유법만이 아니고 어떤 문장은 두 번이나 똑같이 반복하기도 한다. 예를 들어 "하나님은 너무 막연했기 때문에 예수님 하고 말하려다가 예수님보다는 차라리 천주님이 나을 것 같다고 생각하였다. 그래서 경아는 이내 생각을 고쳐먹고 천주님 하고 손을 모았다"라고 말한다.

『별들의 고향』은 스물여섯 살의 젊은 작가가 쓴 처녀 장편소설이고 날마다 쫓기다시피 하며 일간신문에 연재한 소설이다. 그런데도 이 소설은 작가 최인호의 작품 세계뿐만 아니라 한국 현대 소설사에서도 굵직한 획을 그은 작품이다. 1960년대 말과 1970년대 초의 한국사회의 단면을 그린 벽화 같은 이 소설은 순수소설과 통속소설, 엘리트 소설과 대중소설 사이에 높여 있던 두꺼운 벽을 허물었다는 점에서도 그 문학사적 의미가 무척 크다 할 것이다.

후기자본주의의 슬픈 자화상

한강의 『채식주의자』

한강韓江은 1993년 『문학과사회』 겨울호에 「서울의 겨울」을 비롯한 시 네 편을 발표하여 시인으로 처음 등단한 뒤 이듬해 『서울신문』 신춘문예에 「붉은 닻」이 당선되면서 소설가로서 첫발을 내딛었다. 외국 문단이나 한국 문단이나 시인으로 출발하여 소설가로 활약한 작가가 생각보다 많다. 가령 미국 현대 문단을 화려하게 장식한 윌리엄 포크너나 어니스트 헤밍웨이도 처음에는 시인이 되려다가 결국 소설가로 활약한 작가들이다. 특히 포크너는 자못 자조自嘲 섞인 말투로 자신을 '실패한 시인'으로 부르면서 평생 시에 대한 미련을 떨쳐내지 못하였다. 이러한 사정은 한국에서도 예외가 아니어서 황순원黃順元과 김동리金東里 같은 작가들을 시인으로 출발하여 소설가로 활약한 대표적인 문인으로 꼽을 만하다. 그래서 그런지는 몰라도 한강의 소설에서는 시적 분위기가 물씬 풍긴다. 특히 언어에 자의식을 느끼며 마치 조각가가 대리석을 조탁하듯이 낱말 하나하나에 세심을 주의를 기울이며 정교하게 다듬는다.

한강은 1970년대에 태어난 젊은 세대 작가 중에서도 그동안 탄탄한 문장력과 독특한 세계관으로 문단의 관심을 받았다. 2005년 심사위원 7인의 전원일치 평결로 단편소설 「몽고반점」이 이상문학상을 받으면서 한국문학을 이끌 차세대 작가로 주목 받았다. 이 작품에 대하여 이어령*御寧은 "한강의 「몽고반점」은 기이한 소재와 특이한 인물 설정, 그리고 난亂한 이야기의 전개가 어색할 수도 있었지만, 차원 높은 상징성과 뛰어난 작법으로 또 다른 소설 읽기의 재미를 보여주고 있다"라고 평한 바 있다.

특히 2016년 5월 연작소설 『채식주의자』가 '맨부커 국제상' 수상작으로 선정되면서 한강은 국내는 물론 외국에서도 소설가로서의 실력을 인정받았다. 외국 비평가들이나 서평가들은 그동안 이 작품에 온갖 찬사를 쏟아놓았다. 가령 '아름다워서 쉽게 뇌리에서 떠나지 않는다'라느니 '초현실주의적이고 환상적'이라느니 '선정이고 도전적이며 폭력적'이라느니 하고 평한다. 그러나 막상 왜 그러한 소설인지에 대해서는 좀처럼 말하지 않는다. 그렇다면 이 소설이 외국 독자들에게 인기를 끈 이유가 과연 어디 있을까? 두말할 나위 없이 한국문학 작품 중에서 영어로 번역되어 서구사회에서 널리 읽힐 수 있었기 때문이다. 국경이 허물어진 세계화 시대, 돈을 주고 정보를 사고판다는 정보화 시대에 영어는 이제 국제어가 되다시피 하였다. 싫든 좋든 문학 작품이건 영화건 이제 영어를 거치지 않고서는 세계무대의 문턱을 넘을 수 없다.

또한 이 작품이 맨부커 국제상을 수상한 데는 한국사회라는 특수성이나 구체성의 벽을 넘어 보편성과 일반성을 지니고 있기 때문이다. 문학에서 구체성과 일반성, 특수성과 보편성은 마치 자전거의 두 바퀴와 같아서 서로 균형과 조화를 이룰 때 제대로 굴러갈 수 있다. 보편성이나 일반성에 지나치게 무게를 싣는 문학 작품이나, 이와는 반대로 특수성이나 구체성을 지나치게 강조하는 문학 작품은 그만큼 독자한테서 공감을 받기 어려울 수밖에 없다. 비유적으로 말하자면 『채식주의자』에서는 구수한 된장 냄새 못지않게 버터와 치즈 냄새가 풍긴다. 서로 이질적인 두 맛이 한데 어우러져 아주 독특한 맛을 자아낸다.

『채식주의자』는 전통적 의미의 장편소설이라기보다는 서로 유기적으로 연관된 세 작품을 한데 묶어놓은 작품집이다. 한강이 작품집의 제목을 삼은 「채식주의자」(2004)를 비롯하여 「몽고반점」(2004), 「나무 불꽃」(2005)의 세 작품은 작중인물, 배경, 기법, 주제 따위에서 서로 깊이 연관되어 있다. 작가가 작품집 표지에 왜 군이 '연작소설'이라는 표제를 붙였는지 그 까닭을 알 만하다. 단순히 단편 작품을 한데 모아놓은 단편집도 아니요, 그렇다고 본격적인 장편소설도 아닌 중간 형태, 빗대어 말하자면 물고기도 아니고 사람도 아닌 인어처럼 어중간한 작품이다. 영국문학에서는 제임스 조이스의 『더블린 사람들』이 이러한 장르의 대표적인 작품으로 흔히 꼽힌다. 미국문학에서도 셔웃 앤더슨의 『와인즈버그, 오하이오』, 어니스트 헤밍웨이의 『우리들의 시대』, 윌리엄 포크너의 『정복되지 않는 사람들』과 『무덤 속의 침입자』 같은 작품들도 여기에 속한다. 한국문학으로 좁혀 보면 이문구의 『관촌수필』을 비롯하여 조세희의 『난쟁이가 쏘아올린 작은 공』, 이문열의 『그대 고향에 가지 못하리』, 양귀자의 『원미동 사람들』을 대표적인 작품으로 꼽을 만하다.

이러한 유형의 장르는 일반 단편집이나 장편소설과는 달라서 그 나름대로 독특한 효과를 자아낸다. 각각의 독립적인 작품으로 읽어도 좋지만 다른 작품과 함께 연관 지어 읽을 때 그 의미가 더욱 선명하게 드러나기 때문이다. 아리스토텔레스는 일찍이 "전체는 부분의 합보다 크다"라는 명제를 제시하였다. 옛날 기하학 시간에서 배운 "부분의 총화는 전체보다 크다"라는 명제가 바로 그것이다. 게슈탈트 심리학에서는 이 명제를 무슨 선언문처럼 즐겨 사용하고 있다. 그런데 이 명제는 기하학이나 게슈탈트 심리학 못지않게 한강의 연작소설 『채식주의자』에도 썩 잘 들어맞는다. 한강은 『채식주의자』 끝에 붙여 놓은 「작가의 말」에서 이 세 작품을 두고 "따로 있을 때는 저마다의 이야기를 하고 있는 것처럼 보이지만, 합해지면 그중 어느 것도 아닌 다른 이야기 — 정말 하고 싶었던 이야기 — 가 담기는 장편소설이다"라고 말한다.

1

한강이 『채식주의자』에서 다루는 문제는 겉으로 보기보다는 까다롭다. 이 작품에서 겉으로 드러나 있는 표층적 주제는 가족 공동체의 붕괴다. 「채식주의자」에서 가족은 정 씨의 아내 영혜가 갑자기 채식주의자가 되면서 점차 와해되기 시작한다. 처음 악몽을 꾸고 시작된 영혜의 채식주의는 단순히 육식을 하지 않는 것에 그치지 않고 남편은 말할 것도 없고 더 나아가 친정 식구들과의 관계도 점차 소원하게 만든다. 가족의 붕괴가 어찌 21세기에 국한된 문제이랴마는 후기자본주의가 점점 진행되면서 더욱 첨예하게 부각된 것은 부정할 수 없는 사실이다.

기독교 문화권인 서양에서 식탁에 같이 앉아 식사를 한다는 것은 무척 큰 상징적 의미가 있다. 그러한 행위는 예수 그리스도가 제자들과 함께 최후의 만찬을 하는 것과 맞닿아 있다. '빵을 쪼개어 함께 나눈다break bread'라는 영어 표현은 기독교 의식에서 보면 성찬이요, 세속적으로 보면 친교 행위다. 이러한 사정은 유교 문화권의 한국도 크게 다르지 않아서 머리를 맞대고 밥상을 같이 한다는 것은 곧 서로 마음을 터놓는다는 것을 뜻한다. 북아메리카 대륙에 살던 인디언 원주민들이 전쟁을 끝내고 화해를 할 때 상대방과 담배를 같이 나눠 피우는 것과 비슷한 상징적 의미가 있다.

영혜가 본격적으로 채식을 시작하면서 남편과 아내 사이는 점점 소원해진다. 소원해진다는 표현으로는 부족하고 긴장과 갈등을 겪기 시작한다. 이 작품의 화자話者이자 영혜의 남편은 그녀가 채식을 시작하기 전까지만 하여도 "내 기대에 걸맞게 그녀는 평범한 아내의 역할을 무리 없이 해냈다"라고 말한다. 한마디로 영혜가 브래지어를 착용하지 않는 것을 제외하고는 모든 것이 순조로웠다. 작품이 시작할 무렵 이 두 사람은 결혼 5년차에 접어든다. 평범한 회사원인 남편의 말대로 "애초에 열렬히 사랑하지 않았으니 특별히 권태로울 것도 없었던" 것이다. 푼푼이 돈을 모아 아파트도 장만했으니 이제 자식을 낳아야 하지 않을까 하고 생각할 정도다.

그러나 영혜가 처음 채식을 시작하면서 그런대로 평화롭던 가정에 균열이 생기기 시작하더니 그녀의 가정은 점차 걷잡을 수 없이 무너져 내린다. 부부의 식생활이 서로 다르다 보니 두 사람은 대화도 점점 줄어들고 대화가 점점 줄어들다 보니 마음도 점점 멀어질 수밖에 없다. 채식을 시작하고 난 뒤부터 영혜는 남편을 비롯한 다른 식구들과 의사소통이 불가능할 만큼 말을 잃는다. 심지어 남편 땀구멍에서 고기 냄새가 난다는 이유로 그녀는 남편과 잠자리마저 피한다. 술김에 어쩌다 영혜에게 접근하지만 그녀는 격렬하게 몸부림치며 저항한다. 이럴 때 영혜의 모습을 두고 화자는 "아내는 마치 자신이 끌려온 종군위안부라도 되는 듯 멍한 얼굴로 어둠 속에 누워 천장을 올려다보고 있었다"라고 말한다. 데버러 스미스는 이 작품을 영어로 번역하면서 원문에도 없는 "나는 그녀에게 서비스를 요구하는 일본인 병사였다"라는 문장을 집어넣는다.

두 젊은 부부의 긴장과 갈등은 영혜의 언니인 인혜의 집에서 새 아파트로 이사한 것을 축하하는 집들이 겸 가족모임을 하면서 절정에 이른다. 온갖 푸짐한 음식을 차려 놓았지만 영혜는 고기나 고기가 들어간 음식에는 젓가락 한번 대지 않는다. 영혜의 친정어머니는 마치 어린아이를 달래듯 그녀 앞에 고기 음식을 갖다 놓으면서 먹으라고 권하지만 영혜는 조금도 관심이 없다. 이 장면에서 남편인 화자는 "아내는 이게 무슨 갑작스런 소란인지 영문을 모르겠다는 듯 멍한 시선으로 가족들의 얼굴을 건너다보았다"라고 말한다. 이를 보다 못한 친정아버지는 "기차 화통 같은 목소리로" 영혜에게 고기 음식을 먹으라고 다그치고, 선뜻 말을 듣지 않자 그녀의 입을 억지로 벌리고 음식을 쑤셔 놓는다. 그러자 영혜는 짐승처럼 소리를 지르면서 식탁에 놓인 과도를 집어 들어 자신의 손목에 자해를 가한다.

병원 응급실에 실려 간 영혜의 손목 상처는 치료가 되지만 마음의 병은 훨씬 더 심해진다. 병실에서 몰래 빠져나온 그녀는 병원 앞 분수대 옆 벤치에 앉아 환자복을 벗고 알몸으로 햇볕을 쬐고 있다. 물론 영혜는 집에 있을 때도 웃옷을 벗고 있어 남편을 놀라게 한 적이 있었다. 그러나 지금처럼 사람들이 보는 앞에서 옷을 벗은 적은 한 번도 없었지만, 병원에 입원한 뒤로 이러한 행동을 수시로 반복한다. 지금 뭘 하고 있느냐는 남편의 물음에 그녀는 "칼자국이 선명한 왼손으로 자신의 이마에 쏟아지는 햇빛을" 가리며 날씨가 더워서 벗은 것뿐이라고 대답한다. 이때부터 영혜는 정신병동으로 옮겨 정신병 치료를 받는다. 인혜의 남편의 말대로 마침내 그녀의 남편은 "마치 망가진 시계나 가전제품을 버리는 것처럼 당연한 태도로" 영혜를 버린다. 그러면서도 그는 가장 큰 피해자는 영혜가 아니라 자신이라고 항변한다.

이렇게 「채식주의자」에서 영혜의 가정이 붕괴되듯이 「몽고반점」에서는 인혜의 가정이 허물어진다. 겉으로는 멀쩡해 보일지 모르지만 좀더 뜯어보면 인혜의 가정이라는 구조물도 부실하기는 마찬가지다. 영혜의 남편이 그녀를 배우자로 선택한 이유가 지극히 평범한 여자였기 때문이라면, 인혜는 늘 지쳐 있는 남편이 안쓰러워 그를 보호해 주고 싶은 충동에서 그를 배우자로 선택한다. 인혜는 열아홉 살에 시골집을 떠난 뒤 혼자서 살아 왔다. 남편을 처음 만나 호감을 품게 된 일을 회상하면서 그녀는 "어느 누구의 힘도 빌지 않고 혼자서 서울 생활을 헤쳐나온 자신의 뒷모습을, 지친 그를 통해 그저 비춰보았던 것뿐 아닐까"라고 말한다. 또한 「나무 불꽃」에서 인혜는 "그를 사랑한다는 확신이 그녀에게는 없었다. 그것을 부지중에 알면서 그녀는 그와 결혼했다"라고 고백하기도 한다. 인혜에게 남편은 "인내하고 보살피기 위해 몸을 으스러뜨렸던 사람"일 뿐 서로 동등한 입장에서 상대를 대하는 정상적인 배우자는 아니었다. 그녀는 남편을 잘 알고 있다고 생각했지만 막상 그는 한낱 '그림자'에 지나지 않았던 것이다.

인혜의 남편은 남편대로 거의 체념 상태에서 그녀를 아내로 선택한 것과 다름없다. 그는 "아내의 무엇인가가 그의 취향을 살짝 비켜가 있음을 그는 처음부터 알고 있었다"라고 고백한다. 그러면서도 "무엇이 부족하게 느껴지는지 딱히 짚어내지 못한 채 그는 결혼을 결심했다"라는 말은 이 점을 뒷받침한다. 「나무 불꽃」에서 인혜는 "자신의 애정을 확신하지 못한 것과 같이, 그가 그녀에게 애정을 가지고 있었는지 역시 그녀는 확신한 적이 없었다"라고 회상한다.

인혜의 가정은 그녀의 남편이 영혜의 몽고반점에 집착하면서 걷잡을 수 없이 무너져 내린다. 영혜의 남편이 아내보다는 처형한테서 성적 매력을 느끼듯이 인혜의 남편은 처음부터 아내보다는 오히려 영혜에게 이상한 매력을 느낀다. "아내와 비교한다면 훨씬 못생겼다고도 할 수 있는 처제의 모습에서, 가지를 치지 않은 야생의 나무 같은 힘이 느껴졌다"라고 밝힌다. 남편과 이혼하고 혼자 살고 있는 영혜는 비디오 작품의 누드 모델이 되어 달라는 형부의 제안에 이상할 정도로 순순히 응한다. 영혜의 형부는 영혜의 엉덩이에 남아 있는 몽고반점을 중심으로 온몸에 꽃과 나뭇잎으로 그림을 그리고 비디오를 찍는다. 화자는 그녀의 모습에 대하여 "자주와 빨강의 반쯤 열린 꽃봉오리들이 어깨와 등으로 흐드러지고, 가느다란 줄기들은 옆구리를 따라 흘러내렸다. 오른쪽 엉덩이의 둔덕에 이르러 자줏빛 꽃은 만개해, 샛노란 암술을 도톰하게 내밀었다"라고 말한다. 영혜는 처음에는 혼자서, 나중에는 형부의 동료 아티스트 J와 함께 성행위를 흉내 내며 비디오 작품의 모델이 되기도 한다.

인혜의 남편은 마침내 화가인 옛 애인에게 부탁하여 자신의 몸에 꽃과 나뭇잎 그림을 그리게 하고 영혜의 아파트를 찾아가 그녀와 질퍽하게 정사를 벌인다. 두 사람은 남편이나 아내에게서는 일찍이 느껴보지 못한

희열을 느끼며 성에 탐닉한다. 이렇듯 그들은 그동안 억압되어 온 욕망을 한껏 분출한다. 화자는 "그녀의 이미 흠뻑 젖은 몸, 무서울 만큼 수축력 있게 조여드는 몸 안에서 그는 혼절하듯 정액을 뿜어냈다"라고 말한다. 두 사람의 섹스 장면은 현대문학에서 가장 에로틱한 장면의 하나로 기억될 것이다. 외국의 비평가들 중에서도 이 소설의 특징을 에로틱하다는 점에 주목한 사람이 무척 많았다.

인혜의 남편이 처제와 성교를 하며 지르는 교성은 그의 가정이 허물어져 내려앉는 소리이기도 하다. 인혜는 영혜가 전화를 받지 않자 동생의 집으로 찾아오고, 벌거벗은 몸으로 누워 깊은 잠을 자고 있는 모습을 바라보며 깊은 절망에 빠진다. 아내의 표정에 대하여 "그녀의 눈에는 형언할 수 없는 충격과 두려움, 절망이 함께 있었으나, 얼굴의 표정 자체는 오히려 거의 무감각하게 보였다"라고 말한다. 두 사람이 잠에서 깨어나기 전 인혜는 정신병원에 전화를 걸어 앰뷸런스를 부른다. 앰뷸런스를 불렀다는 말에 몹시 놀라는 남편에게 그녀는 담담한 어조로 "영혜도, 당신도 치료가 필요하잖아요"라고 말한다. 정신병원에서 정상으로 판명된 남편은 유치장에 구금된 뒤 몇 달에 걸친 소송과 구명 운동 끝에 가까스로 풀려난다. 그러고 나서 그는 어디론가 잠적한 뒤 두 번 다시 그녀 앞에 나타나지 않는다.

따지고 보면 영혜와 인혜 가족의 붕괴는 처음부터 예견된 것인지도 모른다. 두 자매는 폭력적이라고 하여도 좋을 억압적인 가정에서 성장하였다. 채식을 고집하는 딸에게 억지로 고기를 먹이는 행위에서도 볼 수 있듯이 영혜의 아버지는 철저하게 가부장 질서에 길들여져 있는 남성이다. 월남전에 참전하여 무공훈장을 받은 그에게서는 자상한 아버지의 모습은 아무리 눈을 씻고 보아도 찾을 수 없다. 손이 거친 아버지는 걸핏하면 영혜에게 손찌검하기 일쑤고, 여덟 살이 될 때까지 회초리로 종아리를 때린다. 조금 심하게 말하자면 그는 가학증 환자로 볼 수도 있을 정도다. 오죽하면 아홉 살 때 언니와 함께 산에서 길을 잃었을 때 영혜는 집에 돌아가지 말자고 제안하겠는가. 우연히 지나가던 경운기를 얻어 타고 낯선 길을 따라 집으로 돌아갈 때 인혜는 동생이 실망하던 표정을 뒷날 또렷이 기억한다. 뒷날 인혜는 절망 속에서 "막을 수 없었을까. 영혜의 뼛속에 아무도 짐작 못할 것들이 스며드는 것을"이라고 되뇐다. 영혜는 나이가 들수록 말수가 적어지고, 인혜는 그러한 동생의 심중을 헤아리기란 무척 어려웠다고 말한다. "너무 어려워 때로는 타인처럼 느껴지는 순간도 있었다"라고 고백한다. 이러한 아버지 밑에서 성장한 영혜가 결혼하여 정상적인 가정생활을 영위하기란 무척 어려울 것이다. 이 점에서는 인혜도 마찬가지다. 어머니 역할을 대신하는 탓에 아버지는 큰딸에게는 조금 너그럽지만 그녀가 받은 피해도 영혜의 피해 못지않게 크다.

가족을 뜻하는 영어 'family'의 뿌리를 캐어 들어가다 보면 뜻밖에도 '파밀리아familia'라는 라틴어를 만나게 된다. '파밀리아'는 한 가구나 장원 같은 일정한 지역에 살고 있는 노예나 하인을 집단적으로 가리키는 말이었다. 15세기 초엽만 하여도 '가족'이라는 말은 오늘날 우리가 사용하는 용어와는 사뭇 달랐다. 부모와 자식을 가리키는 의미의 가족은 '도무스domus'라고 불렀다. 이렇듯 고대 로마 시대부터 가족은 핏줄이나 결혼으로 맺어진 관계뿐만 아니라 노예와 하인들을 포함하는 좀 더 넓은 개념이었던 것이다.

사회가 점차 발전하고 분화되면서 가족의 개념도 오늘날 사용하는 의미로 좁아졌다. 대가족사회에서 핵가족사회로 넘어오면서 가족은 위기를 맞기 시작하였다. 지난 몇십 년 동안 후기자본주의사회에서는 이혼율이 상승하고, 출산율이 감소하고, 혼전 동거하는 젊은이들이 증가하고, 최근에는 동성^{同性} 결혼까지 허용하는 단계에 이르렀다. 1977년에 나온 통계자료이기는 하지만 비엔나의 한 연구는 만약 1970년대 수준으로 유럽의 이혼 비율이 2000년까지 증가한다면, 결혼한 전체 유럽인의 무려 85%가량이 이혼할 것이라고 경고하였다. 1994년에 유엔이 '국제 가족의 해'를 선포한 것을 보면 가족이 얼마나 심각한 위기에 놓여 있는지 잘 알 수 있다. 그만큼 가족이 위기에 놓여 있다는 반증이다. 사람들이 책을 잘 읽지 않으니 '책 읽기 운동'을 벌이는 것과 같은 이치다.

한강은 『채식주의자』에서 영혜와 인혜 두 자매의 가정 붕괴를 보여줌으로써 한국사회, 더 나아가 세계 전체가 얼마나 위기에 봉착했는지 지적한다. 가족은 사회의 최소 단위로 가족이 무너지면 사회가 위협받고, 사회가 위협받으면 곧 국가 전체가 위협받을 수도 있다. 그런데 한강에게 가족의 붕괴를 가져오는 가장 큰 요인은 뭐니 뭐니 하여도 가족 구성원 사이에 의미 있는 의사소통이 결여되어 있다는 점이다. 영혜의 남편은 가족 경제를 책임지는 가장의 임무를 다할 뿐 심정적으로 아내를 이해하려고 노력한 적이 한 번도 없다. 인혜는 인혜대로 경제적으로 무능한 비디오 아티스트인 남편을 위하여 뒷바라지를 할 뿐 좀처럼 그를 이해하려고 들지 않는다. 한마디로 두 자매는 상대가 좋아서 배우자로 선택했다기보다는 마음이 편했기 때문에, 다시 말해서 부담감이 적기 때문에 배우자로 선택했던 것이다.

2

한강은 『채식주의자』에서 현대 핵가족사회에서 가족의 붕괴를 다루고 있지만 이러한 표층적 의미 뒤에는 좀 더 본질적인 심층적 의미가 숨어 있다. 그런데 이 심층적 주제의 문을 여는 열쇠는 두 번째 작품 「몽고반점」에서 찾을 수 있다. 이 작품의 3인칭 화자는 인혜의 남편의 비디오 예술 작업과 관련하여 "후기자본주의사회에서 마모되고 찢긴 인간의 일상을 3D 그래픽과 사실적 다큐 화면으로 구성했던 그에게, 관능적인, 다만 관능적일 뿐인 이 이미지는 흡사 괴물과도 같은 것이었다"라고 말한다. 이 문장에서 키워드는 다름 아닌 '후기자본주의사회'라는 용어다. 이 개념은 이 소설을 구성하는 세 작품을 하나로 묶는 연결고리 같은 구실을 한다.

후기자본주의란 두말할 나위 없이 초기 자본주의와 대립되는 개념이다. 제1차 대전 이후 1910년대 후반부터 미국과 독일을 비롯한 선진국을 중심으로 자본주의는 조금씩 궤도를 수정하기 시작하였다. 그래서 미국이나 독일 같은 국가의 자본주의 경제 체제를 단순히 '자본주의'라고 부르기 어려운 단계에 이르렀다. 독일의 트로츠키주의자이며 마르크스주의 경제학자였던 에르네스트 만델은 『후기자본주의』라는 책에서 20세기 후반 이후에 나타나기 시작한 새로운 형태의 자본주의를 '후기자본주의'라고 불렀다.

그런데 만델은 자본주의가 세 단계를 거쳐 발전하는 것으로 파악한다. 19세기의 시장 자본주의가 20세기에 들어와 독점 자본주의로 발전하고, 20세기 후반에 이르러 독점 자본주의는 다시 다국적 자본주의로 발전한다. 여기서 만델이 말하는 후기자본주의란 곧 다국적 자본주의를 일컫는 용어와 크게 다르지 않다. 오늘날 만델이 말하는 다국적 자본주의는 신자유주의의 옷을 갈아입고 다시 나타난다. 그런데 흥미롭게도 만델은 각각의 자본주의의 형태에 리얼리즘, 모더니즘, 포스트모더니즘의 문예 개념을 부여한다. 적어도 시기에서 볼 때 세 문예 개념이 성행한 시점은 세 자본주의가 맹위를 떨친 시점과 거의 일치하기 때문이다.

만델은 제1차 세계대전 이후의 서구 자본주의가 자본가 계층이 부르주아 민주주의사회의 모든 것을 더 이상 독점하지 않는다는 점에서 초기 자본주의와는 크게 다르다고 주장하였다. 다시 말해서 이 무렵부터 전통적인 자본가 계급이 점차 쇠퇴하는 반면, 전문 노동자나 비자본가 엘리트 집단 같은 새로운 계급이 부상하여 자본가의 역할을 대신하기 시작하였다. 또한 고도의 복지 제도를 추구하려 한다는 점에서도 전통적인 자본주의와는 크게 달랐다. 그런가 하면 인터넷의 발명과 디지털 기기의 발전에 힘입어 국가와 국가의 경계가 허물어지고 금융 자본이 자유롭게 넘나들면서 세계 자본주의 체제로 진입하였다. 만델에 따르면 이러한 후기자본주의는 자본주의의 마지막 단계에 해당한다. 프레더릭 제임슨은 오스트리아 학자 루돌프 힐퍼딩이 사용한 '융스터 카피탈리스무스', 즉 '마지막 자본주의' 또는 '최후의 자본주의'라는 용어를 사용하자고 주장하기도 한다.

후기자본주의가 문화 영역에 나타난 것이 바로 포스트모더니즘이다. 포스트모더니즘이라고 하면 무슨 거창한 이론처럼 들릴지 모르지만 실제로는 지금 우리가 살고 있는 현대사회의 문화 현상을 두루 가리키는 용어에 지나지 않는다. 굳이 프레더릭 제임슨을 언급하지 않더라도 포스트모더니즘은 후기자본주의의 문화적 논리로 볼 수 있다. 그에 따르면 포스트모더니즘이란 한낱 가장 순수한 형태의 후기자본주의의 문화 논리에 지나지 않는다. 그러므로 포스트모더니즘이 한때 반짝 유행하다 이제는 물 지난 생선처럼 지나간 낡은 이론이라고 생각하면 큰 오산이다. 20세기와 21세기의 삶 속에 깊이 스며들어 있는 포스트모더니즘은 지금도 여전히 알게 모르게 우리의 삶에 크나큰 영향을 끼치고 있다. 후기자본주의와 포스트모더니즘은 마치 일란성 쌍둥이처럼 서로 떼어서 생각할 수 없다.

『채식주의자』에서 후기자본주의사회는 여러 모습으로 다양하게 나타난다. 개인의 자유를 억압하는 사회 제도는 그중의 하나다. 가령 결혼이나 결혼에 따른 여러 제도는 간접·직접으로 개인의 자유를 억압하는 기재로 작용한다. 사회의 구성원으로서 또는 남성이나 여성으로서 지켜야 할 사회적 관습도 그중의 하나다. 예를 들어 「채식주의자」는 말할 것도 없고 이 연작소설의 전편을 통해 가장 중요한 인물로 등장하는 영혜는 결혼하기 전부터 브래지어를 착용하기 무척 싫어한다. 그녀의 남편은 연애시절 우연히 그녀의 등에 손을 얹었다가 브래지어를 착용하지 않은 것을 보고 자신에게 무언의 유혹을 보내는 것이 아닌지 싶어 성적 흥분을 느끼기조차 한다. 그래서 그는 유심히 그녀를 살피면서 관찰한다.

관찰의 결과는, 그녀가 신호 따위를 전혀 보내고 있지 않다는 것이었다. 신호가 아니라면, 게으름인가 무신경인가? 나는 이해할 수 없었다. 볼품없는 그녀의 가슴에 노브라란 사실 어울리지도 않았다. 차라리 두툼한 패드를 넣은 브래지어를 하고 다녔다면 친구들에게 보일 때 내 체면이 섰을 것이다.

무심코 그냥 넘어갈 수도 있지만 좀 더 뜯어보면 인용문에는 서슬 퍼런 남성중심주의가 도사리고 있음을 알 수 있다. 자신의 애인이 브래지어를 착용하지 않은 것이 '게으르기' 때문이라거나 남의 감정이나 이목 따위를 전혀 고려하지 않는 '무신경'이어서 그렇다고 생각하는 것부터가 그러하다. 아내가 의식적이고 고의적으로 브래지어를 착용하지 않는다고는 생각할 수 없는 것일까? "나는 이해할 수 없었다"라고 잘라 말하는 데서 알 수 있듯이 영혜의 남편은 모든 것을 사회통념이나 남성의 입장에서만 생각하려 든다. 한마디로 그는 나이 든 여성이라면 마땅히 브래지어를 착용해야 한다는 사회적 통념에 사로잡혀 있는 철저한 가부장적 남성주의자다.

더구나 영혜의 남편은 이것으로도 모자라 한술 더 떠 그녀의 '볼품없는' 가슴을 언급하며 노브라가 가당치 않다고 말하기도 한다. 그의 말에는 오직 가슴이 큰 여성만이 브래지어를 착용할 수 있다는 전제가 깔려 있다. 그러면서 그는 아내가 차라리 두툼한 패드를 넣은 브래지어를 착용하고 다닌다면 친구들이 가슴이 풍만한 성적 매력이 있는 여성으로 생각하여 자기의 체면이 설 것이라고 언급하기도 한다. 그가 이렇게 아내의 젖가슴 크기에 불만을 말하는 것은 「채식주의자」의 마지막 장면에서도 엿볼 수 있다. 그는 영혜가 병실에서 없어진 것을 알고 그녀를 찾아 나섰고, 병원 분수대 옆 벤치에서 그녀를 발견한다. 웃옷을 벗고 있는 모습을 보고 그는 "아내의 무릎에 놓인 환자복을 들어 그녀의 볼품없는 가슴을 가렸다"라고 말한다. 이렇게 다급한 상황에 그가 아내의 젖가슴을 두고 '볼품없다'고 말하는 것이 여간 예사롭지 않다. 그는 여성의 육체를 성적 쾌락의 대상으로 삼거나 자신의 체면을 지키려는 수단으로 삼으려

한다는 혐의를 벗기 어렵다.

1913년에 미국 뉴욕 사교계의 명사 메리 펠프스 제이콥스가 처음 '발명'한 브래지어는 여성의 옷 중에서도 가장 필수적인 속옷으로 자리 잡았다. 한 통계 자료에 따르면 한국 여성 100명 중에서 98명이 브래지어를 착용한다. 열 살 남짓부터 시작해 평생 착용해야 하는 것이 브래지어다. 요즈음에는 초등학교 시절에 성적으로 조숙한 아이들이 있기 때문에 열 살 이전에 착용하는 경우도 있을 정도다. 그러나 최근 들어 브래지어 착용에 반대하는 여성들도 적지 않다. 얼마 전 홍익대학교 근처에서는 '브라보! 노브라'라는 시위가 열렸다. 이 시위에 참여한 여성들은 브래지어를 착용하든 그렇지 않든 그것은 어디까지나 여성들의 자유라고 부르짖었다. 브래지어로 가슴을 가리는 것은 어디까지나 여성들의 자발적인 행동이 아니라 가부장사회가 암묵적으로 강요하는 행동이라는 것이다. 이와 거의 때를 맞추어 미국에서도 '노 브라 노 프로블럼No Bra No Problem'이라는 페이스북 페이지를 만들어 대대적으로 노브라 운동을 펼치기도 하였다.

여성에게 브래지어 착용은 남성에게는 언뜻 대수롭지 않게 보일지 모르지만 여성에게는 여성의 자유를 억압하는 기제임에 틀림없다. 페미니즘 이론가들이 자주 입에 올리는 말 중에 "개인적인 것이 정치적이다"라는 것이 있다. 독일의 여성 운동가 페트라 켈리가 처음 한 말로 알려져 있지만 실제로는 토마스 만이 『마의 산』에서 처음 한 말이다. 누가 그 말을 처음 했건 이 구호는 여성의 몸이 단순히 여성만의 소유물이 아니라는 사실을 지적하는 말이다. 얼핏 여성의 신체는 사적 영역에 속하는 것처럼 보일지 모르지만 좀 더 엄밀히 따지고 보면 사회적 또는 정치적 이해 관계가 얽혀 있는 계급투쟁의 장場이다. 다시 말해서 여성의 몸은 가부장

사회에서 권력 관계나 사회가 요구하는 규범이나 가치에 따라 재구성될 수밖에 없다.

「채식주의자」의 첫 장면부터 브래지어를 두고 영혜는 남편과 적잖이 갈등을 겪는다. 이 일화는 앞으로 곧 전개될 채식과 관련한 긴장과 갈등을 알리기 위한 일종의 서곡이나 전주곡에 해당한다. 영혜의 남편은 사회 통념에 따라 나이 든 여자라면 으레 브래지어를 착용해야 한다고 생각하는 반면, 영혜는 영혜대로 여성은 자신의 신체에 대한 자기결정권을 가져야 한다고 생각한다. 눈에는 잘 보이지 않지만 이 두 인물 사이에는 마치 전기 스파크처럼 불꽃이 튀긴다. 이러한 충돌이 영혜의 채식주의와 자살 시도로 이어지고 궁극적으로는 이혼과 정신질환으로 이어진다.

영혜의 남편은 대부분의 남성이 으레 그러하듯이 브래지어를 입지 않는 것을 비정상적이고 과도한 노출이라고 여긴다. 여성은 가슴을 노출해서는 안 되며 반드시 가려야 한다는 사회 구성원의 암묵적인 합의에 그는 맹목적으로 따른다. 영혜는 결혼한 뒤에도 집에서는 아예 브래지어를 벗고 지낸다. 여름철 외출할 때만 할 수 없이 브래지어를 착용하지만 이마저 곧 후크를 풀어 버리기 일쑤다. 남편이 이를 나무라면 그녀는 찌는 듯한 무더위에도 조끼를 겹쳐 입는 것으로 브래지어를 대신하려 한다. 이러한 행동을 두고 남편은 "답답해서, 브래지어가 가슴을 조여서 견딜 수 없다고 아내는 변명했다"라고 말한다. 그러나 영혜의 행동은 '변명'이 아니라 대부분의 여성이 겪게 되는 실제 현실일 것이다.

영혜의 남편은 언젠가 한번 회사 사장의 초대를 받고 사장 부부를 비롯하여 전무와 상무 부부와 함께 식사를 한 적이 있다. 이 날 영혜는 브래지어를 하지 않은 채 조금 달라붙는 검은색 블라우스를 입고 있다. 그녀는 "작은 도토리알 같은 유두를 블라우스 속에서 뚜렷이 내민 채" 식탁에 앉아 있다. 그녀의 남편은 식탁에 마주 앉아 있는 전무 부인이 영혜의 노브라 차림에 놀라는 모습을 보고 적잖이 당황한다. 그는 "태연을 가장한 그녀의 눈이 호기심과 아연함, 약간의 주저가 어린 경멸을 드러내고 있는 것을 나는 알아보았다"라고 말한다. 전무 부인의 반응은 호기심에서 아연함으로, 아연함에서 다시 경멸로 이어진다. 남성도 아니고 여성마저도 브래지어 착용을 당연하게 생각한다는 점이 무척 흥미롭다. 가부장 질서 속에 살면서 여성은 자신도 모르는 사이에 브래지어 착용을 '자연스러운' 것으로 내면화했다는 증거다.

영혜는 남편 회사 간부를 만나는 자리에도 브래지어를 착용하지 않는데 하물며 집안 식구들이나 친척들을 만나는 자리에서는 그것을 착용할 리 만무하다. 언니네가 집을 늘려 이사한 것을 축하하는 모임이 있는 날, 영혜는 노브라 차림으로 모임에 참석한다. 남편은 아내가 "언제나처럼 브래지어도 하지 않고 흰 티셔츠를 입어, 자세히 보면 옅은 갈색의 젖꼭지가 얼룩처럼 비쳐 보였다"라고 말한다. 처형이 그녀를 안방으로 불러 브래지어 착용에 대하여 뭐라고 주의를 준 모양이지만 영혜는 조금도 아랑곳하지 않는다.

지나친 논리의 비약이라고 생각할지 모르지만 브래지어는 여성을 억압하는 도구의 하나로 보아 크게 틀리지 않다. 이러한 현상은 모든 것을 상품화하려는 후기자본주의 시대에 더욱 뚜렷하게 드러난다. 텔레비전과 인터넷을 비롯한 온갖 대중매체에 넘쳐나는 온갖 종류의 브래지어 제품을 홍보하는 광고를 보라. 광고 모델로 나오는 젊은 여성은 풍만한 가슴을 보여 주며 관능미를 한껏 과시한다. 그런가 하면 브래지어를 여성성을 과시하는 일종의 기호나 패션으로 간주하려는 사람들도 있다. 브래지어와 그것이 가리는 (차라리 '장식하는'이라는 말이 어울릴 것이다) 여성의 젖가슴은 마치 자본주의의 온실에서 재배되어 화려하게 피어나는 한 떨기 꽃과 같다. 영혜는 브래지어를 착용하지 않음으로써 이러한 후기자본주의사회를 온몸으로 막아내려는 인물이다. 그녀가 남편의 권유나 회유, 전무 부인의 싸늘한 시선에도 조금도 아랑곳하지 않는 것은 바로 그 때문이다.

더구나 영혜는 브래지어를 착용하지 않는 것에 그치지 않고 더 나아가 집에 있을 때는 아예 웃옷을 입지 않으려 한다. 언니의 새집 이사를 축하하는 가족모임을 사흘 앞둔 어느 날 저녁 회사에서 돌아온 영혜의 남편은 현관문을 열고 아내를 보자마자마자 황급히 문을 닫는다. 회색 면바지를 입은 영혜는 "상체를 벌거벗은 채 텔레비전 장식장 앞에서 기대앉아 감자껍질을 벗기고" 있기 때문이다. 이러한 그녀의 모습을 두고 남편은 "선명히 드러난 쇄골 아래로, 너무나 살이 빠져 이제는 조금 둔덕져 있을 뿐인 젖가슴이 보였다"라고 말한다. 영혜는 이제 브래지어는 착용하지 않는 것으로도 모자라 남이 보지 않을 때는 아예 웃옷을 걸치는 것조차 싫어하는 단계에 이른다. 남편이 왜 옷을 벗고 있느냐고 묻는 말에 영혜는 고개도 들지 않고 계속 칼을 놀리며 그저 "더워서"라고 짤막하게 대답할 뿐이다.

그러나 날씨가 더워서 웃옷을 벗고 있다는 영혜의 말은 액면 그대로 받아들일 것이 못 된다. 물론 이 일이 있던 그 날 때 이르게 무더위가 엄습해 와 서울 시내가 온통 에어컨을 가동한 것은 사실이다. 그런데도 여러 정황으로 미루어보아 그녀의 말은 한낱 핑계에 지나지 않는다. 저녁

여덟 시인데다 베란다 문이 열려 있어 아파트 안은 그렇게 무덥지 않기 때문이다. 최근 들어 영혜가 느끼는 더위는 물리적 더위가 아니라 온도계로써는 측정할 수 없는 심리적 더위일 뿐이다.

영혜가 이렇게 웃옷을 벗는 것은 비단 이번이 처음은 아니다. 앞에서 언급한 병원의 분수대 장면에서 그녀는 웃옷을 모두 벗은 채 태연히 벤치에 혼자 앉아 있다. 영혜의 남편은 아내가 "환자복 상의를 벗어 무릎에 올려놓은 채, 앙상한 쇄골과 여윈 젖가슴, 연갈색 유두를 고스란히 드러내고 있었다"라고 말한다. 그가 놀라서 영혜에게 나지막한 소리로 "여보, 뭘 하고 있어, 지금" 하고 묻자 영혜는 아무렇지도 않은 듯이 "더워서……"라고 짤막하게 대답할 뿐이다. 곧바로 그녀는 "더워서 벗은 것뿐이야"라고 덧붙인다. 그러면서 남편에게 그녀 특유의 미소를 지으며 "그러면 안 돼?"라고 되묻는다.

한편 「몽고반점」에서 인혜의 남편이 영혜의 벗은 몸에 대하여 "토플리스 차림으로"라는 표현을 사용한다는 점이 흥미롭다. 미술대학에서 비디오 예술을 전공한 사람답게 그에게는 '웃옷을 벗었다'라는 토박이 표현보다는 아무래도 '토플리스'라는 영어가 훨씬 더 잘 어울릴지 모른다. 그가 영혜의 행동을 해석하는 방법도 그녀의 남편과는 사뭇 다르다. "그것은 자살기도 뒤의 일종의 착란증상이었던 같았다"라고 말하지만 그의 추측은 전혀 들어맞지 않다. 그는 처제 영혜가 안고 있는 심오한 문제를 피상적으로밖에 이해하지 못한다.

「채식주의자」 곳곳에서 작가는 스토리를 중단한 채 사이사이에 언어로 표현하기 이전의 영혜의 무의식이나 잠재의식 세계를 악몽의 형식으로 삽입한다. 짧게는 한 단락에서 많게는 대여섯 단락에 이르는 이 장면을 본문의 내용과 시각적으로 구분 짓기 위하여 작가는 한국어에서 좀처럼 사용하지 않는 사체斜體를 사용한다. 독자들은 소설 화자인 영혜의 남편이 하는 말보다도 이 삽입 장면에서 영혜의 의식을 좀 더 잘 이해할 수 있다. 말하자면 이 장면은 그녀의 무의식이나 잠재의식 세계의 방을 엿볼 수 있는 열쇠구멍과 같다.

내가 믿는 건 내 가슴뿐이야. 난 내 젖가슴이 좋아. 젖가슴으론 아무것도 죽일 수 없으니까. 손도, 발도, 이빨과 세 치 혀도, 시선마저도, 무엇이든 죽이고 해칠 수 있는 무기잖아. 하지만 가슴은 아니야. 이 둥근 가슴이 있는 한 난 괜찮아. 아직 괜찮은 거야. 그런데 왜 자꾸만 가슴이 여위는 거지. 이젠 더 이상 둥글지도 않아. 왜지. 왜 나는 이렇게 말라가는 거지. 무엇을 찌르려고 이렇게 날카로워지는 거지.

다섯 번째 꿈 장면에서 영혜는 자리에 눕자마자 비몽사몽 중에 악몽에 사로잡힌다. 짐승의 눈이며, 피의 형상, 깨진 두개골 등 짧은 장면들이 단속적으로 나타나 그녀를 괴롭힌다. 인용한 단락은 브래지어에 대한 영혜의 태도와 관련하여 시사하는 바 자못 크다. 이 인용문에서 가장 핵심적인 어휘는 바로 '가슴'과 '젖가슴'이다. 비교적 짧은 단락에 이 두 단어를 무려 여섯 번이나 언급하는 것이 예사롭지 않다. 여기서 '가슴'이란 '젖가슴'을 가리키는 환유, 좀 더 구체적으로 말하면 축소지칭 원리에 따른 제유다. 예를 들어 "오늘 할리우드 한 편을 보았다"라고 할 때의 '할리우드'는 바로 할리우드에서 제작한 미국 상업 영화를 가리키는 축소지칭 원리에 따른 제유다. 그런데 한강이 '유방乳房'이라는 한자어 단어를 사용하지 않고 굳이 '젖가슴'이라는 토박이말을 사용한다는 점을 주목해야 한다. 이 두 낱말은 함축적 의미에서 큰 차이가 난다. 전자에서는 육체파 여배우를 떠올리게 된다면 후자에서는 자식에게 젖을 먹이는 자애로운 어머니의 모습을 떠올리게 되기 때문이다.

영혜는 자신이 좋아하고 믿는 것이라고는 이제 자신의 젖가슴밖에 없다고 밝힌다. 그 이유는 손발이나 이빨이나 혀 같은 다른 신체 부위와는 달리 젖가슴은 남을 해치는 무기로 사용할 수 없기 때문이라는 것이다. 심지어 시선마저도 남을 "죽이고 해칠 수 있는 무기"가 될 수 있는 상황에서 자신의 젖가슴이야말로 그녀에게는 유일하게 무기로 쓸 수 없는 신체 부위다. "하지만 이 가슴은 아니야. 이 둥근 가슴이 있는 한 난 괜찮아. 아직은 괜찮은 거야"라는 말에서는 젖가슴에 대한 그녀의 확신을 느낄 수 있다. 그러나 달리 생각해 보면 이렇게 확신에 차서 애써 강조한다는 것은 그만큼 그것에 대한 위협을 느낀다는 반증이 되기도 한다. 더구나 "아직은 괜찮은 거야"라는 말에는 앞으로는 어떻게 될지 모른다는 전제가 깔려 있다. 앞에서 이미 언급했듯이 인간의 신체마저 상품화하는 후기자본주의 시대에 젖가슴도 안전할 리 없기 때문이다. 쇠붙이라면 무엇이든 집어삼킨다는 전설의 괴물 불가사리처럼 후기자본주의는 상품이 되고 돈이 될 만한 것은 무엇이든 그대로 놓아두는 법이 없다.

인용문에서 "이 둥근 가슴이 있는 한 난 괜찮아"라는 문장을 좀 더 찬찬히 눈여겨보아야 한다. 영혜의 남편은 아내의 가슴을 두고 "볼품없는 그녀의 가슴에 노브라란 사실 어울리지도 않았다"라고 비아냥거리지만, 어찌되었든 크기와는 관계없이 여성의 가슴은 그 모습이 둥글기 마련이다. 그런데 여기서 '둥글다'라는 형용사는 단순히 젖가슴의 모양만을 가리키지 않고 모성애와 여성성을 의미한다. 선에 빗대어 말하자면 남성이 직선이라면 여성은 원형이다.

　오글라라 라코타 수우족 인디언의 지도자요 질병 치유자였던 블랙 엘크(검은 고라니)는 미국의 원주민 인디언들의 세계관은 원형적 또는 순환적이라고 말한 적이 있다. 블랙 엘크는 "인디언이 하는 모든 일이 하나같이 원으로 이루어진다"라고 잘라 말한다. 서유럽이나 미국의 백인들과는 달리 인디언들은 이렇게 모든 현상을 둥근 원으로 파악해 왔다. 인디언들의 이러한 세계관은 백인들의 일직선적 또는 선형적 세계관과는 크게 다르다. 후자가 논리적이고 체계적이고 시각 지향적이며 인과관계에 무게를 싣는다면, 전자는 직관적이고, 비非시간 지향적이며 상호관계에 무게를 싣는다. 한마디로 경쟁적이고 계급 조직적이고 오만한 백인들의 일직선적 세계관과는 달리, 인디언의 원형적 세계관에서는 전일적全一的이고 조화와 균형, 상생, 협력, 통합, 평등 따위에 무게를 싣는다. 백인들의 세계관이 남성의 세계관이라면 원주민 미국인의 세계관은 곧 여성의 세계관이라고 하여도 크게 틀리지 않다.

　그런데 문제는 남을 해칠 수 없고 단 하나밖에 없는 영혜의 '둥근 젖가슴'에 변화가 생기기 시작한다는 데 있다. 남편의 말대로 영혜의 젖가슴은 처음부터 '볼품없는' 것이었는지는 몰라도 그래도 둥근 모습만은 간직하고 있었다. 그러나 최근 들어 그 가슴이 점점 둥근 모습을 잃어가고 있다는 데 문제의 심각성이 있다. 영혜는 걱정이 되어 "왜 자꾸만 가슴이 여위는 거지. 이젠 더 이상 둥글지도 않아. 왜지"라고 말한다. 자살을 기도한 뒤에도 그녀는 자신의 몸에서 정말로 아픈 곳이 손목이 아니라 오히려 가슴이라고 밝힌다.

손목은 괜찮아. 아무렇지도 않아. 아픈 건 가슴이야. 뭔가가 명치에 걸려
있어. 그게 뭔지 몰라. 언젠 그게 거기 멈춰 있어. 이젠 브래지어를 하지 않아
도 덩어리가 느껴져. 아무리 길게 숨을 내쉬어도 시원하지 않아.

어떤 고함이, 울부짖음이 겹이 뭉쳐져, 거기 박혀 있어. 고기 때문이야.
너무 많은 고기를 먹었어. 그 목숨들이 고스란히 그 자리에 걸려 있는 거야.
틀림없어. 피와 살은 모두 소화돼 몸 구석구석으로 흩어지고, 찌꺼기는 배
설됐지만, 목숨들만은 끈질기게 명치에 달라붙어 있는 거야.

영혜는 마치 가슴 속에 덩어리가 자라고 있는 것 같다고 털어놓는다.
그래서 아무리 길게 숨을 내쉬어도 가슴이 시원하게 뚫리지 않는다고 토
로한다. 언뜻 보면 그녀의 가슴에 암 종양이 자라고 있는 것으로 착각할
정도다. 그러나 그녀의 가슴을 짓누르고 있는 것은 암 종양이 아니라 정
신적 종양이다. 이 정신적 종양은 그동안 영혜가 먹은 고기들에 대한 죄
의식에서 비롯한 것으로 볼 수 있다. 그녀의 말대로 손목에 난 상처는 쉽
게 치유할 수 있을지 몰라도 가슴 속의 질병은 좀처럼 고칠 수 없다.

그렇다면 어떤 정신적 암 종양이 영혜의 가슴을 그토록 짓누르고 있
는 것일까? 이 인용문과 앞의 인용문을 찬찬히 살펴보면 한강은 둥근 모
습을 잃고 점차 여위어가는 영혜의 젖가슴을 후기자본주의사회와 관련
시키고 있음을 알 수 있다. 젖가슴 같은 여성의 신체마저 상품으로 만들
어 버리는 후기자본주의사회에서 영혜가 설 땅이 점차 사라지고 있음을
단적으로 보여 주는 객관적 상관물이다. 후기자본주의사회의 일원으로
살아가지만 그녀는 점차 이 사회에서 도태되어 가고 있다. 가슴이 이제
더 둥글지 않고 평평해진다고 불평한다는 것은 그만큼 자본주의사회의

영향을 받았다는 것을 뜻한다. 또한 명치에 무엇인가가 걸려 있어 숨을 크게 내쉬어도 후련하지 않다는 것은 그만큼 이 사회에서 받은 영향이 생각보다 크다는 것을 의미한다.

대만의 문화 이론가 장샤오훙張小虹作은 『자본주의가 낳은 괴물들』에서 세계화 시대에 자본주의가 낳은 여러 '괴물'을 흥미롭게 분석한다. 그런데 그는 이러한 괴물들이 새로운 감각의 산물로 엄청난 운동 에너지와 시장 가치를 지니고 있다고 지적한다. 이 시대의 괴물들은 자본주의의 신세대 권력으로 인간의 욕망을 조작한다는 것이다. 장샤오훙이 말하는 괴물 중 하나가 바로 '미인 괴물'이다. '영상 괴물'과 함께 이 '미인 괴물'은 현대 여성을 후기자본주의사회의 상업주의의 굴레에 가두는 구실을 한다. 여배우들의 '영원한 젊음'은 자본주의 상품 시장이 여성의 몸을 어떻게 다루고 착취하는지 여실히 보여 주는 더할 나위 없이 좋은 본보기다.

장샤오훙은 지구에서 가장 섹시한 동물은 바로 얼룩말이라고 말한다. 얼룩말을 영어로 'zebra'라고 하는데 이 첫 철자 'z'가 가장 사이즈가 큰 'Z컵' 브래지어를 자연스럽게 연상시키기 때문이라는 것이다. 이렇듯 후기자본주의사회에서는 가슴이 풍만한 것과 섹시한 것을 거의 동일시하기 마련이다. 장샤오훙은 이러한 현상을 '동안거유童顔巨乳'라고 부른다. 즉 얼굴은 어린애 같은데 가슴이 큰 여성이라는 뜻으로 후기자본주의사회가 여성에게 암묵적으로 강요하는 신체 특징이다. 그러면서 그는 오늘날 현대인의 삶이 자본의 욕망이 낳은 괴물에 잠식당하고 있다고 날카롭게 비판한다. 더욱 안타까운 것은 대부분의 우리는 그러한 사실도 모른 채, 아니면 알면서도 자신의 욕망에 충실하게 살아가고 있는 것이라고 그는 꼬집는다.

『자본주의가 낳은 괴물들』에서 장샤오훙이 후기자본주의사회가 낳은 괴물로 간주하는 미모지상주의는 그야말로 오늘날 막강한 힘을 과시한다. 단순히 신체에 대한 관심이 아니라 종교의 차원에 이르렀다고 하여도 과언이 아니다. 매스매디어의 광고는 온갖 방법으로 여성의 성적 매력과 에로티즘을 부각시키는 데 초점을 맞춘다. 그래서 성적 매력을 과시하는 상품은 날개 돋친 듯 팔려나간다. 여성의 신체를 성적 조작을 위한 온갖 소재로 부각시켜 여성을 인격체가 아닌 하나의 사물이나 이미지 또는 익명의 성적 대상으로 전락시킨다.

미국에서는 외모에 대한 관심을 '뷰티즘beautism'이라고 부른다. 단순히 외모를 아름답게 꾸미는 것에 그치지 않고 더 나아가 이제는 하나의 주의, 주장, 이념으로 발전한 셈이다. 최근의 한 통계자료에 따르면 오늘날 전 세계에서 여성이 일 년에 미모에 쏟는 비용이 무려 160조 달러에 달한다. 외모지상주의가 터무니없이 융숭한 대접받는 한국에서 사정은 더욱 심각하다. 미국 여성 20명 중 한 명이 성형수술을 하는 반면 한국 여성은 5명 가운데 한 명이 성형수술을 받는 것으로 나타났다. 물론 외모지상주의는 굳이 국가, 민족, 시대, 성별, 나이, 교육수준, 종교를 가르지 않고 인간에게 두루 나타나는 보편적 현상으로 볼 수 있다. 아름다운 것을 좋아하고 추한 것을 싫어하는 것은 예나 지금이나 마찬가지다. 그러나 문제는 후기자본주의사회에 이르러 외모에 대한 관심이 도를 넘을 정도로 심해졌으며, 그 때문에 생겨나는 병폐 또한 매우 크다는 데 있다.

영혜는 바로 이 '동안거유'라는 후기자본주의사회가 낳은 괴물에 맞서 온몸으로 싸우려는 인물이다. "왜 나는 이렇게 말라가는 거지. 무엇을 찌르려고 이렇게 날카로워지는 거지." — 그녀는 이렇게 스스로에게 끊임없이 질문을 던진다. 앞의 짧은 인용문에서 그녀는 '왜'라는 의문사를 무려 세 번이나 되풀이한다. 그만큼 그녀는 그 이유가 선뜻 이해가 가지 않는다. 적어도 이 점에서 영혜는 네 살 터울인 언니 인혜와는 여러모로 사뭇 다르다. 두 자매는 외모부터가 차이가 난다. 영혜가 외까풀 눈이라면 인혜는 쌍까풀 눈이다. 영혜의 몸이 깡마르다면 인혜는 적당히 살이 붙어 있어 보기에 좋다. 영혜의 목소리가 조금 투박하다면 인혜의 목소리에는 비음이 섞여 있어 은근히 선정적이다. 그런가 하면 영혜가 수수한 옷차림에 광대뼈가 튀어나와 중성적으로 비친다면 인혜는 훨씬 더 여성스럽다. 영혜의 남편은 처형 인혜를 두고 "아내보다 눈이 커서 예쁜, 무엇보다 아내보다 여자다운 데가 있는" 여성이라고 생각한다. 심지어 그는 처형한테서 "약간의 성적인 긴장감"마저 느낀다고 고백할 정도다. 물론 여성에 대한 취향이나 성적 취향은 사람마다 달라서 인혜의 남편은 오히려 영혜를 더 좋아한다. 앞에서도 밝혔듯이 그는 "아내와 비교한다면 훨씬 못생겼다고도 할 수 있는 처제의 모습에서, 가지를 치지 않은 야생의 나무 같은 힘이 느껴졌다"라고 고백한다.

　인혜가 다른 가게도 아니고 대학가에서 화장품 가게를 운영한다는 것도 자못 상징적이다. 화장품 가게는 여성을 상품화하는 데 필요한 물건을 파는 곳이다. 한국의 대도시 길거리나 대형 매장에는 휴대전화 가게와 화장품 가게가 하나씩 걸러 늘어서 있을 정도로 넘쳐난다. 그것으로도 모자라 자고 일어나면 하루가 다르게 우후죽순처럼 새로운 화장품 가게가 생겨난다. 미국에서 '보디 숍'이라고 하면 흔히 자동차 정비공장을 뜻하지만, 한국에서는 화장품 가게가 먼저 떠오른다. 영혜와는 달리 인혜는 후기자본주의사회에서 살아남기 위해서는 어떠한 일에 종사해야 하는지 잘 터득하고 있다. 인혜는 이 사회에 철저히 순응하면서 살아가는 인물로 가게에서 얻은 수입으로 최근에는 아파트까지 넓혀 이사할 정도다.

인혜의 남편이 비디오 예술가라는 사실도 아내의 화장품 가게만큼이나 시사하는 바 자못 크다. 비디오 예술은 후기자본주의사회의 대표적인 예술 형태 중 하나다. 시각과 청각을 비롯한 온갖 감각을 하나로 결합하려는 야심찬 예술이 바로 비디오 예술이다. 다국적 기업의 후기자본주의사회에서 컴퓨터를 비롯한 과학 기술은 눈부시게 발달하면서 정보화 시대와 세계화 시대가 탄생하였다. 이 사회에서는 정보를 가공하고 처리하고 유통시키는 활동과 더불어 정보기술^{IT}을 창조적이고 생산적인 방식으로 사용하는 하는 것이 무엇보다 중요하다. 그래서 프레더릭 제임슨은 건축·사진·비디오 예술처럼 공간과 시간을 자유롭게 넘나드는 예술을 가장 강력한 포스트모더니즘 예술로 보았던 것이다.

3

후기자본주의와 외모지상주의에 대한 영혜의 거부는 비단 브래지어를 착용하지 않거나 웃옷을 벗는 것에 그치지 않는다. 이보다 한발 더 나아가 그녀는 채식주의를 몸소 실천한다. 채식주의는 자칫 잘못 하다가는 죽음에 이를 수도 있다는 점에서 가히 영웅적이라고 할 만하다. 영혜의 이러한 태도가 가장 잘 드러나 있는 작품은 두말할 나위 없이 첫 번째 작품 「채식주의자」다. 세 작품 중에서도 이 작품은 한강의 상상력 속에서 오랫동안 발효와 숙성 과정을 거쳐 완성된 작품이다. 「작가의 말」에서 밝히듯이 그녀는 작품집을 출간하기 10여 년 전 「내 여자의 열매」라는 단편소설을 발표하였다. 그런데 이 작품은 한 여성이 아파트 베란다에서 식물이 되고, 그녀와 함께 살던 남성은 그녀를 화분에 심어 주는 이야기다. 그러므로 연작소설 『채식주의자』는 바로 이 단편소설에서 씨가 뿌려져 싹이 터서 성장한 한 그루 나무로 볼 수 있다.

'채식'이라는 말은 언뜻 보기보다 복잡하여 정의내리기 쉽지 않은 개념이다. 일단 동물의 고기 같은 동물성 식품을 제외하고 식물성으로만 구성된 음식을 먹는 행위를 채식이라고 규정지을 수 있다. 또 '채식'은 '채식주의'와는 조금 다르다. 채식은 단순히 식습관을 가리키지만 채식주의는 그러한 식습관을 철저히 실행하여 하나의 이념으로 받아들이는 것을 뜻한다. 달리 말해서 채식을 한다고 하여 반드시 채식주의자가 되는 것은 아니다. 어쩌다 한 끼 식사를 고기 없이 하여도 채식이라 부를 수 있기 때문이다. 또는 이런저런 이유로 짧은 기간 채식을 할 수도 있다. 채식주의를 흔히 영어로 '베지테어리어니즘vegetarianism'이라고 부르는데 락토 베지테어리어니즘, 오보 베지테어리어니즘, 락토 오보, 세미 베지테어리어니즘, 페스코(페스커테어리어니즘), 폴로(폴로테어리어니즘), 플렉시테어리어니즘, 프루테어리어니즘 등 그야말로 머리가 어지러울 정도로 그 스펙트럼이 무척 넓다.

한강은 이 연작소설에서 '엄격한 채식주의'니 '진짜 채식주의자'니 하는 용어를 사용하는데 이는 '베지테어리어니즘'보다는 오히려 '비거니즘veganism'의 개념에 가깝다. 후자는 여러 이유로 동물성 제품의 섭취는 말할 것도 없고 동물성 제품을 사용을 하지 않는 생활습관을 가리킨다. 그러한 습관을 지닌 사람들을 '채식주의자'보다는 오히려 '비건'이라고 부른다. 채식주의자들은 육식만을 피하지만, 비건은 유제품, 꿀, 계란, 가죽 제품, 양모, 오리털, 동물 화학 실험을 하는 제품도 피하는 좀 더 적극적인 의미의 채식주의자라 할 수 있다. 회사 사장이 초대한 식사 자리에서 영혜가 먹는 것이라고는 오직 샐러드와 김치, 호박죽, 그리고 후식으로 나온 사과와 오렌지 한 조각뿐이다. 주인공 영혜는 동물의 고기뿐만 아니라 달걀이나 우유처럼 동물에서 나온 것도 먹지 않는다. 심지어 "독특한 맛의 작은 찹쌀새알 죽도 육수에 담겨 있었기 때문에 먹지 않았다"라고 말하는 것을 보면 그녀는 채식주의자보다는 오히려 비건에 가깝다. 데버러 스미스는 이 작품을 영어로 번역하면서 'The Vegetarian'으로 옮겼지만 좀 더 엄밀히 말하면 'The Vegan'이라고 해야 더 정확하다. 또한 채식을 하거나 채식주의의 입장을 취하는 동기도 윤리적인 동기에서 생태주의적인 입장, 건강에 따른 이유, 심리적 원인, 경제-사회적 원인 등 하나하나 열거할 수 없을 만큼 아주 많다. 한강도 20대 중반에 한때 채식을 한 적이 있다. 채식으로 건강이 악화되자 주변 사람들의 권유로 다시 육식을 시작하였다. 한국계 미국 작가 크리스 리와의 인터뷰에서 한강은 이러한 경험이 『채식주의자』를 집필하는 데 큰 영향을 주었다고 밝힌 적이 있다.

앞에서 이미 밝혔듯이 영혜가 채식주의자 된 것은 다름 아닌 악몽 때문이다. 어느 날 밤 이상한 꿈을 꾸고 난 뒤 그녀는 갑자기 식습관을 완전히 바꾼다. 악몽을 꾸기 바로 전날 아침만 하여도 영혜는 고기 요리를 하려고 언 고기를 썬다. 영혜는 악몽을 꾸기 전 여느 다른 사람과 다를 바

없이 육식을 하는 사람이었다. 남편이 그녀를 배우자로 택한 이유 가운데 하나도 남달리 먹성이 좋기 때문이었다. 그는 "결혼 전부터 아내는 식성이 좋았고, 그 점이 특히 내 마음에 들었었다"라고 고백한다. 또 아내가 "불판에 얹힌 갈비를 익숙한 솜씨로 뒤집었고, 한손에 집게를, 다른 한손에 큰 가위를 들고 쓱쓱 잘라내는 품이 듬직했다"라고 말하기도 한다. 영혜의 남편은 처가집 식구들이 고기를 유난히 즐기는 편이라고 밝힌다. 영혜가 굵은 감자를 썰어 넣고 요리한 닭도리탕은 그가 특별히 좋아하는 음식으로 앉은 자리에서 세 접시를 비우곤 할 정도다.

영혜가 냉장고 속에 넣어둔 식재료만 보아도 그녀가 얼마나 육식을 즐겼는지 알 수 있다. 가령 샤브샤브용 쇠고기와 돼지고기, 우족, 오징어, 장어, 굴비 등이 그녀의 냉장고를 가득 채우고 있다. 그러던 어느 날 밤 영혜는 꿈속에서 숲속에서 길을 잃었고 고깃덩어리들이 피를 흘리면 걸려 있는 환상을 본다.

어두운 숲이었어. 아무도 없었어. 뾰족한 잎이 돋은 나무들을 헤치느라고 얼굴에, 팔에 상처가 났어. 분명 일행과 함께였던 것 같은데, 혼자 길을 잃었나봐. 무서웠어. 추웠어. 얼어붙은 계곡을 하나 건너서, 헛간 같은 밝은 건물을 발견했어. 거적때기를 걷고 들어간 순간 봤어. 수백 개의, 커다랗고 시뻘건 고깃덩어리들이 기다란 대막대기에 매달려 있는 걸. 어떤 덩어리에선 아직 마르지 않은 붉은 피가 떨어져 내리고 있었어. 끝없이 고깃덩어리들을 헤치고 나아갔지만 반대쪽 출구는 나타나지 않았어. 입고 있던 흰옷이 온통 피에 젖었어.

이렇듯 영혜는 악몽을 꾸고 난 뒤로 고기를 멀리하고 채식주의가 된다. 물론 그녀가 채식주의자가 되기로 결심한 것은 단순히 남편의 말처럼 그렇게 갑자기 "악몽 한번 꾸고는 식습관을 바꾼" 것은 결코 아니다. 그녀의 무의식과 잠재의식 속에 오랫동안 억눌려 있던 생각이 어느 날 꿈의 형식으로 표면 위로 떠올랐다고 말하는 쪽이 훨씬 더 정확할 것이다. 터무니없는 과장이라고 할지 모르지만 영혜의 태도는 단테 알리기에리가 『신곡』에서 숲속에서 길을 잃고 헤매다가 그가 존경해 마지않는 로마 시인 베르길리우스의 안내로 지옥과 연옥을 차례로 구경하고 마침내 베아트리체를 만나 천국에서의 새로운 삶을 찾는 것과 비슷하다. 물론 단테의 종교적 세계관과 한강의 세속적 세계관은 하늘과 땅만큼 차이가 난다. 그러나 적어도 주인공이 숲속에서 길을 잃고 헤매다가 삶의 방향을 바꾸는 어떤 계시를 받는다는 점에선 서로 닮아 있다.

지그문트 프로이트는 『꿈의 해석』에서 꿈이란 "정신생활 속의 무의식적인 내용을 알아내기 위한 큰 길"이라고 잘라 말한다. 그에게 무의식은 "의식의 작은 세계를 품는 더 큰 세계"에 지나지 않는다. 꿈의 동기는 다름 아닌 소망이고, 꿈의 내용은 곧 소망을 실현시키거나 충족시키는 것이다. 한마디로 꿈은 현실 세계에서 억압받은 소망을 보상적으로 성취하려는 일종의 대리만족 행위다. 또한 프로이트에 따르면 꿈은 압축과 전위와 왜곡 그리고 상징을 통하여 나타난다. 흔히 꿈은 미래에 일어날 일을 보여주는 것 같지만 실제로는 미래 못지않게 과거의 모습을 보여주기도 한다.

영혜의 무의식이나 잠재의식 속엔 채식주의의 씨앗이 자라고 있었다. 아홉 살 때 그녀는 자기 집에서 기르던 개한테 허벅지를 물어뜯기는 사건이 일어난다. 동네에서 영리하기로 소문난 개가 바로 주인집 딸의 다리를 물어뜯은 것이다. 영혜의 아버지는 개의 꼬리털을 태워 그녀의 종아리에 붙인 뒤 개를 오토바이에 묶고 동네를 일곱 바퀴 달리게 한 뒤 잡아먹는다. 개에 물린 상처가 나으려면 개고기를 먹어야 한다는 말에 영혜도 개고기 국밥을 먹는다. 어른이 된 영혜는 뒷날 꿈속에서 "국밥 위로 어른거리던 눈, 녀석이 달리며, 거품 섞인 피를 토하며 나를 보던 두 눈"을 생생하게 기억한다. 그녀가 첫 번째 꿈에서 본 헛간 속의 피 웅덩이와 그곳에 비친 얼굴 중에는 바로 그 개의 얼굴이 들어 있는지도 모른다.

프로이트의 이론에 비추어 보면 영혜의 꿈에는 언뜻 겉으로 보이는 것보다 훨씬 더 많은 내용과 깊은 의미가 담겨 있다. 영혜는 그동안 무의식 속에서 육식을 한 것에 대해 적잖이 죄의식을 느끼고 있었음에 틀림없다. 앞에서 그녀가 냉장고에 보관해 놓은 식재료를 언급했지만, 영혜는 보통 사람들보다 육식을 더 좋아했던 것 같다. 아직 아이가 없는 결혼한 지 5년이 된 젊은 부부의 먹거리치고는 그 종류나 양이 무척 많다. 하나같이 육식을 좋아하지 않는 사람이라면 구입할 수 없는 식재료들이다.

인용문에서 찬찬히 눈여겨볼 것은 헛간 속 기다란 대막대기에 시뻘건 고깃덩어리들이 매달려 있다는 점이다. 옛날 시골 푸줏간에서 흔히 볼 수 있는 장면이다. 영혜는 헛간 바닥에 피 웅덩이가 고여 있고, 그 피 웅덩이에서 자신의 얼굴이 비쳐 있는 모습을 들여다보기도 한다. 이 장면은 영혜와 그녀의 남편이 먹은 고기를 압축하여 시각적으로 보여 주기 위한 장치다. 또 "끝없이 고깃덩어리들을 헤치고 나아갔지만 반대쪽 출구는 나타나지 않았어"라고 말하는 것을 보면 그녀가 그동안 얼마나 고기를 많이 섭취했는지 알 수 있다. 그런가 하면 영혜가 입고 있던 흰옷과 손에 온통 붉은 피가 묻어 있었다는 것도 자못 상징적이다. 육식에 탐닉한 '죄'를 상징적으로 보여주는 장치로 볼 수 있다. 앞에서 단테의 『신곡』을 언급했지만 이 작품에서 지옥문에 버티고 서 있는 문지기는 그곳에 들어가는 모든 사람의 이마에 붉은 글씨로 죄를 의미하는 'P' 자를 새겨주는 것과 비슷하다.

헛간에서 가까스로 빠져나온 영혜는 계곡을 거슬러 달리고 달려 마침내 계곡 아래쪽에 이른다. 그런데 시냇물이 흐르고 초봄의 초록빛 풍광이 아름다운 이곳에는 많은 가족이 모여 고기를 구워 먹으며 소풍을 즐기고 있다. 영혜는 근처 나무 뒤에 웅크리고 숨어 소풍을 즐기는 사람들을 쳐다본다. 그런데 그들을 바라보던 그녀는 갑자기 소스라치게 놀란다.

> 그렇게 생생할 수 없어. 이빨에 씹히던 날고기의 감촉이. 내 얼굴이, 눈빛이, 처음 보는 얼굴 같은데, 분명 내 얼굴이었어. 아니야, 거꾸로, 수없이 봤던 얼굴 같은데, 내 얼굴이 아니었어. 설명할 수 없어. 익숙하면서도 낯선 그 생생하고 이상한, 끔찍하게 이상한 느낌을.

이 장면에서 영혜가 놀라는 것은 고기를 구워 먹으면서 소풍을 즐기는 사람이 자신인지, 아니면 자신이 소풍을 즐기는 사람인지 전혀 구분 지을 수 없기 때문이다. 이 장면에서는 그 유명한 장주莊周의 『장자莊子』 '제물론齊物論'의 한 구절이 떠오른다. 어느 날 장주는 낮잠을 자다가 꿈을 꾼다. 꿈속에 나비가 되어 신나게 날아다니며 자연을 만끽하는데 잠시 쉬려 나뭇가지에 앉았다가 그만 잠이 들고 만다. 그런데 잠에서 깨어보니 인간 장자라는 사실을 알게 된다. "장주는 알 수 없었다. 장주가 꿈에서 나비가 되었던 것일까. 나비가 꿈에서 장주가 된 것일까. 이를 일러 물화物化라 하노라." 흔히 '호접몽胡蝶夢'이라고 일컫는 아주 짧은 일화지만 장주는 이 일화에서 오묘한 '물화'의 깨달음을 가르친다. 장주는 인간도 역시 우주 만물 속에 존재하는 하나의 객체라면 나비든 사람이든 그것을 서로 구별 짓는 것은 한낱 부질없다고 생각한다. 다시 말해서 나비라는 곤충과 만물의 영장이라는 인간은 어디까지나 서로 동일한 가치를 지닌 존재일 뿐이다. 영혜도 고기를 구워 먹으며 즐겁게 시간을 보내는 소풍객들을 바라보며 "내가 저들인가, 아니면 저들이 나인가"라고 무척 헷갈려 한다. 그러면서 궁극적으로 인간과 동물을 구분 짓지 않으려 애쓴다.

장주가 이렇게 나비에 대한 꿈에서 만물제동萬物齊同의 소중한 원리를 깨달은 것처럼 영혜도 숲속 헛간에 대한 꿈에서 채식주의의 소중한 진리를 깨닫는다. 물론 영혜의 태도를 인간의 편협한 사고의 틀에서 벗어나 우주 만물을 무위자연無爲自然에서 바라볼 것을 부르짖은 장주에 빗대는 것이 자칫 지나친 논리의 비약으로 비칠 수 있을지도 모른다. 그러나 좀 더 면밀히 따져보면 영혜의 채식주의는 장주의 만물제동이나 무위자연이 지향하는 원리와 크게 다르지 않다. 소시민의 아내 영혜를 도가 철학의 창시자 중 한 사람인 장주와 구별 지으려고 하는 것부터가 만물제동의 원리에서 벗어나는 것이다.

『채식주의자』 전편을 좀 더 자세히 읽어보면 영혜의 채식주의는 후기자본주의와 깊이 연관되어 있음을 알 수 있다. 그녀가 육식을 거부하는 것은 곧 후기자본주의사회의 가치를 거부하는 것과 다름없다. 대부분의 현대인이 싫든 좋든 후기자본주의의 가치를 받아들이려고 한다는 점에서 보면 영혜의 태도는 다분히 시대착오적이라고 할 수 있다. 이 점에서 그녀의 엉덩이에 남아 있는 푸른빛 몽고반점은 자못 상징적이다. 인혜의 남편 말대로 몽고반점은 "퇴화된, 모든 사람에게서 사라진, 오로지 어린 아이들의 엉덩이와 등만 덮고 있는 반점"이기 때문이다. 또한 그는 그녀의 몽고반점이 "태고의 것, 진화 전의 것, 혹은 광합성의 흔적 같은 것을 연상시킨다"라고 말한다. 이렇게 영혜의 엉덩이에 몽고반점이 아직 남아 있다는 것은 그녀가 후기자본주의 시대에 좀처럼 어울리지 않는 인물임을 상징적으로 보여준다. 말하자면 중생대의 쥐라기와 백악기에 걸쳐 크게 번성했던 화석 파충류 공룡처럼 시대착오적으로 살아간다.

영혜의 남편은 "살을 빼겠다는 것도 아니고, 병을 고치려는 것도 아니고, 무슨 귀신에 씐 것도 아니고, 악몽 한번 꾸고는 식습관을 바꾸다니"라고 말한다. 이렇게 말하는 것을 보면 그는 아내가 왜 채식주의자가 되었는지 도무지 이해하지 못하는 것 같다. 그나마 '무슨 귀신에 씐 것'이라는 구절이 조금 피부에 와 닿는다. 어떤 의미에서 영혜는 지금 후기자본주의사회의 가치를 온몸으로 부딪쳐 막을 만큼 귀신에 씌어 있기 때문이다.

그렇다면 영혜가 온몸으로 부딪쳐 막아내려는 후기자본주의사회의 가치란 구체적으로 무엇인가? 후기자본주의를 규정짓는 특징 중 하나는 다름 아닌 소비다. 후기자본주의사회는 소비문화를 그 지배 논리로 삼고 있다. 근대 철학과 과학에 견인차 노릇을 한 르네 데카르트는 일찍이 "나는 생각한다. 그러므로 존재한다"라는 이른바 '코기토'를 부르짖었다. 그러나 현대 소비사회에 이르러 데카르트의 명제는 "나는 쇼핑한다. 그러므로 존재한다"라는 명제로 희화화되고 있다. 현대인들이 마치 마약이나 술에 중독되어 있듯이 쇼핑 중독에 빠져 있는 현상을 '쇼퍼홀릭'이라고 부른다. 그래서 요즈음 '소비사회'라는 용어는 '후기자본주의사회'라는 용어와 거의 동의어로 쓰이고 있다시피 하다.

장 보드리야르는 일찍이 『소비사회』라는 책에서 현대사회를 한마디로 '소비사회'로 규정지었다. 이 책에서 그는 제2차 세계대전 이후 현대 소비사회가 미디어의 힘을 빌려 현대인들에게 소비를 조장하고 통제할 뿐만 아니라 심지어 그들의 무의식의 차원까지 지배하기에 이르렀다고 주장한다. 이러한 소비 중에서도 음식 소비는 아마 몇 손가락 안에 꼽힐 것이다. 요즈음 텔레비전을 장식하는 온갖 음식 프로그램을 보면 보드리야르의 이론이 그렇게 틀리지 않다는 것을 알 수 있다. 음식에 어떤 종류가 있는지, 음식을 어떻게 조리하는지, 또 그러한 음식 요리가 어떻게 유통되는지 모든 과정을 자세히 보여 준다. 디지털 문화에 힘입어 국경이 사라져 버린 세계화 시대에 음식은 글로벌과 로컬을 가리지 않고 황사나 미세먼지처럼 자유롭게 국경을 넘나들고 있다시피 하다.

이렇게 매스미디어의 힘을 빌려 음식 소비를 조장하다 보니 그 과정에서 자연스럽게 서양의 식습관인 육식을 강조하기 마련이다. 특히 미국 같은 선진국에서는 육류 수출을 장려하려고 온갖 방법을 동원한다. 소비자들은 매스미디어에서 자연스럽게 서양식 육식 습관을 '정상적인' 것으로 받아들일 수밖에 없다. 「채식주의자」에서 사장이 초대한 저녁식사 모임 장면에서 영혜가 채식주의자라는 사실을 듣자 사장 부인은 "육식은 본능이에요. 채식이란 본능을 거스르는 거죠. 자연스럽지가 않아요"라고 단호하게 말한다. 사장 부인이 얼마나 매스미디어에 철저하게 세뇌되었는지 잘 알 수 있다.

보드리야르의 말대로 현대사회에서 사람들이 소비하는 것은 생산물이 아니라 기호다. 바꾸어 말해서 그는 현대인들이 소비하는 것은 사물 그 자체가 아니라 '사회의 계급질서'와 '상징적 체계'라고 진단한다. 사람들은 생산된 물건의 기능을 따지기보다는 상품이 상징하는 권위와 영향력, 즉 기호를 소비한다는 것이다. 가령 스타벅스 커피를 마시는 것은 단순히 카페인을 섭취하는 행위가 아니라 스타벅스라는 기호를 소비하는 행위다. 이와 마찬가지로 고급 레스토랑에 앉아 미국산이나 호주산 비프스테이크를 먹는 것은 음식 소비라기보다는 그 자체로 서구식 식문화라는 기호를 소비하는 행위다.

영혜의 채식주의가 환경 운동과 직접 관련된 것은 아니지만 육식은 환경에 우리가 알고 있는 것보다 훨씬 큰 악영향을 끼친다. 최근 미국국립과학원회보PNAS에 발표된 한 논문에 따르면, 붉은 쇠고기를 생산하기 위해서는 돼지고기나 닭고기 생산보다 무려 28배의 토지와 11배의 물이 필요하다. 온실가스 배출량도 5배 넘게 많다. 감자, 밀, 쌀 같은 농작물과 비교하면 쇠고기가 환경에 미치는 영향은 기하급수적으로 늘어난다. 동일한 칼로리를 생산한다고 가정할 때 쇠고기 생산은 작물보다 무려 160배 넓은 토지가 필요하고 11배 넘는 온실가스를 배출하는 것으로 집계되었다.

영혜가 채식을 하면서 그녀의 육체는 하루가 다르게 야위어지면서 체형이 바뀐다. 가령 그러지 않아도 튀어나온 광대뼈는 "볼썽사납게" 뾰족해지고, 화장을 하지 않으면 피부가 마치 "병자처럼" 핼쑥하다. 아침이면 "헝클어진 머리에 까칠한 얼굴, 빨갛게 금이 간 눈"으로 남편에게 채식 아침식사를 차려준다. 남편의 땀구멍 하나하나에서 고기 냄새가 난다고 하면서 그녀는 섹스마저 거부하기에 이른다. 한마디로 영혜는 후기자본주의사회가 여성에게 강요하는 것과는 정반대 방향으로 나아가고 있다. 후기자본주의 소비사회는 여성에게 몸을 '팔 수 있는' 상품으로 만들라고 부추기지만 그녀는 조금도 아랑곳하지 않는다.

음식을 먹는다는 것은 곧 나 아닌 식물이나 동물을 죽이는 것을 뜻한다. 스스로 광합성을 하여 에너지를 만들어낼 수 없는 인간은 어쩔 수 없이 식물이나 다른 동물을 먹고 살아갈 수밖에 없다. 어니스트 헤밍웨이는 『노인과 바다』에서 포식자와 피식자의 관계를 설득력 있게 묘사한다. 조각배보다도 더 큰 청새치를 낚은 늙은 어부 산티아고는 자신이 잡은 고기를 비롯하여 바다에 살고 있는 모든 생물을 친구라고 생각한다. "저 고기도 내 친구이긴 하지. 저런 고기를 여태껏 본 적도, 들은 적도 없어. 하지만 나는 저놈을 죽여야만 해"라고 말한다. 청새치를 자신의 친구라고 생각하면서도 산티아고는 어부로서 살아가기 위해서는 어쩔 수 없이 그 고기를 잡을 수밖에 없다. 그것이 바로 먹이사슬이요 생태계의 질서요 원리이기 때문이다.

생태계 안에서 먹는 쪽(포식자)과 먹히는 쪽(피식자)의 관계를 도표로 만든 것이 바로 먹이사슬이요 먹이그물이다. 먹이사슬이 생명체 사이에서 먹고 먹히는 관계를 일차원적으로 나타낸 것이라면, 먹이그물은 좀 더 다양한 개체들의 복잡한 포식 관계를 나타낸 것이다. 먹이사슬을 이루는 개체는 크게 생산자와 소비자 두 가지로 나뉜다. 생산자는 무기물에서 영양을 섭취하는 역할을 하는 개체로 주로 식물(해양에서는 광합성을 하는 플랑크톤 등 원생생물 종류)이기는 하지만, 식충식물(식물이지만 소비자)이나 태양충(동물이지만 생산자)처럼 더러 예외도 있다. 소비자는 생산자나 소비자에게 영양을 얻어서 살아나가는 개체로 전자를 1차 소비자, 후자를 다차多次 소비자라고 부른다. 인간은 다차 소비자 중에서도 가장 꼭 대기에 놓여 있는 생물이다.

이러한 먹이사슬은 생태계의 관계나 질서를 설명하기 위한 것이지만 그 범위를 좁혀보면 인간의 사회에도 적용할 수 있다. 인간사회에도 포식자와 피식자의 관계, 양육강식의 정글 법칙이 그대로 존재한다. 잘 알려진 것처럼 허버트 스펜서의 사회 진화론은 찰스 다윈이 생물학적인 진화론에서 강조한 개념 중 하나인 적자생존의 법칙을 사회 현상에 도입한 것이다. 또 애덤 스미스는 스펜서의 사회 진화론의 토대 위에 자유방임주의에 뿌리를 둔 고전 경제학 이론의 집을 지었다.

> 누군가가 사람을 죽여서, 다른 누군가가 그걸 감쪽같이 숨겨줬는데, 깨는 순간 잊었어. 죽인 사람이 난지, 아니면 살해된 쪽인지, 죽인 사람이 나라면, 내 손에 죽은 사람이 누군지. (…중략…)
>
> 이번 꿈이 처음이 아니야. 무수히 꿨던 꿈이야. (…중략…) 수없이 누군가가 누군가를 죽였어. 가물가물한, 잡히지 않는 하지만 소름끼치게 확고한 느낌으로 기억돼.

인용문은 영혜가 꾼 또 다른 악몽에서 뽑은 것이다. 이 꿈은 숲속을 헤매던 첫 번째 꿈과 전혀 다른 것 같지만 좀 더 따져보면 서로 연관되어 있음이 밝혀진다. 후기자본주의의 시대에 소비자는 누군가를 희생시키지 않고서는 정당한 대가를 얻기 힘들다. 적지 않은 학자들이 자본주의 자체를 비인간적 체제라고 비판하는 것은 그 때문이다. 그런데 이러한 특징은 독점 자본주의를 거쳐 다국적 자본주의로 넘어오면서 더욱 첨예하게 부각된다. 인용문에서 영혜가 "수없이 누군가가 누군가를 죽였어"라고 말한다는 점을 찬찬히 눈여겨보아야 한다. 나의 성공은 곧 다른 누군가의 실패와 다르지 않다. 그래서 후기자본주의사회에서 자본가와 노동자의 관계를 포식자와 피식자의 관계로 설명하려는 이론가들이 있다. 물론 이 두 관계는 얼핏 겉으로 보이는 것처럼 그렇게 단순하지는 않다. 영혜가 "죽인 사람이 난지, 아니면 살해된 쪽인지"라고 말하는 것을 보면 포식자와 피식자의 관계란 고정불변한 것이 아니라 상황에 따라 끊임없이 유동적으로 변하기 마련이다.

「채식주의자」 마지막 장면에서 한강이 '포식자'라는 용어를 직접 사용한다는 것이 흥미롭다. 영혜가 병실에서 사라진 것을 발견한 남편은 허둥지둥 그녀를 찾아 나서고, 물이 나오지 않는 분수대 옆 벤치에 앉아 있는 영혜는 발견한다. 그녀는 사람들이 수군거리듯이 한 손에 무엇인가를 꼭 움켜쥐고 있다.

> 나는 아내의 움켜쥔 오른손을 펼쳤다. 아내의 손아귀에 목이 눌려 있던 새 한 마리가 벤치로 떨어졌다. 깃털이 군데군데 떨어져나간 작은 동박새였다. 포식자에게 뜯긴 듯한 거친 이빨자국 아래로, 붉은 혈흔이 선명하게 번져 있었다.

몇몇 비평가들은 영혜가 동박새를 물어뜯은 것으로 잘못 이해하고 있다. 영혜의 입술에 피가 묻어 있어 그렇게 생각한 모양이지만 그것은 사실과 다르다. 입에 피가 묻어 있는 것은 새에게 숨을 불어넣어 주다가 그렇게 되었을 가능성이 크다. 상식이나 논리로 보더라도 영혜가 동박새를 물어뜯을 리가 없다. 영혜는 병원 근처 어디에서인가 상처 입은 채 땅에 떨어져 입은 동박새를 발견하고 손에 꼭 쥐고 있음에 틀림없다. 포식자에게 물어뜯긴 상태로 땅바닥에 떨어져 있는 것을 그녀가 우연히 발견한 것이다. 동백꽃과 공생관계로 동백꽃의 꿀을 먹으며 수정을 해주는 동박새의 포식자라면 아마 매가 아닐까 싶다. 더구나 이 장면에서 영혜는 자신을 동박새와 동일시한다. 동박새가 사나운 포식자에게 물어뜯긴 것처럼 자신도 후기자본주의의 비인간적 사회에서 희생당한 피식자와 크게 다름없기 때문이다.

영혜는 포식자와 피식자의 관계를 인간사회에 적용한 스펜서의 사회진화론을 받아들이지 않는다. 오히려 온몸으로 맞서 그러한 이론과 그것에 뿌리를 두고 있는 사회 구조에 저항하려 한다. 그녀는 인간사회란 먹이사슬이나 정글법칙이 지배하는 자연의 생태계와는 달라야 한다고 생각한다. 바람직한 인간사회라면 상극보다는 상생, 경쟁보다는 협력의 원리에서 움직여야 하기 때문이다. 요한 볼프강 괴테는 "영혼이 없는 전문가, 가슴이 없는 향락주의자, 이 공허한 인간들은 일찍이 인류가 도달하지 못한 단계에 도달했다고 자부할 것이다"라고 말한 적이 있다. 이 말은 막스 베버가 『개신교의 윤리와 자본주의 정신』에서 인용하면서 더욱 널리 알려지게 시작하였다. 괴테가 말하는 '마지막 인간'이란 후기자본주의사회의 무한경쟁에서 승리한 사람들, 더 이상 삶의 의미에 의문을 품지도, 생각하지도 않으려는 비인간적인 사람들을 말한다. 후기자본주의사회에서 기업은 이윤을 최대 목표로 삼고 있지만 그에 대한 비판의 목소리도 만만치 않다. 예를 들어 몇 해 전 미국의 미래학자 존 나이스비츠와 퍼트리셔 애버딘은 '의식 있는 자본주의'라는 부제가 붙은 『메가트렌

드 2010』에서 영혼, 좀 더 구체적으로 말해서 인간의 가치와 각성 같은 영성이 앞으로 자본주의의 새로운 흐름으로 정착할 것이라고 내다보았다. 영혜가 지향하는 삶의 목표도 말하자면 영혼이 숨 쉬는 자본주의, 뜨거운 가슴이 달린 자본주의인지도 모른다.

4

영혜는 후기자본주의와 소비사회에 온몸으로 맞서려 하지만 주위 사람들은 오히려 그녀를 이상하게 바라볼 뿐 아무런 도움을 주지 않는다. 명치에 무엇인가가 박혀 있다고 생각하는 악몽 장면에서 그녀는 "아무도 날 도울 수 없어. 아무도 날 살릴 수 없어. 아무도 날 숨 쉬게 할 수 없어"라고 마치 주문을 외듯 세 번이나 되풀이한다. 가족 모임 장면에서 남동생은 그녀의 팔을 붙잡고 있는가 하면, 아버지는 먹기 싫다는 고기를 완력으로 그녀의 입속에 쳐 넣는다. 남편은 남편대로 방관자처럼 바라보고 있을 뿐 그녀를 도와주지 않는다. 이러한 상황에서 영혜는 아마 광야에 홀로 서 있다고 느낄 것이다. 영혜가 정신병적 증후를 처음 보이기 시작하는 것은 바로 이 가족 모임에서다. 삶의 코너에 몰려 더 이상 물러설 곳이 없을 때 사람들은 흔히 자살이라는 최후 수단을 선택하기 마련이다.

그녀가 자신의 목숨을 내던져버리려 했던 순간은 인생의 코너 같은 거였
을 것이다. 아무도 그녀를 도울 수 없었다. 모든 사람이— 강제로 고기를 먹

이는 부모, 그것을 방관한 남편이나 형제자매까지도— 철저한 타인, 혹은
적이었을 것이다.

가족 공동체의 일원이 든든한 울타리의 구실을 해주는 것이 아니라
오히려 "철저한 타인 혹은 적"처럼 느껴진다면 자살은 영혜에게 저주가
아니라 축복이 될 수도 있다. 인혜의 남편은 응급치료를 받고 병실에 누
워 잠들어 있는 그녀의 모습을 지켜보면서 문득 차라리 그녀가 잠에서
영원히 깨어나지 않았으면 좋겠다고 생각한다. 영혜가 깨어나 살아갈 삶
은 너무 비참할 것이 뻔하기 때문이다.

「몽고반점」에서 인혜의 남편은 아버지가 영혜에게 억지로 음식을 먹
이는 장면이 마치 "부조리극의 한 장면" 같다고 말한다. 그러나 '부조리
극'이라는 연극 용어로써는 제대로 표현할 수 없는 비인간적인 폭력 장
면이라고 아니할 수 없다. 다른 집단도 아니고 가족 구성원 사이에서 일
어난 사건이기에 더더욱 충격을 준다. 이 장면을 읽고 있노라면 화기애
애한 가족 공동체보다는 차라리 살기등등한 인간과 짐승의 대결을 바라
보는 듯하다. 젊은이들이 우스갯소리로 사용하는 표현을 빌린다면, '가
족적 분위기'가 아니라 가히 '가축적 분위기'라고 할 만하다. 인혜 남편
의 말대로 영혜는 "흡사 궁지에 몰린 짐승처럼 그녀의 눈은 불안정하게
희번덕이고 있었다"라고 말한다.

영혜가 자해를 가하는 장면도 그러하지만 그녀의 남편은 지난 5년에
걸친 결혼 생활 동안 아내가 놓여 있는 처지를 제대로 이해하지 못한다.
아니, 이해하려 들지도 않는다. 다만 무덤덤한 그녀가 아무런 간섭을 하
지 않아 편하다고 생각할 뿐이다. 이러한 남편을 두고 인혜의 남편은 "둔

감한 그는 그녀의 몽고반점을 알기나 했을까"라고 스스로에게 묻는다. 그의 말대로 영혜의 남편은 아마 아내의 몽고반점에 대하여 까맣게 모르고 있었을 것이다.

친정 가족과 남편에게 버림받다시피 한 영혜는 그로부터 2년 뒤 이번에는 형부한테서 치유를 받는 한편, 또 다른 의미에서는 씻을 수 없는 상처를 받는다. 미술대학을 졸업한 뒤 비디오 작가로 활동하는 인혜의 남편은 처제의 몽고반점에 강박관념에 사로잡혀 있다. "처제의 엉덩이에 몽고반점이 남아 있다는 사실과, 벌거벗은 남녀가 온몸을 꽃으로 칠하고 교합하는 장면은 불가해할 만큼 정확하게 뚜렷한 인과관계로 묶여 그의 뇌리에 각인되었다"라고 말한다. 사실 그는 영혜를 처음 만날 때부터 그녀에게 호감을 느낀다. "처제의 외까풀 눈, 아내 같은 비음이 섞이지 않은, 다소 투박하나 정직한 목소리, 수수한 옷차림과 중성적으로 튀어나온 광대뼈까지 모두 그의 마음에 들었다"라고 털어놓는다.

「몽고반점」의 마지막 장면에서 영혜는 점점 더 극심한 정신분열증 증세를 보인다. 온몸에 온통 꽃을 그린 채 벌거벗은 모습으로 잠을 자고 있는 동생의 모습을 보고 인혜는 남편에게 "몸에 저런 게 있는 걸 보니 두 번째 발광인가보다 싶었어요"라고 말한다. 아니나 다를까 영혜는 언니의 말을 뒷받침이라도 하듯이 자리에서 일어나 실오라기 하나 걸치지 않은 벌거벗은 몸으로 베란다 쪽으로 다가가 미닫이문을 열고 밖을 보고 마주선다.

그녀는 베란다 난간 너머로 번쩍이는 황금빛 젖가슴을 내밀고, 주황빛 꽃잎이 분분히 박힌 가랑이를 활짝 벌렸다. 흡사 햇빛이나 바람과 교접하려는 것 같았다. 가까워진 앰뷸런스의 사이렌, 터져나오는 비명과 탄성, 아이들의 고함, 골목 앞으로 모여드는 웅성거리는 소리들을 그는 들었다. 여러 개의 급한 발소리들이 층계를 울리며 다가오고 있었다.

영혜의 이러한 몸짓에서는 멋진 행위 예술 한 편이 떠오른다. 그녀의 모습을 바라보며 인혜의 남편은 비디오 예술가로서 황홀경에 빠져 있다시피 하다. 이 소설의 화자는 "그는 그 자리에 못 박혀 서서, 삶의 처음이자 마지막 순간인 듯, 활활 타오르는 꽃 같은 그녀의 육체, 밤사이 그가 찍은 어떤 장면보다 강렬한 이미지로 번쩍이는 육체만을 응시하고 있었다"라고 말한다. 그러나 예술의 세계에서라면 몰라도 적어도 현실 세계에서 영혜의 행동은 누가 보아도 정상인의 행동으로는 보기 힘들다. 「몽고반점」은 화자의 이 말로 끝을 맺고, 곧이어 세 번째 작품 「나무 불꽃」으로 이어진다. 이 세 번째 작품은 영혜가 정신병원에서 치료를 받고 있는 이야기를 중심으로 펼쳐진다. 그렇다면 타오르는 불꽃의 이미지는 두 작품을 이어주는 연결고리 역할을 하는 셈이다.

「나무 불꽃」에서 영혜는 아주 심각한 상태의 환자로 등장한다. 공간적 배경도 원룸 아파트가 아닌 축성산 휴양림 근처에 위치한 정신병원이고, 시간적 배경은 인혜의 남편과의 정사 사건이 있은 지 1년쯤 지나서다. 형부와의 정사 사건이 있은 뒤 영혜는 정신병 환자로 간주되어 폐쇄병동에 감금된 채 얼마 동안 바깥 세상에 나오지 못한다. 이 작품의 화자는 "첫 발광 이후 잠시 말문을 열었던 영혜는 다시 침묵했다. 사람들에게 말하는 대신, 아무도 없는 양달에 쪼그려 앉아 무슨 말인가를 중얼거렸다"라고 말한다. 입원비를 감당할 수 없는 인혜는 영혜를 서울의 종합병원의 정신병원에서 퇴원시키고 정신병원에 입원시킨다.

영혜는 새 병원으로 옮긴지 얼마 되지 않아 병원에서 감쪽같이 사라져 병원을 왈칵 뒤집어 놓았다. 병원 직원들이 주변을 샅샅이 뒤진 뒤에 겨우 그녀를 찾아낸다. 영혜는 깊은 산비탈의 외딴 자리에서 "마치 비에 젖은 나무들 중 한 그루인 듯" 아무런 미동도 없이 꼿꼿이 서 있었다고 한다. 이 실종 사건이 있기 전에 인혜는 한 달에 한 번쯤 찾아갔지만 이제는 일주일에 한 번꼴로 찾아갈 만큼 영혜의 병이 심각하다. 그런데 이곳에 입원하면서부터 영혜는 또 다른 증상을 보이기 시작한다. 고기를 먹지 않는 것이 아니라 아예 음식을 먹으려 들지 않는다. 그래서 의사와 간호사들은 주사기로 음식을 투입하려 하지만 영혜가 완강히 거부하는 바람에 그마저 쉽지 않은 실정이다.

더구나 영혜는 식사를 거부하는 것과 함께 병원 근처에 나무가 많아서인지 인간을 포기하고 나무 같은 식물이 되려고 한다. 그녀는 인혜에게 "세상의 나무들은 모두 형제 같아"라고 말하며 등나무에 부쩍 깊은 관심을 보이기 시작한다. 그러면서 나무를 흉내 내어 어깨로 땅을 짚고 거꾸로 선 채 물구나무서기를 하는 것이다. 영혜는 한 번은 언니에게 "나무들이 똑바로 서 있다고만 생각했는데 (…중략…) 이제야 알게 됐어. 모두 두 팔로 땅을 받치고 있는 거더라구"라고 말한다. 어느 날 자신을 찾아온 언니에게 영혜는 "꿈에 말이야, 내가 물구나무서 있었는데…… 내 몸에 잎사귀가 자라고, 내 손에서 뿌리가 돋아서…… 땅 속으로 파고들었어. 끝없이, 끝없이…… 사타구니에서 꽃이 피러나려고 해서 다리를 벌렸는데, 활짝 벌렸는데……"라고 말하기도 한다. 영혜의 상태가 얼마나 심각한 지경에 이르렀는지 쉽게 미루어볼 수 있는 대목이다. 인간이기를 포기하고 나무가 되기로 결심하는 영혜의 꿈은 이상李箱의 시 구절에 나온다. 언젠가 읽은 "인간은 나무가 되어야 한다"라는 시 구절이 작가 한강의 뇌리에 깊이 각인되어 있었고, 그것이 영혜라는 인물을 통하여 형상화되었던 것이다.

인간이 나무가 되겠다는 것은 정상인이라면 할 수 있는 생각이 아니다. 그래서 이러한 생각은 영혜의 정신질환이 점점 심해진다는 사실을 뒷받침하는 증거이기도 하다. 정상인이라면 아마 자신이 나무라고는 생각하지 않을 것이기 때문이다. 설상가상으로 영혜는 지금 정신질환에 신경성 거식증까지 앓고 있다. 의사의 말대로 그녀는 "정신분열증이면서 식사를 거부하는 특수한 경우"에 해당한다. 축성산 정신병원에서 마지막으로 면회 간 날 오후 영혜는 언니에게 자신이 더 이상 동물이 아니라고 털어놓는다.

나는 이제 동물이 아니야 언니.
중대한 비밀을 털어놓는 듯, 아무도 없는 병실을 살피며 영혜는 말했다.
밥 같은 거 안 먹어도 돼. 살 수 있어. 햇빛만 있으면.
그게 무슨 소리야. 네가 정말 나무라도 되었다고 생각하는 거야? 식물이 어떻게 말을 하니. 어떻게 생각을 해.
영혜는 눈을 빛냈다. 불가사의한 미소가 영혜의 얼굴을 환하게 밝혔다.
언니 말이 맞아…… 이제 곧, 말도 생각도 모두 사라질 거야. 금방이야.

영혜는 채식주의자에서 정신분열증 환자로, 정신분열증 환자에서 거식증 환자로, 다시 거식증 환자에서 마침내 식물로 탈바꿈하려 한다. 마치 무슨 성스러운 의식을 치르기라도 하듯이 인혜는 링거를 꽂고 침대에 누워 있는 동생의 코와 입에 복숭아와 수박 조각을 문지르고 보온병에 갖고 온 모과차로 입술을 적신다. 의료진들이 영혜의 코에 튜브를 집어넣고 주사기로 미음을 밀어 넣는 일도 이제 불가능할 정도로 그녀는 음식을 거부한다. 인혜는 담당 의사의 말대로 이제 이 병원에서 영혜에게 해줄 수 있는 일이 아무것도 없다는 사실을 잘 알고 있다. 그래서 동생의 텅 빈 검은 눈을 들여다보며 인혜는 절망을 느끼면서 처음으로 "…… 미친 거니 …… 네가 정말 미친 거니. 어쩌면 …… 생각보다 간단한 건지도 몰라. 미친다는 건, 그러니까……"라고 되뇐다.

자본의 침투력이 소소한 일상까지 손아귀를 뻗치는 오늘날, 인간의 몸은 온갖 욕망과 욕망이 서로 충동하는 전쟁터와 같다. 몸에 대한 사회적 권력의 지배력은 더욱 확장되고 정교해진 후기자본주의사회에 이르러 몸에 대한 권력의 지배가 마침내 개인을 병들게 하고 더 나아가 사회를 병들게 하는 부작용을 낳기에 이르렀다. 이러한 상황에서 영혜가 차라리 나무 같은 식물이 되려고 하는 것은 어찌 보면 당연한 것 같다. "식물이 어떻게 말을 하니. 어떻게 생각을 해"라는 인혜의 말에서는 오히려 인간중심의 냄새가 풍겨 쓸쓸한 느낌이 든다.

땅 속에 깊이 뿌리를 박아 물을 빨아올리고 하늘을 향하여 두 팔을 한껏 뻗어 햇빛을 받아 광합성을 하여 스스로 에너지를 만드는 식물처럼 그렇게 자족적으로 살아가고 싶은 것이 영혜가 꿈꾸는 환한 세상이다. 그러한 세상이 오면 위선과 가식의 언어도, 남을 호도하려는 관념도 생각도 모두 사라질 것이다. 이렇게 말하는 영혜의 눈에서 갑자기 빛이 나면서 "불가사의한 미소"가 그녀의 얼굴을 환하게 밝힌다. 지금 그녀는 그 어느 때보다도 황홀한 행복감에 젖어 있기 때문이다.

한국 녹색문학의 현주소

최성각의 경우

다 같은 녹색이라고 하여도 황색 빛이 도는 옅은 녹색에서 순녹색을 거쳐 청색 빛이 도는 짙은 녹색에 이르기까지 그 스펙트럼이 무척 넓다. 녹색문학도 이와 크게 다르지 않아서 '옅은' 녹색문학이 있는가 하면, 이와는 반대로 '짙은' 녹색문학이 있다. 전자에 속하는 작가들은 생태주의를 살짝 건드리고 그냥 지나쳐 버린다. 한편 후자에 속하는 작가들은 자연과 환경문제를 하나하나 따지면서 철저하게 짚고 넘어간다. 전자가 입으로만 녹색문학을 부르짖는다면 후자는 녹색문학을 몸소 실천에 옮긴다.

최성각은 한국 문단에서는 보기 드물게 '짙은' 녹색문학을 추구해 온 작가다. 이제까지 그가 발표한 작품으로 보나, 환경문제를 온몸으로 부딪쳐 온 행동으로 보나 한국 문단에서 그를 따를 만한 사람이 없다. 그의 작품에는 그동안 한국의 환경운동이 걸어온 고단하고 굴곡진 발자취가 마치 고생물을 간직한 화석처럼 고스란히 각인되어 있다.

그동안 국가에서는 국책사업이라는 그럴 듯한 이름으로 자연을 파괴하고 환경을 해치는 일을 서슴지 않고 계획해 왔고, 그중 일부는 실행에 옮긴 지 이미 오래되었다. 가령 영월의 동강에 댐을 건설하는 일을 비롯해 새만금 개펄을 막아 농지를 만드는 일이며, 경기도 시흥에서 화성을 잇는 인공호수 시화호를 건설하는 일이며, 천성산을 뚫어 터널을 만드는 계획, 무엇보다도 4대강 사업 등 열 손가락으로서는 꼽기 어려울 정도다. 「강물은 흘러야 하고, 갯벌은 갯것들 넘쳐야」라는 작품에서 일인칭 화자요 주인공은 '국책사업'이라는 것이 '국가폭력'의 다른 표현에 지나지 않는다고 말한다. 그의 말마따나 한마디로 "마당 넓히려고 우물 메우는 희대의 어리석음"이다. 그런데 그곳이 어디이든 또 무슨 사업이든 환경문제가 있을 때면 늘 최성각이 있었다. 물론 그 중심에 서서 목소리를 높이거나 직접 환경운동을 진두지휘하지는 않지만 그 운동을 성공적으로 이끌어내는 데 그가 이바지한 몫은 결코 작지 않다.

더 나아가 최성각의 작품에서는 한국 녹색문학의 좌표를 가늠해 볼수도 있다. 소설 장르에 국한시켜 말하자면, 그동안 조세희가 『난장이가 쏘아올린 작은 공』(1978), 김원일이 『도요새에 관한 명상』(1979), 한승원이 『연꽃바다』(1997)를 출간함으로써 한국 문단에 녹색문학을 정착시키는 데 이바지하였다. 그 뒤를 이어 최성각은 녹색문학을 좀 더 다듬고 발전시켰다. 그러므로 녹색문학이 어떠한 길을 걸어왔는지, 지금은 어떠한 방향으로 걷고 있는지, 또 앞으로 어떠한 방향으로 가야 할지 그의 작품을 읽어 보면 헤아릴 수 있다. 말하자면 최성각은 한국 녹색문학을 가늠하는 잣대요 리트머스 시험지라고 해도 크게 틀리지 않을 것이다.

1

최성각은 주로 소설을 쓰는 작가로서나 실천적 환경운동가로서나 한국 문단의 광야에서 외롭게 서서 환경 복음을 외치는 선지자와 같다. 녹색시를 쓰는 시인은 몇 명 있지만 최성각처럼 이렇게 일관되게 녹색소설을 써 온 작가도 찾아보기 어렵다. 어떤 때는 잔잔한 목소리로, 또 어떤 때는 성난 사자후獅子吼로 환경 위기나 생태계 위기의 심각성을 부르짖는다. 최성각은 일찍부터 자신이 녹색문학가라는 사실을 애써 숨기지 않았다. 2004년 4월 지구의 날을 맞이해 그동안 몇 해 동안 『함께 사는 길』이라는 환경 전문잡지에 연재하던 '나뭇잎만한 이야기'를 책으로 묶으면서 이렇게 말한 적이 있다.

작가는 여러 유형이 있다. 산업사회를 회의하지 않는 인류가 필연적으로 맞닥뜨린 환경문제와 거기 맞바로 대응하는 내 글쓰기의 즉발성에 대해 나는 별로 우려하지 않는다. 아름다움에 이르는 길은 여러 갈래가 있다고 믿기 때문이다. 내 걱정은 언제나 나의 분노나 안타까움이 아니라 그것이 '표현'에 이르렀느냐, 아니냐이다. 깊어진 걱정이 꽃이 될 수만 있다면 얼마나 좋을까.

이 짧은 인용문에서 최성각의 녹색문학, 좀 더 넓게는 생태주의 사상을 읽을 수 있다. 첫째, 최성각은 작가에는 오직 한 유형만 있는 것이 아니라 서로 다른 "여러 유형이 있다"라고 말한다. 실제로 세계문학사를 보면 조지 오웰처럼 정치 이데올로기에 관심을 기울이는 작가들이 있는가 하면, 존 밀턴처럼 "인류에 대한 하느님의 길이 정당함을 밝히는 일"에 관심을 기울이는 작가들이 있다. 또 에드거 앨런 포나 샤를 보들레르처럼 심미적 세계에 탐닉하여 찬란한 예술의 꽃을 피우려는 작가들도 얼마든지 있다. 그러나 작가로서 최성각의 관심은 이와는 전혀 다른 곳에 있다. 그가 무엇보다 관심을 기울이는 문제는 두말할 나위 없이 환경문제다.

둘째, 최성각은 오늘날 인류가 맞부딪혀 있는 환경 위기나 생태계 위기문제가 궁극적으로 "산업사회를 회의하지 않는 인류"에게 닥친 필연적인 결과라고 밝힌다. 산업사회란 소비문화를 부추기고 이윤 추구를 최대 목표로 삼는 사회를 말한다. 이러한 과정에서 자연은 어쩔 수 없이 파괴될 수밖에 없었다. 그의 말대로 인류는 그동안 이러한 산업사회에 '회의'를 품기는커녕 오히려 종교처럼 굳게 믿어 왔던 것이 사실이다. 「IMF 시대의 술꾼」에서 박 시인이라는 작중인물은 "우리 모두 미쳤지요. 디립다 만들어내고 디립다 버려대고, 정신없이 잘난 척하고 살아들 왔죠"라고 말한다.

박 시인의 말대로 한국인들은 미친 듯이 물건을 소비하는 데 혈안이 되어 있다시피 하다. 그들은 상품을 만들어내기 무섭게 버리기 일쑤이다. 이렇게 '정신없이' 소비를 하는 것을 잘난 것으로 착각하고 있다. 웬만한 주택가 쓰레기통에 내다 버린 옷가지만 하여도 제3세계 국가에서는 명품 중에서도 명품으로 대접 받기에 손색이 없다. 프랑스 사회학자 장 보드리야르는 현대자본주의사회를 '소비사회'라고 불렀지만 차라리 '낭비사회'라고 부르는 쪽이 훨씬 더 정확할지 모른다. 인류는 "소비가 미덕!"이니 "소비자는 왕!"이니 하는 구호에 속아 넘어가 흥청망청 자원을 낭비해 온 나머지 지금 그 대가를 톡톡히 치르고 있는 셈이다.

셋째, 최성각은 환경문제에 대해 "맞바로 대응하는 [그의] 글쓰기의 즉발성"을 크게 우려하지 않는다고 지적한다. 그가 말하는 '글쓰기의 즉발성'이 과연 무엇을 가리키는지 선뜻 헤아리기 쉽지 않다. 국어사전에는 '즉발卽發'을 "지금 당장 출발하거나 그 자리에서 폭발하는 현상"이라고 풀이한다. 그러나 최성각이 여기에서 말하는 즉발성이란 지금 당면해 있거나 즉시 해결해야 할 시급한 일로 받아들여도 크게 틀리지 않을 것 같다.

마지막으로, 최성각은 자신의 작품이 "분노나 안타까움"을 드러내는 것이 아니라 어디까지나 "'표현'에 이르렀느냐, 아니냐"에 달려 있다고 밝힌다. 그러면서 "깊어진 걱정이 꽃이 될 수만 있다면 얼마나 좋을까"라고 간절한 소망을 드러내기도 한다. 여기에서 '표현'이란 예술 이론에서 흔히 말하는 형상화形象化와 비슷한 개념이다. 아무리 좋은 재료를 사용해 술을 빚었다고 하여도 충분히 발효와 숙성 과정을 거치지 않으면 좋은 술이 될 수 없듯이, 아무리 적절한 문학적 소재라고 하여도 작가의 상상력에서 충분히 재창조 과정을 거치지 않은 작품은 예술 작품으로 이렇다 할 가치가 없기 마련이다. 최성각의 지적대로 잘 형상화된 문학 작품은 한 떨기 아름다운 '꽃'과 같다. 작가란 바로 아름다운 '꽃'을 피워내는 사람이다. 물론 어느 꽃이 아름다운 것인지는 어디까지나 상대적이요 주관적일 뿐 어떤 절대적 판단 기준이나 객관적 잣대는 없다. 최성각의 말대로 작가에 여러 부류가 있듯이 "아름다움에 이르는 길"도 여러 갈래가 있기 때문이다.

2

녹색문학가로서 최성각의 특징은 무엇보다도 문학 장르를 실험한다는 데서 엿볼 수 있다. 지금까지 그는 엽편소설葉片小說을 즐겨 써 왔다. 앞에서 이미 언급했듯이 '나뭇잎만한 이야기'가 바로 그것이다. '나뭇잎만한 이야기'란 단편소설보다 작은 분량의 작품을 가리킬 때 흔히 사용하는 '엽편소설'을 토박이말로 바꾸어 놓은 것이다. 이웃나라 일본에서는 '손바닥만 하다'고 하여 흔히 '장편소설掌篇小說'이라고 부른다. 나뭇잎만 하건 손바닥만 하건 단편소설보다도 길이가 더 작은 소설을 말한다. 한국에서는 흔히 '콩트'라고도 하고, 미국을 비롯한 서양에서는 '쇼트 쇼트 스토리(짧은 단편소설)'나 '플래시 소설' 또는 '미니픽션'이라는 용어를 사용하기도 한다.

물론 최성각은 그동안 「강을 위한 미사」를 비롯한 단편소설을 발표하였다. 「약사여래는 오지 않는다」(1989)와 「동강은 황새여울을 안고 흐른다」(1999) 같은 중편소설을 발표한 적도 있다. 또 '녹색 동화'라고 할 『거위―맞다와 무답이』(2009)를 출간하여 관심을 끌기도 하였다. 그러나 그는 역시 엽편소설을 가장 많이 써 왔을 뿐만 아니라 한국 문단에 이 장르를 정착시키는 데 크게 이바지한 작가다. 이제 엽편소설 하면 최성각을, 최성각 하면 엽편소설을 자연스럽게 떠올리게 된다.

더구나 최성각은 장르와 장르 사이에 높여 있던 높다란 장벽을 허무는 데도 크게 이바지하였다. 굳이 포스트모더니즘까지 들먹일 필요도 없이 그는 지금까지 허구와 역사, 상상과 사실의 벽을 허물어 왔다. 가령 상상력이 빚어낸 찬란한 우주라고 할 허구적 작품과 구체적인 역사적 시간과 사회적 공간의 산물이라고 할 논픽션을 애써 구분 짓지 않는다. 그의 작품에 실제로 일어난 역사적 사건과 실명實名의 등장인물이 유난히 많이 나온다는 점은 이를 뒷받침한다. 가령 정치가로서는 김대중, 김종필, 김홍일, 김홍신 의원들과 고건 국무총리, 종교가로서는 문정현, 문규현 신부와 도법스님, 수경스님, 법륜스님, 지율스님 같은 승려들이 등장한다. 문학가로는 신경림, 고은, 이제하, 이문재, 이문구, 김지하, 백낙청, 유종호, 김종철 같은 시인들과 비평가들을 언급한다. 이밖에도 최열 환경연합 총장, 리영희 교수와 도갑수 교수, 박원순 변호사 등이 작중인물로 등장하거나 언급된다.

등장인물뿐만 아니라 주인공도 실제 역사적 인물이기는 마찬가지이다. 엽편소설집『사막의 우물 파는 인부』(2000)에 실린 작품에서 최성각은 '석우'라는 주인공을 즐겨 등장시킨다. 몇몇 작품을 보면 석우는 성씨가 '윤 씨'로 나온다. 그러나 한 꺼풀만 벗겨놓고 보면 이 인물은 작가 자신이라는 사실을 곧 알 수 있다. 「기억의 힘」에서 최성각은 자신을 '활자광'이라고 부른다. 「왕을 기다리는 사람」에서는 "고지식한 석우는 베스트셀러 작가가 되는 일보다는 스스로도 만족할 만한 단편 한 편이라도 써내는 일이 예나 이제나 더 화급하고 중요한 일이었다"라고 말한다. 그런데 이 말은 작가 자신의 고백으로 받아들여도 좋을 것이다. 「밤의 짜이왕王, 예스비 구릉」에 등장하는 일인칭 화자 '나'는 실제로 최 씨 성을 지닌 남성이다. '나'는 "환경단체에서 일하고 있고, 원고료만으로는 살 수 없는 글쟁이"라고 자신을 소개한다. 또 "새나 돌멩이한테 상을 드리는 일을 하지"라고 말하는 것을 보면 누가 보아도 최성각임에 틀림없다.

최 씨 성을 지닌 인물로 등장하기도 하는 주인공은 때로 자신을 '체'

라고 소개하기도 한다. 특히 외국인에게 소개할 때 '최'나 '초이'로 발음하는 것보다는 '체'로 발음하기기 훨씬 쉽기 때문이다. '체'란 두말할 나위 없이 아르헨티나 출생의 라틴아메리카의 전설적인 혁명가, 즉 베레모에 우수에 찬 눈빛으로 시가를 물고 있는 체 게바라의 애칭이다. 이탈리아어로 '단짝'이라는 뜻이다. 사망 이후에도 '체 게바라 열풍'을 일으킬만큼 그는 혁명가로서 상당한 인기를 끌었다. 아르헨티나에서 의사 자리를 헌신짝처럼 버리고 모든 라틴아메리카의 쿠데타 정부를 타도하기 위해 혁명에 뛰어들었고, 쿠바에서 최고의 자리에 오르고서도 이를 박차고또 다른 혁명에 헌신하였다. '최'나 '체'가 성씨든 개인 이름이든 그것은그렇게 중요하지 않다. 적어도 기성사회의 가치관에 맞서 그 사회를 바꾸기 위해 노력한다는 점에서 두 사람은 서로 비슷하다. 게바라는 "우리모두 리얼리스트가 되자. 그러나 가슴 속에는 불가능한 꿈을 품자"라고말하였다. 「잔머리 굴리는 사람들」에서 최성각은 주인공 윤석우의 입을빌려 "많이 만들고, 많이 버리고, 정신없이 자연을 착취하면서 살아오던안일한 방식을 한번 크게 바꾸지 않으면 안 된다"라고 말한다.

더구나 「동강한마당과 우드스탁 페스티벌」에서 석우는 '풀꽃세상'친구들과 함께 동강한마당 축제에 참가한다. 그런데 '풀꽃세상'이란1999년 봄 최성각이 화가 정상명과 함께 만든 환경단체다. 이 단체는"우리가 너무 무례하게 살고 있다는 반성의 마음에서 자연에 대한 존경심을 회복하기 위해 사람이 아닌 자연물이나 그에 준하는 사물에게 풀꽃상을 드리고" 있다. 「도롱뇽은 어디에 있을까」에서 최성각은 아예 '석우'라는 화자의 가면을 벗고 '풀꽃평화연구소 그래풀 최성각'이라는 실명을사용한다. 「풀꽃나라 이야기」에서도 작가는 '풀꽃평화연구소장 최성각'

의 이름으로 호소문을 작성하기도 한다. 「바퀴 저쪽에」라는 작품에는 만화영화 작업을 하는 '진우'라는 작중인물이 등장하기도 하지만 '석' 자를 '진' 자로 살짝 바꿔놓았을 뿐 여러모로 석우와 동일인물로 보아도 크게 틀리지 않을 듯하다.

최성각은 그동안 흔히 비문학이라고 일컫는 장르를 문학과 결합하려고 시도해 왔다. 예를 들어 「강을 위한 미사」에서는 미사 형식과 소설의 결합을 꾀한다. 이 작품은 화자가 1999년 3월 강원도 영월의 한 시골 성당에서 동강댐 백지화를 위한 특별 미사에 참석한 경험을 다룬다. 화자는 작품 첫머리와 끝부분에 등장해 간략하게 미사를 소개하고 미사가 끝난 뒤에는 신도들이 촛불을 들고 거리 행진을 하는 사건을 언급할 뿐이다. 화자는 작품의 나머지 부분에서 입당 성가부터 신부의 강론을 거쳐 마침성가에 이르기까지 미사 내용 모두를 그대로 옮겨놓는다. 그래서 이 작품을 읽는 독자는 마치 미사를 녹취해 놓은 내용을 읽는 것과 똑같이 느낄지도 모른다.

최성각이 관심을 기울이는 환경문제와 관련해 미사를 드릴 때 봉독하는 성경 구절도 그 의미가 좀 더 새롭다. 신약성서 「로마서」 8장 18절에서 25절까지의 내용이 그날 미사에서 첫 번째로 읽는 구절이다. 그중에서도 "모든 피조물은 하느님의 자녀가 나타나기를 간절히 기다리고 있습니다. (…중략…) 곧 피조물들에게도 멸망의 사슬에서 풀려나서 하느님의 자녀들이 누리는 영광스러운 자유에 참여할 날이 올 것입니다"라는 구절이 무엇보다도 눈길을 끈다. 이렇게 눈길을 끌기는 "우리는 모든 피조물이 오늘날까지 다 함께 신음하며 진통을 겪고 있다는 것을 알고 있습니다"라는 구절도 마찬가지다. 여기에서 피조물을 인간만 가리키는 것으로 보는 태도는 좁은 생각이다. 인간을 포함해 지구상에 존재하는 모든 종과 개체, 더 나아가 무생물이나 무정물無情物까지 가리키는 것으로 보아 크게 틀리지 않다. 한마디로 우주에 존재하는 삼라만상이 곧 피조물에 해당한다.

한편 「동강에서 온 편지」나 「섬으로 돌아간 검은 돌」에서 최성각은 편지 형식을 취한다. 서양에서나 동양에서나 서간체 소설이라고 하여 편지는 소설 형식으로 가끔 사용되어 왔다. 앞의 작품에서는 제목 그대로 강원도 정선에 살면서 "지독하게 자신의 고향을 사랑하는 사람"인 승근이 석우에게 보내온 편지를 독자에게 전해 주는 형식으로 되어 있다. 뒤의 작품은 전남 완도군 보길면 보길도 예송리를 방문한 한 대학생이 이장에게 보낸 편지로 이루어져 있다. 이 편지에서 대학생은 조카가 예송리 해수욕장에서 주워온 조약돌을 이장에게 돌려보내며 조카를 대신해 정중하게 사과한다. "우리의 환경을 아름답고 깨끗하게 보전하기 위해서는 미래의 주인공인 아이들에게 작은 일부터 실천해 나가도록 가르쳐야 한다"라는 사명감에서 이 편지를 쓰는 것이다. 또 「검은 돌 16개와 반성문」은 제목에서도 엿볼 수 있듯이 반성문의 형식을 빌린다. 그러나 넓은 의미에서는 앞의 두 작품처럼 편지 형식을 빌린 소설로 보아 크게 틀리지 않다.

최성각은 「일등공신에 관한 수중토론」에서 동물우화의 형식을 취한다. 인간에 잡혔다가 일본 도쿄만으로 흘러들어가는 다마多摩강으로 돌아간 잉어가 동료 잉어들과 서로 주고받는 대화 내용으로 되어 있다. 한 잉어는 "인간들보다 한심한 족속은 따로 없을 거야. 오염시킬 땐 언제고 돈 들여 강을 살려 내놓을 땐 또 언제냐, 이 말이야. (…중략…) 정말 못 말리는 족속들이라니깐"이라고 말한다. 이솝 우화나 라퐁텐 우화처럼 인간에 대한 동물의 비판이 여간 매섭지 않다. 또 '카르마'니 '우판드라'니 '솔체'니 하는 산스크리트어의 잉어 이름도 이색적이다. 카르마란 불교에서 원인과 결과의 인과법칙, 즉 업이나 인과응보를 말한다.

최성각은 「그린피스 로버트 카멜」에서 뉴스나 르포르타주 형식을 빌린다. 이 소설의 화자인 석우는 소각장 건설 반대시위 문제로 오스트레일리아 출신의 폐기물 전문가 로버트 카멜이 한국을 방문한 일을 뉴스나 르포르타주의 형식으로 기술한다. 카멜이 공황에 내리는 일부터 탑골공원 집회, 하계동, 목동, 울산 등지의 소각장을 차례로 방문하거나 소각장 건설 반대 시위 현장을 찾아가기도 한다. 그의 두 형은 목사였지만 카멜만이 환경운동가로 활약한다. 자신의 두 형에 대해 카멜이 "형들은 내가 교회당에 앉아 있는 모습을 보고 싶다고 했다. 나는 형들이 교회당이 아니라 숲이나 벌판에 서 있는 모습을 보고 싶어 했다. 형제란 때로 그렇게 서로 다른 요구를 할 수도 있는 모양이다"라고 말하는 대목이 무척 흥미롭다.

「풀꽃나라 이야기」에서 최성각은 패러디나 판타지 형식을 시도한다. 작가가 직접 밝히듯이 이 작품은 니콜라스 앨버리 등이 편집한 『지구를 입양하다』(2003)라는 책 중 한 장을 패러디한 것이다. 작가가 직접 화자로 등장하는 「풀꽃나라 이야기」의 전반부는 전북 부안에 방사능폐기장을 건설하는 문제를 두고 부안 주민들이 주민투표를 실시한 역사적 사건을 다룬다. 이 주민투표는 "한국의 주민자치, 지방자치의 새로운 장"을 쓰게 되었을 뿐더러 "새로운 참여민주주의의 시대"를 열었다고 평가받는 투표이다. 주민 72%가 투표에 참가해 무려 92% 가까운 주민이 폐기장 유치에 반대를 했는데도 정부에서는 위도 주민이 참여하지 않았다는 이유로 법적 효력이 없다고 발표한다. 이에 흥분한 화자는 공적 국가론에 대해 생각하면서 새로운 형태의 공화국을 상상한다. 그런데 화자가 명명한 국가 이름은 '자유독립공화국 풀꽃나라'다. 모토가 "우리는 행복하기 위해 태어났다"인 이 공화국은 플라톤의 공화국이나 토머스 모어의 유토피아처럼 지상낙원과 다름없다.

그런가 하면 최성각은 인터넷 홈페이지에 실린 글이나 흔히 '리플라이' 또는 줄여서 그냥 '리플'이라고 일컫는 댓글 형식을 빌려오기도 한다. 가령 「총선시민연대의 토론광장에서」에서는 제목 그대로 2000년 총선을 앞두고 출범한 총선시민연대 홈페이지에 실린 글이 작품의 거의 대부분을 차지한다. 이 작품의 화자는 비교적 짧은 처음 세 단락만을 소개할 뿐이다. 또한 「도롱뇽은 어디에 있을까」에서 최성각은 '그래풀'이니 '뚱딴지풀'이니 '길풀'이니 하는 별명을 사용하는 인터넷 사용자들이 쓴 댓글을 그대로 인용하기도 한다. 한국문학에서 이렇게 댓글을 작품 형식으로 사용하는 작가는 아마 찾아보기 드물 것이다. 한마디로 최성각은 독자들에게 생태의식을 일깨울 수 있는 형식이라면 그것이 무엇이든 작품 형식으로 삼으려 하는 것이다.

3

최성각의 녹색문학에서 또 한 가지 찬찬히 눈여겨 보아야 할 것은 자연과 인간의 관계뿐만 아니라 인간과 인간의 관계에도 적잖이 관심을 기울인다는 점이다. 달리 말해서 그는 미국의 사회학자 머리 북친이 처음 주창한 사회생태학과 본질적으로 궤를 같이한다. 사회생태학이란 글자 그대로 사회학과 생태학을 접목시키려는 이론이다. 정통 마르크스주의에다 신사회주의적 아나키즘의 세례를 강하게 받은 북친은 서구 급진주의 전통에서 환경문제의 해결을 찾으려고 한다.

북친은 환경문제가 인종차별이나 계급차별과 서로 깊이 관련되어 있다고 지적한다. 오늘날 환경 위기나 생태계 위기의 근본 원인을 인간에 대한 인간의 지배에서 찾으려고 한다. 오늘날 인류가 맞부딪히고 있는 심각한 환경 위기는 근본적으로 인간이 동료 인간을 지배하고 억압하고 착취하는 데서 비롯한다고 보기 때문이다. 북친은 역사적으로 보더라도 인간에 대한 인간의 지배가 먼저 있은 뒤에야 비로소 자연에 대한 인간의 지배가 시작되었다고 지적한다. 그가 "자연을 지배하려는 인간의 모든 생각은 바로 인간에 의한 실질적인 인간 지배에서 비롯한다"라고 잘라 말하는 까닭이 바로 여기에 있다. 좀 더 구체적으로 말하자면, 여성에 대한 남성의 지배와 억압이 가장 먼저 이루어졌고, 그 다음에 다른 계급에 속한 인간에 대한 지배와 억압으로 이어졌고, 맨 마지막으로 자연에 대한 지배와 억압이 이루어졌다는 것이다. 이렇게 인간에 대한 지배가 자연에 대한 지배보다 앞선다면 자연을 해방하기 위해서는 무엇보다도 먼저 인간을 해방시켜야 한다. 그렇다면 인간이 자연을 지배하고 착취하는 일은 사회적 원인이라기보다는 오히려 사회적 증후라고 보아야 할 것이다.

여러 작품에서 환경문제의 뿌리를 인간과 인간의 불평등한 관계에서 찾는다는 점에서 최성각은 머리 북친과 비슷하다. 예를 들어 「동강에서 온 편지」에서 그는 승근이라는 작중인물의 입을 빌려 "환경문제는 언제나 자연과 인간의 문제가 아니라 인간들 내부의 탐욕과 부패, 무관심의 문제"라고 잘라 말한다. 이를 달리 바꾸면 만약 인간이 탐욕과 부패와 무관심을 버리면 환경문제도 얼마든지 극복할 수 있다는 말이 된다. 환경 위기는 궁극적으로 인간 내부에서 비롯하는 문제요 사회적 불평등에서 생겨나는 위기라는 뜻이다.

그래서 최성각은 될 수 있는 대로 재산이나 성별이나 나이에 따라 사람을 차별하지 않고 모든 사람을 인간 가족의 일원으로 받아들이려고 한다. 그의 작품을 관류하는 사상은 이렇게 동료 인간에 대한 따뜻한 배려와 관심과 애정이다. 그가 특히 관심을 기울이는 사람들은 여성과 노인과 외국인 근로자, 즉 서양에서는 흔히 '타자他者'로 부르고 한국에서는 '사회적 약자'로 일컫는 힘없는 사람들이다.

그러고 보니 최성각이 여러 작품에서 왜 반말을 사용하는 사람을 싫어하는지 그 까닭을 알 만하다. 「바퀴 저쪽에서」에서 그는 주인공의 입을 빌려 "처음 보는 사람이 자신에게 반말하는 일은 정말 기분 나쁜 노릇이었다"라고 털어놓는다. "말이 씨가 된다"라는 우리 속담이 있다. 「말의 감옥」에서도 일인칭 화자 '나'는 강원도 미천 계곡에서 야영을 하다가 하산하면서 어느 마을 입구에 서 있는 당나무에게 나중에 한번 꼭 찾아오겠다고 약속을 한다. 이런저런 이유로 그 약속을 지키지 못한 채 그는 스스로 만들어낸 '말의 감옥'에서 갇혀 지낸다.

실제로 과학자들은 부정적인 말이 부정적인 결과를 낳는 반면, 긍정적인 말은 긍정적인 결과를 낳는다는 사실을 밝혀내었다. 예를 들어 미국의 한 트럭회사에서는 매출이 크게 줄어들어 폐업할 위기에 놓여 있었다. 그러던 중 종업원들에게 '트럭운전사'라는 호칭을 사용하는 대신 '장인'이라고 호칭을 바꾸자 능률이 눈에 띄게 향상되었다. 회사 종업원들이 자긍심을 가지고 트럭을 운전했기 때문이다. 존댓말을 사용한다는 것은 그만큼 상대방을 배려하고 존중한다는 뜻이다.

최성각은 여성을 남달리 사랑한다는 점에서 가히 페미니스트라고 할 만하다. 가령 방금 앞에서 언급한 「말의 감옥」에서 일인칭 화자 '나'는 세속을 떠나 깊은 산속에서 선배와 야영을 하면서 이것저것 생각한다. 뒷날 그는 "뭔가 골똘히 몰두하던 주제가 있었다면 무엇이었을까?"라고 생각해 본다.

광주였을까? 분단이었을까? 지구 위기였을까? 빈곤과 사람들의 편협, 혹은 지식의 격차였을까? 아니면 여자였을까? 아무래도 '여자'였지 않았나 싶다, 라고 회고하는 것은 그렇게 말하는 게 그중 정직할 것 같아서이지 딴 뜻은 없다.

화자 '나'에게는 1980년에 일어난 5·18광주 민주화 운동도, 정치 이데올로기의 날카로운 칼날에 한반도의 허리가 두 동강으로 잘린 남북 분단 현실도 무척 중요할 것이다. 한반도 밖으로 시야를 좀 더 넓혀보면 타이타닉 호처럼 하루가 다르게 깊은 바다 속으로 침몰하고 있는 지구 위기도, 5초에 어린이가 한 명꼴로 굶어죽는다는 세계 빈곤도 여간 큰 문제가 아닐 것이다. 사람들의 옹졸하고 편협한 생각과 지식과 학문의 격차도 '나'에게는 결코 작지 않은 문제가 아닐 것이다.

그러나 '나'는 이 무렵 자신의 뇌리를 사로잡고 있는 것이 무엇보다도 '여자'였다고 솔직하게 털어놓는다. 그러면서 이렇게 말하는 것이 가장 "정직할 것 같아서이지 딴 뜻은 없다"라고 밝히고 있지만 그 말을 액면 그대로 받아들일 것은 못 된다. 화자는 '여자'라는 낱말에 따옴표를 사용함으로써 일반적 의미와는 조금 다르게 그 뜻을 제한하고 있다. 여기서 '여자'란 단순히 남자에 반대되는 개념으로 인간의 암컷을 뜻하지 않는다. 모르긴 몰라도 아마 자식을 낳고 기르는 여성, 만물을 낳고 키우는 자연으로서의 여성을 가리키는 말로 사용하고 있는 것 같다. '나'는 선배와 함께 야영을 마치고 계곡에서 내려오던 중 마을 입구에서 당나무 한 그루를 만난다. 이 당나무를 보고 '나'가 "까닭 모를 경외심"을 느끼는 것도 그가 야영 중에 골똘히 생각하는 '여자'와 무관하지 않다.

최성각의 여성관은 「빈 그릇」에서 좀 더 뚜렷이 엿볼 수 있다. 이 작품의 일인칭 화자 '나'는 "사실 여자들처럼 신비한 존재가 이 세상에 어디 있겠어. 여자들은 남자들과 조금 다르잖아. 왠지 곰살곰살한 게 향기도 다르고, 아늑하고 아찔아찔하지 않어?"라고 말한다. 그러면서 '나'는 계속해 여성이란 "대지처럼 포근하기도 하고, 꿀처럼 달기도 하고, 압정에 찔린 것처럼 따갑기도 하고 말이야. 나이 든 여자들은 나이가 든 대로, 젊은 여자들은 또 젊기 때문에, 어린 여자들은 또 어린 대로 아름답고 신비롭지"라고 밝힌다.

여기에서 최성각이 말하는 여성의 여러 특성 중에서도 "대지처럼 포근하기도 하고"라는 구절에 주목해야 한다. 그는 여성을 '대지의 여신'으로 간주하는 듯하다. 대지는 어머니의 가슴처럼 넉넉하고 포근한 가슴으로 만물을 생장시킨다. 최성각은 「복날 개소리」에서도 우리가 살고 있는 지구를 "이 아름답고 귀한 우리의 하나밖에 없는 어머니"라고 부른다. 물론 이렇게 여성을 '대지의 여신' 운운하며 신의 반열에 올려놓는 것을 자칫 신비주의에 빠질 염려가 있다고 우려하는 에코페미니스트(생태페미니스트)가 없지 않다. 몇몇 이론가는 여성을 신성시하는 것이 환경운동이나 여성운동의 칼날을 무디게 만들지 모른다고 경고한다. 그러나 동양과 서양을 군이 가르지 않고 대지를 어머니처럼 신성하게 생각하는 문화치고 자연을 파괴하거나 환경을 오염시킨 경우는 별로 없다. 여성 신을 밀어내고 남성 신이 대신 그 자리를 차지하면서부터 자연파괴와 환경오염이 시작되었다.

최성각의 여성뿐만 아니라 노인에 대한 배려도 눈길을 끌기에 충분하다. 「바퀴 저쪽에」에서 진우는 강변도로를 달리다가 인도에 서 있는 흰옷 입은 노파를 발견하지만 자동차의 물결 속에서 앞으로 계속 나아갈 수밖에 없다. 그러나 "어둠 속에서 보자기처럼 허옇게 펄럭이고" 있는 노파의 모습이 눈에 들어간 티끌처럼 그의 마음에 걸린다. 노파는 "추위에 떠는 작은 들짐승"의 표정을 짓고 있었다. 웬만한 사람 같으면 그냥 지나칠 터인데도 주인공은 파출소에 찾아가 노파의 안전을 부탁한다. 이 일이 있기 몇 해 전에는 택시를 타고 친구의 결혼식에 가던 중 오토바이 사고로 길가에 쓰러진 사람을 발견하고 그냥 지나쳤다가 온갖 고생을 무릅쓰고 병원이라는 병원은 모두 뒤지며 부상자를 찾아 나서기도 한다. 그러면서 주인공 진우는 "파티마 성모님이든, 반가사유상이든, 아직 나타나지 않은 미륵이든" 제발 건너편 길바닥에서 부상을 입고 엎드려 피를 흘리던 사람을 찾게 해 달라고 간절히 기도를 드리기도 한다.

「약사여래는 오지 않는다」에서도 주인공은 한 청년한테 약수터에서

쌀을 씻지 말라고 했다가 무안당하는 노인을 무척 안쓰럽게 생각한다. 청년은 처음에는 '할아버지'라고 부르다가 곧 '영감탱이'로 부르고 마침내는 '당신'으로 부른다. 특히 바닥에 엎질러 쌀알을 밀어내는 청년의 발 동작에 행여 노인의 손이 밟히지나 않을까 걱정한다. 주인공이 청년이 내뱉는 하얀 침을 두고 마치 "파충류의 혓바닥 같다"라고 말하는 것을 보면 그에 대한 혐오감이 과연 어떠한지 쉽게 미루어볼 수 있다.

그러고 보니 「바퀴 저쪽에서」라는 작품의 제목도 여간 예사롭지 않다. 주인공은 비단 '바퀴 이쪽에' 있는 사람들, 즉 자신과 자신을 둘러싼 가족과 일가친척에게만 관심을 기울이지 않는다. 그는 '바퀴 저쪽에' 있는 사람들에게도 관심과 배려를 기울인다. 자본주의사회의 그늘에서 고통 받고 있는 사람들에게 주인공은 언제나 따뜻한 손길을 뻗는다. 최성각은 이러한 태도를 두고 "개인적이고 은밀한 농경사회적인 인정주의에 기초한 엉뚱한 짓"이라고 말하고 있지만 사회적 약자를 배려하는 넉넉한 마음이 아닐 수 없다.

최성각의 사회생태학적 상상력은 좀 더 범위를 넓혀 이번에는 다른 인종으로 확대된다. 앞에서 이미 언급한 「밤의 짜이 왕, 예스비 구룽」은 일인칭 화자 '나'가 네팔을 여행하던 중 '두룽 라' 호텔의 야간 경비원인 예스비 구룽을 만나는 일을 다룬다. 예스비 구룽은 밤에 호텔 경비를 서면서 홍차에 우유나 연유를 탄 짜이라는 차를 즐겨 마신다. 오죽 하면 '밤의 짜이 왕'이라고 하겠는가. 이 경비원은 '나'에게 짜이를 권하지만 '나'는 단호하게 거절한다. 그런데 '나'가 이렇게 그의 호의를 단호하게 거절하는 까닭은 네팔이나 인도 사람들이 즐겨 마시는 차를 싫어하기 때문이 아니다. 무안해 하는 예스비 구룽에게 '나'는 "이 짜이는 야간근무 하는 당신을 위한 것이기 때문이오. 당신은 밤새도록 일해야 하지 않소. 그러므로 이 짜이는 당신 것이오"라고 말한다. 다시 말해서 네팔 사람들에게 아주 소중한 영양원인 짜이를 자신이 먹으면 호텔의 야간 경비원이 마실 차가 그만큼 줄어들기 때문이다.

'제3세계 주민'이라는 꼬리표가 붙어 있는 네팔인들은 가난하지만 예스비 구릉은 특히 가난한 사람이다. 그의 얼굴에는 체념에서 나오는 평안함이 깃들어 있지만 "어제도 가난했고, 오늘도 가난하므로, 틀림없이 내일도 가난할" 수밖에 없는 사람이다. 아내도 자식들도 닥치는 대로 일을 하지만 고작 입에 풀칠 할 정도밖에는 되지 않는다. '예스비 구릉'이라는 이름도 본명이 아니라 호텔에서 지어준 이름이다. 'YES BE', 즉 누군가가 "무엇을 시키면 예, 하고 대답한 뒤, 그 일을 실행하고, 언제나 같은 자리에 앉아 있는 사람"이라는 뜻이다. '나'는 그에게 '선생'이라고 부르지 말고 '형님'이라고 부르라고 말한다. 제대로 발음을 못해 '헹님'이라고 하는 예스비 구릉에게 '나'는 '형님'이라고 발음할 때까지 고쳐준다. 그러나 언어 구조가 다른 한국어를 제대로 발음하기 기대할 수 없는 노릇이다. '나'는 "애썼지만 그는 제대로 '형님'이라 부르지 못했다. 상관없는 일이었다. 그러면서 우리는 친형제처럼 소리 죽여 낄낄거리다, 얼마나 웃었는지 탁자에 머리를 찧기고 했다"라고 말한다. 이 장면을 읽고 있노라면 마치 정겨운 그림 한 폭을 보는 듯하다. 높다란 인종과 국가와 계급의 장벽이 모두 허물어지면서 '나'와 예스비 구릉은 '인간 가족'의 일원이요 그야말로 친형제와 같은 한식구일 뿐이다.

이렇게 화자 '나'를 친형제처럼 여기는 사람은 비단 예스비 구릉 한 사람만이 아니다. 「독방에 감금되었던 히말라야 여인」에 등장하는 네팔인 케이피 시토우라도 마찬가지다. 돈을 벌기 위해 노동자로 한국에 왔지만 케이피는 대학에서 경영학을 전공한데다 서울에 여행사를 차릴 만큼 엘리트다. 그는 '나'가 일하는 환경단체 '풀꽃세상'의 회원일 뿐만 아니라 '나'가 네팔을 방문할 때면 통역을 맡아 주기도 한다. 케이프는 '나'를 예스비 구룽처럼 형님이라고 부르면서 따른다.

제3세계 주민에 대한 관심과 배려는 「독방에 감금되었던 히말라야 여인」에서 좀 더 뚜렷이 엿볼 수 있다. 이 작품은 이른바 '찬드라 사건'을 다룬다. '코리안 드림'을 품고 한국에 온 네팔 여성 찬드라 꾸마리 구룽이 어처구니없는 오해와 실수로 '1급 행려병자'로 분류되어 청량리 정신병원과 서울시립부녀보호소를 거쳐 용인 정신병원에서 무려 6년 넘게 감금 생활을 한다. 일인칭 화자요 주인공인 '나'의 말을 빌리자면 그녀는 아무런 법적 근거도 없이 "지상에서 아득히 소거당해 버린" 것이다. '나'는 한국 정부가 찬드라에 가한 부당한 행위에 여러 방법으로 "진실어린 사과와 위로"를 표하려고 애쓴다. 그러한 방법 중 하나가 성금을 모아 그녀에게 전달하는 것이다. 그러나 성금보다 더 소중한 것이 마음에서 우러나 진정으로 사죄하는 일이다. 그래서 '풀꽃세상'에서는 찬드라 집에 "참으로 미안합니다. 부디 히말라야같이 큰마음으로 용서해 주십시오"라는 문구를 남긴다. 이왕 네팔 이야기가 나왔으니 말이지만 「히말라야의 시골 학교」에서 주인공 석우는 인도의 사창가로 팔려나가는 네팔의 소녀들의 나이가 해마다 낮아지는 것을 가슴 아프게 생각한다.

'나'의 이러한 행동은 얼핏 환경 위기와는 이렇다 할 관련이 없는 것처럼 보일지도 모른다. 실제로 이 작품에서 등장하는 한 다큐멘터리 감독은 화자 '나'에게 "아니, 그런데 최 선생님. 풀꽃세상은 환경단체인데 왜 인권문제로 분류될 수도 있는 찬드라 사건에 이토록 깊숙이 개입해 참회모금운동까지 벌였습니까?"라고 묻는다. 그러자 화자는 "많이들 그렇게 묻더군요. (…중략…) 환경문제를 일으킨 깊은 뿌리 속에는 자연이나 여성이나 사회적 약자를 타자화하고 수단으로 여기는 물질만능주의가 깔려 있다고 봅니다"라고 대답한다. '나'의 말대로 환경문제는 인간과 자연의 문제일 뿐만 아니라 인간과 인간 사이에서 일어나는 문제이기도 하다.

타자나 사회적 약자에 대한 관심과 배려는 남을 위한 것 같지만 궁극적으로는 자신을 위한 것이다. 그 이름이 자연이건, 여성이건, 힘없는 시골 노인이건, 아니면 제3세계 국가의 주민이건 타자나 사회적 약자를 배려하지 않고서 위기를 극복하기란 불가능하다. 타자나 사회적 약자가 파멸한 뒤에는 반드시 동일자나 사회적 강자도 파멸을 맞게 된다. 생태계는 마치 거미줄이나 그물망처럼 서로 연결되어 있어 어느 하나가 영향을 받으면 나머지도 영향을 받을 수밖에 없기 때문이다. 「일등공신에 관한 수중토론」에서 작중인물로 등장하는 한 잉어는 "우리들이 멸종된 뒤에는 그들[인간들]의 멸망이 곧바로 이어질 거야"라고 말하는 까닭이 바로 여기에 있다. 어쩌면 다른 종이나 개체는 이 지구상에 인간보다 더 오래 살아남을지도 모른다. 그들은 인간보다 더 생명력이 훨씬 왕성하기 때문이다.

4

　최성각의 녹색문학이 가장 잘 형상화되어 있는 작품은 중편소설 「약사여래는 오지 않는다」이다. 『작가세계』에 처음 발표한 이 중편소설은 그가 이제까지 발표한 작품 중에서는 말할 것도 없고 현대 한국 중단편소설 중에서도 뛰어난 작품이다. 최성각이 일찍이 한 작품집 서문에서 "내 걱정은 언제나 나의 분노나 안타까움이 아니라 그것이 '표현'에 이르렀느냐, 아니냐이다. 깊어진 걱정이 꽃이 될 수만 있다면 얼마나 좋을까"라고 말했다는 점을 이미 앞에서 언급하였다. 이 중편소설은 그의 작품을 통틀어 가장 예술적 '표현'에 이른 작품이다. 또 작가의 말대로 그가 피워낸 한 떨기 아름다운 '꽃'이라고 할 만하다.

　「약사여래는 오지 않는다」는 비교적 초기 작품에 속하지만 그동안 최성각이 추구해 온 녹색문학이 집약되어 있다. 작가 자신의 삶에서 소재를 취해 온 자전적 소설이라는 점에서도 그러하고, 상상적 허구와 실제 역사를 적절히 결합한다는 점에서도 그러하다. 또한 환경 위기나 생태계 위기의 주제를 심도 있게 다룬다는 점에서도 그의 대표작이라고 할 수 있다. 앞으로 녹색소설가로서의 최성각의 위치는 이 작품으로 평가받게 될 것이라고 해도 크게 틀리지 않다.

　최성각은 그동안 생명의 원천이라고 할 물을 다루는 작품을 유난히 많이 썼다. 가령 19세기 사하라 사막에서 샘물을 얻기 위해 사람을 제물로 희생해야 하는 이야기를 다룬 「사막의 우물 파는 인부」도 그러한 작품 중 하나이다. 「강을 위한 미사」를 비롯하여 중편소설 「동강은 황새여울을 안고 흐른다」, 「동강에서 온 편지」 같은 작품은 하나같이 직접 또는 간접으로 물과 관련이 있다. 그중에서도 「약사여래는 오지 않는다」는 물을 소재로 삼는 가장 대표적인 작품이다.

「약사여래는 오지 않는다」에는 두 부류의 작중인물이 등장한다. 한쪽에는 이름이 밝혀지지 않은 삼십 대 중반의 작가인 주인공과 그의 선배요 의사인 인물이 자리 잡고 있다. 다른 한쪽에는 유락산 약수터에서 물을 두고 다투는 사람들과 산에서 개를 잡아먹는 사내들이 자리 잡고 있다. "이 힘겨운 시대에 글 쓰는 사람"인 주인공은 하루가 다르게 자연이 파괴되고 환경이 오염되는 현실에 무척 가슴 아파한다. 약수를 뜨면서도 그는 "내 물은 남의 시간이었고, 남이 떠 갈 물의 양을 줄이는 것에 다름 아니었으니"라고 미안하게 생각한다. 그의 선배는 왕십리 변두리 초라한 병원에서 토요일에도 적은 돈을 받으면서 가난한 사람들을 늦게까지 진료해 주는 사십 대 초반의 가난한 의사다.

한편 물을 먼저 많이 받기 위해 "눈에 쌍심지를 켜는" 약수터 주변 사람들은 하나같이 서로 감시하고 다투고 이기적인 모습을 고스란히 드러낸다. 공공 약수터를 사유재산처럼 독점하려는 '청심약수회' 회원들도, 깨끗하게 보존해야 할 약수터 앞에서 잔인하게 몽둥이로 개를 잡고 있는 몰상식한 사람들도 주인공이나 그의 선배 의사와는 크게 차이가 난다. 이 점에서는 보온 커피병을 들고 다니며 남성들을 유혹하는 젊은 여성도 마찬가지다. 그런데 이 두 부류 사이에는 마치 힘껏 당긴 활시위처럼 팽팽한 긴장감이 감돈다. 전자는 자연과 사회적 약자에 관심을 기울이고 그들을 배려하는 인물인 반면, 후자는 자신의 이익을 지키는 데만 급급할 뿐 자연과 사회적 약자에는 눈곱만큼도 관심이 없다.

스스로를 "가슴이 뜨거운 허무주의자"로 일컫는 주인공은 1980년대의 사회 현실에 적잖이 절망한다. 그의 허무주의는 "옛날 말씀이 아니더라도 세상은 불 난 집이었고, 아무도 불붙은 문을 편히 벗어나올 수 없었다"라는 구절에서도 엿볼 수 있다. 주인공은 『법화경法華經』에 나오는 삼계화택三界火宅의 일화를 인용한다. 「IMF시대의 술꾼」에서도 최성각은 "세상은 으스스한 화택"이라고 말한 적이 있다. 이 일화에 따르면 어떤 큰 부자가 큰 집안에서 아이들과 함께 살고 있었는데, 어느 날 큰 불이 나서 그 집에 불이 붙게 되었다. 부자는 급히 서둘러 집을 빠져 나와 불을 피했지만, 아이들은 집이 불타는 줄도 모르고 정신없이 놀고 있었다. 그러자 부자는 수레 장난감 세 개를 만들어 아이들에게 보여 주면서 나오라고 하니 그제야 불타는 집에서 빠져 나왔다는 것이다. 두말할 나위 없이 부자는 부처를 상징하고, 아이들은 중생을 상징하며, 불타는 집은 '고통의 바다'로 일컫는 사바세계를 상징한다.

그러나 화택의 일화는 불교의 교리를 가르치는 교훈이 아니라 축어적으로 그냥 받아들여도 좋을 것 같다. 인간이 살고 있는 지구는 지금 불타고 있는 집과 크게 다르지 않기 때문이다. 그런데 그 불은 본디 탐진치貪瞋癡의 불이요, 오욕칠정五慾七情의 불이며, 번뇌망상煩惱妄想의 불이지만, 오늘날의 관점에서 보면 무엇보다도 환경재앙이라는 불이다. 군이 신약성서의 「요한계시록」을 들먹이지 않는다고 하여도 실제로 앞으로 인류는 불에 따라 멸망할 징조가 보인다. 가령 핵무기나 지진으로 멸망할 가능성이 아주 크다고 내다보는 학자들이 적지 않다.

이렇게 지구라는 집이 활활 불타고 있는데도 그곳에 살고 있는 사람들은 그 사실을 까맣게 모르고 있다. 주인공은 "힘놀이, 돈놀이, 헛이름 찾기놀이에 그곳이 불붙은 집인지 모르는 걸"이라고 말한다. 여기에서

'힘놀이'란 서로 권력을 얻으려고 안간힘을 쓰는 것을 말하고, '돈놀이'란 재산을 축적하기 위하여 혈안이 되어 있는 것을 말하며, '헛이름찾기 놀이'란 허명虛名이나 공명空名에 눈이 어두운 것을 말한다. 강을 메우거나 정비하고 길을 뚫는 국책사업이라는 것도 막상 그 내막을 자세히 들여다보면 국토를 효율적으로 관리한다는 그럴 듯한 명분 아래 그 사업으로 이익을 얻으려는 몇 사람의 사리사욕 때문인 경우가 없지 않다. 가령 새만금 사업만 하여도 그러하다. 앞에서 언급한 「강물은 흘러야 하고, 갯벌에는 갯것들 넘쳐야」에서 화자 '나'는 "'새만금'은 성장지상주의로 질문 없이 치달려 온 우리 사회의 모순과 부정, 무감각, 몰염치, 우리 시대 생명 파괴의 상징"이라고 잘라 말한다.

주인공이 한탄하듯이 수돗물이 식수로 부적격이라는 기사가 신문 머리기사를 장식하는가 하면, 정부에서는 막대한 예산을 사용하면서도 서울 시민의 젖줄이라고 할 한강을 "뚜껑 없는 거대한 죽음의 하수도"로 만들어 버렸다. 인공호수 시화호도 "거대한 변기"가 되어 버린 지 이미 오래 되었다. 비단 한강이나 시화호만이 아니라 변두리 개천에도 "이미 흐르지 않는 죽음 같은 물들이 고름처럼" 고여 있다. 주인공이 누군가가 한반도를 "세계 최대의 공해 실험장"이라고 한 말에 수긍하는 까닭도 바로 여기에 있다. 이러한 공해와 오염 공화국에서 이제 마음 놓고 살기란 여간 어렵지 않다. 주인공은 "이제는 누구나 영락없이 못 먹는 물을 먹어야 했다"고 개탄한다.

주인공은 약수터를 찾아 계곡을 따라 내려가다가 텐트와 평상을 펴놓고 술을 파는 사람들을 만난다. 그 주위에는 손님이 원하면 언제든지 목을 비틀어 잡아 팔 닭들이 돌아다니고 있다. 주인공은 이러한 닭을 쳐다

보면서 "저 아래쪽에서 본 개나 이곳에서 만난 닭이나 모양이 다를 뿐 마찬가지 운명이었다"라고 말한다. 그러나 언제 죽을지 모르는 운명으로 말하자면 인간도 개나 닭과 크게 다르지 않다. 그래서 주인공은 인간의 육신이란 이제 "철, 카드뮴, 중성세제, 크롬, 납, 망강 등의 맹독성 중금속이 쌓이는 부드러운 그릇"이라고 부른다. 또 인간은 "예고된 죽음을 향해 달리는 불행 덩어리이거나 태어나지 않았으면 좋았을 회한의 덩어리"에 지나지 않는다. 한마디로 인간은 이제 오갈 데 없이 "막다른 골목"에 놓여 있는 셈이다. 주인공이 왜 자신을 허무주의자라고 못 박아 말하는지 알 만하다.

그런데 인간이 단순히 나이가 들어 자연사하거나 치명적인 병에 걸려 죽지 않는다는 데 문제의 심각성이 있다. 이 지구상에 살고 있는 인류 전체가 죽음의 위기에 놓여 있다. '유락산 청심약수회' 회원 중 한 사람이 동료에게 "대통령이나 돈 많은 재벌들은 무슨 물을 먹을까? 난 그게 젤로 궁금해. 우리가 먹는 수돗물을 마실 리야 없잖겠어?"라고 말한다. 두말할 나위 없이 대통령이나 재벌들은 에비앙 같은 외국에서 수입해 온 값비싼 광천수나 삼다수 같은 국내산 생수를 마실 것이다. 그러나 한 독일 사회학자의 말대로 이 세상에는 공해만큼 민주적인 것도 없어서 그들도 어쩔 수 없이 공해의 영향을 받지 않을 수 없다. 단기적으로는 '깨끗한' 물을 마시는지는 몰라도 장기적으로 보면 그들의 육신도 "맹독성 중금속이 쌓이는 부드러운 그릇"에 지나지 않을 것이다. 주인공이 영국 작가 아더 쾨스틀러의 『야누스』(1978)라는 책의 서문에서 한 구절을 인용하듯이, 히로시마廣島에 원자폭탄을 투하한 이후 인류는 이제 '포스트히로시마'라는 새로운 기원을 사용해야 할지도 모른다. 즉 인류는 이제 '개체로서의 죽음'이 아니라 '종으로서의 절멸'을 예감하면서 살아가야 하기 때문이다.

「약사여래는 오지 않는다」에서 가장 핵심적인 부분은 바로 유락산 자락에 자리 잡은 절의 약사전藥師殿과 그 옆에 있는 광덕약수터다. 말하자면 약사여래藥師如來를 모시는 약사전은 이 작품에서 바퀴의 중심축과 같고, 작품의 모든 사건과 작중인물은 이 중심축에 연결되어 있는 바퀴살과 같다. 작품의 모든 요소는 약사전 벽에 그려놓은 불화佛畵를 향해 조금씩 수렴한다. 최성각이 결말을 향해 플롯을 치밀하게 전개해 가는 솜씨가 여간 놀랍지 않다. 주인공의 관심을 끄는 벽화는 약사전 오른쪽 벽에 그려진 불화 한 폭이다.

자세히 살펴보니 뜰에 과일이 주렁주렁 탐스럽게 달린 과일나무가 서 있고, 그 뒤쪽의 벼랑 너머 산에는 눈이 덮여 있는 것 같기도 했고, 벼랑에 서 있는 단풍나무로 보아 만산홍엽을 그린 것 같기도 했다. 그림 오른쪽에는 잿빛 벽돌을 쌓아올린 누대에 곱게 머리를 빗어올린 여인이 이불을 쓰고 앓아누워 있었다. 그런데 특이한 일은 여인의 오른쪽 손목과 뜰의 과일나무가 가느다란 흰 실로 연결되어 있다는 점이었다.

인용문에서는 무엇보다도 먼저 과일을 탐스럽게 주렁주렁 매달고 있는 과일나무가 눈길을 끈다. 서양의 기독교에서나 동양의 불교에서나 나무는 언제나 생명과 깊이 관련되어 있다. 에덴동산의 생명나무처럼 위 인용문의 과일나무도 사람에게 생명을 주는 나무임에 틀림없다. 특히 이 나무는 질병을 앓고 있는 사람의 손목에 흰 실로 팽팽하게 연결되어 있고, 병자는 이 신비스러운 흰 실을 통하여 치유를 받는다. 과일나무가 아니더라도 주인공도 밝히듯이 나무는 신이 거주하는 곳이요, 또 우주목宇宙木이라고 하여 인간이 사는 우주를 상징하기도 한다.

주인공은 다시 그 벽화를 바라보는 순간 갑자기 만약 그 실이 끊어지면 어떻게 하나 하는 두려움에 사로잡힌다. 그 하얀 실은 그가 보기에도 너무 가느다랗고 연약해 위태로워 보였기 때문이다. 아니나 다를까 얼마 뒤 다시 약사전 근처 약수터를 찾은 주인공은 팽팽하게 이어져 있던 실이 끊어져 있는 것을 발견하고 적잖이 놀란다. 주인공은 "실은 툭 끊어져 뜰 바닥에 떨어져 있었고, 여인의 손목은 힘없이 아래로 쳐져 있었다"라고 말한다.

그런데 이 장면에서 찬찬히 살펴볼 것은 실이 끊어졌다는 것은 한낱 주인공의 환상일 뿐 실제로 일어난 사실이 아니라는 점이다. 벽화 속의 실이 끊어질 수도 없을 뿐더러 끊어진 실이 "뜰 바닥에 떨어져" 있을 리도 만무하기 때문이다. 그림 속의 실이 끊어졌다는 것은 병풍 속의 닭이 알을 낳았다는 것과 같다. 또 실이 끊어져 뜰 바닥에 떨어져 있다고 말하는 것은 마치 병풍에 그린 닭이 방이나 마루로 뛰쳐나왔다고 말하는 것과 다르지 않다. 그 벽화 속의 가느다란 실이 말할 수 없이 위태롭다고 느낀 사람은 바로 주인공이었고, 그는 적어도 무의식적으로 실이 끊어지기를 은근히 바라고 있었던 것이다. 그동안 주인공이 무의식이나 잠재의식 속에서 환경 위기나 생태계 위기에 대해 강박관념에 시달리고 있었다는 증거다.

약사전 안에 모시는 약사여래는 '약사유리광여래藥師琉璃光如來'의 준말로 중생의 모든 병을 고쳐주는 부처를 말한다. 'Medicine Buddha'라는 영어 이름을 보면 좀 더 쉽게 이해가 갈 것이다. 주인공도 밝히고 있듯이 "동방유리광세계의 교주로서 항상 그 곁에 12신장을 거느리면서 중생들을 제도하시되 질병과 재난을 면하게 해줄 뿐 아니라, 의식도 부족함이 없이 충족시켜 주고 나쁜 왕의 구속이나 외적의 침입에서도 벗어나게 해 준다"라는 바로 그 부처의 이름이다. 왼손에는 병자를 도울 수 있는 약병을 들고 있고, 오른손에는 시무외인施無畏印, 즉 두려움을 없애 준다는 뜻으로 손바닥을 밖으로 내보이는 모습을 하고 있다.

그런데 약사여래를 모시는 약사전의 벽화에 실이 끊어지는 변고가 일어난다는 것은 매우 특이한 일이다. 비록 주인공의 환상 속에서나마 이러한 변고를 보여 줌으로써 최성각이 말하려는 주제는 마치 불을 보는 것 같이 분명하다. 그동안 자연과 인간을 이어주던 생명의 끈이 인간의 추악한 욕망과 이기심, 즉 "분할하고, 경쟁하고, 낭비하고, 비밀스럽고, 돈 만능의 가치관" 때문에 끊기고 말았다는 것이다. 오늘날 인류가 맞부딪힌 환경 위기가 너무 심각한 단계에 이르러 이제는 약사여래마저 그 위기를 치유하고 극복할 수 없다는 사실을 넌지시 내비치는 대목이다. 주인공이 "놀라움과 함께 이상한 종류의 공포"를 느끼는 것도 그다지 무리는 아니다. 가이아 가설을 주창한 영국의 생물학자 제임스 E. 러브록도 처음에는 지구가 자정능력이 있어 환경 위기가 그다지 심각하지 않다고 주장했다가 뒷날 자신의 주장을 철회한 적이 있다. 지구 환경을 지나치게 망친 나머지 지구는 이제 스스로 정화할 수 있는 임계점을 넘어섰다는 것이다.

이렇게 약사여래의 치유력으로서도 지구를 살릴 수 없다는 것은 약사전 근처 약수터 물이 사람들이 마시기에는 더 이상 적합하지 않다는 사실에서도 알 수 있다. 약사전 벽화의 그림에서 실이 끊어진 것을 '발견'하던 날 주인공은 약수터의 물이 '식수부적합' 판정을 받았다는 사실을 알게 된다. 보건환경연구원 수질검사 결과를 적어 놓은 표지판을 보면서 그는 허탈감과 아쉬움을 느끼며 "광덕약수터가 빛도 잃고 덕도 잃어버렸음"을 깨닫는다. 두말할 나위 없이 주인공은 약수터의 이름인 '光德'을 패러디하고 있다.

빛이 자연과 인간의 관계를 상징한다면 덕은 인간과 인간 사이의 관계를 상징한다. 인간은 자연을 잃어버리면서 동시에 동료 인간에 대한 관심과 배려도 함께 잃어버렸다. 이 점과 관련해 주인공은 "잃어버린 것은 좋은 공기나 좋은 물뿐만이 아니었다"라고 잘라 말한다. 강이나 하천의 물만 썩어서 악취를 풍기는 것이 아니라 인간한테서도 "적대적이고도 이기적인 독점욕에서 풍기는 악취"가 코를 찌른다. 생수 한두 병 얻기 위해 상대방을 경계하고 서로 다투는 것이 오늘날의 현실이다.

게오르크 루카치는 언젠가 "밤하늘의 별을 보고 길을 찾던 시대는 행복했다"라고 자못 시적인 표현으로 고백한 적이 있다. 그가 말하는 '행복한' 시대란 인간과 자연, 자아와 세계 사이에 이렇다 할 갈등이 없이 서로 조화와 균형을 이루며 평화롭게 살던 고대 그리스 시대를 말한다. 루카치의 말을 뒤집어 보면 별이 상징하는 자연에서 젖을 뗀 현대인들은 불행할 수밖에 없다는 것이 된다. 현대인이 잃어버린 것은 비단 자연에 그치지 않는다. 신화를 잃었고, 공동체를 잃었으며, 가정을 잃었고, 동료 인간에 대한 믿음과 배려와 사랑을 잃어버렸다. 한마디로 현대인은 낙원을 상실하였다.

최성각이 「약사여래는 오지 않는다」에서 말하는 시대는 루카치가 말하던 별을 보고 길을 찾던 행복한 시대는 아니다. 환경재앙의 어두운 그림자가 하루가 다르게 점점 짙게 드리워지고 있기 때문이다. 지구 온난화에 따른 기상 이변은 이러한 재앙을 알리는 신호탄과 중의 하나다. 지금 지구촌 곳곳에서는 기상 이변에 따른 여러 재앙이 일어나고 있으며, 그 빈도도 계속 늘어나고 있는 추세다.

그러나 이 작품의 주인공이 "가슴이 뜨거운 허무주의자"라고 한 말을 다시 한번 떠올릴 필요가 있다. 허무주의자이되 '가슴이 뜨거운' 허무주의자라는 말이다. 이를 달리 표현하면 그는 '능동적 허무주의자'라는 말이 된다. 소모적인 현실 도피의 삶을 거부하고 그 폐허 위에 참다운 가치를 세우려고 노력하는 것이 바로 능동적 허무주의다. 이렇게 현존하는 모든 가치나 질서가 내세우는 절대적 권위를 부정할 때 비로소 새로운 가치를 자유롭게 창조할 수 있는 가능성이 싹튼다. 프리드리히 니체는 우상의 가면을 벗기는 도구로서의 무無를 내세움으로써 삶의 소모 원리인 무를 삶의 적극적인 창조 원리로 전환시켜 나가는 이러한 허무주의야말로 현대를 살아가는 올바른 생활 방식이라고 부르짖는다.

최성각은 때로는 오늘날의 환경 위기나 그 위기를 부추기는 자본주의 사회의 무한경쟁과 끝없는 욕망과 소비에 절망한다. 가령 K증권사의 텔레비전 광고만 하여도 그러하다. "우리를 통하면 누구나 돈벼락을 맞을 수 있다"라고 소비자를 유혹한다. "세상이 아무리 막 간다 해도 이럴 수는 없다"라고 최성각은 생각한다. 그러나 그는 이렇게 자본주의의 탐욕에 절망하되 결코 희망의 끈을 놓지 않는다. 우리가 살고 있는 21세기를 '미친 시대'로 부르면서도 그에게는 정상적인 상태로 돌려놓을 수 있다는 믿음이 살아 있다. 「독방에 감금되었던 히말라야 여인」에서 최성각은

"고칠 수 있는 것은 크든 작든 손닿는 대로 항상 고칠 일이오"라는 중국 근대문학의 기틀을 마련한 루쉰鲁迅이 한 말을 인용한다. 최성각도 루쉰처럼 고칠 수 있는 것이라면 크고 작은 것을 굳이 가리지 않는다. 그래서 녹색문학가로서, 그리고 환경운동가로서 그는 묵묵히 자신의 걸음을 멈추지 않고 앞으로 나아간다. 이렇게 희망의 끈을 놓지 않는 실천가가 있는 한, 약사여래는 인간에게 다시 찾아올 것이다. 또한 약사전 벽화에서 과일나무와 여인의 손목을 이어주던 희고 가느다란 실도 언젠가는 다시 이어질 수 있을 것이다.

5

그렇다면 오늘날 인류가 직면해 있는 환경문제를 어떻게 해결할 수 있을까? 최성각은 '녹색 감수성'에서 그 해답을 찾는다. 「갈 데까지 가버린 광고」에서 그는 인간의 가치관이 달라지지 않는 한 환경 위기를 극복한다는 것은 한낱 요원한 꿈에 지나지 않는다고 말한다.

석우는 그것(환경)이 제어되지 않은 우리 시대의 욕망의 문제, 그래서 거기에서 연유한 인간(사회)의 부패문제라 생각했다. 분할하고, 경쟁하고, 낭비하고, 비밀스럽고, 돈 만능의 가치관문제라고 생각했다. 그래서 이른바 낮은 층위의 세계관·자연관의 문제라고 생각했다. 그렇다면 어떤 층위의 세계로 가야 할까. 답은 그러나 확실하게 나와 있고, 일찍부터 그렇게 사는 사람들도 있다. 통합과 공생의 세계, 절약하고 공개하는 시스템, 돈이 아니라 '녹색 감수성'이 존중되는 세상으로 가는 길이 그것이라고 석우는 늘 생각했다.

　　인용문에서 "제어되지 않은 우리 시대의 욕망"이라는 구절을 찬찬히 눈여겨 볼 필요가 있다. 흔히 '근대 철학의 아버지'로 일컫는 프랑스 철학자 르네 데카르트는 일찍이 "나는 생각한다. 그러므로 존재한다"라고 말함으로써 사유를 인간 존재의 근거로 삼았다. 그런데 자본주의가 급속도로 발전하면서 데카르트의 그 유명한 철학적 명제를 패러디하여 "나는 욕망한다. 그러므로 존재한다"고 말하는 사람들이 있다. 이보다 한 발 더 나아가 아예 "나는 쇼핑한다. 그러므로 나는 존재한다"라고 말하기도 한다. 석우의 지적대로 소비사회에서 채워지지 않는 갈증과도 같은 욕망은 곧 우리 사회에 만연해 있는 부정부패와 직결되기 마련이다.

　　그러나 인용문에서 무엇보다도 눈여겨보아야 할 구절은 마지막 문장의 '녹색 감수성'이다. 최성각은 이 '녹색 감수성'을 「청와대 앞 가죽나무가 울린 사람들」이라는 작품에서는 '녹색 가슴'이라고 부른다. '녹색 감수성'이건 '녹색 가슴'이건 같은 초록색을 띠고 있는 것만은 부정할 수 없는 사실이다. 녹색은 생명의 색깔이요, 생명을 살리는 색깔이다. 요한 볼프강 폰 괴테는 『파우스트』에서 "여보게 젊은이, 모든 이론은 회색이고, / 오직 황금빛 생명나무만이 녹색이라네"라고 말하지 않았던가.

　　이론에도 색깔이 있어 회색 이론이 있는가 하면 녹색 이론도 있다. 회색이 상징하는 이성만 가지고서는 오늘날 심각한 환경 위기를 극복할 수 없다. 극복하기는커녕 오히려 그 위기를 파멸로 몰고 갈 뿐이다. 합리적

이성, 아니 좀 더 정확히 말해서 도구적 이성이 오늘날 환경 위기나 생태계 위기를 가져온 장본인이기 때문이다. 그렇다고 합리적 이성이나 도구적 이성을 완전히 무시할 수만도 없다는 데 문제의 심각성이 있다.

갓난아이를 목욕시키고 난 뒤에 더러운 목욕물과 함께 아이를 던져 버린다는 말도 있듯이, 합리적 이성이나 도구적 이성에 문제가 있다고 하여 그것을 완전히 폐기해 버리는 것은 어리석을 일이다. 쓸모없는 것은 과감하게 버리되 조금이라도 쓸모 있는 것이 있으면 좀 더 유용하게 만들어 사용해야 한다. 합리성이나 이성도 마찬가지다. 자연을 오직 도구나 목적으로 간주하는 이성은 이제 '생태적 이성'으로 바꿔야 한다. 다시 말해서 자연을 죽이는 이성이 아니라 자연을 살리는 이성으로 개조해야 한다. 이러한 생태적 이성에 필요한 것이 바로 바로 최성각이 말하는 '녹색 감수성'이나 '녹색 가슴'이다. 얼음처럼 차가운 머리와 뜨거운 가슴이 서로 만날 때 비로소 환경문제 해결을 위한 실마리를 찾을 수 있다.

녹색문학은 단기적인 효과를 기대할 수는 없을지 몰라도 장기적으로는 뭇 사람의 의식을 바꾸게 하는 놀라운 힘이 있다. 해와 바람에 관한 이솝 우화는 환경문제에도 그대로 적용된다. 거센 강풍의 힘만 가지고서는 인간중심주의와 물질만능주의의 옷을 벗길 수 없다. 갑옷 같은 단단한 옷을 벗기는 힘은 바로 따뜻하고 부드러운 햇살의 힘이다. 최성각의 말대로 "산이 말하는 소리, 풀벌레의 소리를 듣는 귀와 마음을 가진 사람이 늘어날 때, 더디지만 세상이 조금씩 달라지지 않겠는가". 이것이 바로 그가 말하는 '녹색 감수성'이요 '녹색 가슴'이다. "분할하고, 경쟁하고, 낭비하고, 비밀스럽고, 돈 만능의 가치관"을 조금이라도 바꿀 수 있는 길도 그러한 감수성과 가슴에서 찾아야 한다.

최성각은 한 작품집의 서문에서 "오지 않는 시간에 품는 꿈과 그 꿈을 이루기 위해 반드시 이웃과 어깨동무해야 하는 우정도 문학이라 할 만하다"라고 밝힌 적이 있다. 지금까지 그는 이웃과 더불어 어깨동무하며 더불어 살아가는 상생과 협력의 미덕이 얼마나 소중한지 말해 왔다. 실같이 조그마한 시냇물이 모여 거대한 강물을 이루듯이, 녹색문학의 형식을 빌린 그의 작은 목소리도 환경문제 해결이라는 나무가 자라는 데 아주 소중한 밑거름이 될 것이다. 그리고 그 나무가 무럭무럭 자라 거목이 될 때 우리는 비록 밤하늘의 별을 보고 길을 찾지는 못한다고 하여도 그런대로 행복한 시대를 맞이할 수 있을 것이다.

창작과 표절 사이

권비영, 황석영, 신경숙의 경우

"이 작품이 누구의 것인지 나는 알 것 같으이"— 미국의 시인이요 미네소타 대학교 영문학 교수로 시 비평가로도 유명한 조지 T. 라이트는 언젠가 「과제물을 채점하고 나서」(1964)라는 작품에서 이렇게 노래한 적이 있다. 두말할 나위 없이 라이트는 미국의 국민시인으로 일컫는 로버트 프로스트의 유명한 작품 「눈 내리는 저녁 숲가에 서서」(1923)의 첫 구절을 패러디한다. 이 작품의 첫 연에서 프로스트는 "이 숲이 누구의 숲인지 나 알 것 같으이 / 그의 집은 비록 마을에 있지만. / 그는 알지 못하리, 나 이곳에 걸음을 멈추고 서서 / 눈 덮이고 있는 그의 숲을 바라보고 있는 걸"이라고 노래하였다. 라이트는 프로스트 시의 원문 첫 행에서 'woods'라는 낱말을 'works'로 살짝 바꿔 놓았다. 음절도 같고 소리도 서로 비슷하여 빨리 읽으면 두 행을 구별 짓기란 여간 어렵지 않다.

그렇다면 라이트는 도대체 무엇 때문에 프로스트의 작품을 이렇게 패러디하고 있을까? 다름 아닌 표절문제를 말하고 싶었기 때문이다. '과제물을 채점하고 나서'라는 제목에서도 엿볼 수 있듯이 그는 학생들의 과

제물을 읽으면서 가끔 어디서 많이 읽은 듯한 느낌을 차마 떨쳐 버릴 수가 없었다. 그래서 그는 프로스트의 시구를 떠올리며 "이 작품이 누구의 것인지 나는 알 것 같으이"라고 되뇌면서 한 편의 시를 썼던 것이다.

표절의 문제는 비단 학생들에게만 그치지 않는다. 학생들을 가르치는 교수도 예외가 되지 않는다. 2013년 3월 『교수신문』이 전국 4년제 대학 전임교수 600명을 대상으로 실시해 발표한 설문조사 결과는 가히 충격적이라고 할 만하다. 전체 응답자의 86.3%가 동료 교수의 표절 행위에 대해 '모른 척한다'(23.7%) 또는 '비판은 하지만 조용하게 처리한다'(62.6%)고 답하였다. 모른 척한다고 응답한 비율은 2001년의 4%에 비해 무려 여섯 배로 늘어났다. 반면 '즉각 비판해 책임을 묻는다'라고 응답한 사람은 겨우 5.7%에 그쳤다.

이렇듯 교수사회 구성원 중에 표절과 연구 윤리 타락에 둔감한 사람들이 상당히 많다는 데 문제의 심각성이 있다. 표절문제가 심각하다고 답한 비율은 전체의 40.6%로, '매우 심각하다'고 응답한 사람이 5.3%, '대체로 심각하다'라고 응답한 사람이 35.3%에 그쳤으며, 나머지 60% 가량은 별로 심각한 문제는 아니라는 반응을 보였다. 특히 10명 중 2명 꼴인 18.5%는 '심각하지 않다'라고 응답할 정도였다.

요즈음 신문이나 방송에는 유명 연예인들이나 고위 공직자들 등 사회 지도층이 논문을 표절했다고 하여 심각한 사회적 이슈로 떠오르고 있다. 몇몇 연예인들이나 방송인들이 학위 논문을 표절했다고 하여 공식적으로 사과하고 학위를 반납하였고, 한 스타 강사는 맡고 있는 진행 프로그램에서 하차하였다. 장관 후보에 올랐다가 학위 논문 표절이 문제가 되어 사퇴한 사람도 있는가 하면, 국회의원 중에도 아직도 이러한 혐의를 받고 있는 사람이 적지 않다. 심지어는 학문의 전당이라는 대학교의 총장 후보자가 제자의 논문을 표절한 사실이 뒤늦게 밝혀져 후보를 사퇴한 해프닝도 있다. 이러다가는 자칫 한국이 '표절사회' 또는 '표절공화국'이라는 오명을 얻게 될지도 모른다.

1

문학사에서 표절만큼 미묘하고 자주 언급되는 문제도 아마 찾아보기 어려울 것 같다. 표절을 좀 더 쉽게 알기 위해서는 무엇보다도 이 말의 어원을 살펴볼 필요가 있다. 동양 문화권에서는 겁박할 '剽(표)' 자와 훔칠 '竊(절)' 자를 사용한다. 그러니까 표절은 '빼앗다, 훔치다, 겁주다, 협박하다'라는 뜻과 함께 '좀도둑'이라는 뜻을 담고 있다. 다른 사람의 시나 문장을 좀도둑처럼 훔치거나 협박하여 강제로 빼앗는 행위를 말한다. 서양에서도 이와 크게 다르지 않아서 표절을 뜻하는 영어 'plagiarism'이나 프랑스 'plagiat'는 라틴어 '플라지아리우스plagiarius'라는 말에 뿌리를 두고 있다. 이 라틴어는 어린아이를 유괴하거나 남의 노예를 훔치는 것을 가리킨다. 기원후 3세기에 고대 로마 시대의 정치가 마르시아누스가 '문학적 도둑'이라는 의미로 이 말을 처음 사용했으니 그 역사가 꽤 오래되었다는 것을 알 수 있다.

요한 볼프강 폰 괴테는 일찍이 제자 요한 에커만과 나눈 대화에서 "위대한 대가를 보게 되면 언제나 선배들의 작품에서 좋은 부분을 사용하고 있음을 알게 될 것일세. 바로 그 때문에 그가 위대하게 되는 거지"라고 말하였다. 그러면서 "라파엘 같은 예술가들은 땅 속에서 그냥 솟아나지 않았지"라고 밝혔다. 위대한 예술가는 하나같이 선배 예술가들한테서 자양분을 얻어 자신들의 예술 세계를 구축했다는 말이다.

그런가 하면 흔히 모더니즘의 대부로 일컫는 T. S. 엘리엇은 "삼류 시인은 남의 작품을 빌려오지만 일류 시인은 남의 작품을 훔쳐온다"라고 말하기도 한다. 그렇다면 다른 사람의 작품에서 '빌려오는' 것과 '훔쳐오는' 것이 어떻게 다를까? 모르긴 몰라도 아마 전자가 단순히 남의 작품을 흉내 내는 것에 그치고 마는 반면, 후자는 과감하게 남의 작품을 취해 와 자신만의 어떤 새로운 것으로 만들어 낸다는 말로 받아들일 수 있을 것이다. 이렇게 표절과 창작, 삼류 작가와 일류 작가는 언뜻 비슷해 보이지만 질적인 면에서는 사뭇 다르다.

표절의 역사는 곧 문학의 역사와 함께한다고 하여도 크게 틀리지 않다. 문학이 시작하면서 표절도 함께 생겨났기 때문이다. 서양에서 최초의 서사시로 일컫는 호메로스의 『오디세이아』와 『일리아스』만 하여도 예로부터 입에서 입으로 전해 내려오던 구전 전설을 자신의 작품 속에 사용하였다. 물론 지금 전하는 이 두 서사시는 호메로스가 쓴 작품이라는 사실에 대해서도 의심을 품는 학자들이 적지 않다. 예로부터 입에서 입을 전해 내려오던 이야기를 호메로스가 집대성했거나, 호메로스 이후 여러 사람이 계속 이야기를 덧붙이고 다듬어 오늘날의 모습을 갖추었을 것으로 추측한다.

르네상스 시대에도 표절이 성행하였다. 엘리자베스 시대 영국의 군소 극작가들은 대가들의 작품을 거의 그대로 훔치듯이 하여 자신의 작품으로 발표하였다. 이러한 표절 행위는 비단 군소 작가에만 국한되지 않고 윌리엄 셰익스피어 같은 대가도 마찬가지였다. 〈한 여름 밤의 꿈〉(1600) 이나 〈십이야〉(1623) 같은 작품은 말할 것도 없고 거의 모든 작품의 플롯을 여러 연대기에서 자유롭게 빌려오거나 다른 작가의 작품에서 '훔쳐' 오기도 하였다. 〈안토니오와 클레오파트라〉(1623)만 같아도 감칠맛 나는 구절은 플루타르코스가 쓴 책에서 빌려 왔다. 서양문학사에서 셰익스피어만큼 표절의 혐의를 받아 온 작가도 찾아보기 드물다.

16세기 말엽 로버트 그린이라는 영국의 극작가는 셰익스피어를 두고 "우리의 날개로 예쁘게 치장한 갑자기 출세한 까마귀"라고 혹평하였다. '갑자기 출세한'이라 말하는 것은 영국 중부 지방 스트래트퍼드 어폰 에이번의 시골 출신이 갑자기 런던 연극계에 데뷔하여 뛰어난 극작가로 인정받기 시작했기 때문이다. 또 '우리의 날개로 예쁘게 치장한 까마귀'라고 부르는 것은 셰익스피어가 동시대 여러 극작가들의 여러 작품을 표절해 작품을 썼기 때문이다. 특히 그린은 셰익스피어를 악명 높은 표절 극작가로 날카롭게 매도하였다.

이러한 사정은 그 뒤에도 크게 다르지 않아서 단테 알리기에리의 『신곡』(1472)과 더불어 서구문학사에서 최고의 종교 서사시로 평가받는 『실낙원』(1667)을 쓰면서 존 밀턴은 그의 선배 시인 에드먼드 스펜서한테서 영향을 받았고, 스펜서는 그의 선배 시인 제프리 초서한테서 영향을 받았다. 그런가 하면 초서는 작품을 쓰면서 조반니 보카치오나 프란체스카 페트라르카를 비롯한 이탈리아 작가들, 그리고 『장미의 로망스』를 쓴 기욤 드 로리 같은 프랑스 작가들한테서 작품의 줄거리를 자유롭게 빌려 왔다.

이러한 사정은 20세기에 내려와서도 크게 다르지 않다. 예를 들어 가난한 무직자요 이혼녀에서 하루아침에 엘리자베스 여왕 다음으로 일약 재산을 많이 모으게 되다시피 한 영국 소설가 J. K. 롤링은 『해리 포터』(1997~2007) 시리즈를 집필하면서 J. R. R. 톨킨의 작품에서 상당 부분 '빌려' 왔다. 따지고 보면 톨킨 자신도 독창적인 작가가 아니었다. 『반지의 제왕』(1955)을 집필하면서 그는 중세 스칸디나비아 지방의 전설이나 무용담에서 작품의 내용을 자유롭게 취해 왔다. 이밖에도 독일 작곡가 리하르트 바그너의 연작 오페라 〈니벨룽겐의 반지〉(1848~1874)가 직접 영향을 끼쳤다고 주장하는 비평가들도 적지 않다. 영국문학으로 좁혀 보더라도 톨킨은 조지 맥도널드, 윌리엄 모리스, 더 멀게는 앵글로색슨 서사시 『베오울프』 등에서 영향을 받았다. 그래서 그런지 뉴욕시를 기반으로 활약하는 미국의 저널리스 애틀러스는 한마디로 "문학은 절도에 지나지 않는다"라고 잘라 말한다. 물론 지나치게 과장하여 말한 혐의가 짙지만 전혀 일리가 없지도 않다. 옛날로 거슬러 올라가면 갈수록 그의 말은 더욱 설득력을 얻게 된다.

표절은 시대에 따라 그 규범이 달라진다. 옛날의 기준과 정보를 돈으로 사고판다는 21세기의 기준은 서로 판이하게 다르다. 가령 고대 그리스 시대와 로마 시대에는 모방과 창작을 그렇게 뚜렷하게 구분 짓지 않았다. 오히려 풋내기 작가들에게 모방을 적극 장려하였다. 아리스토텔레스를 비롯해 키케로와 퀸틸리아누스 같은 작가들은 모방이야말로 창조에 이르는 지름길이라고 생각하였다. 고대 로마 시대의 시인 베르길리우스는 『아이네이스』를 쓰면서 퀸투스 엔니우스의 『연대기』에서 즐겨 훔쳐 왔다. 그러자 이 점을 지적하는 한 친구에게 베르길리우스는 "나는 지금 엔니우스의 뚱더미에서 진주를 줍고 있는 것일세"라고 말했다고 전해진다. 실제로 베르길리우스는 고대 로마 시대의 대표적인 시인으로 존중받고 있지만 엔니우스를 기억하는 사람은 거의 없다시피 하다. 그러고 보니 단테가 『신곡』에서 베르길리우스를 명계冥界를 순례하는 길잡이로 삼은 까닭을 이제 알 만하다. 그러므로 이 무렵 표절은 이렇다 할 문제가 되지 않았다.

그러나 현대사회에 들어와 표절은 앞에서 언급했듯이 남의 재산을 훔치는 것과 같은 엄연한 범법 행위다. 현대 작가들은 셰익스피어나 밀턴 또는 스펜서가 그랬듯이 이제 더 남의 작품을 빌려거나 훔쳐올 수 없다. 남의 작품을 표절한 사실이 밝혀지면 사회적으로 매장될 뿐만 아니라 형사처벌을 받기 때문이다. 물질적 재산을 훔치는 것만이 도둑질이 아니라 정신적 재산을 훔치는 것도 엄연한 도둑질일 수밖에 없다. 요즈음 '지적 재산' 또는 '지적 재산권'이라는 용어가 널리 쓰이듯이 인간의 창조적 활동이나 경험 등으로써 창출하거나 발견한 지식이나 정보, 기술이나 표현, 지적 창작물도 얼마든지 재산에 들어갈 수 있다. 비록 무형적이기는 하지만 부동산이나 동산처럼 재산적 가치가 있기 때문이다.

표절은 무엇보다도 스펙트럼이 무척 넓다. 누가 보아도 분명한 도용에서 차용, 인유, 인용, 패러디, 파스티슈를 거쳐 모방과 영향과 상호텍스트성에 이르기까지 그 종류가 아주 다양하다. 그렇기 때문에 어디까지가 표절이고 어디까지가 창작인지 구별 짓기란 마치 무지개의 스펙트럼을 구분 짓는 만큼이나 어렵다. 다만 학술 논문이나 저서에서는 표절이 좀 더 뚜렷이 드러나는 반면, 문학 작품처럼 창조성에 좀 더 무게를 싣는 글에서는 모호할 때가 적지 않다.

2

　표절은 한마디로 다른 사람의 작품이나 글을 정당한 절차를 거치지 않고 일부 또는 전부를 자신이 직접 창작한 산물인 것처럼 사용하는 행위를 말한다. 윤리적으로나 도덕적으로도 어긋나지만 일종의 '절도' 행위로 형사처벌을 받아야 하는 범법 행위다. 어느 작품이 표절인지 아닌지를 가늠하는 데는 무엇보다도 작가의 의도가 중요하다. 표절 행위에는 반드시 고의성이 따라야 한다. 물론 무의식인 상태에서 이루어진 때도 없지 않다. 이 경우에도 윤리적인 책임은 피할 수 있을지 몰라도 법적인 책임까지 면하기는 어렵다.

　표절은 흔히 '저작권 침해'와 혼동하는 경우가 있지만, 엄밀히 말해서 두 가지는 서로 구분해서 생각하는 것이 좋다. 전자는 후자보다 훨씬 더 넓은 영역을 차지한다. 즉 저작권이 소멸된 다른 사람의 저작물이라도 출처를 밝히지 않고 사용하는 경우에는 표절에 해당하지만 그렇다고 저작권을 침해한 것으로는 볼 수 없다. 물론 그렇다고 표절도 출전을 밝히기만 하면 무조건 혐의에서 벗어나는 것은 아니다. 남의 논문이나 저서에서 핵심적 내용을 거의 대부분 베낀 것이라면 아무리 출전을 밝히더라도 표절의 혐의를 벗을 수 없다. 남의 글을 자기 것인 듯이 마음대로 가져다 사용하고 단순히 각주脚註나 미주尾註에 출처를 한두 곳 밝히는 것만으로 면죄부를 받으려는 사람이 의외로 많다는 데 새삼 놀라게 된다. 문학 작품의 표절은 논문이나 학술 저서와 비교해 볼 때 훨씬 미묘하고 복잡할 뿐만 아니라 그 시시비비를 가려내기도 쉽지 않다.

　이 점에서는 권비영의 『덕혜옹주』도 예외가 아닌 듯하다. 몇 해 전 권비영의 『덕혜옹주』(2009)가 표절 시비의 도마에 올랐다. 출간되자마자 베스트셀러 자리에 오른 이 작품은 선인세로 10억 원 넘게 주었다는 일본 작가 무라카미 하루키村上春樹의 『1Q84』(2009)의 판매를 훌쩍 뛰어넘었다. 그래서 이러한 현상을 두고 출판계에서는 "고종의 막내딸 덕혜옹주가 마침내 일본 제국주의를 이겼다"는 우스갯소리가 나돌기도 하였다. 그런데 일본 여성사 연구가 혼마 야스코本馬恭子는 권비영이 『덕혜공주』를 쓰면서 자신의 평전 『덕혜희德惠姬─이씨 조선 최후의 왕녀』(1998)에서 무려 마흔이 넘는 곳을 표절했다고 주장하였다. 혼마의 평전은 2008년에 『대한제국 마지막 황녀 덕혜옹주』라는 제목으로 한국어로 번역되어 국내에서도 출간되었다.

혼마 야스코는 "소설 『덕혜옹주』는 내 책의 내용을 셀 수도 없을 만큼 많이 무단 차용했다"고 주장한다. 한편 권비영은 "혼마 야스코가 '덕혜옹주의 삶' 자체를 창조한 것이 아닌 이상, 그 분의 삶과 황실 가족에 대한 역사적 사실은 그 누구의 귀속물도 아니다"라고 표절 의혹을 일축한다. 더구나 권비영은 소설에 실린 「지은이의 글」에서 "혼마 야스코가 쓴 『덕혜희─이씨 조선 최후의 왕녀』는 가장 완벽한 참고자료였다"라고 밝힘으로써 표절 시비에서 벗어나려고 하였다. 그냥 참고자료가 아니라 '가장 완벽한' 참고자료라고 밝히는 것이다.

그렇다면 소설 『덕혜옹주』는 과연 표절의 혐의에서 벗어날 수 있는 것일까? 한마디로 말해서 표절 시비에서 완전히 벗어날 수는 없을 듯하다. 법적인 문제는 피해 갈 수 있을지 몰라도 작가로서의 윤리적·도덕적 문제까지 비껴갈 수는 없다. 앞에서 논문과 관련해 언급했듯이 주석 한두 개 달아놓고 표절 시비의 면죄부를 받으려고 하는 것과 크게 다르지 않기 때문이다. 역사 연구가가 아닌 권비영은 덕혜옹주와 관련한 실제 전기적 사실을 혼마의 평전에서 거의 대부분 '베껴' 오다시피 하였다.

작가는 아무리 역사적 인물을 소재로 작품을 쓴다고 하여도 자신이 직접 자료를 조사하고 연구한 결과를 바탕으로 해야 한다. 남의 자료나 연구에서 취해 왔을 때는 남의 자료를 참고했다고 두루뭉술하게 얼버무려 말할 것이 아니라 어느 부분을 어떻게 참고했는지 낱낱이 밝혀야 한다. 문제가 불거지자 권비영은 혼마 야스코의 『덕혜희』는 말할 것도 없고 언론인 정범준의 『제국의 후예들』(2006), 국사학자 이태진의 『동경대생들에게 들려준 한국사』(2005), 그리고 문화방송에 방영한 '광복특집 드라마' 〈덕혜옹주〉(1996)와 한국방송의 '한국사 시리즈' 〈라스트 프린세스 덕혜옹주〉 등을 참고했다고 밝히고 있다. 그러나 이것은 누가 보더라도 혼마의 평전에서 빌려온 사실을 희석시키기 위한 시도처럼 들릴 뿐이다.

이 점과 관련해 혼마 야스코는 "역사 소설가는 역사가 이상으로 역사를 공부하고 조사하지 않으면 안 된다"라는 일본의 유명한 극작가요 소설가인 이노우에 히사시井上廈의 말을 인용하기도 한다. 또 "역사 소설은 역사에서 있었던 사실을 정확하게 알지 않으면 쓸 수 없다"고 말하기도 한다. 그러면서 혼마는 "도대체 단 한 권의 책을 자료로서 참조하여 다른 책을 쓴다고 하는 것을 문학적으로 창작 행위라고 할 수 있는가?"라고 묻는다.

물론 권비영은 혼마가 평전에서 사용한 자구나 문장을 다른 표현으로 고치고 일부 내용을 바꾸었지만 그렇다고 표절 시비에서 벗어날 수 있는 것은 아니다. 그러고 보니 혼마가 한 인터넷 신문의 기자와의 이메일 인터뷰에서 "'역사적 사실은 누구의 소유물도 될 수 없다는 것'과 '이 소설이 나의 저작 전체를 무단으로 셀 수 없을 정도로 차용해서 썼다'는 사실은 전혀 별개의 문제"라고 주장하는 까닭을 알 만하다.

한편 김기태 미디어창작학과 교수는 "혼마 측에서 제기한 43가지 부분을 중심으로 비교한 결과 조심스럽게 내린 결론은 '표절이 아니다'였다"며 "저작권 침해로 보기 어렵다"라고 밝혀 관심을 끌었다. 혼마가 조사했다고 밝힌 내용은 대부분 역사적인 사실일 뿐 창작적인 표현이라고 보기 어렵다고 지적한다. 더구나 권비영이 '지은이의 글'에서 『덕혜희』를 참고했다고 밝힌 만큼 소설이 혼마의 책에 의거한 것은 인정되지만 구체적인 표현인 소설 문장은 일부 역사적 사실에 대한 표현을 제외하고는 『덕혜희』와 유사하다고 보기 어렵다는 것이다. 그러나 김기태는 저작권 침해의 관점에서 표절 판정을 내렸을 뿐 문학의 관점에서 표절 시비를 가린 것은 아니다.

한편 전거를 충분히 밝히면 혐의에서 벗어나는 표절과는 달리, 비록 원전이나 전거를 밝힌다고 하여도 사전에 저자의 동의를 얻지 않았다면 저작권 침해에 해당할 소지가 있다. 표절은 주로 학술이나 예술 분야에 종사하는 사람들이 갖춰야 할 윤리적인 문제와 관련된 반면, 저작권 침해는 어디까지나 다른 사람의 재산권을 침해한 법률적인 문제다. 한국행정학회에서는 표절에 대하여 "고의적으로나 또는 의도하지 않았다고 하여도 출처를 명확하게 밝히지 않은 채, 타인의 지적 재산을 임의로 사용하는 것으로 정의한다"라고 규정짓고 있다.

표절문제는 서양에서 봉건제도의 몰락과 자본주의의 대두와 밀접하게 관련되어 있다. 18세기에 이르러 문학가들과 예술가들은 재정적으로 후원해 주던 귀족이나 왕이 몰락하자 독자적으로 생계 수단을 찾을 수밖에 없었다. 그러다 보니 작가들은 자연스럽게 자신이 창작한 작품에 대한 정당한 권리를 주장하면서 보호받고 싶었다. 특히 표절문제는 자본주의가 점차 발달하면서 성립하기 시작한 사유재산 제도와 맞물려 있다. 자유라는 이념을 개인의 경제 활동에 최대한 반영시킨 것이 곧 사유재산 제도라고 할 수 있다. 사유재산이 성립되기 전만 하여도 표절은 그다지 문제가 되지 않았다. 글이란 모든 사람이 공유하는 일종의 공동재산으로 생각했기 때문이다.

엄밀히 말해서 하늘 아래 새로운 것은 하나도 없기 마련이다. 『구약성서』 「전도서」 저자는 "이미 있던 것이 훗날에 다시 있을 것이며, 이미 일어났던 일이 훗날에 다시 일어날 것이다. 이 세상에 새 것이란 없다. '보아라, 이것이 바로 새 것이다' 하고 말할 수 있는 것이 있는가? 그것은 이미 오래전부터 있던 것, 우리보다 앞서 있던 것이다"라고 부르짖는다. 여기에서 「전도서」의 저자는 야훼나 여호와 말고는 그 누구도 이 세상에서 어떤 것도 새로운 것을 창조할 수 없다는 사실을 지적하고 있지만 이 말은 문학 작품에도 거의 그대로 적용할 수 있다.

언어는 마치 화폐와 같아서 내가 새로 만들어 사용하는 것이 아니라 이미 언어 공동체에서 구성원들이 오랫동안 사용해 온 것을 다시 사용하는 것이다. 그러므로 그 언어 속에는 공동체 구성원의 가치관이 들어 있다. 문학 작품은 언어를 매체로 삼는 만큼 엄밀히 말해서 나만의 독창적인 작품이란 있을 수 없다. 심지어 "당신을 사랑합니다"라는 말도 이미 누군가가 사용한 말을 내가 다시 사용하는 것이다. 그래서 움베르토 에코는 표절 혐의에서 벗어나려면 사랑하는 사람에게 애정을 고백할 때도 어쩌면 "아무개가 말했듯이, '당신을 사랑합니다!'"라고 말해야 할지 모른다고 농담 아닌 농담을 한 적이 있다. 그러고 보니 세계적으로 낙양의 지가를 올린 그의 『장미의 이름』(1980)도 그동안 표절 시비에 적잖이 휩쓸려 왔다.

모든 작가는 언어 공동체의 구성원으로 글을 쓸 뿐만 아니라 더 나아가 자신의 독서 경험을 바탕으로 글을 쓴다. 백지 상태에서 시작하여 글을 쓰는 작가는 이 세상에 단 한 사람도 없다. 그러다가 글을 쓸 때 의식적이건 무의식적이건 기억의 창고에서 그동안 자신이 읽은 독서 경험을 가져온다. 그리고 그 독서 경험에는 다른 작가의 글이나 작품이 녹아 있기 마련이다. 특히 작가들은 다른 사람의 작품을 읽으면서 흔히 좋은 구절이나 문장 또는 에피소드 등을 만나면 기억해 둔다. 이렇게 기억해 둔 것들은 그의 정신 속에서 그대로 남아 있지 않고 흔히 변화 과정을 거친다. 그래서 어떤 때는 자신의 생각인지 남의 생각인지 서로 구별 짓기 쉽지 않을 때가 있다.

비록 언어와 독서 경험의 이러한 특수성을 감안한다 하여도 표절 행위는 엄연히 존재한다. 그렇다면 어느 글이 표절인지 아닌지 판단하는 기준은 과연 무엇인가? 1751년 영국의 비평가 새뮤얼 존슨은 『램블러』에 발표한 글에서 "선배 작가들의 발자국을 그대로 밟지만 않는다면 그들이 걷던 길을 따라 걷는 후배 작가는 비굴하다는 비난을 받지 않을 수 있다"라고 지적하였다. 존슨의 이 말에서 표절의 기준을 어느 정도 가늠해 볼 수 있다.

노예처럼 비굴하게 선배 작가들의 발자국을 밟으면 표절이 된다. 다른 사람이 걸어간 발자국을 그대로 밟는 것을 동양 문화권에서는 '전철前

轍'이라고 부른다. '전철'이란 앞서 지나간 수레바퀴의 자국이란 뜻이다. '전철을 밟는다'라고 하면 바로 이전 사람의 잘못이나 실패를 되풀이하게 되는 것을 일컫는다. 존슨의 말대로 선배 작가들이 걸어간 발자국을 그대로 밟는 것은 표절이라는 혐의를 받는다. 한편 후배 작가가 선배 작가들이 앞서 걷던 길을 따라 걷는 것은 비굴하다는 비난, 즉 표절의 혐의를 벗을 수 있다는 말이다. 여기에서 선배 작가들이 걷던 길이란 그들이 활동하던 문학 전통이나 인습 또는 사조 등을 말할 수도 있고, 이러한 전통이나 사조에 따른 창작 방법을 말할 수도 있다. 그렇다면 존슨이 말하는 표절과 창작의 차이란 결국 발자국과 길의 차이인 셈이다.

이와 비슷한 시기에 출판계에서는 또 다른 표절 논란이 일어났다. 이번에는 대중소설이 아닌 순수소설인데다 무명의 신인 작가가 아닌 원로 작가의 작품이라는 점에서 좀 더 문단의 관심을 받았다. 15만 부 이상 팔린 황석영黃晳暎의 『강남몽』(2010)이 바로 그것이다. 특히 이 소설의 제4장 '개와 늑대의 시간'이 조성식 기자가 출간한 『대한민국 주먹을 말한다』(2009)의 내용과 아주 비슷하다고 『신동아』에서 제기하면서 표절문제가 수면 위에 떠올랐다. 사건이 이렇게 불거지자 황석영은 '표절'이라는 단정에는 조심스러운 반응을 보이면서도 "소설 내용에 주註를 달거나 전거典據를 밝힐 수 없었다고 하여도 출처를 밝히지 못한 것은 저의 불찰이었다"고 문제점을 솔직하게 인정하였다. 그러면서 앞으로 출간되는 책부터 표절 의혹을 제기한 『대한민국 주먹을 말한다』를 비롯한 참고 자료들을 명기할 예정이라고 밝혔다.

『덕혜공주』와 『강남몽』은 실제 역사에서 일어난 사건을 중심 플롯으로 다룬다는 점에서 공통점이 있다. 다큐멘터리든 평전이든 누군가 독자적으로 조사하고 취재하거나 연구한 논픽션의 내용을 '소설'이라는 장르에 녹여 냈다는 점에서 두 작품은 서로 비슷하다. 그러나 문제는 남이 쓴 논픽션의 내용을 과연 어떻게 녹여 냈느냐에 달려 있다. 바로 여기에서 표절과 창작의 운명이 엇갈린다.

황석영에 이어 이번에는 신경숙申京淑이 표절의 의혹에 휩싸이면서 문단 안팎에서 따가운 눈총을 받았다. 신경숙에 대한 표절 의혹은 비단 이번이 처음이 아니다. 그동안 몇몇 비평가들이나 작가들이 신경숙의 표절 의혹을 제기해 왔기 때문이다. 그러나 그녀를 둘러싼 표절문제는 빙산처럼 수면 아래에 잠겨 있을 뿐 이번처럼 수면 위로 부상하지는 않았다. 이런 저런 이유로 그냥 의혹의 수준에 머물러 있었던 것이다.

그러던 중 2015년 6월 소설가 이응준이 『허핑턴포스트코리아』에 「우상의 어둠, 문학의 타락─신경숙의 미시마 유키오 표절」이라는 글을 발표하자 이 문제가 본격적으로 수면으로 부상하면서 비평의 도마에 올랐다. 이 글에서 이응준은 신경숙의 단편소설 「전설」(1996)이 일본 작가 미시마 유키오三島由紀夫의 단편소설 「우국憂國」을 표절했다고 주장하였다. 그러자 신경숙은 표절문제가 대두되자 "해당 작품(「우국」)을 알지 못한다"면서 표절 사실을 전면 부인하고 나섰다.

그러나 『엄마를 부탁해』가 세계 36여 나라에서 번역되는 등 신경숙이 국제문학계에서도 비교적 알려진 한국 작가여서 그녀의 표절문제는 비단 한국뿐만 아니라 해외 언론에서 관심을 모았다. 사태가 이렇게 걷잡을 수 없이 불거지자 신경숙은 『경향신문』 인터뷰에서 "문제가 된 미시마 유키오의 소설 「우국」의 문장과 「전설」의 문장을 여러 차례 대조해 본 결과, 표절이란 문제 제기를 하는 게 맞겠다는 생각이 들었다"라고 밝했다. 그러나 솔직하게 표절을 인정하기보다는 '맞겠다는 생각이 들었다'는 어정쩡한 표현으로 묘한 여운을 남기며 사태를 비켜가려고 하였다. 신경숙의 작품과 미시마의 작품을 서로 비교해 보면 그녀가 일본 작가의 작품에서 표절했다는 사실은 불을 보듯 분명하다.

二人とも実に健康な若い肉体を持っていたから、その交情ははげしく、夜ばかりか、演習のかえりの埃だらけの軍服を脱ぐ間ももどかしく、帰宅するなり中尉は新妻をその場に押し倒すことも一再でなかった。麗子もよくこれに応えた。最初の夜から一ト月すぎるかすぎぬに、麗子は喜びを知り、中尉もそれを知って喜んだ。

두 사람 다 실로 건강한 젊은 육체의 소유자였던 탓으로 그들의 밤은 격렬했다. 밤뿐만 아니라 훈련을 마치고 흙먼지 투성이의 군복을 벗는 동안마저 안타까워하면서 집에 오자마자 아내를 그 자리에 쓰러뜨리는 일이 한두 번이 아니었다. 레이코도 잘 응했다. 첫날밤을 지낸 지 한 달이 넘었을까 말까 할 때 벌써 레이코는 기쁨을 아는 몸이 되었고, 중위도 그런 레이코의 변화를 기뻐하였다.

일본어 인용문은 미시마의 작품 원문의 한 대목이고, 한글 인용문은 미시마의 「우국」을 시인 김후란이 옮긴 번역에서 뽑은 한 대목이다. 이번에는 신경숙의 「전설」을 인용해 보기로 하자.

두 사람 다 건강한 육체의 주인들이었다. 그들의 밤은 격렬하였다. 남자는 바깥에서 돌아와 흙먼지 묻은 얼굴을 씻다가도 뭔가를 안타까워하며 서둘러 여자를 쓰러뜨리는 일이 매번이었다. 첫날밤을 가진 뒤 두 달 남짓, 여자는 벌써 기쁨을 아는 몸이 되었다. 여자의 청일한 아름다움 속으로 관능은 향기롭고 풍요롭게 배어들었다. 그 무르익음은 노래를 부르는 여자의 목소리 속으로도 기름지게 스며들어 이젠 여자가 노래를 부르는 게 아니라 노래가 여자에게 빨려오는 듯했다. 여자의 변화를 가장 기뻐한 건 물론 남자였다.

신경숙은 미시마의 "두 사람 다 실로 건강한 젊은 육체의 소유자였던 탓으로 그들의 밤은 격렬했다"라는 문장을 "두 사람 다 건강한 육체의 주인들이었다"와 "그들의 밤은 격렬하였다"의 두 문장으로 나누어 놓았을 뿐 기본적인 의미나 통사 구조는 그대로 베껴 쓴 것처럼 서로 일치한다. 다만 신경숙은 미시마의 문장에서 '실로'라는 부사를 빼거나 '소유자'를 '주인'으로 살짝 바꾸어 놓았다.

미시마의 작품에서 이렇게 빌려오기는 두 번째 문장도 크게 다르지 않다. 문장의 앞부분이야 두 작품의 상황이 서로 다르기 때문에 어쩔 수 없이 조금 다를 수밖에 없을 것이다. 그러나 나머지 부분에서도 사정은 다르지 않다. 가령 신경숙은 "흙먼지 투성이의 군복을 벗는 동안마저"라는 구절을 "흙먼지 묻은 얼굴을 씻다가도"로 바꾸어 놓았다. 또한 남성 작중인물이 바깥에서 집에 돌아오자마자 걷잡을 수 없는 정욕에 사로잡혀 여성을 자리에 눕히는 것도 아주 비슷하다.

그런가 하면 신경숙은 "한두 번이 아니었다"를 "매번이었다"로 살짝 고쳐놓았다. 신경숙의 작품 중에서 마지막 부분도 언뜻 보면 미시마의 작품과 다른 것 같지만 좀 더 찬찬히 뜯어보면 서로 깊이 관련되어 있음을 알 수 있다. "벌써 레이코는 기쁨을 아는 몸이 되었고, 중위도 그런 레이코의 변화를 기뻐하였다"라는 문장을 신경숙은 여자가 느끼는 성적 쾌감을 "이젠 여자가 노래를 부르는 게 아니라 노래가 여자에게 빨려오는 듯했다"로 바꾸어 표현하였다. 한마디로 미시마의 작품을 읽고 의식적으로 흉내 내지 않고서는 도저히 쓸 수 없는 문장이다. 그리고 보니 신경숙의 「전설」의 자못 시적인 후반부 문장도 미시마가 아닌 다른 작가의 다른 작품에서 빌려 왔을 가능성이 아주 높다. 이응준의 지적대로 "지극히 시적인 표현"으로 가득 찬 신경숙의 문장은 "의식적으로 도용하지 않고서는 절대로 튀어나올 수 없는 문학적 유전공학의 결과물"이라고 하여도 크게 틀리지 않다. 이 비유를 한 발 더 밀고나간다면 신경숙의 작품과 미시마의 작품은 마치 한 어머니한테서 태어난 쌍둥이처럼 닮아 있다.

한편 이응준이 「전설」의 표절을 제기하기보다 훨씬 앞서 1999년 『한겨레신문』 최재봉 기자도 신경숙의 다른 작품 「딸기밭」(2000)과 관련하여 표절문제를 제기한 적이 있었다. 이 작품의 여섯 문단의 편지가 안승준 아버지의 글을 가져다 썼다고 보도하였다. 안승준은 미국 유학 중 1991년에 불의의 교통사고로 스물다섯의 젊은 나이에 일찍 세상을 떠난 사람이다. 그가 요절한 뒤 그가 남긴 일기·편지·시·에세이 등을 엮어 낸 것이 『살아는 있는 것이오』(1994)라는 책이다. 이 글에서 안승준은 기성 작가 못지않게 삶에 대하여 깊이 고민하고 날카로운 통찰력과 비판 정신으로 세계와 예술과 동료 인간을 관찰했던 것이다. 다음 인용문은 안승준의 유고집 『살아는 있는 것이오』에서 그의 부친 안창식 씨가 쓴 글이다.

귀하. 저는 이제는 고인이 된 안승준의 아버지입니다. 그의 주소록에서 발견된 많지 않은 수의 친지 명단 가운데 귀하가 포함되어 있었던 점에 비추어, 저는 귀하가 저의 아들과 꽤 가까우셨던 한 분으로 짐작하고 있습니다. 귀하께서 이미 듣고 계실는지도 모르겠습니다마는, 저는 그의 아버지로서 그의 돌연한 사망에 관해 이를 관련된 사실들과 함께 귀하께 알려드려야만 할 것 같이 느꼈습니다.

그는 평소 인간과 자연을 깊이 사랑하였으며, 특히 권위주의의 배격이나 부의 공평한 분배 및 환경보호와 같은 문제들에 관해 다양한 관심과 의식을 가졌습니다.

이번에는 신경숙이 1999년에 『문학동네』 여름호에 발표한 「딸기밭」에서 인용해 보기로 하자. 이 작품은 이듬해 문학과지성사에서 『딸기밭』이라는 작품집에 수록되었다.

귀하. 저는 이제 고인이 된 유의 어머니입니다. 유의 수첩에서 발견된 친구들의 주소록에서 귀하의 이름과 주소를 알게 되었습니다. 귀하의 주소가 상단에 적혀 있었던 걸로 보아 저의 딸과 꽤 가까우셨던 사람이었다고 짐작해봅니다. 귀하께서 이미 알고 계실는지도 모르겠고, 참 늦은 일이라고 생각됩니다마는 그의 어머니로서 그의 돌연한 사망에 관해 알려드립니다.

저는 평소 그와의 대화를 통해 그가 인간과 자연을 사랑한다는 것, 기아 무제와 부의 공평한 분배, 그리고 환경보호에 대해 관심을 갖고 있다는 것을 알 수 있었습니다.

누가 보아도 신경숙은 안승준의 유고집에서 '베껴' 오고 있다는 사실을 잘 알 수 있다. 다만 편지를 쓰는 사람이 고인의 아버지에서 고인의 어머니로 성性이 달라졌을 뿐이다. 신경숙의 「전설」과 미시마 유키오의 「우국」과 관련하여 같은 어머니한테서 태어난 쌍둥이라고 말했지만, 「딸기밭」과 안승준의 유고집은 일란성 쌍둥이에 빗댈 수 있다.

작품집 『딸기밭』을 출간한 문학과지성사는 "작가로서의 원숙함과 인생을 바라보는 시선의 깊이가 어우러진 뛰어난 작품들을 모은 책"이라고 평가하였다. 그러면서 문학과지성사는 계속하여 작가에 대하여 "삶의 섬세한 세목들과 인간 내면의 드라마틱한 박동을 세밀한 문체로 그려왔다"라고 지적하였다. 한편 신경숙은 이 작품에 대하여 "예나 지금이나 어떤 상황에서나 작가로서 내가 글쓰기를 통해 얻어내고 싶은 것은 자유였을 것이다. 다가갈 수 없는 것이, 혹은 할 수 없는 것이 있다고 느낀 그 순간부터 언어의 세계를 탐식하고, 그것에 마음을 붙이기 시작했을 것이다"라고 말하였다. 그런데 이 말이 왠지 모르게 공허하기 들린다.

표절문제가 불거지자 신경숙은 "유가족에게 누가 될까 출처를 밝히지 않았다"라고 해명하였다. 그러나 작가의 해명은 누가 보아도 궁색한 변명이라고 아니할 수 없다. 표절은 그 이유야 어떻든 출처를 밝히지 않는 행위이기 때문이다. 표절은 표절일 뿐 그 어떤 이유를 허용하지 않는 법이다. 다시 말해서 종교에서 '용서 받을 수 있는 죄'는 있을지 몰라도 문학계에서는 '용서 받을 수 있는 표절'이란 있을 수 없다.

그런데 신경숙의 표절문제는 비단 「전설」이나 「딸기밭」 두 작품에 그치지 않는다는 데 있다. 가령 「어디선가 나를 찾는 전화벨이 울리고」(2010)라는 작품은 독일 작가 루이제 린저의 『생의 한가운데』(1998)에서, 「작별인사」(1998)라는 작품은 일본 작가 마루야마 겐지丸山健二의 「물의 가족」(2012)에서 자유롭게 빌려 왔다. 돌이켜 보면 신경숙은 작가로 데뷔할 때부터 지금까지 남의 작품에서 의식적으로 '빌려' 온 것 같다. 이러한 창작 태도가 습관이 되다시피 하여 이제는 표절과 창작을 제대로 구분 짓지 못하는 단계에 이른 듯하다.

3

표절문제는 크게 두 가지 기준에서 고려해야 한다. 첫째, 표절은 남의 글이나 작품에서 기본적인 아이디어나 생각 또는 사건이나 일화 등을 취해 오는 것이다. 문학으로 좁혀 말하자면, 아이디어나 생각을 표절하는 경우는 시보다는 소설이나 희곡에서 좀 더 뚜렷이 드러난다. 생각이나 관념을 이미지로 표현하는 시에서는 이 유형의 표절은 좀처럼 문제가 되지 않는다. 한편 소설이나 연극에서는 다른 사람들의 작품에서 줄거리나 플롯을 그대로 따오기 쉽다. 만약 남의 작품에서 똑같은 줄거리나 플롯을 따온다면 표절 행위에 해당한다.

물론 이 기준은 객관적이라기보다는 주관적이어서 다분히 모호하다. 가령 러시아의 형식주의자요 민속학자인 블라디미르 프로프는『민담 형태론』(1928)에서 러시아의 민담을 수집하여 그 형태를 분류하였다. 그는 민담에서 사용하는 핵심적인 이야기 단위를 '기능'이라고 불렀다. 여기에서 기능이란 기본적인 사건의 형태로 받아들여도 틀리지 않다. 그런데 프로프는 이러한 기능이나 사건 형태의 특성을 크게 세 가지 관점에서 파악한다. 첫째, 작중인물들의 기능은 누가 어떻게 수행하는지에 대한 문제와는 독립적으로 스토리텔링에서 절대로 변하지 않는 기본적인 구성 요소가 된다. 둘째, 민담에서 기능의 수는 한정되어 있다. 셋째, 기능들의 순서는 언제나 똑같다.

프로프는 러시아 민담을 구성하는 기본 형태나 기능을 부재, 금지, 위반, 함정, 속어 넘어가기 등 모두 31가지로 분류하였다. 러시아의 모든 민담은 결국 이 31가지 중 어느 하나에 속하기 마련이라는 것이다. 그런데 프로프가 분류한 형태나 기능에는 서로 겹치는 것이 적지 않아서 많게는 열 가지, 적게는 대여섯 가지로 줄일 수 있다. 이렇듯 소설가나 극작가가 내러티브 작품에서 사용할 기본적인 이야기의 수는 지극히 제한되어 있다. 그렇다면 소설이나 희곡을 쓰는 작가가 이렇게 기본적인 형태나 기능에서 벗어나 새로운 줄거리나 플롯을 만들어내기란 무척 어려울 것이다.

굳이 러시아에서 예를 찾을 필요도 없이 요즈음 한국 텔레비전 방송국에서 방영하는 드라마를 보라. 지금까지 안방극장에서 시청자들을 사로잡은 드라마는 크게 출생의 비밀, 신분 상승, 기억 상실증의 세 축으로 줄거리가 이루어진다. 출생의 비밀을 다룬 드라마에서는 고아나 남의 집 자식으로 성장하다가 마침내 부모의 신분이 새롭게 밝혀지면서 전혀 예상치 못한 일들이 일어난다. 신분 상승을 다루는 드라마에서는 가난한 시골 출신으로 야심에 찬 청년이 재벌 총수의 딸과 결혼해 재벌을 물려받는 내용이다. 그리고 기억 상실증 드라마에서는 교통사고 등으로 기억을 상실한 뒤 빚어지는 온갖 사건을 다룬다. 지금까지 방영된 한국 드라

마는 하나같이 이 세 축 중 어느 하나를 다루거나 그 이상을 서로 조합한 것이다.

그렇다면 작가는 다른 사람이 이미 사용한 아이디어(줄거리)를 빌려 사용할 수밖에 없을 것이다. 그 아이디어를 과연 어느 극작가 맨 처음 사용했는지 알아내기란 거의 불가능하다. 적어도 이 점에서 창작이란 '재활용'이나 '재생산'의 관점에서 이해할 수 있다. 비록 정도의 차이는 있을망정 소설가도 작품의 소재를 찾는 데는 방송 작가와 크게 다르지 않다.

소설이나 텔레비전 드라마에서 경찰에 쫓기는 범인이나 적군에게 쫓기는 병사가 여성의 치마폭에 숨어 위기를 모면하는 장면을 가끔 보게 된다. 가령 영국 BBC 방송이 장기간 방송해 온 〈아처스〉라는 드라마는 아마 좋은 예 가운데 하나일 것이다. 이 드라마의 한 일화에서 나치에 쫓기는 작중인물이 시골 아낙네의 치마 속에 숨는 장면이 나온다. 그런데 이 장면은 바로 노벨문학상을 받은 독일 작가 귄터 그라스의 『양철북』(1959)에 나오는 유명한 장면이다. 그렇다고 〈아처스〉의 대본 작가에게 표절의 혐의를 씌우기는 어렵다.

한국문학에서는 신경숙의 『엄마를 부탁해』(2008)가 이러한 경우의 좋은 예가 될 것이다. 신경숙은 오길순의 수필집 『목동은 그 후 어찌 살았을까』(2001)에 실린 「사모곡」에서 이 장편소설의 소재, 작중인물, 사건, 모티프, 배경, 주제 등을 자유롭게 빌려온다. 이 표절문제는 신기용이 비평집 『출처의 윤리』에서 처음 이 문제를 제기하면서 수면 위로 떠오르기 시작하였다. 『엄마를 부탁해』와 관련한 표절문제는 '표절을 당한' 피해 당사자가 직접 문제를 제기하고 나섰다는 점에서 앞에서 밝힌 작품들과는 성격이 조금 다르다. 수필가 오길순은 2012년 『교육산업신문』과의 인터뷰에서 신경숙의 표절 의혹을 처음 제기하였다. 이 인터뷰에서 오길순은 「사모곡」에서 치매에 걸린 어머니를 잃어버린 이야기를 썼다고 밝혔다. 2012년이라면 신경숙이 『엄마를 부탁해』를 출간하기 7년 전의 일이다. 두 쪽 남짓한 오길순의 수필은 필자의 아버지가 혼잡한 전주 단오제에서 치매에 걸린 어머니를 잃어버리고, 온 가족이 어머니를 찾아 헤매다 13일 만에 겨우 상봉하는 이야기다.

신기용에 따르면 오길순이 표절 의혹을 제기한 사실이 신문에 보도된 지 한 달쯤 뒤, 신경숙은 제주에서 한 강연에서 『엄마를 부탁해』가 "그녀가 열여섯 살이던 때부터 준비해 오던 작품"으로 "이 책이 나오기까지 30년 가까운 시간이 걸렸다"라고 언급하였다. 표절 의혹을 알고 있는 신경숙은 이러한 방식을 빌어 표절 의혹을 일축하고 있음에 틀림없다. 신기용의 지적처럼 신경숙의 이 언급은 『엄마를 부탁해』를 연재하면서 한 말과는 사뭇 다르다. 2007년 『창작과비평』 겨울호에 실린 「연재를 시작하며」라는 글에서 신경숙은 "어머니 이야기를 쓰고 싶다고 생각한 것은 6년 전이다"라고 무려 세 번씩이나 밝힌다. 그녀는 이 인터뷰에서 "소설 『리진』(2007)을 쓰기 전 이 작품에 들어갔는데 뭣 때문인지 그렇게 안 됐다. 뭘 쓰다가 마치지 못하고 다른 작품으로 넘어간 건 처음이었다. 그렇게 6년이 지났다"라고 말하면서 "'엄마를 잃어버린 지 일주일째다'라는 첫 문장을 찾기가 그렇게 힘들었다"라고 밝히기도 한다. 그렇다면 오길순이 수필집을 출간한 시기와 절묘하게 맞아떨어진다.

오길순은 작가 신경숙에게 두 차례 이메일을 보내 표절 행위에 유감을 표하고 억울함을 호소했지만 아무런 답변이 없었다고 한다. 그러자 오길순은 2016년 6월 자신의 수필과 신경숙의 작품이 "모티브와 줄거리, 표현 등에 있어서 매우 유사하다"라고 주장하며 작가와 출판사 창비를 상대로 "『엄마를 부탁해』의 출판을 금지하고 총 1억 원을 배상하라"는 소송을 냈다. 그러나 신경숙과 창비 측은 "『엄마를 부탁해』는 신 씨가 직접 구상한 내용이며, 다른 특정한 작품을 보고 표절한 것이 아니다"라고 주장한다. 그러면서 "한 해에 실종 노인 신고 건수가 수천 건에 달하는 상황에서 실종된 어머니를 딸이 찾아다닌다는 독창적인 아이디어라고 보기는 어렵다"라고 지적한다. 이 사건은 현재 서울중앙지법 민사13부에서 심리 중이다.

물론 신경숙이 '어머니 이야기'를 처음 구상한 것이 그녀의 말대로 30년 전일 가능성을 전혀 배제할 수는 없다. 2009년 신경숙이 『경향신문』과의 인터뷰를 보면 더더욱 그러한 생각이 든다. 이 인터뷰에서도 신경숙은 자신이 처음 서울에 올라온 열여섯 살 때 차창에 반사된 엄마의 꾸벅꾸벅 조는 모습을 보고 "작가가 되면 우리 엄마한테 바치는 헌사 같은 작품을 하나 써 봐야겠다"라고 생각했다고 밝힌다. 그러나 달리 생각해 보면 어머니에게 바치는 헌사 같은 작품을 쓰고 싶다고 생각한 것은 비록 오래 전의 일일 수도 있다. 작가치고 어머니에 대한 헌사를 쓰고 싶지 않은 사람이 어디 있겠는가. 모르긴 몰라도 신경숙은 아마 오길순의 「사모곡」을 읽고 나서야 비로소 오래 전에 써 보고 싶다고 생각한 작품을 집필했을 것이다.

오길순의 작품은 겨우 두세 쪽밖에 되지 않지만 신경숙은 320쪽 분량으로 늘렸다. 이렇게 분량을 늘리는 과정에서 오길순이 한 문장으로 처리한 사건이나 장면을 몇 쪽에서 몇 십 쪽 분량으로 늘린다. 말하자면 오길순의 작품이 골격에 해당한다면 신경숙의 작품은 그 골격에 살과 피를 입힌 셈이다. 치매에 걸린 어머니가 갑자기 실종된다든지, 그것도 남편과 함께 있다가 실종된다든지, 온 가족이 실종된 어머니를 찾기 위해 백방으로 노력한다든지, 이렇게 어머니를 찾는 과정에서 어머니와 가족의 의미를 새롭게 깨닫는지 하는 점에서 두 작품은 서로 비슷하다.

그러나 『엄마를 부탁해』는 「전설」이나 「딸기밭」과는 조금 다르다. 두 단편 작품에서 신경숙은 다른 사람의 작품 일부를 거의 베끼다시피 하기 때문에 표절의 혐의를 벗기 어렵다. 그러나 앞의 장편소설의 경우에는 오길순의 「사모곡」에서 힌트를 얻은 것은 사실이지만 특정한 표현이나 장면을 그대로 빌려오지는 않았다. 방금 앞에서 오길순의 수필을 골격에 빗대고 신경숙의 작품을 살아 있는 인간에 빗대지만, 비유적으로 말하자면 해골이나 골격만 보고 살아 있을 적에 그 주인이 과연 어떻게 생겼는지 헤아릴 수 없는 것과 같다. 신경숙이 아닌 다른 작가들도 얼마든지 소재나 주제에서 오길순의 「사모곡」과 비슷한 작품을 쓸 수 있다. 다만 신경숙이 『엄마를 부탁해』를 쓰면서 오길순의 수필에서 힌트를 받았다고 밝혔더라면 표절 시비에 휘말리지 않았을 것이다.

둘째, 표절은 아이디어나 내용뿐만 아니라 형식, 즉 문장이나 표현을 훔쳐오는 것에 해당한다. 이 두 번째 형태의 표절은 첫 번째 표절보다 훨씬 더 심각하다. 또한 첫 번째 표절과 비교해 볼 때 두 번째 표절이 훨씬 뚜렷이 드러난다. 전자는 좀처럼 증명하기 어렵지만 후자는 얼마든지 증명할 수가 있다. 다른 작가의 글이나 작품에서 유명한 구절이나 문장을 가져다 사용하면서도 원전을 밝히지 않는다면 표절 행위라는 비판에서 벗어나기 어려울 것이다. 앞에서 언급한 황석영의 『강남몽』은 이러한 경우의 좋은 예가 된다.

— 형님 어디 계세요?

이제는 같이 늙어가는 동생의 말에 그가 대답했다.

— 제주여. 방금 몽땅 털리고 나왔구마. 어야. 내 앞으로 입금 좀 시켜 주라.

전화기 속에서 김현수가 한숨을 내쉬고는 말한다.

— 어쩔라구 카지노엘 또 가셨습니까?

— 어이 인자 두 번 다시 오면 니가 내 형여……

인용문은 『강남몽』 제4장 '개와 늑대의 시간'의 끝부분이다. 이번에는 『대한민국 주먹을 말하다』에서 한 대목에서 인용해 보자

돈이 없으니 자꾸 도박에 손을 대는 것이다. 언젠가 내게 '두 번 다시 카지노에 가면 네가 내 형이다'며 도박을 하지 않겠다고 다짐한 적도 있다. 그런데 이번 사건의 경우 '조깡'이 억울한 면이 있다.

황석영의 "어이 인자 두 번 다시 오면 니가 내 형여……"라는 문장은 조성식의 책에서 거의 베껴오다시피 한 것이다. 조성식의 "두 번 다시 카지노에 가면 네가 내 형이다"라는 문장과 대동소이하다. 황석영의 문장에서 '카지노'라는 말이 빠진 것은 바로 앞에 김현수가 하는 말에 들어 있기 때문이다. 더구나 황석영은 조양은을 홍양태라는 허구적 인물로 묘사하면서 그를 '홍깡'이라고 부른다. '홍깡'이라는 별명은 조양은을 일컫는 '조깡'이라는 별명에서 따온 것이다. 이 별명 또한 조성식이 『대한민국 주먹을 말하다』에서 처음 사용한 말이다.

그렇다면 표절과 창작을 구별 짓는 잣대는 과연 무엇일까? 한마디로 남의 글이나 작품을 빌리거나 훔쳐오되 어디까지나 정당성을 담보 받아야 한다. 다시 말해서 그 나름대로 홀로 설 수 있는 작품, 즉 독창적인 작품이어야 한다. 남의 작품에 의존하면서 어떻게 독창적일 수 있겠느냐고 반문할지 모르지만 얼마든지 가능하다. 셰익스피어와 동시대에 활약한 극작가요 시인이며 비평가인 벤 존슨은 표절과 창작을 음식 섭취에 빗댄 적이 있다. 음식을 먹고 제대로 소화시키지 못하면 배탈이 난다. 배탈이 날 뿐만 아니라 경우에 따라서는 목숨을 잃을 수도 있다. 그러나 먹은 음식을 제대로 소화시키면 피와 살을 만드는 영양분이 된다. 전자가 표절이라면 후자는 창작이라는 것이다.

표절과 창작을 물건을 만드는 일에 빗댈 수도 있다. 표절은 나무로 책상을 만드는 물리적 반응에 해당하고, 창작은 포도로 포도주를 만드는 화학적 반응에 해당한다고 할 수도 있다. 책상에는 나무의 성질이 그대로 남아 있지만, 잘 빚은 포도주에서는 포도의 성분이 별로 남아 있지 않다. 특히 책상에는 어떤 목재를 사용하느냐에 나무의 성질이 거의 그대로 남아 있다시피 하다. 가령 미송나무 목재를 사용하면 미송나무 책상이 되고, 오크원목을 사용하면 오크원목 책상이 되기 마련이다. 그러나 포도주는 포도는 말할 것도 없고 머루나 사과를 원료로 삼아 빚을 수도 있지만 알코올 성분은 크게 달라지지 않는다.

앞에서 언급한 J. K. 롤링은 좋은 예가 될 것이다. 초자연적인 세계를 다루는 환상적인 작품 『해리 포터』를 집필하면서 그녀는 선배 작가들의 여러 작품에서 비교적 자유롭게 빌려온다. 가령 부적, 마술 세계의 인물들, 게임, 보석, 난롯가에서 트롤스와 나누는 잡담, 그리고 환상 세계에 관한 거의 모든 것들은 J. R. R. 톨킨의『반지의 제왕』(1955)에서 취해 온다. 주문呪文을 외운다든지, 사물에 이름을 붙이는 것을 모든 마법의 토대로 삼는 일 등은 어슐러 르귄의『어스시의 마법사』(1968)에서 따온 것이다. 마법의 보석, 오래된 마술, 나이 많은 마법사들, 영묘한 존재 등은 앨런 가너의 작품에서 빌려온다. 그래서 낸시 스터퍼는 롤링이 자신의 작품에서 표절했다면서 소송을 제기하기도 하였다. 이밖에도 롤링의 작품에서는 리치멀 크롬턴과 찰스 디킨스의 그림자가 자주 어른거리기도 한다.

한마디로『해리 포터』는 롤링이 상상력을 발휘하여 쓴 독창적인 작품은 아니다. 어슐러 르귄의 말대로 이 작품에는 장점이 많지만 독창성은 그 장점 중에 들어가지 않는다. 이 소설은 영국문학과 미국문학의 여러 환상 소설과 청소년 소설을 조금씩 가져다 짜 맞춘 모자이크와 같다. 그러나 롤링은 이렇게 여러 작품에서 상징이나 모티프, 사건 등을 따오되 어디까지나 자신의 창작 의도에 맞게 재창조하였다. 말하자면 그녀는 다른 작가에서 빌려온 음식을 제대로 섭취하여 자신의 자양분으로 거뜬히 소화해 내었다. 그래서 여러 번 표절 시비에 휘말리고 때로는 법정 소송까지 겪었지만 이 모든 시련을 꿋꿋이 잘 견뎌낼 수 있었던 것이다.

굳이 먼 데서 예를 찾지 말고 이번에는 한국 작품에서 구체적인 실례를 찾아보기로 하자. 한국의 대표적인 고전 소설이라고 할『춘향전』에는 좋은 예가 많다. 고전 소설이 흔히 그러하지만 특히 이 소설만큼 상호텍스트성이 그렇게 뚜렷이 드러나 있는 작품도 아마 찾아보기 쉽지 않을 것 같다. 한국과 중국을 비롯한 동양 고전이 총망라되어 있다시피 하다. 예를 들어 옥에 갇힌 춘향은 어느 날 괴이한 꿈을 하나 꾼다. 그래서 마침 옥 앞을 지나가던 봉사를 불러 해몽을 부탁한다. 봉사는 춘향의 꿈을 이렇게 풀이해 준다.

　　화락(花落) 하니 능성실(能成實)이요, 경파(鏡破) 하니 기무성(豈無
聲)가. 문상(門上)에 현괴뢰(懸傀儡) 하니 만인(萬人)이 개앙시(皆仰視)
라. 이 글 뜻은 꽃이 떨어지니 능히 열매를 이룰 것이요, 거울이 깨어지니
어찌 소리 없으며, 문 위에 허수아비를 달았으니 이 반드시 도령이 급제
하여 쉬 만나볼 점괘라.

그런데 위 일화는 『춘향전』의 저자가 독창적으로 만들어낸 것이 아니다.
조선 전기의 문신이요 학자인 성현成俔의 수필집 『용재총화慵齋叢話』(1525)에
이와 비슷한 이야기가 나온다. 옛날에 과거 시험 준비를 하고 있는 유생
세 사람이 살고 있었다. 그 중 한 사람은 거울이 땅에 떨어지는 꿈을 꾸었고,
또 한 사람은 쑥으로 만든 사람을 문 위에 달아 놓는 꿈을 꾸었으며, 나머지
한 사람은 바람이 불어 꽃이 떨어지는 꿈을 꾸었다. 불길한 생각이 든 세
사람은 점을 잘 친다는 사람의 집을 찾아간다. 점치는 사람은 집에 없고
그의 아들만이 있었다. 세 사람이 그 아들에게 꿈의 길흉을 물으니 그는
"세 가지 꿈이 다 상서롭지 않습니다. 소원을 성취하지 못하겠습니다"라고
해몽해 주었다. 그런데 조금 뒤 점치는 사람이 와서 자기 아들을 꾸짖고는
시를 지어 이렇게 해몽해 주었다.

　　艾夫人所望
　　鏡落豈無聲
　　花落應有實

三子共成名

쑥인형은 사람이 우러르는 것이요
거울이 떨어지니 어찌 소리가 없을꼬
꽃이 떨어지면 마땅히 열매가 열릴 것이니
세 분은 함께 이름을 이루리라

성현은 그 세 유생이 점쟁이의 해몽대로 마침내 모두 과거시험에 합격했다고 적는다. 그런데 이러한 일화는 비단 『용재총화』에만 나오지 않는다. 이보다 앞서 고려 말엽에서 조선 초기의 도승인 무학대사無學大師와 이성계李成桂의 일화에서도 이와 비슷한 이야기가 전해온다. 조선 개국을 꿈꾸고 있던 이성계가 무학대사에게 "꿈에 꽃이 거울에 떨어지니 이것은 또 무엇입니까?"라고 물었다. 그랬더니 무학대사가 "꽃이 떨어지면 마침내 열매가 열 것이요, 거울에 떨어지니 어찌 소리가 없으리요"라고 대답하였다. 문 위에 매달린 쑥인형 이야기 빠졌을 뿐 『용재총화』에 기록된 내용과 대동소이하다.

이와 비슷한 이야기는 이보다 훨씬 앞서 불경에서도 찾아볼 수 있다. 가령 부처님의 전생 이야기를 다루는 『본생경本生經』 또는 『본생담本生譚』에도 꽃이 나무에서 떨어지자마자 열매가 맺히는 이야기가 나온다. 비단 동양뿐만 아니라 서양에서도 마찬가지이다. 독일의 격언에 "꽃이 피지 않으면 열매가 맺지 않는다"라는 말이 있다. 꽃과 열매는 바늘과 실처럼 따로 떼어서 생각할 수 없다는 말이다.

『춘향전』의 저자는 춘향의 꿈과 봉사의 해몽과 관련해 『용재총화』나무학대사와 이성계의 일화에서 자유롭게 빌려온다. 문헌을 통해 직접 읽을 수도 있고 다른 사람에게서 간접적으로 전해들을 수도 있다. 어찌 되었든 춘향의 꿈과 해몽 일화는 『춘향전』의 저자가 독창적으로 만들어 낸 것은 아니고 여러 선배 작가들의 작품에서 직접 또는 간접으로 영향을 받고 쓴 것이다. 그러나 그는 이 일화를 작품 전체의 스토리텔링과 유기적으로 결합시키는 데 성공을 거두었다. 그러므로 어느 누구도 그에게 표절의 혐의를 뒤집어씌울 수 없을 것이다.

4

표절과 관련해 여기에서 잠깐 '패러디'와 '파스티슈', 그리고 '상호텍스트성'의 개념을 살펴보는 것이 좋을 것 같다. 패러디란 특정한 작가의 작품을 조롱하여 흉내 내는 것을 말한다. 특히 여기에서는 내용보다는 스타일이나 형식을 풍자 대상으로 삼는다. 패러디는 어느 인물의 특정한 부분을 강조해 묘사하는 캐리커처(풍자화)와 비슷하다. 패러디는 진지한 작품을 일부러 우스꽝스럽게 만든다는 점에서는 '벌레스크(희극적 풍자)'와 비슷하고, 기벽하거나 유별난 특징에 대해 일침을 가한다는 점에서는 '사타이어(풍자)'와 비슷하다.

고대 그리스 희극 작가 아리스토파네스는 〈개구리〉(기원전 405)에서 아이스킬로스와 에우리피데스를 패러디한 것으로 유명하다. 미겔 데 세르반테스는 『돈키호테』(1605)에서 중세의 기사도 로맨스를 패러디하였다. 영국문학에서는 헨리 필딩과 제임스 조이스 등이 이 수법을 즐겨 사용하였다. 찰스 앨저넌 스윈번 같은 시인은 자신의 작품을 직접 패러디 대상으로 삼음으로써 '자기패러디'의 전통을 세우기도 하였다. 미국문학에서는 에밀리 디킨슨의 작품을 패러디한 것이 유명하다.

> 영혼은 자신의 친구를 선택하고—
> 그러고 나서는—문을 닫아 버린다—
>
> 영혼은 자신의 우애클럽을 선택하고—
> 그러고 나서는—기숙사를 닫아 버린다—

첫 인용문이 원문이고, 두 번째 인용문이 원문의 패러디이다. 패러디에서는 원문의 '친구Society'와 '문Door'이라는 두 낱말을 각각 '우애클럽Sonority'과 '기숙사Dorm'로 살짝 바꿔놓는다. 패러디가 가장 효과를 발휘하려면 이렇게 원문에서 사용하는 낱말을 최소한으로 바꿔놓아야 한다. 디킨스는 사랑과 존경의 대상으로 오직 한 남성을 선택한 뒤 나머지 모든 남성을 제외시킨다고 노래한다. 그런 뒤 어떤 제왕이 황금 마차를 타고 와서 문 앞에 무릎을 꿇고 들여보내 달라고 애원하여도 절대로 문을 열어주지 않겠다고 말한다.

그런데 디킨슨의 작품을 패러디하는 시인은 대학에 갓 입학한 여학생이 여학생들만의 사교적인 우애클럽이요 기숙사인 소노리티를 선택하고 난 뒤 그 기숙사 문을 굳게 닫아 버린다고 노래한다. 디킨슨이 영혼의 반려자를 선택하는 문제를 진지하게 노래한다면, 그 시를 패러디하는 시인은 한 여학생이 우애 기숙사를 선택하는 문제를 우스꽝스럽게 희화하고 있다.

한편 파스티슈란 본디 케이크를 뜻하는 이탈리아어 '파스티치오pasticcio'에 뿌리를 두고 있다. 파스티치오란 밀가루 반죽에 달걀과 치즈 그리고 온갖 과일 등을 뒤섞어 만드는 파이를 말한다. 흔히 스파게티나 마카로니 같은 면 종류의 음식을 뜻하는 '파스타'라는 말도 이 '파스티치오'와 친척 관계에 있다. 파스타도 밀가루로 만든 국수에 여러 자료를 뒤섞어 만든다.

파스티슈는 미술과 음악 같은 다른 예술 분야에서 널리 쓰인다. 그러나 문학의 파스티슈는 미술에서 사용하는 의미보다는 차라리 음악에서 사용하는 의미에 훨씬 가깝다. 음악에서는 대가의 작품에서 특정한 스타일을 빌려오는 것을 뜻하지만, 미술에서는 여러 작곡가의 다양한 작품에서 조금씩 따와 뒤섞어 한 작품으로 완성하는 기법을 말한다. 다시 말해서 메들리 음악이 바로 파스티슈에 해당한다.

문학에서 파스티슈란 여러 작가의 작품에서 조금씩 따다 한 편의 작품으로 만드는 것을 가리킨다. 여러 자료를 조금씩 사용하여 파이를 만들듯이 파스티슈를 사용하는 작가는 선배 작가들이나 동시대 작가들의 작품의 스타일이나 기법에서 부분적으로 빌려와 완성된 한 편의 작품을 만들어 낸다. 파스티슈는 여러 헝겊 조각을 한데 모아 만든 조각이불이나 서양식 퀼트에 빗댈 수도 있다. 파스티슈는 조롱하고 풍자한다기보다는 긍정적으로 평가한다는 점에서 패러디와는 본질적으로 다르다. 파스티슈에서는 선배 작가들의 작품을 비록 찬양하거나 호의적으로 평가하지는 않는다고 하여도 적어도 가치중립적인 입장을 취하기 마련이다. 그때문에 파스티슈는 흔히 '속이 텅 빈 패러디'라고 일컫기도 한다.

파스티슈라는 용어를 널리 유행시키는 데 앞장 선 사람은 미국의 문학 이론가 프레드릭 제임슨이다. 「포스트모더니즘과 소비사회」(1983)라는 글에서 그는 파스티슈를 이렇다 할 창조성이 없는 포스트모더니즘의 소비사회의 중요한 특징으로 파악한다. 그에 따르면 모더니즘 시대만 하여도 문학가들은 자신들의 독특한 문체를 창안해 낼 수 있었지만 포스트모더니즘 시대에 이르러 작가들은 그러한 능력을 상실하였다. 그래서 포스트모더니스트들은 선배 작가들의 작품에서 따오거나 빌려온다는 것이다.

이렇듯 모더니즘에서 주로 패러디가 유행했다면 포스트모더니즘에 이르러서는 파스티슈가 중요한 기법으로 쓰인다. 더구나 고답적인 엘리트문화보다는 대중문화 쪽에 무게를 싣는 포스트모더니즘에서 파스티슈는 핵심적 기법으로 각광받고 있다. 판타지 같은 장르가 그 좋은 예다. 가령 조지 루커스가 감독한 〈스타워즈〉(1977~2008) 시리즈는 과거의 라디오와 텔레비전에서 사용한 전통적인 공상과학 소설의 일화에서 이것저것 빌려와 뒤섞어 만든 작품이다. 최근 대중문화에 속하는 작품들이 자주 표절 시비에 휘말리는 까닭도 따지고 보면 바로 이 때문이다.

상호텍스트성이란 패러디나 파스티슈보다 훨씬 넓은 영역을 차지한다. 페르디낭 드 소쉬르를 비롯한 구조주의자들은 언어를 하나의 체계로 간주하였다. 그런데 이 체계에서 언어는 언어의 밖에 있는 삶의 실재를 지시하지 않으며 오직 그 자체와 텍스트 안에 만들어진 패턴을 지시할 뿐이다. 또한 언어는 체계 안에 존재하는 상호 관계 속에서 작용하기 마련이다.

구조주의자들은 적어도 이 점에서 문학도 언어와 크게 다르지 않다고 본다. 문학이란 텍스트 바깥의 세계를 묘사하거나 기술하기보다는 자기 지시적自己指示的 체계나 구조라고 할 수 있다. 또 그 자체로 독립해 존재하는 현상이라기보다는 오히려 다른 작품과의 관계 속에서 존재한다. 그렇다면 문학은 어디까지나 그 체계나 구조 안에서 끊임없이 재생산될 수밖에 없을 것이다. 가령 롤랑 바르트는 한 문학 텍스트란 이미 존재해 있는 다른 텍스트를 떠나서는 읽을 수 없다고 지적하였다. 다시 말해서 텍스트나 그 독자는 텍스트와 텍스트 사이의 관계망에서 좀처럼 벗어날 수 없다. 그래서 독자는 자신이 읽고 있는 텍스트의 내용과 형식을 어떤 식으로든지 기대할 수 있는 것이다.

쥘리아 크리스테바는 구조주의 언어관을 한 발 더 밀고나간다. 러시아의 이론가 미하일 바흐친의 다성성多聲性 또는 대화주의 이론을 서유럽에 소개하면서 그녀는 처음 상호텍스트성이라는 용어를 사용하였다. 상호텍스트성이란 글자 그대로 텍스트와 텍스트 사이에 존재하는 상호 관련성을 일컫는 말이다. 크리스테바는 "모든 텍스트는 인용문의 모자이크로 구성되어 있다. 그것은 곧 다른 텍스트를 흡수하고 변형한 것에 지나지 않는다"라고 말한다. 그녀에 따르면 상호텍스트성이란 한 기호나 그 이상의 기호 체계를 다른 기호 체계로 전위되는 현상이다. 이 '전위'라는 지그문트 프로이트의 용어를 사용하는 데서도 엿볼 수 있듯이 그녀는 상호텍스트성을 정신분석 차원으로 끌어올린다. 한 담론의 의미가 다른 담론의 의미와 중첩되는 현상에 주목한다.

구조주의자들이나 크리스테바가 말하는 상호텍스트성은 최근 포스트모더니즘에 이르러 창작 기법으로 널리 사용하고 있다. 포스트모더니즘에서는 작가를 초월적 존재자인 창조주로, 문학 작품을 창조물로 간주하는 모더니즘의 생각에 의문을 품는다. 포스트모더니스트들은 「전도서」 저자의 말대로 하늘 아래에는 새로운 것이 없다고 생각하기 때문이다. 한마디로 표절은 상호텍스트성과는 엄연히 구분 지어야 한다. 일부 이론가들은 포스트모더니즘에게 표절의 혐의를 뒤집어씌우지만 그것은 어디까지나 포스트모더니즘을 잘못 이해하고 있거나 포스트모더니즘을 부정하기 위한 전략일 뿐 실제 사실과는 사뭇 다르다. 모더니즘과 비교해 상대성을 존중하고 유희적인 성격이 강한 포스트모더니즘에서는 표절이나 창작과 관련한 문제를 좀 더 넉넉한 안목으로 바라볼 뿐이다.

5

표절문제와 관련하여 반드시 짚고 넘어가야 하는 문제가 '위조'와 '자기표절'이다. 표절과 정반대되는 개념이 바로 '위조'다. 남의 작품을 자기 것이라고 주장하는 것이 표절이라면, 위작에서는 오히려 자기 것을 남의 것으로 행세한다. '위조지폐'나 '위조 신분증'이라는 말에서도 알 수 있듯이 위조란 본디 있던 것을 모방하여 비슷하게 만들어 내는 것을 말한다. 그렇게 해서 만든 물건은 '위조품'이라고 부른다. 그러나 흔히 '위작偽作'으로 부르는 문학적 위조는 의도적으로 자신의 글이나 작품을 마치 남의 글이나 작품인 것처럼 거짓으로 꾸며내는 것을 말한다. '문학적 위작'은 미술계에서 흔히 말하는 위작과는 조금 다르다. 미술계에서는 다른 사람의 작품을 흉내 내어 비슷하게 만드는 일이나 그렇게 만든 가짜 작품을 가리킨다. 한국 미술계에서는 이중섭이나 박수근, 천경자 같은 작고한 유명 화가의 작품이 위작의 도마에 자주 올라오곤 한다. 위작에 대해 저작권법에서는 "저작권자의 승낙을 얻지 아니하고 그의 저작물을 똑같이 만들어 발행하는 일"이라고 정의 내린다.

문학 작품에서 위작은 시간과 장소를 가르지 않고 어느 시대 어느 나라에서나 널리 유행하였다. 고대 그리스와 로마 시대로 거슬러 올라갈 수 있을 만큼 그 역사는 꽤 오래되었다. 가령 고대 그리스 시대의 정치가 솔론이 호메로스의 서사시 『일리아스』에 가짜 시를 집어넣어 자신의 정치적 입장을 피력한 것이 서양문학사에서 위작의 효시로 일컫는다. 기원후 2세기에 나온 『팔라리스의 편지』는 초기 위작 가운데 하나로 꼽힌다. 가짜 한 병사가 트로이 전쟁에 관해 썼다는 '일기'는 무려 1천 년 넘게 호메로스보다 더 권위 있는 자료로 간주되었다. 그러나 이 일기는 실제로 4세기경 로마 사람이 쓴 것으로 판명되었다. 더구나 이 위작 일기는 뒷날 유럽에서 가장 유명한 러브스토리라고 할 '트로일로스와 크레시다' 이야기의 뼈대가 되었다.

18세기 중엽 제임스 맥퍼슨이 켈틱 문화를 연구해 3세기에 핑갈의 아들 오시안이 직접 썼다는 서사시 『핑갈』(1765)을 출간해 관심을 모았다. 이 작품은 유럽에서 낭만주의가 싹트고 켈트 문화를 부흥시키는데 견인차 역할을 맡았다. 그러나 이 작품은 상당 부분 위작으로 드러나면서 다시 한번 화제가 되었다. 19세기에는 토머스 와이스가 19세 작품에 대한 가짜 서지를 만드는 바람에 가짜 초판본들이 양산되기도 하였다. 이밖에도 셰익스피어의 작품이 그동안 온갖 위작의 형태로 성행하였다.

문학적 위작이 성행하는 이유는 크게 세 가지로 나눌 수 있다. 첫째,

자신의 종교적 견해나 정치적 입장을 좀 더 권위 있게 전달하기 위해서이다. 이 분야에서 권위 있다고 생각되는 사람의 이름을 빌려 자신이 쓴 글이나 작품을 발표하는 것이다. 둘째, 한 시대를 풍미하는 문학 장르에 비위를 맞추기 위해서다. 18세기에 영국에서는 발라드가 무척 유행하였다. 그러자 여기저기서 많은 사람이 위작 발라드를 발표하였다. 셋째, 프랜시스 베이컨의 지적대로 "거짓말 그 자체를 좋아하기 때문에" 위작하는 사람들이 적지 않다.

표절을 언급할 때마다 '자기표절self-plagiarism'이라는 용어도 심심치 않게 입에 오르내린다. 그러나 엄밀히 말해서 자기표절이란 모순어법이다. 자기표절이란 흔히 자신의 저작 가운데 상당한 부분을 똑같이 또는 거의 그대로 다시 사용하면서 원래의 출전을 밝히지 않는 경우를 말한다.

작가나 저자는 언제든지 자신이 쓴 글을 수정하고 보완할 수 있다. 원고로 남아 있을 때보다 특히 잡지에 실리거나 단행본으로 출간하고 나면 더더욱 고치고 싶은 부분이 나타난다. 작가나 저자는 끊임없이 수정하고 보완하고 싶어 한다. 다만 본인이 게으르거나 출판사 사정이 여의치 않아서 그렇게 할 수 없을 뿐이다. 그렇다면 비록 인쇄되어 단행본으로 출간했을지언정 모든 저작은 초고에 지나지 않는 셈이다. 19세기 말엽에서 20세기 중엽에 걸쳐 활약한 프랑스의 시인이며 평론가요 사상가인 폴 발레리는 "모든 글이란 한낱 미완성에 지나지 않는다"라고 말한 적이 있다. 아무리 좋은 글이라도 저자나 작가가 완전히 만족할 수 있는 글이란 거의 없다. 완벽성을 향해 나아간다는 점에서 발레리의 말대로 어떤 글도 '미완성' 상태에 남아 있을 뿐이다.

한 저자나 이미 발표한 글을 상당 부분 동일하게 사용한다고 하여도 그것은 어디까지나 수정이나 보완으로 보아야 하지 자기표절은 아니다. 물론 이미 잡지에 발표한 글을 다른 잡지에 한 글자 고치지 않고 그대로 발표했다면 윤리적으로는 문제가 될 수 있다. 특히 연구비를 받을 목적으로 발표하는 글이라면 더더욱 그러하다. 원저의 저작권이 다른 주체에게 양도되어 있다면 법률적인 문제가 될 수도 있고, 그렇지 않다면 윤리적인 문제로 그치고 만다. 보통 자기표절이 문제되는 경우는 학자들의 연구 업적이 출판된 결과가 새로운 문건으로 인정받을 때뿐이다. 그러나 이러한 행위조차 '중복 게재' 또는 '중복 출판'으로 부를 수 있을지언정 자기표절이라고는 부를 수는 없을 것이다.

광고의 수사학

수사학과 설득 커뮤니케이션

최근 들어 부쩍 관심을 받고 있는 설득 커뮤니케이션 분야에서 아마 광고만큼 중요한 분야도 없을 것이다. 소비자에게 상품이나 서비스를 인지시키고 소비 욕망을 자극하여 궁극적으로 판매를 유도하기 위해서는 무엇보다 고객을 설득해야 하기 때문이다. 그런데 어떤 행동을 하도록 남을 설득하고 영향을 끼치는 데는 수사학만큼 효과적인 방법도 찾아보기 어렵다. 예로부터 수사학을 '설득의 기술'이니 '설득의 예술'이니 하고 일컬어 온 까닭이 바로 여기에 있다. 수사학의 기능이 어디 한두 가지랴마는 남을 설득하고 영향력을 행사하여 어떤 행동을 취하도록 만드는 기능은 아마 첫 손가락에 꼽힐 것이다. 언급하기도 새삼스럽지만 고대 그리스나 로마 시대부터 수사학은 정치 연설이나 법정에서 변론의 효과를 높이기 위한 방법이나 기술에 그 뿌리를 두고 있다.

몇 해 전 한국 최초의 자동차 전문 광고회사라고 할 금강기획에서는 "광고에서 진실을 빼면 남는 건 껍데기가 아니오?"라는 카피를 사용하여 관심을 끈 적이 있다. 수사적 질문법을 사용하는 이 광고 문안은 광고에는 오직 진실만이 담겨 있다는 메시지를 담고 있다. 이 광고 문안을 패러디하여 말하자면, 광고에서 수사를 빼고 나면 아무것도 남는 것이 없다시피 하다. 텔레비전을 통한 영상 광고건, 신문이나 잡지를 통한 문자 광고건 화려한 언어적 수사를 빼고 나면 남는 것이 별로 없고 그야말로 벼를 도정하고 난 뒤 남은 왕겨처럼 껍데기만 남아 있을 뿐이다. 그만큼 광고 문안에서 수사가 차지하는 몫은 이렇게 참으로 엄청나다. 광고 문안은 곧 수사의 향연이라고 하여도 크게 틀리지 않다. 그러므로 최근 들어어떠한 수사가 쓰이는지, 또 수사가 어떻게 쓰이고 있는지 알기 위해서는 최근 매스미디어에 나오는 광고 카피를 면밀히 살펴보는 것보다 더 좋은 방법은 없을 것이다.

광고 문안에서 수사가 널리 쓰이는 것은 광고의 정보가 논리보다는 감정, 이성보다는 감성에 호소하기 때문이다. 다시 말해서 로고스나 에토스보다는 파토스가 차지하는 몫이 무척 크다. 15초에서 20초 남짓한 제한된 시간 안에 메시지를 충실히 전달하려면 촌철살인의 경구적인 문안을 사용해야 한다. 그런데 이렇게 짧은 시간에 메시지를 전달하기 위해서는 이성이나 논리의 힘을 빌릴 만한 여유가 없다. 또한 인간의 욕망은 이성적이라기보다는 다분히 감정적이어서 상품을 소비하는 행동도 이성적 판단에 따르기보다는 감정적인 충동에 따라 이루어지기 마련이다. 더구나 광고에서 수사가 널리 쓰이는 데는 광고의 중요한 특징 중의 하나라고 할 비대인적非對人的 행위도 톡톡히 한몫을 한다. 프랭크 제프킨스는 광고를 두고 "비개인적이고 돈을 지불하며 대중 시장을 대상으로 한 커뮤니케이션의 형태"라고 정의한다. 그리고 지금까지 그의 정의는 광고학에서 정설처럼 인정받아 왔다. 물리적 접촉이 없이 이루어지는 광고는 상대를 직접 대면하여 설득하는 경우와는 달라서 논리나 이성이 힘을 발휘하기 여간 어렵지 않다. 그러므로 비교적 짧은 시간 안에 소비자를 설득해야 하는 광고에서 수사가 차지하는 몫은 무척 클 수밖에 없다.

광고의 수사적 성격을 좀 더 쉽게 깨닫기 위해서는 영어 '광고'라는 어휘의 어원을 살펴보는 것이 좋다. '광고하다'를 뜻하는 영어 '어드버타이즈advertise'의 뿌리를 더듬어 올라가다 보면 중세 프랑스어를 거쳐 라틴어 '아드베르테레advertere'와 만나게 된다. 이 라틴어는 '~을 향하여 돌아보게 하다' 또는 '주의를 끌다'라는 뜻이다. 한편 프랑스어 '르클람réclam'이나 독일어 '레클라메reklame'는 역시 라틴어에서 갈라져 나왔지만 '반복하여 소리치다'나 '다시 부르짖다'는 뜻의 '레클라모reclamo'에 그 뿌리를 두고 있다. 남의 주의를 끌던 되풀이하여 거듭 소리를 지르던, 오늘날 같은 소비문화사회에서 광고는 소비자의 관심을 끌기 위해서는 어쩔 수 없이 수사학에 의존하지 않을 수 없다. 이 점과 관련하여 로저 실버스톤은 "광고는 곧 수사학의 산업화"라고 지적한다. 다시 말해서 광고에서는 전통적인 수사학을 상업적 목적으로 이용한다는 것이다.

1

삼십 대가 넘는 사람 중에는 아마 "침대는 가구가 아닙니다. 침대는 과학입니다"라는 광고 문안을 기억하는 사람이 적지 않을 것이다. 두말할 나위 없이 침대가 널리 보편화되기 이전인 1990년대 초엽 에이스 침대회사가 내건 광고 문안이다. 이 회사는 이 광고 하나로 침대 회사로서의 전문 브랜드 입지를 굳게 다졌다. 한 초등학생이 "다음 중 가구가 아닌 것은?"이라는 선다형 시험문제에서 정답으로 '침대'를 골랐다는 일화는 너무도 유명하다. 이 일화는 역설적으로 이 침대 광고가 얼마나 성공을 거두었는지 웅변적으로 말해 준다.

그런데 이 광고 문안이 성공을 거둘 수 있었던 것은 바로 소비자의 상식을 깨뜨렸기 때문이다. 침대가 가구라고 말하는 것은 마치 냉장고가 가전제품이라고 말하는 것처럼 상식 중의 상식으로 삼척동자도 다 아는 사실이다. 그런데도 이 광고 문안에서는 침대는 가구가 아니라고 힘주어 말하는 것이다. 침대가 가구가 아니라면 도대체 무엇이란 말인가? 이러한 호기심을 품고 광고를 지켜보던 소비자들은 곧 이어지는 "과학입니다"라는 카피를 보고 이 비상식적인 광고에 다시 한번 놀라게 된다. 만약 이 광고 문안을 뒤집어 "침대는 과학이 아닙니다. 침대는 가구입니다"라고 말했더라면 아마 어느 누구도 별다른 관심을 기울이지 않았을 것이다. 그것은 마치 소금이 짜다고 말하거나 설탕이 달다고 말하는 것처럼 싱겁기 그지없기 때문이다.

"침대는 과학이다"라는 표현은 "사랑은 한 떨기 장미꽃이다"라고 말하는 것처럼 유사성에 기반을 둔 은유법이다. 열정적인 사랑과 정열을 상징하는 장미꽃의 붉은색에서 유사성을 찾아냈듯이 이 광고 문안을 만든 카피라이터도 침대와 과학 사이에서 엄밀성과 체계성이라는 유사성을 찾아내었다. 종래의 침대 회사들과는 달리 에이스 회사는 목수가 대패와 톱으로 가구를 만들듯이 침대를 만들지 않았다. 세계 최초 침대연구소를 설립한 이 회사는 국내 최대 규모의 매트리스 공장을 건설하는 등 과학적인 침대를 개발하는 데 심혈을 기울였다. 지금까지의 침대를 만드는 방식이 수공업적이고 원시적이었다면, 이때부터는 최신 기계 설비를 갖춘 공장에서 과학적으로 침대를 만들어 내었다. 이 회사에서는 실제로 공장에서 침대를 직접 제작하는 모습을 광고에서 보여 주기도 하였다.

최근에는 한 건축회사가 내건 "종로가 돈입니다"라는 광고가 눈길을 끌었다. 한 경제 전문 일간지에는 부동산란(欄)에 "입지가 돈이다. 종로가 돈이다"라는 광고를 대대적으로 실었다. 한국토지신탁이 시행하고 중흥종합건설이 시공사로 참여해 종로구 숭인동에 건설한다는 도시형 생활 주택을 선전하는 광고이다. 엄밀히 말하자면 종로는 서울특별시에 속한 한 구(區)일 뿐 화폐가 될 수는 없다. 그런데도 "종로가 곧 돈"이라고 말하는 것은 동대문 상권과 광화문, 명동, 을지로를 비롯하여 주변 대학가 등 임대 수요가 풍부한 입지와 우수한 상품 경쟁력을 바탕으로 투자 가치가 아주 높기 때문이다. 이 주택은 여러 모로 입지 조건이 뛰어난 종로에 위치해 있으며, 이러한 위치에 있는 주택을 구입하면 앞으로 큰돈을 벌 수 있다는 것을 은유법을 구사하여 말하는 것이다.

이렇게 은유법을 구사한 광고 문안은 지금까지 동양과 서양을 가리지 않고 두루 사용되어 왔다. 가령 미국의 한 공익 재단에서는 한때 자선금을 모으기 위하여 "사랑은 돈이다"라는 광고 문안을 내걸어 관심을 끈 적이 있다. 이 광고도 다름 아닌 유사성에 기초를 둔 은유법이다. 흔히 사랑은 정신적인 것이어서 돈이나 물질적인 부와는 거리가 먼 것으로 생각하기 쉽다. 그러나 자선을 유도하는 광고 문안에서는 '사랑 = 돈'이라는 등식이 자연스럽게 성립한다. 자선 행위에서 사랑은 흔히 돈이라는 구체적인 형태로 표현되기 때문이다. 다시 말해서 이 카피를 만든 사람은 사랑과 돈 사이에서 희생이나 봉사라는 유사점을 찾아냈던 것이다.

최근 롯데건설은 '롯데캐슬' 아파트를 선전하면서 "가격은 슬림! 가치는 볼륨업!"이라는 광고 문안을 사용하였다. 이 광고 문안 역시 은유법에 의존한다. '슬림'이나 '볼륨업'이란 여성의 체형을 기술할 때 자주 사용하는 표현이다. 전자는 주로 허리를 비롯한 몸매 전체가 날씬한 모습을 가리키는 반면, 후자는 가슴이 풍만한 모습을 가리킨다. 이른바 'S 라인'의 글래머 몸매가 곧 슬림하고 볼륨업한 상태라고 할 수 있다. 슬림하고 볼륨업하다는 것은 언뜻 보면 모순적인 것 같지만 젊은 여성의 몸매를 기술하거나 묘사할 때는 반드시 그러하지만도 않다. 어쩌면 대다수의 젊은 여성이 바라는 이상적인 몸매가 바로 그런 모습일지도 모른다.

그렇다면 롯데캐슬의 이 광고 문안은 아파트의 특성을 젊은 여성의 몸매에 빗대어 소비자를 끌어들이는 은유법이다. 군살을 뺀 젊은 여성처럼 아파트 가격은 저렴하게 낮추는 반면, 아파트의 투자 가치는 젊은 여성의 풍만한 가슴처럼 크게 만든다는 뜻이다. 이 광고 문안 옆에는 컴퓨터 그래픽을 이용한 호화로운 고층 아파트 사진과 함께 어깨와 등을 훤히 드러낸 젊은 여성의 육감적인 사진이 실려 있어 활자 언어로서뿐만 아니라 시각적 이미지로서도 소비자를 사로잡는다. 그러니까 롯데캐슬 광고는 젊은 여성을 모델로 삼아 소비자의 눈을 끄는 고전적인 광고 수법에 은유법 같은 수사법을 동시에 구사하고 있어 한꺼번에 두 마리 토끼를 쫓는 효과를 노리고 있는 셈이다.

그런데 여기서 한 가지 흥미로운 것은 붉은 포도주 색깔의 옷을 걸친 젊은 여성이 광고를 보는 소비자 쪽을 향하지 않고 살짝 옆쪽으로 등을 돌리고 있다는 점이다. 오직 등과 왼쪽 어깨 쪽을 보여 줄 뿐 풍만한 가슴은 말할 것도 없고 심지어 얼굴조차 보여 주지 않는다. 한국 특유의 전통적인 아름다움으로 꼽히는 은근미를 자랑함으로써 오히려 소비자의 호기심을 더욱 부추긴다. 이 광고는 소비자들도 아파트의 모델 하우스에 찾아와 직접 실내 구조를 확인해 보라고 유혹하는 듯하다. 그것이 아니라면 겉만 번지르르한 아파트의 외관보다는 실속 있는 실내 공간이 더 중요하다고 속삭이는 것 같기도 하다.

2

광고 문안은 은유법 못지않게 환유법에 크게 의존하기도 한다. 요즈음 일간신문을 보면 "고개 숙인 남성"이라는 광고 문구를 심심치 않게 만나게 된다. 예를 들어 가우리 홍삼회사에서는 인삼을 원료로 삼아 만든 생약을 광고하면서 "고개 숙인 남성을 응원하는 인삼"이라는 광고 문안을 내걸었다. 여기서 '고개 숙인 남성'이란 두말할 나위 없이 발기부전증 勃起不全症에 걸린 남성을 일컫는 표현이다. 이 광고에는 "산업화사회로 접어들면서 어려운 경제생활, 복잡한 인간관계 등 심리적 정신적 스트레스로 성기능 장애나 성욕 부진을 겪는 사람들이 나날이 증가하고 있다"라는 설명문이 적혀 있다.

한 일간신문의 건강 칼럼에도 "고개 숙인 남성이 미국의 두 배"라는 제목의 글이 실려 있다. 한 클리닉의 원장은 이 글에서 "최근 국내 연구진은

'사십 대 이상 남성의 약 40%가 발기부전을 경험한다'라는 꽤 충격적인 결과를 발표하였다. 이는 오십 대는 4%, 육십 대는 17%, 칠십 대는 47%에서 발기부전을 경험한다는 미국 질병통계국의 발표와 비교하여 현저히 높은 비율이다"라고 밝힌다. 그러면서 고지혈증과 당뇨병을 그 원인으로 간주하는 필자는 남성들에게 삼겹살 같은 고지방 육류 섭취를 줄일 것을 권한다.

"고개 숙인 남성"에서 '고개'란 남성의 성기를 가리키는 환유법, 좀 더 정확히 말하자면 제유법이다. 환유법은 인접성에 기초하는 수사법이고, 환유법의 하부 유형이라고 할 제유법은 부분으로써 전체를 나타내거나 이와는 반대로 전체로써 부분을 나타내는 수사법이다. "고개 숙인 남성"에서 '숙인다'라는 표현은 성기가 발기하는 현상을, '남성'은 남성 신체의 일부인 성기를 가리키는 말이다. 그런데 여기서 한 가지 흥미로운 것은 이러한 의미로서는 "고개 숙인 여성"이라는 환유법이나 제유법은 좀처럼 사용하지 않는다는 점이다. 여성에게는 남성과는 달리 '숙일' 신체 기관이 없기 때문이다. 여성과 관련해 이 표현을 사용할 때는 어떤 일에 사과하거나 자신의 뜻을 굽힌다는 뜻으로 사용할 뿐이다. "고개 숙인 남성"에 해당하는 표현을 찾는다면 아마 "날개 접은 여성" 정도가 될 것이다.

물론 '남성'이라는 낱말을 남성의 국부를 가리키는 환유나 제유로 흔히 사용하듯이 '여성'이라는 낱말도 여성의 국부를 가리키는 환유나 제유로 사용할 때가 더러 있다. 가령 "여자가 가장 서글플 때는 더 이상 여성이 아니라는 사실을 깨달았을 때이다"라는 문장이 그러한 경우의 좋은 예가 된다. 여기에서 '여자'는 생물학적 성性으로서의 여성을 지칭하지만 '여성'은 어디까지나 성적性的 능력에 따른 개념이다. 다시 말해서 더 이상 성행위를 할 수 없는 성적 무능력 단계에 이른 여성을 가리키는 표현이다. 방금 앞에서 언급한 "날개 접은 여성"이 바로 이 경우에 해당할 것이다.

한편 "고개 숙인 남성"은 때로 실직 남성을 가리키는 은유적 표현으로 사용하기도 한다. 한때 외환위기를 맞이하고 몇 해 전 미국에서 서브프라임 모기지 사태 여파로 대표적인 투자은행 중 하나인 리먼 브라더스가 파산하여 세계 경제가 침체되면서 한국의 남성들은 조기은퇴나 명예퇴직으로 일찍 직업 전선에서 물러날 수밖에 없었다. 그래서 '사오정'이니 '오륙도'니 하는 말이 생겨나기도 하였다. 그러다 보니 가장으로서 책임을 다하지 못하고 실의에 빠져 있거나 자책감을 느끼는 남성이 적지 않고, 이러한 남성을 두고 흔히 "고개 숙인 남성"이라고 부른다. 이때 "고개를 숙인다"라는 것은 위엄이나 자신감을 잃거나 자존심이 상해 있는 모습을 일컫는 표현이다.

최근 농촌진흥원과 한국양잠연합회에서는 숫누에를 이용하여 발기부전 치료제를 개발하여 대대적으로 광고한다. 주요 일간신문을 도배하다시피 한 이 남성 정력제 광고는 "고개 숙인 남성을 위한 숫누에 동충하초 복령조화고"라는 문안을 싣고 있다. 이 광고 문안은 뒷부분으로 가면 갈수록 이해하기가 어려워진다. 겨울에는 벌레이던 것이 여름이 되면 풀로 변한다고 하여 그러한 이름이 붙은 버섯인 동충하초冬蟲夏草까지는 그 뜻을 헤아릴 수 있지만 '복령조화고茯苓造化糕'에 이르러서는 두 손을 들 수밖에 없다. 이 광고가 이 약의 원전으로 내세우는 허준許浚의 『동의보감東醫寶鑑』에는 백복령, 연실, 마, 검인을 멥쌀가루와 사탕에 섞어 만든 한약으로 풀이되어 있다. 그런데 이 광고 문안에도 "고개 숙인 남성"이라는 환유법을 구사하는 점이 흥미롭다.

한국양잠연합회의 또 다른 광고에는 "아내에게 사랑받는 숫누에의 비밀 복령조화고"라는 제목 아래 "반나절 이상 사랑 나누는 숫누에의 힘으로 불타는 부부금슬의 비밀, 나이에 상관없이 날마다 불끈"이라는 문장과 함께 약의 효능을 좀 더 구체적으로 설명하는 구절을 싣고 있다. "아내한테 사랑받는다"라는 표현도 넓은 의미에서는 추상적인 것으로써 구체적인 것을 나타내는 환유법으로 볼 수 있다. 여기에서 '사랑'은 감정을 나타내는 추상적인 개념보다는 성행위라는 구체적인 행위를 가리키기 때문이다. "당신은 사랑받기 위해 태어난 사람"이라는 기독교의 복음 성가에서 말하는 '사랑받는다'와는 적잖이 차이가 난다. "태초부터 시작된 하나님의 사랑은 우리의 만남을 통해 열매를 맺고"라는 구절을 보면 그 사랑마저도 남녀의 사랑이 아니라 초월적 존재자의 사랑임을 알 수 있다.

최근 들어 트롯 가수 장윤정이 간드러지게 불러 관심을 끌고 있는 흙침대 광고 노래도 마찬가지다. "결혼할 때도 흙침대, 사랑할 때도 흙침대. 아기 잠자리 흙침대, 엄마 잠자리 흙침대"라는 시엠송이 바로 그것이다. 이 광고는 "죽을 때도 흙침대"라고 흥얼거리는 사람도 있고, '은근히 야하다'라고 말하는 사람도 있을 정도로 부쩍 관심을 끌고 있다. 그런데 얼핏 보면 이 광고 카피는 환유와는 아무 관련이 없는 것처럼 보인다. 그러나 조금만 깊이 생각해 보면 환유나 제유임을 곧 알 수 있다. "사랑할 때도 흙침대"라는 구절에서 사랑한다는 동사는 누군가를 몹시 아끼고 소중히 여기는 추상적 감정을 가리키는 말이 아니라 좀 더 구체적인 애정 행위를 가리키는 말이다. 다시 말해서 성행위를 가리킨다. 영어에서는 흔히 'love'와 'make love'를 서로 구별하여 사용한다. 흙침대 광고에서

'사랑'은 전자가 아니라 후자를 가리킨다는 것은 "사랑할 때도"라는 구절보다 "결혼할 때도"라는 구절이 먼저 온다는 사실을 보아도 알 수 있다. 순서로 보면 성행위보다는 결혼이 먼저일 것이다. "아기 잠자리 흙침대, 엄마 잠자리 흙침대"라는 구절은 이 점을 뒷받침한다. 한마디로 "사랑할 때도 흙침대"에서 '사랑한다'라는 말은 남녀의 성행위를 가리키는 환유나 제유다. 결혼을 해서 섹스를 할 때 흙침대를 사용하라는 뜻으로 선정적이다 못해 자못 외설스럽게까지 느껴진다.

한국양잠연합회의 광고 문안에서 "불타는 부부금슬의 비밀"이니 "날마다 불끈"이니 하는 구절도 비유법이기는 마찬가지이다. '불타는'이라는 표현은 부부의 정력적인 애정을 활활 불타는 장작불에 빗대는 형용사 은유이다. 따져 보면 부부금슬夫婦琴瑟도 부부의 다정한 사랑을 거문고와 비파에 빗대어 말하는 은유법이지만 하도 오랫동안 사용해 온 탓에 지금은 비유로서 기능을 상실한 '죽은 은유'로 전락하고 말았다. 동양 음악에서 주로 사용하는 악기 중에서도 거문고와 비파의 음률이 서로 가장 잘 어울려 아름다운 소리를 낸다는 '금슬지락琴瑟之樂'에서 생겨난 표현이다.

한편 "날마다 불끈"이라는 행위는 딱 한 가지 수사법으로 규정짓기 무척 어렵다. 가령 남성의 성기가 자주 발기하는 모습을 날마다 아침에 동쪽 하늘에 솟아오르는 해에 빗댄다면 유사성에 기초한 은유법으로 볼 수 있다. 그러나 남성의 성기가 날마다 발기하는 모습을 우회적으로 표현하는 완곡법婉曲法으로 볼 수도 있고, 불끈 솟아오르는 행위로써 발기 행위 전체를 나타내는 제유법으로 볼 수도 있다. 그런가 하면 "날마다 불끈 솟는다"라는 문장에서 '솟는다'라는 동사를 생략하고 갑자기 그쳐 버린다는 점에서는 돈절법頓絶法으로 볼 수도 있다. 어떤 수사법으로 분류하든

이 광고의 마지막 부분은 소비자의 상상력을 자극하면서 의미를 강화하는 데 크게 이바지한다.

　이번에는 지방 일간지와 무가지無價紙 등에 지속적으로 광고를 낸 뒤 소비자의 주문 전화를 받아 택배로 배송 판매하다가 식품의약안전청에 적발된 광고 문안을 한 예로 들어보기로 하자. 이 무허가 의약품은 "변강쇠 파워! 변강쇠 따로 없다. 나도 될 수 있다"라는 광고 문안을 사용하여 소비자의 관심을 끌었다. 한 일간신문은 판매업자가 약사법 위반으로 구속된 기사를 보도하면서 "변강쇠 되려다 '저승사자' 만나게 된다"라는 제호의 기사를 싣기도 하였다. 미국에서 개발한 발기부전 치료제 비아그라보다 효과가 무려가 세 배나 되지만 안전성이 전혀 검증되지 않은 무허가 불법 의약품이다. 이 무허가 의약품은 중국 등지에서 제조되어 인천 국제여객선 터미널을 왕래하는 보따리 상인을 통하여 국내에 밀반입되었다.

　'변강쇠'란 잘 알려진 것처럼 〈변강쇠타령〉, 〈가루지기타령〉 또는 〈횡부가橫負歌〉 등으로 일컫는 판소리의 남성 주인공이다. 그는 남달리 정력이 강한 남자로 등장한다. 그래서 '변강쇠'라고 하면 정력이 좋은 남성을 뜻하는 제유법으로 자주 쓰인다. 1980년대 중반에 〈변강쇠〉라는 에로 영화가 상연되어 인기를 끈 적이 있고, 또 '변강쇠'라는 피임구가 시판되면서 그의 이름은 정력 좋은 남성의 대명사가 되다시피 하였다. 발기부전 치료제 광고에서 사용한 '변강쇠'는 고유명사로서 그와 관련된 특징을 나타내는 환유법이다. 이 유형의 환유법에서는 한 분야에서 아주 뛰어난 업적을 쌓아 그 분야를 대표할 만한 특정 인물로써 그와 관련한 직업을 나타낸다. 가령 '윌리엄 셰익스피어'로써 문필가를 나타내고, '아이작 뉴턴'으로써 과학자를 나타낼 수 있다. '빌 게이츠'나 '이찬진' 하면 흔히 정보통신 산업의 기업가를 가리킨다. '춘향' 하면 온갖 유혹과 협박에도 굴복하지 않고 끝까지 정절을 지키는 여성, '심청' 하면 죽음을 무릅쓰고라도 부모에게 효도하는 여성을 자연스럽게 떠올리게 된다. 물론 뛰어난 업적으로 이름을 날리는 대신 악명을 떨친 경우도 여기에 해당한다. 예를 들어 '연산군' 하면 폭군, '놀부' 하면 심술궂고 욕심 많은 사람, '고재봉' 하면 살인마를 가리킨다.

3

몇 해 전부터 텔레비전과 라디오 방송 전파를 타고 '산수유 1000 프리미엄'이라는 제품을 선전하는 광고가 관심을 끌었다. 천호식품이라는 건강식품 제조업체의 최고 경영자가 직접 출연하는 '산수유' 광고가 바로 그것이다. 산수유는 지금까지 남쪽 지방에서 봄을 알리는 전령 정도로 알려져 왔다. 산수유는 층층나무과의 낙엽 소교목으로 주로 경기도 이남에서 자라는데 주산지는 전라남도 구례군과 경상북도 의성군 등이다. 3월 초에 잎이 나오기 시작하여 10월에 열매가 진홍색 빛깔을 띠며 익는다. 예로부터 한방에서는 이 열매의 과육을 약으로 사용해 왔다. 허준의 『동의보감』에도 "산수유는 신장을 보강함으로써 정력을 향상시키며 혈액순환을 돕는다"라고 적혀 있다.

그런데 이 산수유가 갑자기 방송 전파를 타고 현대인들에게 혈액 순환제와 보혈 강장제로 모습을 드러내었다. 억센 경남 사투리에 조금 어눌하다 싶은 말투로 이 제약회사의 최고 경영자는 이렇게 푸념 아닌 푸념을 늘어놓는다.

산수유~
남자한테 참 좋은데~
남자한테 정말 좋은데~
어떻게 표현할 방법이 없네~
직접 말하기도 그렇고~

이 말이 끝나면 곧이어 "진하게 농축하여 만든 산수유. 지금 주문하십시오"라는 안내가 나오면서 주문할 전화번호를 말해 준다. 그런데 수신자 부담 전화번호의 끝자리가 '~1005'로 끝이 난다. '천오'라는 이 번호는 이 제품을 만든 회사의 상호 '천호'와 발음이 같다. 결국 이 광고는 "산수유는 남자에게 정말 좋다", 그리고 "주문하려면 연락하라"라는 두 메시지만을 담고 있을 뿐이다.

이 광고는 일반 상품 광고처럼 유명 연예인이나 스포츠 스타를 모델로 기용한 것도 아니고, 그렇다고 컴퓨터 그래픽 같은 첨단 기법을 동원하여 시청자의 눈을 사로잡지도 않는다. 그런데도 언뜻 '불친절해' 보이는 이 광고는 인터넷 공간과 드라마, 코미디 등에서 다양한 패러디를 낳고 있을 뿐만 아니라 정치 상황을 풍자하는 시사만평의 소재로도 사용되고 있을 정도다. 예를 들어 2010년 6월 지방선거에서 한 서울시장 후보의 지지자들이 인터넷에 올린 패러디에서 이 광고와 비슷한 문장과 말투를 사용하였다. 한 개그맨이 "이 사람 서울 시민들한테 참 좋은데~, 어떻게 표현할 방법이 없네~"라고 말끝을 흐리며 머리를 쥐어뜯는다. 또한 서울시 교육감 후보의 지지자들은 "학원비 줄이기 참 쉬운데~, 어떻게 표현할 방법이 없네~. 이 사람을 찍으라고 말하기도 그렇고~"라는 동영상을 올렸다. 그런가 하면 상당수 누리꾼들은 "북한 어뢰가 선거에는 참 좋은데~"라고 말하며 정부와 여당과 보수 언론의 '천안함' 북풍몰이를 날카롭게 비꼬기도 하였다.

이 기발한 광고가 나가자 '산수유 1000 프리미엄'은 매출이 150% 성장하였고, 고객들의 제품 재구매율이 무려 87%를 기록하는 등 가파른 신장세를 보였다. 이 광고는 천호식품의 다른 제품 판매에도 골고루 영향을 끼쳤다. 이 광고를 내보내기 전 한 해 매출이 800억 원 정도였는데 그 뒤에는 상반기만 550억 원을 돌파했다고 한다. 더욱 놀라운 것은 촬영비와 편집비를 합쳐 비용이 겨우 2천만 원밖에 들지 않았는데 그 효과는 '정말' 엄청나다.

그렇다면 이 광고가 이렇게 시청자들의 마음을 사로잡은 비결은 과연 어디 있을까? 중소기업이라고는 하지만 최고경영자가 직접 나와서, 그것도 서툰 경상도 말투로 직접 광고를 하는 것이 시청자에게는 오히려 신선하게 느껴졌을 것이다. 그가 입고 있는 복장도 정장이 아니라 흰 와이셔츠 차림으로 시청자들에게 친근감을 준다. 번지르르하게 유약을 바른 도자기 그릇보다는 질박한 토기 그릇에 더 애착이 가는 것과 같은 이치다. 겉만 화려하고 실속이 없는 광고에 식상한 소비자들에게 이 광고는 그야말로 신선한 충격이었을 것이다.

그러나 이 산수유 광고가 성공을 거둔 비결은 뭐니 뭐니 하여도 역시 수사법을 효과적으로 구사한다는 데서 찾아야 할 것 같다. 이 광고 문안에서 무엇보다 눈길을 끄는 것은 반복법反復法의 구사다. "산수유~" 하고 먼저 제품의 재료나 제품 이름에 대하여 운을 뗀 뒤 "남자한테 참 좋은데~"라고 말한다. 그리고 난 뒤 같은 구절을 다시 반복하여 "남자한테 정말 좋은데~"라고 되풀이한다. 엄밀히 말하자면 앞의 문구를 기계적으로 그대로 반복하지 않고 의미를 조금씩 보강하여 반복하기 때문에 단순한 반복법으로 보기보다는 점강법漸降法으로 보는 쪽이 더 정확할 것이다.

그러나 이 광고 문안의 수사적 묘미는 다름 아닌 거절법拒絶法에 들어 있다. 거절법은 우리나라에서는 서양에서처럼 그렇게 폭넓게 또 자주 사용하지는 않지만 그래도 일상 대화나 문학 작품에서 가끔 찾아볼 수 있다. 거절법의 의미를 쉽게 이해하기 위해서는 영어 '어포퍼시스'의 뿌리를 살펴보는 것이 좋다. 이 영어는 라틴어 '아포파나이apophanai'에서 갈라져 나왔고, 좀 더 뿌리를 파 들어가 보면 그리스어 '아포파시스ἀπόφασις'를 만나게 된다. 라틴어 '아포파나이'나 그리스어 '아포파시스'는 '아니라고 말하다', '부정으로 말하다', '거절하다'는 뜻이다. 그러니까 거절법이란 무엇인가를 직접 언급하지 않음으로써 간접적으로 언급하는 수사법을 말한다.

거절법은 본디 부정을 통한 논리적 추론이나 논법, 즉 아닌 것을 말함으로써 무엇인가를 기술하려는 귀납적 방법이었다. 그러다가 논리학의 옷을 벗어버리고 점차 수사법의 옷으로 갈아입기 시작하였다. 거절법은 고대 로마 시대의 웅변가 마르쿠스 키케로가 처음 사용한 것으로 알려져 있다. 그는 한 웅변에서 "나는 카틸리나가 우리 편을 배신했다는 사실에 대해서는 언급조차 하지 않겠다"라고 말하였다. 여기에서 키케로가 말하는 카틸리나는 로마 공화정 말기의 정치가 루키우스 세르기우스 카틸리나를 가리킨다. 카틸리나는 원로원에 맞서서 로마 공화정을 전복하려고 시도한 '카틸리나의 모반'으로 유명하다. 그런데 키케로는 카틸리나 편을 들어 로마 시민을 배신한 사실을 입에조차 올리지 않겠다고 말하면서도 실제로는 여전히 그 사실을 언급하고 있다.

윌리엄 셰익스피어의 『율리우스 카이사르』(1607)에서 안토니우스의 연설은 흔히 거절법의 고전적 예로 흔히 꼽힌다. 안토니우스는 "카이사르의 탐욕이나 교활함이나 도덕성에 대해서는 언급하지 않겠습니다"라고 말한다. 그러면서 실제로 그는 카이사르가 얼마나 탐욕스럽고 교활하고 도덕성이 없는 인물인지 넌지시 드러낸다. 우리나라에서도 같은 자리에 있는 누구를 비판하거나 비난할 때 "누구라고 말하지는 않겠지만~"이라고 운만 떼는 것도 이 거절법에 속한다. 화자가 그 사람이 누구인지 직접 언급하지 않았어도 좌중에 있는 사람들은 그 대상을 잘 알고 있다. 오히려 드러내 놓고 직접 언급하는 것보다 훨씬 더 효과적이다.

군이 외국 작품이 아니더라도 지은이가 아직 알려지지 않는 한국의 옛시조에서도 거절법의 좋은 예를 찾아볼 수 있다.

> 말하기 죠타 하고 남의 말을 마롤 거시
> 남의 말 내 하면 남도 내 말하난 거시
> 말로셔 말이 만흐니 말 마로미 죠해라

유교 사상에 도덕적 뿌리를 박고 있던 중세사회에서 말을 함부로 하지 말라고 가르치는 교훈적인 시조다. 동양에서 언행일치는 군자가 지켜야 할 도리로 삼았다. 이 시조의 감칠맛은 '말'이라는 낱말을 구사하는 솜씨에 있다. 지은이는 '말'을 이라는 낱말을 무려 일곱 번이나 사용하고 있다. 여기에 '마롤(말을)'이나 '마로미(말음이)'까지 넣는다면 온통 '말'이라는 낱말뿐이다. 그런데 이 시조는 거절법을 구사한다는 점에서도 눈길을 끈다. 종장 "말로셔 말이 만흐니 말 마로미 죠해라"를 현대어로 바꾸면 "말로써 말이 많으니 말을 않는 것이 좋구나"라는 뜻이 된다. 이렇게 지은이는 말을 자주 하면 말이 많아져서 문제가 생기니 말을 하지 않는 쪽이 좋다고 노래한다. 그러면서도 자신은 시조의 형식을 빌려 이렇게 장황하게 말하고 있는 것이다.

'산수유 1000 프리미엄' 광고는 거절법 못지않게 역언법^{逆言法}으로도 볼 수 있다. 어떤 사실을 진술하기를 거절하기보다는 역으로 돌려 말하기 때문이다. 거절법의 한 갈래라고 할 역언법은 중요한 부분을 생략함으로써 오히려 주의를 끄는 수사법이나 언급해서는 안 된다고 말하면서 실제로는 언급하는 수사법을 말한다. 이 광고에 등장하는 화자는 "어떻게 표현할 방법이 없네~, 직접 말하기도 그렇고~"라고 말하면서도 방금 앞에서 "산수유~ 남자한테 참 좋은데~, 남자한테 정말 좋은데~"라고 막상 하고 싶은 메시지를 모두 전달한다.

4

광고에서 주로 사용하는 수사법은 소리의 유사성에 의존하는 경우도 적지 않다. 특히 이미지를 중시하는 텔레비전보다 청각적 요소에 무게를 싣는 라디오 방송 광고에서는 더더욱 그러하다. 최근 전자파를 타고 널리 알려진 공익 광고 중에서 방심을 경계하는 '우리 안에는 두 마음이 있습니다'라는 광고는 눈길을 끈다.

방심은 빨리 빨리를 외치지만,
안심은 조심 조심을 외칩니다.

방심은 반칙을 좋아하고,
안심은 원칙을 좋아합니다.

방심은 기분을 따르고,
안심은 기본을 따릅니다.

지금 우리 안의 마음은
방심인가요? 안심인가요?

이 광고의 감칠맛은 '방심'과 '안심', '반칙'과 '원칙' 그리고 '기분'과 '기본'이라는 말이 소리가 비슷하다는 점에 있다. 이 말들은 소리는 서로 비슷하면서도 의미는 마치 하늘과 땅만큼 엄청난 차이가 난다. "님이라는 글자에 점 하나를 찍으면 도로 남이 되는 장난 같은 인생사⋯⋯"라는 유행가 가사도 있듯이, 점 하나 차이로 '님'이 되기도 하고 '남'이 되기도 한다고 말한다. 또 젊은이들 사이에서는 '커플'과 '솔로'는 점 하나, 즉 쉼표 하나 차이라는 우스갯소리도 있다. "사랑해, 보고 싶어"와 "사랑, 해 보고 싶어"가 바로 그것이다. 이렇게 쉼표를 어디에 찍느냐에 따라 연인이 있는 사람이 될 수도 있고 연인을 갈망하는 사람이 될 수도 있다는 것이다.

'방심'과 '안심'은 한 시행 안에서 낱말의 모음을 서로 일치시키는 모운법母韻法을 살린 수사법이다. 방심의 'ㅏ' 모음과 안심의 'ㅏ' 모음이 서로 똑같다. '반칙'과 '원칙'은 첫 글자의 말음을 일치시킨 수사법으로 '방심'과 '안심'과는 조금 다르다. 전자가 모운법을 구사한다면 후자는 말음법末韻法을 구사한다. 그러나 두 경우 모두 '심'과 '칙'처럼 마지막 글자를 서로 일치시킴으로써 내적內的 각운법脚韻法의 효과를 거둔다.

한편 '기본'과 '기분'은 낱말의 첫 자음을 서로 일치시키는 두운법頭韻法을 살린 말장난이다. "불난 집에 부채질 한다"라는 속담에서 '불'과 '부'의 두운법을 구사하는 것과 비슷하다. '기본'과 '기분'에서는 단순히 자음만 일치하는 것이 아니라 아예 글자 자체가 일치한다. 더구나 기본의 '본'은 기분의 '분'과 소리가 아주 비슷하다. 다만 양성모음을 사용하느냐 음성모음을 사용하느냐 하는 차이가 있을 뿐이다. 그러나 의미에서 '기본'은 원칙에 따라 행동하는 것을 뜻하는 반면, '기분'은 일시적인 충동에 따라 마음대로 행동하는 것을 뜻한다.

이번에는 벤처 기업 '우아한형제들'의 광고를 예로 들어보기로 하자. 이 '배민닷컴' 회사는 생활 정보 스마트폰 애플리케이션 '배달의민족'을 개발하고 서비스를 제공하는 업체다. 스마트폰 터치 몇 번으로 음식을 검색하는 것부터 주문과 결제에 이르기까지 한 번에 처리할 수 있는 모바일 애플리케이션 서비스를 개발하여 관심을 끌었다. 이 회사 광고에서

는 영화배우 류승룡이 등장하여 에두아르 마네의 〈풀밭 위 식사〉를 패러
디한다.

이 그림들은 좀 허전합니다. 왜? 배달이 빠졌으니까요. 우리 민족이라
면 달랐겠죠. 이렇게 풀밭 위의 식사에 치킨이 빠질 리 없고, 자장면은 벌
써 도착했겠죠.

이 광고에서는 방금 앞에서 예로 든 공익 광고처럼 청각적 요소에 의
존하되 모음법이나 두음법 또는 말음법이 아니라 동음이의어법同音異議語
法에 기댄다. 류승룡이 마네의 명화名畫를 바라보면서 어딘지 조금 허전하
다고 말하는 것은 그림 속의 주인공들이 하는 식사에 치킨과 자장면 같
은 음식이 빠져 있기 때문이다. 그런데 치킨이나 자장면은 집에서나 야
외에서는 흔히 배달을 통해 주문하기 마련이다. 마네의 명화가 고구려
벽화로 바뀌면서 류승룡은 이렇게 말한다.

밤잠보다 밤참이 많은 민족, 배달로 나라를 구한 민족. 천지사방, 불
철주야. 우리가 어떤 민족입니까? '배달의 민족'.

여기서 "배달로 나라를 구한 민족"의 '배달'과 마지막 구절 "배달의
민족"의 '배달'은 비록 소리는 같아도 뜻이 다른 동음이의어다. '배달配達'
은 '우편배달'이니 '택배'니 할 때처럼 물건을 운반해 주거나 돌리는 것
을 말한다. 한편 상고 시대의 우리나라를 일컫는 '배달倍達'은 토착어 '밝
다'에서 비롯했다는 것이 학자들의 일반적인 의견이다. 밝달의 '밝'의 소

리가 굴러 '배'가 되었다는 것이다. 그러므로 밝달나라^{檀國}는 곧 배달나라요, 배달겨레는 밝달겨레다. 한국의 역사는 단군조선 이후 삼국인을 중심으로 배달민족을 규정하며 서술되어 왔다. 그러나 통일신라가 세워진 뒤 고려와 조선으로 이어지면서 배달민족의 개념은 한반도 거주인으로 국한되어 사용되고 있다. 류승룡은 음식 배달용 철가방을 들고 말을 탄 채 "우리가 어떤 민족입니까?"라고 부르짖는다. 그런데 그 철가방에는 '배달의 민족'이라는 글씨가 적혀 있다.

더구나 "밤잠보다 밤참이 많은 민족"에서 '밤잠'과 '밤참'도 소리의 유사성을 살린 비유법이다. '밤잠'과 '밤참'은 넓은 의미에서 동음이의어법의 할 갈래로 볼 수 있는 괘사법^{卦辭法}이다. 괘사법이란 소리가 서로 비슷하고 의미가 다른 말을 서로 연관 지어 구사하는 수사법을 말한다. 'ㅈ'과 'ㅊ'는 다 같이 치경구개^{齒莖硬口蓋} 파찰음^{破擦音}, 쉽게 말해서 입천장소리지만 전자는 무성이고 후자는 유성이라는 차이가 있을 뿐이다. 이렇게 유성이냐 무성이냐의 차이에 따라 의미가 크게 엇갈린다. 방금 앞에서 언급한 '기본'과 '기분'도 모음의 차이에 따른 괘사법으로 볼 수 있다.

5

광고에서 흔히 사용하는 은유법 중에는 '혼합 은유'도 더러 눈에 띈다. 혼합 은유란 하나 이상의 은유가 한데 뒤섞여 있는 은유를 말한다. 은유를 일관성 있게 사용하는 것이 아니라 서로 다른 은유를 사용할 때 혼합 은유가 일어난다. 혼합 은유는 이 술 저 술 섞어 마시는 것과 같아서 광고의 소비자들에게 자칫 혼란을 줄 위험이 있다. 그래서 수사학자들은 될수록 혼합 은유를 피할 것을 권한다. 최근 건일제약의 회사 홍보 광고는 이러한 경우의 좋은 예가 된다. 건일제약은 '마음이 건강한 사람들'이라는 표어 아래 그동안 삶의 질 개선에 공헌하는 글로벌 기업으로 널리 알려져 있다.

> 배려는 넓게 펴 주시고
> 칭찬은 많을수록 좋아요.
> 그리고 밝은 미소로 마무리.
> 아, 참, 격려와 관심도 톡톡!

한 여성이 부드러운 목소리로 위 카피를 말하고 난 뒤 곧이어 "어때요? 건강한 마음 만들기 어렵지 않죠? 마음이 건강한 사람들, 건일제약"이라는 구절이 나온다. 첫 문장 "배려는 넓게 펴 주시고"는 추상적 개념인 배려를 요 같은 침구나 돗자리를 넓게 펼치는 것에 빗대어 말하는 은유적 표현이다. 남을 도와주거나 보살펴 주려고 마음을 쓰는 일을 요나 돗자리를 넓게 펼치는 행위로 상상해 보라. 그냥 '배려하다'라고 축어적으로 말하는 것보다는 은유로써 '배려를 펼치다'라고 말하면 그 배려의 의미가 훨씬 더 피부에 와 닿을 것이다. '배려를 아끼지 않다'라는 표현은 자주 사용하여도 '배려를 펼치다'라는 말은 좀처럼 사용하지 않는다.

"배려를 넓게 펼치다"라는 은유는 "스승의 은혜는 하늘 같아서 우러러 볼수록 높아만 지네"라는 〈스승의 노래〉 첫 구절도 아주 비슷하다. 다만 이 노래에서는 은유 대신에 '같아서'라는 보조 수단인 사용하는 직유라는 점이 다를 뿐이다. 〈어머니의 노래〉에서 "나실 제 괴로움 다 잊으시고 기르실 제 밤낮으로 애쓰는 마음, / 진자리 마른자리 갈아 뉘시며 손발이 다 닳도록 고생하시네"라는 구절도 이와 조금 비슷하다. '진자리'란 어린아이들이 오줌이나 똥을 싸서 축축하게 된 자리를 말한다. 어머니의 애틋한 자식 사랑을 이렇게 축축한 자리, 마른자리 가리지 않고 보살펴 주는 일에 빗댄다.

그런데 이 은유법의 문제는 "그리고 밝은 미소로 마무리"와 "아, 참, 격려와 관심도 톡톡!"이라는 마지막 두 구절에 있다. 첫 문장에서 배려를 요나 돗자리를 넓게 펼치는 행위에 빗대놓고 여기 와서는 갑자기 은유를 바꾼다. 이 두 구절을 보면 이 광고 문안을 만든 작가는 요리와 관련한 은유를 구사하고 있음에 틀림없다. 밝은 미소로 마무리 짓는다는 것은 요리를 하면서 마지막으로 간을 본다든지 조미료를 첨가한다든지 함으로써 요리를 끝내는 것을 말한다. 아니면 요리한 식사를 마친 뒤 아이스크림이나 커피 또는 싱싱한 과일 같은 디저트로 식사를 모두 마무리하는 것으로 받아들일 수도 있다. 마지막 구절도 마찬가지다. "아, 참" 하면서 그만 깜박 잊었다는 듯이 관심을 돌린 뒤 말하는 "격려와 관심도 톡톡!"이라는 말도 좀 더 꼼꼼히 생각해 보면 요리와 관련한 은유적 표현임을 알 수 있다. '톡톡'은 작은 물건이 자구 튀거나 터지는 소리나 그 모양을 흉내 내는 의성어나 의태어다. '뿌리다'나 '치다'라는 동사를 생략하여 그 의미가 더더욱 생생하게 살아난다. 이 표현에서는 가정주부가 찌개나 국을 끓이면서 냄비에 소금이나 후춧가루를 넣은 모습을 쉽게 상상할 수 있다.

이 광고 문안은 얼핏 보면 건일제약이 내걸고 있는 '마음이 건강한 사람들'이라는 회사의 표어에 썩 잘 어울리는 것 같다. 남을 배려하고 칭찬하고 밝은 미소를 지으며, 격려와 관심을 보이는 것이야말로 마음이 건강하다는 표시이기 때문이다. 그러나 좀 더 뜯어보면 은유를 일관성 있게 사용하지 않기 때문에 소비자들에게 혼란을 줄 뿐만 아니라 메시지를 제대로 전달하지 못할 수도 있다. 만약 '밝은 미소'나 '격려와 관심'을 '배려'처럼 요나 돗자리를 펼치는 행위에 빗대거나, 아니면 '배려'를 나머지 은유처럼 요리하는 행위에 빗댔더라면 은유적 효과는 이보다 훨씬 더 컸을 것이다. 이처럼 은유도 금이나 은 같은 광물처럼 다른 것과 섞이지 않고 순수할 때 더욱 빛을 내뿜기 마련이다.

6

물리학에서 엔트로피는 열역학적 계의 유용하지 않은 에너지의 양을 나타내는 상태 함수다. 독일의 물리학자 루돌프 클라우지우스가 1950년대 초에 처음 도입한 엔트로피는 무질서와 혼돈을 측정하는 단위다. 그런데 정보 이론에서도 물리학처럼 엔트로피의 개념을 사용하되 그 개념만 빌려올 뿐 물리학의 열역학 제2법칙과는 전혀 다르게 사용한다. 다시 말해서 열역학에서는 무질서나 혼돈을 측정하는 단위로 쓰지만 정보 이론에서는 정보량의 측정하는 단위로 쓴다. 클로드 섀넌이 제안한 '정보 엔트로피'는 신호나 사건에 있는 정보의 양을 엔트로피의 개념을 빌려 설명한 것이다. 이론을 처음 주창한 학자의 이름을 따서 '섀넌 엔트로피'라고도 부르는 이 정보 이론에서 엔트로피는 어떤 확률 변수의 불확실성을 측정하는 것이다. 섀넌에 따르면 엔트로피는 어떤 메시지가 포함하고 있는 정보 양의 기댓값을 나타내며 주로 비트 단위로 표시한다. 물리학에서는 엔트로피의 양이 증가하면 혼란스럽고 무질서하지만 정보 이론에서는 오히려 엔트로피가 증가할수록 정보 전달이 효과적이다.

광고에서 수사법을 자주 사용하는 까닭도 따지고 보면 정보 엔트로피와 깊이 관련되어 있다. 즉 광고 문안에서는 정보의 양을 증가시키기 위해 수사법을 구사하는 것이다. 러시아 태생의 미국 언어학자 로만 야콥슨은 일찍이 좁게는 시어, 넓게는 문학을 두고 "일상어에 가한 조직적 폭력"이라고 말한 적이 있지만, 수사법이야말로 일상어에 가한 조직적 폭력이라고 할 수 있다. 다시 말해서 특정한 효과를 얻기 위해 정상적인 일상 표준어에서 일부러 일탈한 것이 다름 아닌 수사법이기 때문이다. 일상어도 궁극적으로는 비유법으로 이루어져 있다는 사실과는 또 다른 문제다.

문자 광고에서 일상어는 이렇다 할 정보 가치가 없다. 일상어를 왜곡하여 비틀어 사용할 때 비로소 정보 가치가 있을 뿐이다. 정보 엔트로피와 수사법의 관계를 쉽게 이해하기 위해서는 미국에서 한때 큰 인기를 끈 자동차 광고를 한 예로 들어보는 것으로 충분할 것 같다. "시속 60마일로 달리는 이 신형 롤스로이스에서 가장 큰 소음은 전자시계의 초침 소리입니다"라는 광고가 바로 그것이다. 미국에서 흔히 가장 뛰어난 광고 문안 중의 하나로 꼽히고 대학의 광고학 강의 시간에 단골 메뉴로 등장하는 이 광고 문안은 데이비드 오길비가 만들어 낸 카피이다. 우리나라에도 '금강 오길비'라는 광고회사가 있듯이 오길비는 자동차 광고업계에서 미국은 물론이고 전 세계에서 명^名카피스트로 융숭한 대접을 받고 있다.

만약 오길비가 위 광고 문안 대신에 "이 신형 롤스로이스는 엔진 소음을 크게 줄였습니다"라는 문안을 만들었다면 아마 어느 소비자도 별로 관심을 기울이지 않았을 것이다. 평범하기 그지없는 진술로 광고로서 정보 가치가 별로 없기 때문에 한 귀로 듣고 다른 귀로 흘려버렸을 것이다. 그러나 자동차를 운전하면서 가장 큰 소음이 전자시계의 초침 돌아가는 소리라고 말한다면 소비자들의 귀가 솔깃할 것이다. 계기판 근처에 장착된 디지털 전자시계에서는 좀처럼 소리가 나지 않는 법인데 운전 중 자동차 안에서 초침 소리가 들린다고 말하는 것은 과장법^{誇張法} 치고는 엄청난 과장법이다.

7

지나친 정보 양이 의사소통에 도움을 주기는커녕 오히려 걸림돌이 되듯이 지나친 수사법을 구사하는 광고 문안은 한 나라의 국어의 건강에 역기능을 주기도 한다. 요즈음 대중매체에서 '착한 가격'이라는 표현을 자주 만나게 된다. 예를 들어 'SKT' 이동통신 전화회사에서는 "갤럭시 넥서스 착한 가격으로 갑니다"라는 광고를 실었다. 또한 최근에는 한 경제신문이 "착한 가격으로 누리는 특급호텔 여름 패키지"라는 광고를 겸한 기사를 실을 정도로 이제 '착한 가격'은 언론 광고에서 인구에 회자하는 표현이 되다시피 하였다.

이 비유법을 선전이나 광고 문안으로 사용하는 곳은 비단 기업체에 그치지 않고 지방 자치제도 마찬가지이다. 가령 경기도는 "달콤한 나의 도시 경기도, '착한 가격' 전성시대를 활짝 열렸다"라는 이미지 광고를 실었다. 이 광고에는 경기도가 도내 착한 가격 업소 가운데 가격이 저렴하고 서비스가 우수한 곳을 '경기도 착한 가격 업소 베스트'로 선정했다고 밝힌다. 인터넷 신문에서는 한-EU FTA와 한미 FTA를 체결한 뒤 터무니없이 비싼 포도주 가격이 조금 저렴해진 사실을 보도하면서 "조금 착해진 포도주 가격"이라는 제호의 기사를 실었다. 그런가 하면 한 업소에서는 "착한 사람들의 착한 가격"이라는 슬로건으로 고객을 사로잡는다. '착한' 가격을 '착한' 소비자와 관련시켜 소비를 부추기는 광고 전략이다.

한 일간신문에는 '가격 파괴의 저주'라는 제호 아래 '착한' 가격이 신자유주의 세계화 시대의 몇 안 되는 미덕 가운데 하나로 받아들여지지만 실제로는 '나쁜' 가격일 수도 있다고 지적한다. 값싼 가격은 궁극적으로는 값싼 노동과 값싼 에너지와 값싼 물류 덕분에 가능하기 때문이라는 것이다. 엄밀히 따지고 보면 '착한' 가격은 소비지가 상품의 가격을 제대로 지불하지 않고 있기 때문에 가능하다. 한 사람의 이익은 다른 사람의 손해라는 격언도 있듯이 소비자에게 '착한' 가격은 생산자에게는 '나쁜' 가격일 수밖에 없을 것이다.

'착한 가격'이라는 표현은 두말할 나위 없이 가격이 싸다는 말이다. 상품의 가격을 선량한 사람에 빗대어 말하는 은유법으로 볼 수도 있고, 결과로써 원인을 가리키는 환유법으로 볼 수도 있다. 어떤 비유법으로 분류하든 이 표현은 비유법치고는 조금 지나친 데가 없지 않다. 비록 일상 표준어에서 일탈한다고는 하지만 상품 가격이 '착하거나' 또는 이와는 반대로 '나쁠' 수는 없는 노릇이기 때문이다. 방금 앞에서 언급했듯이 소비자와 생산자의 이해관계가 서로 맞물려 있기 때문에 이 문제는 단순히 선악의 개념으로써만 판단할 수 없다.

한편 '착한 가격'이나 '나쁜 가격'이라는 표현은 좀 더 꼼꼼히 생각해 보면 비유법 못지않게 'good price'나 'bad price'라는 영어를 글자 그대로 옮긴 축역이거나 서툴게 옮긴 졸역임을 알 수 있다. 이 영어 표현에서 'good price'은 '착한 가격'이 아니라 '좋은'이라고 번역하는 것이 타당하고, 좀 더 정확히 번역하면 '싼 가격'이라고 해야 한다. 미국에 주로 가전제품과 전자 제품을 판매하는 체인점 중에 'Best Buy'라는 상점이 있다. 'Best Buy'란 상호를 내건 것은 바로 어느 상점보다도 이 체인점에서는 상품을 가장 저렴하게 판다고 홍보하기 위해서였다. 이 체인점 상호를 '가장 착한 구매'라고 옮긴다고 가정해 보면 '착한 가격'이 얼마나 터무니없는 표현인지 잘 알 수 있다. 'bad price'도 마찬가지로 '나쁜 가격'이 아니라 '싸지 않은 가격'이나 '비싼 가격'으로 옮기는 것이 훨씬 정확할 것이다.

요컨대 수사법의 남용과 오용에도 불구하고 오늘날 같은 소비문화사회에서 수사학이 차지하는 몫은 더더욱 크다. 활자 광고이건 이미지 광고이건 상업 광고에서 사용하는 수사법은 하나같이 수사법에 의존한다. 수사법은 이제 정치 연설이나 웅변 또는 문학의 전통적인 범위를 훨씬 뛰어넘어 미디어 텍스트에 이르기까지 무척 광범위하게 퍼져 있다. 수사학은 그동안 폐쇄적인 텍스트에서 개방적인 텍스트로, 사적인 공간에서 공적인 공간으로 옮겨 왔다. 그러므로 미디어 텍스트를 수사학적으로 연구하는 것은 의미가 어떻게 설득력 있게 생성되고 배열되는지 알 수 있는 중요한 지표가 된다. 광고에 나타난 수사법에 대한 연구는 곧 수사학이 마침내 그 발전과 역사에서 어떠한 단계에 이르렀는지 고찰하는 데도 자못 중요하다고 할 것이다.

김소월의 「가는 길」

'하니'인가 '아니'인가

유종호柳宗鎬는 「옷과 밥과 자유」(2002)라는 글에서 "김소월에 대해 또무슨 말을 보탤 것인가?"라고 수사적인 질문을 던진 적이 있다. 두말할나위 없이 그는 '없다'라는 부정적인 대답을 염두에 두고 이 질문을 던진것이다. 유종호는 이제 학자나 비평가가 이 국민 시인에 더 이상 보탤 말이 없다고 힘주어 말하기 위하여 수사적 질문을 던진다. 그러나 과연 소월에 대하여 더 이상 할 말이 없을까? 유종호가 이 질문을 던진 2000년초엽은 말할 것도 없고 그로부터 15년 가까운 시간이 지난 지금도 시인소월과 그의 작품에 대하여 정말 할 말이 없을까? 소월에 대해서는 아직할 말이 많이 남아 있다. 특히 그의 작품을 둘러싼 텍스트 비평 문제는 학자들과 비평가들이 해결할 난제 중 하나로 남아 있다.

문학 작품을 올바로 분석하고 그 가치를 평가하려면 무엇보다도 먼저올바른 텍스트가 뒷받침되어야 한다. 권위 있고 믿을 만한 텍스트를 사용하지 않고서 문학 작품을 제대로 분석하고 평가할 수 없기 때문이다. 정평 있는 텍스트에 의존하지 않고 문학 작품을 분석하거나 평가하는 것은 마치 모래 위에 궁궐을 짓는 것과 크게 다르지 않다. 1940년대 초엽 미국 학계에서 있었던 한 경우는 아마 좋은 예가 될 것이다. 하버드대학교 영문학 교수 F. O. 매티슨은 19세기 중엽의 미국문학을 다룬 『미국의 문예부흥』을 출간하여 학계의 비상한 관심을 모았다. '에머슨과 위트먼 시대의 예술과 표현'이라는 부제가 붙은 이 책은 아직도 이 분야의 대표적인 저서로 꼽힌다.

그런데 매티슨은 이 책에서 허먼 멜빌의 소설 『화이트 재킷』을 분석하면서 'soiled fish'라는 구절에 대하여 자못 장황하게 현학적으로 설명한다. 18세기 영국 비평가 새뮤얼 존슨이 일찍이 말한 '부조화의 조화'를 언급하면서 매티슨은 멜빌처럼 심해의 공포를 경험해 보지 못한 작가가 아니라면 이 뜻하지 않은 청결과 부패의 형이상학을 제대로 이해하지 못할 것이라고 자못 웅변적으로 지적한다. 그러나 매티슨이 몇 쪽에 걸쳐 이렇게 장황하게 설명하는 'soiled fish'는 'coiled fish'의 오식임이 드러났다. 식자공이 'c' 자를 뽑는다는 것을 그만 실수로 's' 자를 뽑고 말았던 것이다. 영어 어휘에 'soiled'라는 낱말이 없었더라면 아마 쉽게 눈에 띄었겠지만 그러한 말이 있어 그냥 넘어가고 말았다. 서양 학자들은 텍스트 비평이 얼마나 중요한지 말할 때마다 매티슨의 실수를 약방의 감초처럼 언급한다.

그렇다면 한국의 학계나 문학계는 과연 어떠한가? 와전된 텍스트 때문에 비평의 사상누각을 지은 적이 없는가? 매티슨이 저지른 것과 같은 실수가 더 많으면 많았지 결코 적지는 않을 듯하다. 한글을 조판하는 방법이 영어 알파벳을 조판하는 것보다 더 어렵고, 지금이야 사정이 다르지만 불과 백여 년 전만 하여도 인쇄술이 서양처럼 그렇게 발전하지 못했기 때문이다. 가령 정지용鄭芝溶의「비로봉 2」에는 "지팽이 / 자진 마짐 / 흰들이 / 우놋다"라는 구절이 나온다. 김학동이 편집한 민음사『정지용 전집』(1988)에는 '흰 돌'이 '흰 들'로 잘못 표기되어 있다. 아나나 다를까 그동안 한국문학 작품을 번역해 온 대니얼 키스터 신부는 이 전집을 저본으로 삼아 정지용의 작품을 영어로 번역하면서 'white stones'가 아닌 'white fields'로 번역하였다. 또한 키스터는 '우놋다'라는 고어를 '웃다'로 잘못 이해하여 'laugh'로 번역하기도 하였다.

김소월金素月의 대표작 중의 하나인「가는 길」도 텍스트 비평의 관점에서 다시 한번 찬찬히 점검해 볼 필요가 있다. 이 작품은 3음보 7·5조의 전통적인 가락에 실어 한민족의 내면에 흐르는 정情과 한恨을 토속적인 언어로 진술하게 표현한 작품이라는 평가를 받는다. 이 작품이 이별에 따른 아쉬움과 그리움을 소월 특유의 언어로 섬세하게 그려냈다는 점에서 학자들과 비평가들 사이에서 거의 이견이 없다. 주제나 형식에서 어찌 보면「진달래꽃」이나「못 잊어」못지않게, 어떤 의미에서는 그 작품들보다도 더 뛰어나다고 하여도 크게 틀리지 않을 것 같다. 그러나 귀에 익은 아름다운 운율에 취하여 무심코 읽어서 그러하지 좀 더 찬찬히 뜯어보면「가는 길」은 텍스트에서 문제가 있음을 알 수 있다.

그립다
말을 할까
하니 그리워

그냥 갈까

그래도
다시 더 한 번

져 山에도 가마귀
들에 가마귀

西山에는 해 진다고
지저귑니다

압강물
뒷강물
흐르는 물은

어서 따라
오라고
따라가쟈고

흘너도
넌다라
흐릅듸다려

　　소월은 「가는 길」을 『개벽』지 제40호(1923.10)에 처음 발표하였다.
1923년이라면 소월이 시작 활동을 가장 왕성하게 하던 시기다. 1920년

『창조』에「낭인浪人의 봄」과「그리워」등을 발표하면서 문단에 데뷔한 그는 그 이듬해부터는 주로 천도교에서 발행하던 종합지『개벽』을 무대로 활약하였다. 1922년『개벽』에「금잔디」,「엄마야 누나야」,「진달래꽃」등을 실었고, 그 이듬해에는「예전엔 미처 몰랐어요」,「산」,「가는 길」등을 실었다. 그러므로 소월은 그의 대표작을 초기에 거의 대부분 썼다고 할 수 있다.

텍스트 비평과 관련하여「가는 길」에서 무엇보다도 문제가 되는 것은 "그립다 / 말을 할까 / 하니 그려워"라는 첫 연 3행이다. '그립다'니 '그려워'니 하는 말은 평안도 사투리로 표준어로 바꾸면 '그립다'나 '그리워'에 해당한다. 소월은 순수 토착어뿐만 아니라 그가 태어나 자란 평안도 정주 지방에서 주로 사용하는 지방 사투리를 즐겨 사용하였다.「진달래꽃」의 '즈려밟고'나「접동새」의 '불설워'처럼 '그립다'도 평안도 사투리 중 하나다.

그러나 셋째 행 "하니 그려워"에서 '하니'라는 낱말이 마치 목에 걸린 생선 가시처럼 걸린다. 그립다고 말을 할까 생각하니 갑자기 그리워진다는 말이 소월의 시적 상상력에서는 무척 낯설게 느껴지기 때문이다. 비단 소월뿐만 아니라 어떤 시인도 막상 누군가가 그립다고 말하려 생각하니 실제로 그리워지더라고는 말하지 않을 것이다. 그런데도 지금껏 어떤 학자나 비평가도 이 구절을 그냥 지나쳐갔을 뿐 찬찬히 눈여겨보면서 의문을 품지 않았던 것이다.

예를 들어 한계전은「가는 길」에 대하여 "시적 화자는 이별 상황에 놓여 있다"라고 말한 뒤 시적 화자의 성격을 이렇게 평가한다.

그는 그리워하면서도 평소에는 '그립다'는 말조차 못하는 여린 성격의 소유자이다. '그립다'라는 말을 할까 하고 마음속에 되뇌어 보는 순간 마음속에 고여 있던 그리움이 새삼 절실하게 밀려온다. 이 시는 이별의 상황에서 느끼는 그리움과 망설임, 그리고 아쉬움이라는 미묘한 심리를 간결한 표현과 율동감 있는 언어와 여성적 어조를 통해 잘 드러내고 있다.

한계전은 시적 화자가 '그립다'라고 말을 할까 하고 마음속에 되뇌어 보는 바로 순간 마음속에 고여 있던 그리움이 파도처럼 새삼 절실하게 밀려온다고 주장한다. 첫 연을 이렇게 해석하는 점에서는 김재홍도 크게 다르지 않다. 이 작품을 지속과 중단, 변화의 원리에서 해석하는 김재홍은 "1연은 '그립다(지속)', '말을 할까(중단)', '하니 그리워(변화)'라는 세 가지 감정의 기복을 보여 준다고 지적한다. 이것은 그리움이라는 지속적인 감정이 겪고 있는 갈등의 표출이면서, 동시에 사랑의 본질적인 모습이 된다"라고 주장한다.

김흥규는 『한국 현대시를 찾아서』에서 이보다 한 발 더 나아가 마음속에 움직이는 감정은 논리적인 생각과 달라서 자기 스스로도 그 모습이나 크기를 잘 알지 못하는 경우가 있다고 말한다. 그러면서도 그러한 구체적적인 실례를 「가는 길」의 첫 연에서 찾는다.

'그립다 말을 할까 하니 그리워'라는 구절은 얼핏 생각하기에 시에나 있을 법한 이상한 말 같기도 하다. 그러나 그것이 어찌 시에서만 있을 수 있는 경험이겠는가? 이 구절에서 '그립다'라는 말을 하려고 마음먹게 하는 것은 물론 마음속에 있는 그리움이다. 즉, 그리움이 먼저 있고 그립다는 말이 나중에 있는 것이다. 그러나 일단 '그립다'라는 말을 할까 하고 생각하는 순간 마음속에 고여 있던 그리움은 갑작스런 바람을 만난 물결처럼 출렁이며 일어난다. 즉, '그립다'라는 말을 생각하는 순간 그때까지 어렴풋하던 그리움은 새삼 절실하게 또렷한 모습으로 살아나는 것이다.

김흥규는 소월이 사용한 "그립다 말을 할까 하니 그리워"라는 첫 구절은 "얼핏 생각하기에 시에나 있을 법한 이상한 말 같기도 하다"라고 지적한다. 김흥규의 지적대로 이 첫 구절은 누가 보아도 '이상한 말'임에 틀림없다. 그러나 이러한 구절은 일상생활에서는 있을지 몰라도 시에서는 오히려 있을 법하지 않다. 김흥규는 소월처럼 몇 마디 되지 않는 간결한 시어로 이처럼 섬세하게 "그리움과 망설임이 뒤섞인 상태"를 표현하기란 그렇게 쉽지 않은 일이라고 결론짓는다.

이렇듯 지금까지 어느 누구도 「가는 길」 첫 연 3행 "그립다 / 말을 할까 / 하니 그려워"에 의심을 품은 사람은 하나도 없었다. 하나같이 초판 텍스트를 '권위 있는' 원전으로 받아들여 "이별의 상황에서 느끼는 그리움과 망설임"(한계전)이라느니, "단념과 미련이라는 중단과 지속의 갈등"(김재홍)이라느니, "멈춤과 방황 사이에서 갈등하는 화자의 내면 정서"(김현자)라느니 이런저런 관점에서 해석을 해 왔을 뿐이다.

그러나 이 첫 연을 좀 더 자세히 뜯어보면 '하니'가 '아니'의 오식일 가능성이 아주 높다. 『개벽』지에 '하니'라고 실려 있으니 그 표기가 맞을 것이라고 생각하는 것은 옳지 않다. 문학 연구가는 언제나 자신이 사용하는 텍스트가 믿을 만한 것인지 아닌지 꼼꼼히 따져보아야 한다. 앞에서 이미 밝혔듯이 1920년대 초엽 한국의 인쇄술이나 출판 작업에 비추어보면 식자공이 '하' 자를 뽑는다는 것을 그만 실수로 '아' 자를 뽑을 가능성은 얼마든지 있기 때문이다. 이 작품은 소월이 살아 있을 때 편찬해 출간한 『진달래꽃』(1925)에는 수록되어 있지 않고 그가 요절한 뒤 그의 스승 안서 김억金億이 편찬해 출간한 『소월시초素月詩抄』(1939)에 수록되어 있다. 이 시집에도 여전히 '하니'로 표기되어 있다고 하여도 사정은 달라지지 않는다. 엄밀한 텍스트 비평을 거치지 않는다면 아무리 시집이 거듭 출간되었어도 오식은 고쳐지지 않고 계속 되풀이되기 마련이다.

작품이 처음 실린 잡지나 신문을 비롯하여 뒷날 단행본으로 출간된 시집에서도 외적 증거를 찾을 수 없다면 이번에는 텍스트 안에서 내적 증거를 찾아야 한다. 첫 연 "그렵다 / 말을 할까 / 하니 그려워"의 세 행을 다시 한번 찬찬히 살펴보자. 시적 화자가 헤어졌거나 떠나간 임이 그립다고 말을 할까 생각했더니 정말로 그리워졌다는 것은 마치 소금이 짜다고 말하거나 설탕이 달다고 말하는 것처럼 싱겁기 짝이 없다. 언어 사용이나 시적 긴장에서 보더라도 이렇다 할 감흥을 주지 못한다. '그렵다'라는 말을 생각하는 순간 그때까지 어렴풋하게 남아 있던 그리움이 새삼 또렷한 모습으로 살아났다는 기존의 해석이 별로 설득력이 없는 것은 바로 그 때문이다. 원문 첫 연 세 행과 오식을 전제로 새롭게 고친 부분을 서로 나란히 놓고 대조해 보면 그 뜻이 좀 더 분명해진다.

그렵다
말을 할까
하니 그려워

그립다
말을 할까
아니 그려워

　이렇게 '하니'라는 동사를 '아니'라는 부정 부사로 바꾸니 그 의미가
사뭇 달라진다. '하니'는 '생각하니'의 준말로 볼 수 있다. "아니 그리워"
의 '아니'는 그립지 않다는 것을 나타내는 부정어다. 소월은 「진달래꽃」
에서도 "나보기가 역겨워 가실 째에는 / 죽어도 아니 눈물 흘니우리다"
라고 노래한다. 의미를 강조하기 위하여 도치법을 구사하여 "눈물 흘리
지 않으오리다"라고 말할 것을 일부러 "눈물 아니 흘리오리다"로 사용했
을 뿐 의미에서도 별다른 차이가 없다. 슬퍼도 슬퍼하지 않는다는 애이
불비哀而不悲의 마음을 표현한 구절이다. "아니 그리워"도 "아니 눈물 흘리
오리다"처럼 반어적 표현이다. 겉으로는 그립지 않다거나 눈물을 흘리지
않겠다고 하지만 실제로는 그리운 마음과 슬픈 감정이 북받쳐 억제하기
힘들다.
　「가는 길」에서 시적 화자는 떠나간 임에 대한 그리움이 마음에 사무
친다. '그립다'라고 말을 할까 하다가도 막상 그 말을 차마 입에 담지는
못한다. 그렇게 '그립다'라는 말을 차마 입에 올리지 못하는 데는 여러
이유가 있을 것이다. 자신을 버리고 떠나가 버린 임에 대한 섭섭함이나
원망이 아직 사라지지 않은 채 마음속에 앙금처럼 남아 있는 탓도 있을
것이고, 떠나간 임을 만나서는 안 되는 어떤 사연이 있을지도 모른다. 그
이유야 어찌 되었든 그립다고 말하려고 생각하니 실제로 그리운 것이 아
니라, 마음속으로는 그리워하면서도 막상 겉으로는 그립지 않다고 말할

수밖에 없다.

소월이 「가는 길」에서 반어법과 함께 구사하는 수사적 장치는 다름 아닌 부정법이다. 부정법이란 어떤 사실이나 내용을 강조하기 위하여 그것과 관련한 다른 어떤 것을 부정하는 수사법을 말한다. 다시 말해서 부정적 진술을 빌려 긍정적 진술을 돋보이게 하는 수사법이다. 오세영은 「깨진 술잔」에서 이 수사법을 효과적으로 구사한다.

> 왕은 항상
> 기쁘다, 아니 슬프다.
> 이 세상 어느 누구보다도
> 그릇을 많이 가진 까닭에

왕이 느끼는 슬픔은 방금 앞에서 기쁘다고 말했기 때문에 그 감정이 더욱 크게 느껴질 수밖에 없다. 처음부터 그냥 '슬프다'라고 말했더라면 지금처럼 그렇게 슬프지는 않을 것이다. 물론 소월이 노래하는 "아니 그려워"와는 뉘앙스가 조금 다르다.

「가는 길」에서 '하니'가 '아니'의 오식일 가능성은 둘째 연을 보면 좀 더 분명해진다. 시적 화자는 지금 임과 헤어져 다른 길을 가려고 하고 있다. 그러나 막상 발길을 돌리려니 임에 대한 그리운 생각이 문득 떠올라 차마 발길이 떨어지지 않는다.

> 그냥 갈까
> 그래도

다시 더 한 번

시적 화자는 어쩌면 마지막이 될지도 모르는 만남이기에 "다시 더 한 번" 고개를 돌려 쳐다보고 싶은 생각이 간절하다. 아니, 어쩌면 점점 멀어져가는 임이 보고 싶어 다시 한번 더 뒤돌아보고 있는지도 모른다. 둘째 연을 읽노라면 아무리 잊고 떠나려 하여도 임의 모습이 자꾸만 눈앞에 어른거려 차마 발걸음이 떨어지지 않는 시적 자아의 모습이 눈에 선하다.

소월의 「가는 길」은 그동안 윤동주尹東柱가 쓴 작품으로 잘못 알려진 「편지」와 여러모로 비슷하다. 윤동주의 작품 중에는 "누나! 이 겨울에도 눈이 가득히 왔습니다"로 시작하는 같은 제목의 시가 있어 아직 시인이 밝혀지지 않은 이 작품과 혼동을 일으키는 것 같다. 아직도 아래 인용하는 작품을 윤동주의 작품으로 알고 있는 사람이 적지 않다. 어찌 되었든 소월의 작품에서 시적 화자가 말로써 그리움을 표현한다면 「편지」에서는 글로써 그리움을 표현한다.

> 그립다고 써보니 차라리 말을 말자
> 그냥 긴 세월이 지났노라고만 쓰자
> 긴긴 사연을 줄줄이 이어
> 진정 못 잊는다는 말을 말고
> 어쩌다 생각이 났었노라고만 쓰자
>
> 그립다고 써보니 차라리 말을 말자

그냥 긴 세월이 지났노라고만 쓰자

긴긴 잠 못 이루는 밤이면

행여 울었다는 말을 말고

가다가 그리울 때도 있었노라고만 쓰자

이 작품에서도 시적 화자는 편지에 임을 향한 애틋한 마음을 '그립다'라고 썼다가 그냥 "긴 세월이 지났노라"라고만 고쳐 쓴다. 그렇다고 하여 임에 대한 그리운 마음이 줄어드는 것은 전혀 아니다. 다만 소월의 「가는 길」의 시적 화자처럼 감정을 헤프게 늘어놓지 않고 억제하여 표현할 뿐이다.

문학의 위기, 위기의 문학

담론으로서의 문학의 위기

우리는 지금 '위기의 시대'에 살고 있다. 작게는 '금융 위기'나 '글로벌 경제 위기'에서 크게는 '에너지 위기'나 '핵 위기', 더 크게는 '생태계 위기'나 '생명 위기'에 이르기까지 온갖 위기가 인간의 삶을 직접 또는 간접으로 위협하고 있다. 그리고 보니 지금 현대인은 그야말로 '총체적 위기'를 맞고 있는 셈이다. 오죽하면 '위기관리'라는 말이 유행가 가사처럼 뭇사람의 입에 오르내리고 있을까. 이렇게 온갖 위기 속에서 하루하루 삶을 영위하고 있는 현대인은 마치 살얼음 위를 걷고 있는 것과 같다고 할 수 있다.

그런데 따지고 보면 이러한 위기의식은 20세기 말엽이나 21세기 초엽에 새롭게 나타난 현상이라기보다는 어떤 면에서는 인간의 역사와 더불어 이미 시작된 현상이라고 할 수 있다. 그것은 '위기'라는 영어 단어의 어원을 생각해 보면 훨씬 분명해진다. 이 말의 뿌리를 캐어 들어가 보면 뜻밖에도 고대 그리스어 '크리시스'라는 말과 만나게 된다. 이 '크리시스'라는 말은 어떤 일을 선택하거나 결정하거나 판단하는 것을 뜻한다. 그러므로 위기는 본디 어떤 중대한 일을 결정할 때 느끼게 되는 심리 상태를 가리키는 표현이다. 사도 바울이나 사도 요한이 일찍이 위기나 종말을 역사의 끝이 아니라 삶의 순간순간마다 일어나는 현상으로 파악한 것도 바로 그 때문이다. 또한 "삶을 영위한다는 것은 곧 위기 안에서 사는 것이다"라는 독일의 철학자 카를 야스퍼스의 말도 이와 같은 맥락에서 이해할 수 있을 것 같다.

이러한 위기의식은 그 어느 때보다도 20세기 후반에 이르러 전보다 훨씬 첨예하게 부각되었다. 그 험난하고 어두운 20세기의 터널을 막 빠져나와 21세기의 문턱에 다다른 지금, 우리는 단순히 한 세기를 마감한 세기말의 시점에 서 있을 뿐만 아니라 천 년을 마감한 천 년 말의 시점에 서 있다. 백 년(센추리)의 끝과 시작이 아니라 천 년(밀레니엄)의 끝과 시작에 서 있는 것이다. 역사적으로 백 년이나 천 년을 맞이할 때면 거의 언제나 인간은 크나큰 위기의식을 경험하곤 하였다. 갑자기 여기저기서 거짓 선지자들이 나타나 유토피아적인 왕국을 건설하는 것도 바로 이러한 세기말 현상이나 천년말 현상과 그렇게 무관하지 않다.

1

이러한 위기의식은 학계와 문화계의 경우에도 결코 예외가 아니다. 아니, 어쩌면 위기의식은 어떤 영역보다도 이 분야에서 가장 첨예하게 그리고 가장 극명하게 나타난다고 할 수 있다. 예술가들이나 학자들은 마치 공중에 떠도는 전파를 민감하게 수신하는 안테나와 같아서 한 시대에 풍미하는 정신을 정확하게 포착하여 표현하기 때문이다. 각각의 시대마다 예술과 학문은 그 시대에 팽배해 있던 위기의식을 반영해 왔다고 하여도 크게 틀리지 않다. 이러한 위기의식의 표현이 바로 문예 사조나 문예 전통이요 시대정신이다. 극단적으로 말한다면 예술과 학문은 위기의식을 떠나서는 결코 존재할 수 없다. 인류 역사에서 지금까지 예술가들이나 학자들이 흔히 예언자나 선지자 같은 대접을 받아 온 것은 바로 이러한 이유 때문이다.

지난 몇 십 년 전부터 학계나 문화계에서도 '위기'라는 용어를 자주 사용해 왔다. 단순히 '위기'를 언급하는 것으로 그치지 않고 한 발 더 나아가 '죽음'이나 '종말'을 언급하는 단계에 이르렀다. 그리하여 '예술의 죽음'(G. W. F. 헤겔)을 비롯하여 '철학의 종말'(마르틴 하이데거), '이데올로기의 종언'(대니얼 벨), '휴머니즘의 종말'(리처드 셰크너) 또는 '역사의 종말'(프랜시스 후쿠야마)이라는 용어를 심심치 않게 듣는다. 문학으로 그 범위를 좁혀 보더라도 '소설의 죽음'(로널드 슈케닉)이니 '근대문학의 종언'(가라타니 고진)이니 '문학의 죽음'(자크 에르만)이니 하는 용어도 이제 문학인들뿐만 아니라 일반인들의 입에도 자주 오르내리는 유행어가 되다시피 하였다. 그런데 이 모든 죽음의 계보를 거슬러 올라가다 보면 19세기의 이단아 프리드리히 니체가 선포한 '신의 죽음'을 만나게 된다.

문학의 위기와 관련하여 이론가들은 지금까지 여러 질문을 제기해 왔다. 예를 들어 문학은 과연 사망하였는가? 만약 사망했다면 무슨 이유로 사망하였는가? 문학은 하필이면 왜 20세기 후반에 이르러 사망하였는가? 그리고 그 사망은 단순한 죽음인가, 아니면 불사조처럼 부활을 전제로 한 죽음인가? 이것은 제2차 세계대전 이후 적지 않은 이론가들이 그동안 끊임없이 제기해 온 질문들이다. 이 글에서는 이러한 질문을 던지고 그 질문에 답할 것이다.

2

예술이나 철학 또는 역사가 죽음을 맞이하였다는 주장과 마찬가지로 '문학의 죽음'도 좀 더 곰곰이 생각해 보면 꽤나 과장되어 있음이 드러난다. 사망 선고에도 불구하고 문학은 여전히 건재한 상태로 남아 있기 때문이다. 적어도 양적인 측면에서 본다면 문학은 전보다 쇠퇴하거나 위축되기는커녕 그 어느 때보다도 크게 위력을 떨치고 있다. 새로운 문학 작품들이 하루에도 수백 권씩 쏟아져 나오고 있을 뿐만 아니라, 여전히 많은 사람들이 문학 작품을 읽고 있다는 사실에서도 이 점은 여실히 뒷받침된다. 물 건너 나라들은 접어두고라도 적어도 우리나라의 경우 최근에 발표된 한 통계 자료에 따르면 2008년에 단행본 서적은 총 4만 3,099종이 발행되었다. 전년도와 비교해 볼 때 발행 부수는 감소하였지만 발행 종수는 4.9% 증가한 것으로 나타났다. 이 가운데에서 총류 분야가 59.6%로 가장 큰 폭의 증가세를 보여 2007년에 이어 1위를 차지하였다. 이밖에 아동 서적이 19.53%, 사회과학 서적이 13.6%, 문학 서적과 어학 서적이 각각 9.4%, 그리고 역사 서적이 8.7% 순으로 늘어났다. 2008년에는 글로벌 경제 위기의 한파가 국내 실물 경기 악화로 이어지면서 출판 경기에 상당한 영향을 끼쳤던 상황을 고려한다면 이러한 수치는 뜻밖이다.

2009년도의 출판 현황도 2008년도의 그것과 크게 다르지 않다. 대한 출판문화협회를 통하여 납본한 자료를 집계한 결과에 따르면, 신간 도서의 발행량은 총 4만 2,191종(만화 포함)이며, 발행부수는 1억 621만 4,701부로 나타났다. 이는 최근 10년간 발행 종수 및 발행 부수의 변화폭이 컸던 것에 비하면 약보합세를 유지해 온 것으로 볼 수 있다. 2009년도 발행 종수는 전년도와 비교해 볼 때 2.1% 소폭 감소하였고, 발행 부수 또한 0.3% 소폭 감소한 것으로 나타났다. 그러나 전체적으로 각 분야가 감소세를 면치 못하였지만 기술과학 분야 서적은 전년 대비 10.9%, 종교 서적은 8.4%, 그리고 문학 서적은 2.8%가 늘어났다.

더구나 문학 활동은 비단 문학 작품의 출판에만 그치지 않는다. 문학 비평을 전문으로 취급하는 학회지와 저널이 우후죽순처럼 여기저기에서 출간되는가 하면, 특정 작가들과 그들의 작품을 심도 있게 다루는 여러 세미나와 심포지엄 그리고 학술대회가 계속 열리고 있다. 또한 서양 학계는 말할 것도 없고 국내 학계에서도 학술 논문이나 저서를 출간하거나 아니면 학계를 떠나라는 이른바 '퍼블리쉬 또는 페리쉬'의 냉혹한 생존 경쟁 속에서 학자들이 어쩔 수 없이 논문과 저서를 출간하지 않을 수 없다. 학계는 지금 그들이 발표하는 논문과 서평 그리고 저서로 넘쳐난다. 존 엘리스는 『잃어버린 문학』(1997)에서 이러한 현상이 긍정적 결과보다는 부정적 결과를 낳는다고 지적한다. 그는 필사적으로 논문을 발표하거나 저서를 출간하는 현상을 '아일랜드 큰사슴 증후군'에 빗댄다. 엘리스에 따르면 큰사슴은 동일 종種 안에서 우위를 차지하려는 나머지 점점 더 큰 뿔을 가지도록 진화했지만 더욱 커진 뿔은 종 전체에게 기능 장애

를 낳았고 궁극적으로는 큰사슴 종을 쇠퇴시키는 결과를 초래했다는 것
이다. 이와 마찬가지로 문학 작품의 독자는 계속 줄어드는 반면, 작품의
해석이나 분석만이 늘어난다는 것은 바람직하지 않은 현상이다.

　이러한 통계 수치에서도 엿볼 수 있듯이 작가들은 여전히 왕성하게
창작 활동을 하고 있고, 출판사는 그들의 작품을 책으로 출간하여 시장
에 내놓고 있다. 또한 학자들은 이에 못지않게 온갖 비평 방법을 동원하
여 고전을 새롭게 읽어내는 한편, 생존 작가가 새로 출간한 작품에도 연
구를 게을리 하지 않는다. 한마디로 창작과 비평의 문학 행위는 그 이전
과 비교하여 크게 위축되었다고 볼 수 없다. 위축되기는커녕 옛날 수준
을 그대로 유지하고 있거나 확장 일로에 있다고 할 수 있다. 다시 말해서
문학은 위기를 맞거나 사망하지 않고 오히려 아직도 건재한 상태에 있다.

　그러나 이러한 양적 증가에도 불구하고 휴머니즘에 기초하는 전통적
의미의 문학은 그 역할과 영향력에서 그 힘이 전보다 크게 위축된 것은
부정할 수 없는 사실이다. 분명히 문학은 이제 핵심적인 사회적 담론으
로서 확고한 위치를 이미 상실하였거나 지금 그 위치를 상실하고 있는
중이다. 비록 문학 행위는 아직 계속되고 있을지 모르지만 적어도 제도
로서의 문학이 상당히 약화되었다는 점을 어느 누구도 부정하지 못할 것
이다. 18세기 말엽부터 19세기를 거쳐 20세기 초엽까지만 하더라도 지
암바티스타 비코나 빌헬름 딜타이의 이론에서 볼 수 있듯이 문학은 '지
식의 나무'에서 큰 가지에 해당하였다.

　바꾸어 말해서 문학은 정신과학 분야에서 제왕처럼 군림하며 지고의
위치를 차지하고 있었다. 영국 낭만주의 전통을 대변하는 대표적인 시인
가운데 한 사람인 퍼시 비쉬 셸리는 일찍이 시인을 비롯한 문학가를 "이

세계의 공인 받지 않은 입법자"로 간주하였으며, 빅토리아 시대의 영국 시인이며 비평가인 매슈 아널드는 종교의 힘이 약화된 시점에서 문학이 바로 종교를 대신하는 역할을 담당해야 한다고 주장하였다. 사상적으로 척박한 미국 땅에 초월주의의 나무를 처음 심은 랠프 에머슨 또한 셸리나 아널드처럼 문학에 여간 무게를 두지 않았다. 에머슨은 문학 교육과 관련하여 위대한 교사라면 하나같이 "독자(청중)의 영혼을 침대에서, 습관적인 깊은 수면으로부터 깨워야 한다"라고 생각하였다. 그런가 하면 흔히 미국의 국민 시인으로 일컫는 월트 휘트먼은 "모든 예술 가운데에서도 문학이 가장 지배적 위치를 차지하고 있다는 사실은 의심할 여지가 없다"라고 잘라 말하였다. 그러나 20세기 말엽 이후 문학에 대한 이러한 신념은 한낱 한 가닥 소망에 지나지 않을 뿐 실제 현실과는 적잖이 동떨어져 있다.

3

문학은 인류 역사와 더불어 시작되었지만 그것이 정식 교과과정의 일부로서 제도화된 것은 놀랍게도 비교적 최근에 들어와서의 일이다. 19세기와 20세기에 걸쳐 세계문학사에서 주도적인 역할을 담당해 온 영국문학의 경우를 한 예로 들어보기로 하자. 영국문학은 옥스퍼드대학이나 케임브리지대학과 같은 정규 대학이 아니라 기술학교, 노동자들이나 여성들을 위한 특수 전문학교, 또는 순회 공개 강의를 통하여 처음 교과 과정으로 채택되었다. 문학 교육은 성직자나 법률가 같은 전문직에 종사하는 사람들보다는 오히려 노동에 종사하는 일반 근로자들이나 전문직의 기회를 박탈당한 여성들에게 값싼 인문 교육을 제공하여 주기 위하여 시작되었다. 이렇게 처음부터 문학은 사회 계층 사이에 연대 의식을 증진시키고 동정심을 계발시킬 뿐만 아니라 국가에 대한 자부심을 고취하고 도덕적 가치를 전달한다는 분명한 목적을 가지고 출발하였다. 영국에서 문학이 처음 제도화된 시기는 여성들에게 고등교육의 기회를 부여해 준 시기와 거의 일치한다는 사실은 결코 우연한 일이 아니다.

더욱이 영국에서 문학이 정규 대학에서 가르치는 교과 과정으로 제도화된 것은 대영 제국주의의 팽창과도 아주 밀접하게 관련되어 있다. 문학이 정규 과목으로 채택된 빅토리아 시대는 영국 제국주의가 그 어느때보다도 맹위를 떨치던 시기였다. 영국 사람들은 자신들의 정치적 세력을 확장하기 위한 한 수단으로서 영문학을 세계 각국에 널리 전파하였다. 가령 인도는 이러한 경우의 좋은 예가 된다. 처음에는 성서를 가르치며 식민지 주민을 교육했지만 인류의 보편적 사랑을 강조하는 성서가 자칫 식민주의 교육에 걸림돌이 될 수 있다고 판단하였다. 그리하여 영국 제국주의자들이 성서 대신에 생각해 낸 것이 다름 아닌 영국문학을 가르치는 것이었다.

이렇듯 영국 사람들은 인도를 식민지로 삼고 피식민지 원주민들에게 정치적 우월성 못지않게 문화적 우월성을 과시하려고 하였다. 인도 사람들에게 윌리엄 셰익스피어의 작품을 가르치면서 자연스럽게 식민지 종주국의 문화를 전파하였다. 옥스퍼드대학에서 최초의 영문학 교수로 부임한 월터 롤리 경卿은 이 대학의 영문학 교수가 되기에 앞서 1885년에

인도의 알리가대학에서 영문학 교수로 재직하였다. 영국 제국주의를 전파하는 데 충실하게 복무하는 국가 공무원을 선발하는 시험에 처음으로 영문학 과목이 채택된 것도 바로 이 무렵이었다. 그러므로 영문학이 대학의 정규 과목으로 입적된 것은 겨우 한 세기 정도밖에 되지 않는다. 또 옥스퍼드대학에 영문학 분야에서 우등학위를 수여한 것은 1894년에 들어와서의 일이다.

미국은 말할 것도 없고 전 세계에 걸쳐 가장 유명한 고등교육 기관인 하버드대학도 영국 식민지 시대에 처음 문을 열었다. 1636년 매사추세츠 주 케임브리지에 세운 이 대학은 이 무렵 교육의 메카였던 영국의 케임브리지대학과 옥스퍼드대학의 교육제도를 표방하여 설립하였다. 강사 한 명과 학생 아홉 명으로 목사를 양성할 목적으로 출범한 하버드대학은 1782년에 의학대학원을, 1816년에 신학대학원을, 그리고 1817년에 법학대학원을 설립하면서 점차 종합대학의 모습을 갖추어 나가기 시작하였다. 그런데 영문학을 정규 교과과목으로 채택한 것은 대학을 설립한 지 1백 년 가까운 세월이 지난 1876년으로 바로 이 해에 스코틀랜드와 영국의 발라드 연구가인 프랜시스 제임스 차일드가 최초의 영문과 교수로 부임하였다.

이러한 사정은 비단 서양에만 그치지 않고 동양의 경우에도 크게 다르지 않다. 예를 들어 19세기 말엽과 20세기 초엽 일본에서도 국문학이 처음 정립된 것은 국가주의의 성립은 말할 것도 없고 제국주의의 팽창과도 깊이 맞물려 있었다. 가라타니 고진柄谷行人을 비롯한 일본의 진보주의 학자들이 주장하듯이 20세기를 전후하여 『고지키古事記』나 『만요슈萬葉集』 또는 『겐지 이야기源氏物語』 같은 일본의 고전들이 오늘날의 정전正典의 반열에 오르게 된 과정과 배경에는 이 무렵 지식인들이 국가주의적 정체성과 관련한 중요 담론 공간을 만들어 낸 작업과 깊이 관련되어 있다. 『창조된 고전』(2002)이나 『일본 근대문학의 기원』(1980, 2008) 등에서 가라타니 고진은 방금 앞에서 언급한 일본의 고전이 하나같이 국민국가 일본이 '창조해 낸' 작품이었다고 지적한다. 이러한 '고전화' 작업은 국민국가 일본의 건설이라는 지상 명제와 서로 맞닿아 있었다. 한편 영국 사람들이 피식민지 인도 주민에게 셰익스피어를 가르친 것처럼 일본 제국주의자들은 피식민지 한국인들에게 일본의 전통 시가인 하이쿠俳句를 암송하도록 함으로써 일본의 정신을 자연스럽게 심어주려고 했던 것이다.

한편 이러한 담론에 맞선 이 무렵 조선에서의 조선주의, 향토주의, 고전주의 같은 국학 운동의 부활도 좀 더 따져보면 '상상의 정치적 공동체'라는 일본 국가주의 담론과 그다지 동떨어져 있지 않다. 일본에서 고전 연구와 관련한 민족문학이 황국민과 신민의 특권 의식을 형성하는 메커니즘으로 사용되었다면, 일본 식민주의 지배를 받고 있던 조선에서는 국학 운동을 발판으로 삼아 상실한 국권을 회복하고 짓밟힌 민족의 긍지를 되찾으려고 하였다. 일제 강점기 조선에서 일어난 국학 연구나 신문화 운동은 말하자면 일본의 황국 신민화와 제국주의에 맞서는 일종의 대항 담론으로서의 기능을 맡고 있었다.

이렇게 기껏해야 노동자들이나 여성 또는 식민지 원주민들에게나 어울리는 분야로 간주하던 영국문학은 그 뒤 대학에서 정식 교과과목으로 채택되기 시작하였다. 그러나 문학은 문헌학이나 철학과 같은 진지한 학문보다는 여전히 교양적이고 아마추어적이며 딜레탕트적인 과목으로밖에는 별로 인정을 받지 못하였다. 문학이 영국의 핵심부에 해당되는 잉글랜드 지역 소재 대학이 아니라 스코틀랜드 같은 주변 지역 대학에서 정규 교과과목으로 인정받았다는 사실은 이 점을 더욱 뒷받침한다. 문학은 1762년에 에든버러대학에서 처음 정식 교과과목으로 채택되었으며, 그로부터 반세기가 훨씬 넘는 세월이 흐른 다음에서야 비로소 잉글랜드 대학에서도 처음 제도화되기 시작하였다. 교과과목으로서의 문학은 1820년대에 걸쳐 공리적인 목적으로 설립된 런던대학에서 맨 먼저 제도화된 뒤 마침내 19세기 후반부에 들어와 옥스퍼드대학과 케임브리지대학 같은 명문 대학에서 정규 과목으로 채택되었다. 좀 더 구체적으로 말한다면 옥스퍼드대학은 1887년에 문학을 정규 교과과목으로 처음 채택하였다.

그러나 정규 과목으로 채택되기까지 이렇게 온갖 어려움을 겪은 영문학은 정식으로 제도화된 다음에도 상당 기간 동안 정당한 대접을 받지 못한 채 여전히 학문의 주변부에 머물러 있었다. 문학이 다른 학문 분야와 동일한 대접을 받기 시작한 것은 비로소 20세기에 들어와서의 일이다. 문학이 정식 교과과목으로 인정받으면서 대학에서 문학을 처음 가르친 초기 영문학 교수들의 태도를 보면 이 무렵 문학의 위치가 과연 어떠했는지 쉽게 미루어볼 수 있다. 예를 들어 방금 앞에서 언급한 월터 롤리는 1921년에 동료 교수 조지 고든에게 보낸 한 편지에서 최후의 심판 때 만약 하나님이 문학을 가르친 것에 책임을 묻는다면 자신은 결코 한 번도 문학을 믿은 적이 없었노라고, 다만 처자식을 부양하려는 나머지 마지못해 그것을 가르칠 수밖에 없었노라고 대답하겠다고 말한 적이 있다.

문학이 이렇게 뒤늦게 영국 대학 제도 속에 흡수된 데는 그 나름대로 충분한 이유가 있었다. 빅토리아 시대 문학은 종교적 목적이나 심미적 목적보다는 공리적이고 실용적인 목적과 보다 밀접한 관련을 맺고 있었다. 이 무렵 일반 대중들을 계몽하고 선도한다는 분명한 실용적인 목적과 임무를 떠나서는 문학은 도저히 생각할 수 없었다. 물론 도덕적 계발이나 사회 변혁의 수단으로 문학을 사용한 것은 19세기보다 훨씬 앞선다. 잘 알려진 바와 같이 이러한 문학관은 고전주의 작가들이 흔히 부르짖었으며, 특히 퍼시 비쉬 셸리나 윌리엄 블레이크 같은 영국 낭만주의 시인들은 문학으로써 사회적 병폐를 치유하고 불평등을 해결하려고 하였다. 그러나 문학의 이러한 공리적이고 실용적인 기능은 그것이 처음 제도화되기 시작하던 19세기 중엽 이후에 이르러 극한점에 이르렀다. 20세기 초엽 옥스퍼드대학 영문학 교수로 재직하던 조지 고든이 지적하듯이 문학은 심미적·쾌락적 기능을 벗어나 좀 더 원대한 목표를 염두에 두고 있었다.

영국은 이제 병이 들었으며 영국문학이 그 병을 치료하지 않으면 안된다. 교회는 실패하였고 사회적 치유는 속도가 느리기 때문에 영국문학은 이제 세 가지 기능을 맡아야 한다. 즉 영국문학은 우리에게 즐거움을 가져다주고 교훈을 줄 뿐만 아니라, 무엇보다도 우리의 영혼을 구원하고 국가를 치유하는 기능을 담당하여야 한다.

문학을 이렇게 실용적인 관점에서 파악한다는 점에서는 매슈 아널드도 고든과 조금도 다르지 않았다. 아널드는 좁게 문학, 넓게 문화란 "이제까지 이 세상에서 알려지고 생각되어 온 최상의 것을 알게 되고, 또 이러한 지식을 통하여 틀에 박힌 우리의 관념과 습관에 일련의 신선하고 자유로운 사상을 불어넣어 줌으로써 총체적 완벽성을 추구하는 것"이라고 정의를 내렸다. 천박한 중산층에게 '신선하고 자유로운 사상'을 고취함으로써 그들을 교육하려고 하였다. 다시 말해서 아널드는 이 무렵 아직도 야만 상태에 머물러 있는 것과 크게 다름없던 영국의 중산층을 '헬레니즘화'하는 데 바로 문학과 문화를 사용해야 한다고 주장하였다. 뒷날 그의 문학론이나 문화론은 '문화의 종교'라는 비판을 받는 것은 바로 그 때문이다.

4

종교적이건 윤리적이건 아니면 국가주의적이건 문학은 독자를 계도한다는 분명한 목적을 가지고 시작하였다. 그러나 문학은 제2차 세계대전 이후 예전에 누리던 힘과 권위를 조금씩 상실하기 시작하더니 20세기 후반과 21세기 문턱을 막 넘어선 지금에는 '문학의 죽음'을 언급하는 상황에 이르게 되었다. '죽음'을 맞이했다는 표현이 지나치다면 적어도 문학은 이제 '빈사' 상태에 놓여 있는 것만은 틀림없다. 문학 행위는 전과 마찬가지로 여전히 큰 힘을 떨치고 있는데도 제도로서의 문학은 누가 보아도 전에 누리던 막강한 권위나 권력을 상실하였다. 그렇다면 문학이 이렇게 전에 누리던 힘과 권위를 잃게 된 까닭은 과연 어디에 있을까?

문학이 사망하였거나 빈사 상태에 놓여 있게 된 데는 여러 까닭이 있을 터지만, 크게 외적 요인과 내적 원인의 두 가지로 나누어볼 수 있다. 여기서 외적 요인이란 문학을 에워싸고 있는 환경적 요인을 말하고, 내적 요인이란 제도로서의 문학 안에서 일어나는 내부적 요인을 말한다. 다시 말해서 문학은 안과 밖에서 이중적으로 공격을 받고 있는 셈이다. 이 두 요인이 서로 맞물려 있기 때문에 문학은 지금 상태에서 벗어나 소생하기란 그렇게 쉽지 않다.

외적 원인은 다시 ① 민주주의 교육 제도, ② '과학기술적 진리'의 부상, ③ 대중문화의 대두, ④ 영상전자 매체의 출현 등 크게 네 가지로 나뉜다. 그런데 이 네 가지 원인은 언뜻 보면 서로 다른 것 같지만 좀 더 꼼꼼히 살펴보면 깊이 연관되어 있음이 밝혀진다. 같은 뿌리에서 갈라져 나온 것이다.

이 중에서 첫 번째 원인은 지금까지 이렇다 할 관심을 받지 못하였다. 그러나 비록 뚜렷하게 눈에 띄지 않아서 그러하지 이 원인도 문학이 빈사 상태에 놓여 있게 되는 데 직접 또는 간접으로 크게 이바지했음은 두말할 나위가 없다. 교육이 평준화되면서 문학은 이제 종래에 맡던 임무를 더 이상 담당할 수 없게 되었다. 인간의 수직적 관계보다는 수평적 관계에 무게를 싣는 민주주의에서 문학자나 작가는 옛날처럼 창조자나 예언자로서의 특권을 지닐 수 없다. 독자와 마찬가지로 그 또한 민주주의 사회의 시민일 뿐이다. 이러한 상황에서 작가가 창조적인 탐구를 하기란 여간 어렵지 않을 뿐더러 경우에 따라서는 거의 불가능하다고 할 수 있다. 문학이란 많은 학문 가운데 하나일 따름이다.

더구나 학문 분야에서 진리는 크게 '인문학적 진리'와 '과학기술적 진리'의 두 유형으로 나뉜다. 하버드대학교를 비롯한 명문 대학의 마크나 상징에서 '베리타스'(진리)라는 라틴어 문구를 자주 볼 수 있다. 그런데 여기에서 '진리'란 과학기술적 진리보다는 인문학적 진리를 뜻한다. 20

세기 전반까지만 하여도 진리라고 하면 흔히 인문학적 진리를 가리키는 것이 보통이었다. 그러나 20세기 중엽 이후 인문학적 진리가 점차 쇠퇴하는 한편, 과학과 기술이 눈부시게 발달하면서 과학기술적 진리가 융숭한 대접을 받기 시작하였다. 로버트 숄스는 과학기술적 진리의 구체적인 실례로 엔지니어링을 비롯하여 컴퓨터 과학, 생물공학, 물리학과 화학 등을 꼽는다. 특히 대학의 행정을 맡고 있는 과학자들과 정부의 요직을 차지하고 있는 기술 관료들은 인문학적 진리보다는 과학기술적 진리에 무게를 실었다. 이러한 과정에서 문학은 인문학에 속하는 다른 분과 학문과 마찬가지로 점차 설 자리를 잃고 뒷전으로 밀려났다. 요즈음 라디오와 텔레비전에서 자주 듣게 되는 광고 문구 중에 "기술이 너희를 자유케 하리라"라는 카피가 눈길을 끌고 있다. 지극히 테크노피아적인 광고 카피라고 할 이 광고 카피는 두말할 나위 없이 "진리가 너희를 자유롭게 하리라"(「요한복음」 8장 32절)라는 성경 구절을 패러디한 것이다. 여기서 진리란 종교적 진리를 포함한 인문학적 진리를 말한다. 광고 카피에서도 잘 드러나듯이 과학기술적 진리는 마침내 인문학적 진리를 완전히 압도하고 제압하는 단계에 이르렀다.

여기에 대중문화가 급부상하면서 문학은 더더욱 뒷전으로 밀려날 수밖에 없다. 만화, 광고, 포르노그래피, 공연 예술 등이 그동안 문학이 차지하고 있던 영역을 조금씩 잠식하기 시작하더니 이제는 문학을 위협하는 단계에 이르렀다. 이러한 상황에서 전통적인 의미의 문학은 어떤 식으로든지 궤도를 수정하거나 변신을 꾀하지 않을 수 없다. 대중문화가 전통적 의미의 문학에 의문을 품는다면, '문화 연구'는 종래의 문학 연구 방법에 도전한다. 문화 연구는 쇠붙이라면 무엇이든지 모조리 삼켜 버린다는 저 전설적인 동물 불가사리처럼 전통적 문학 연구가 차지하고 있던 영역과 방법을 송두리째 삼켜 버리다시피 한다. 문화 연구는 시각적 텍스트는 말할 것도 없고 심지어는 법률적 텍스트와 과학 텍스트마저 연구 대상으로 삼기 일쑤이다. 이와 관련하여 마이클 베루베는 『영문학의 활동』(1998)이라는 저서에서 "영문학은 이제 학자들이 『가웨인 경卿과 녹색기사』를 기독교적 관점에서 연구할 수 있고, O. J. 심슨 재판 텍스트를 미셸 푸코의 관점에서 연구할 수 있으며, 베르사유 조약을 마르크스주의적 관점에서 연구할 수 있는 장소가 되었다"라고 지적한다. 이렇게 문학 연구가 대중문화 쪽으로 관심을 돌리는 한편, 대중문화는 윌리엄 셰익스피어의 극작품이나 찰스 디킨스와 헨리 제임스의 소설 작품을 새롭게 텔레비전 드라마나 영화로 만들거나 이미 만든 작품을 다시 리메이크한다는 것은 참으로 아이러니가 아닐 수 없다.

대중문화의 대두와 함께 출현한 영상전자 매체는 문학에 치명적인 타격을 가하였다. 그동안 영상전자 매체는 기껏해야 텔레비전과 영화를 비롯하여 CD롬과 DVD, 뮤직 비디오 등을 꼽을 수 있을 정도였다. 그러나 최근 들어 과학과 기술에 힘입어 인터넷 텔레비전(IPTV), 전자책(e북), 아이폰을 비롯한 스마트폰, 아이패드, MP3, MP4, 디지털 멀티미디어 방송(DMB) 등 영상전자 매체가 전과 비교되지 않을 만큼 놀라운 성과를 이룩하였다. 이렇게 고도로 발전한 영상전자 매체의 홍수 속에서 문학은 점차 설 땅을 잃어갈 수밖에 없다. 눈이 부실 만큼 현란한 영상전자 매체가 지금까지 활자 매체의 총아로 군림해 온 문학을 밀어내고 그 자리에 찬란한 이미지의 제국을 건설하기 시작하였다.

이 가운데에서도 DMB와 전자책은 특히 좀 더 찬찬히 눈여겨 볼 필요가 있다. 우리나라에서 처음 개발된 디지털 영상 및 오디오 방송의 전송 기술인 DMB는 휴대전화 같은 휴대용 기기에 텔레비전이나 라디오 같은 다중 매체를 전달하고 데이터 방송을 하기 위한 국가 IT의 일부로 개발하였다. 처음에는 지상파 아날로그 라디오 방송을 대체할 목적으로 개발했지만 점차 기술이 발달하면서 한정된 전파에 더 많은 데이터를 담을 수 있게 되었고, 이에 따라 본래 목적인 음성 데이터뿐만 아니라 DVD급 수준의 동영상 데이터까지 전송할 수 있게 되었다. 지하철의 풍경을 보더라도 책을 읽고 있는 승객보다는 귀에 이어폰을 꽂고 손바닥만 한 기기에 정신이 팔려 있는 승객을 훨씬 더 많이 볼 수 있다.

더구나 최근 불어 닥치기 시작한 전자책 열풍은 21세기 초엽 미디어 유통 환경의 판도에 가히 혁명적인 변화를 불러일으키고 있다. 최근 모바일 서비스 환경이 크게 발전하면서 아이폰과 아이패드 그리고 킨들로 대표되는 전자책에 대한 관심이 날이 갈수록 점차 높아지고 있다. 미국 애플사가 만든 태블릿형 컴퓨터인 아이패드는 12.9인치의 LCD를 탑재하고 아이폰과 같은 운영 체제를 기반으로 아이폰에서 구동되는 모든 어플리케이션을 사용할 수 있는 것은 물론이고 전자책을 비롯하여 애플에서 개발한 업무용 프로그램인 아이워크 등 보강된 기능을 탑재하고 있다.

애플의 아이패드로 촉발된 전자책 전쟁은 이제 본격적인 궤도에 들어서고 있다. 새로운 모델도 속속 출시되고 콘텐츠 제공을 위한 합작법인을 설립하는 기업도 등장하였다. 세계 2위 PC업체인 대만 에이서는 얼마 전 '루미리드'라는 이름의 e북을 금년도 3분기부터 판매한다고 밝혔다. 흔히 e북 원조로 일컫는 아마존의 '킨들'은 6인치의 흑백 'e-잉크' 디스플레이가 탑재되어 있고 무선 인터넷이 장착되어 인터넷 검색 등도 가능하다. 한편 '리더'라는 이름으로 이미 전자북 시장에 진출한 일본 소니는 콘텐츠 공급을 위하여 합작법인 설립에 나섰다. 소니는 일본 이동통신사인 KDDI, 아사히신문朝日新聞, 도판 인쇄 등과 함께 아이패드에 맞서기 위한 전자책 콘텐츠 공급 회사를 금년 7월 초에 설립할 예정이라고 한다. 한편 우리나라에서도 LG디스플레이가 '스토리'라는 전자책을 출시한 아이리버와 함께 전자책 합작사 설립을 준비 중이다. 아이리버에 전자책 핵심 부품인 'e-잉크' 디스플레이를 공급해 온 LG디스플레이는 조인트벤처를 통하여 전자책 시장에 본격적으로 진출할 계획이다. LG디스플레이는 디스플레이 기술을 제공하고 전자책 제조와 관련된 부분은 아이리버가 맡는 방식이다. 이와 함께 아이패드를 겨냥한 태블릿 PC 출시도 이어지고 있다. 에이서는 안드로이드 운영체제(OS)가 탑재되고 7인치 크기의 화면을 장착한 태블릿 PC를 4분기에 선보일 계획이고, 미국의 델도 5인치 크기 태블릿 PC의 연내 출시를 목표로 개발에 심혈을 기울이고 있다.

그런데 이러한 전자책이 각광을 받으면 받을수록 전통적인 종이책은 잘 팔리지 않는다는 데 문제의 심각성이 있다. 놀랍게도 지난 2009년 미국 크리스마스 당일에 선물용으로 팔린 아마존의 전자책 주문 판매량은 종이책 주문 판매량을 추월하였다. 비록 특별한 하루의 판매 결과라고는 하지만 그 결과를 두고 미국 출판계와 문화계에서는 한때 해석이 분분하였다. 이러다가는 종이책이 마침내 없어지게 될지도 모른다는 위기감이 감돌았다. 가장 예민하게 반응한 것은 두말할 나위 없이 종이책 출판사들이다. 미국 출판사들은 이러한 상황을 조금이라도 극복하기 위해서는 전자책 서비스의 '신간 홀드백'(서비스 유예) 기간을 좀 더 연장해야 한다고 지적하였다.

이러한 사정은 우리나라의 경우에도 크게 다르지 않아서 아직은 미국처럼 그렇게 위협적인 수준은 아니지만 점차 그 세력을 확장하고 있다. 최근 국내에서도 대형 서점과 인터넷 서점, 전자제품 업체, 이동통신사가 최근 앞을 다투어 종이를 읽을 때와 비슷한 느낌의 'e-잉크' 기반의 단말기와 프로그램을 준비하면서 전자책 시장 진출 계획을 발표하여 큰 관심을 모았다. 전자출판 전문가들은 최근 불고 있는 전자책 바람은 교보문고와 예스24 등 도서유통업체와 삼성전자·아이리버 등 휴대용 단말기 제조업체가 함께 상품 출시를 준비하고 있다는 점에서 10여 년 전 미국 대중작가 스티븐 킹이 촉발한 미국발 전자책 열풍과는 또 다르다고 진단한다. 또한 전자책 산업의 성장은 종이책 출판 산업 내부의 변화에서 시작되었다는 점에서도 눈길을 끈다. 10여 년 전 4조 원에 달하던 종이책 출판 산업이 현재 2조 5천억 원 정도로 줄어든 상황에서 출판계에서 전자책을 새로운 성장 동력으로 여기고 있다. 전문가들은 앞으로 출판 산업이 전자책을 중심으로 크게 재개편될 것이라고 내다본다. 몇 년 안에 전자책 산업은 1조 원 넘게 확장될 뿐만 아니라 온오프 출판산업 전체를 4조 원 넘게 끌어올릴 것이라고 긍정적으로 전망하기도 한다. 그러므로 이러한 전자책의 부상에 적절하게 대처하지 않으면 종이책은 머지않은 장래에 그 기반을 잃게 될지도 모른다.

한편 문학 위기의 내적 원인도 외적 원인 못지않게 자못 심각하다. 모든 체계가 흔히 그러하듯이 문학도 외부의 적보다는 오히려 내부의 적 때문에 붕괴될 위험성이 훨씬 더 크다. 문학의 위기를 가져 온 내적 원인으로 ① 쇼맨이나 엔터테이너로 전락한 작가들과 학자들의 증가, ② 지나친 언어의 유희, ③ 보편적 진리에 대한 회의, ④ 언어의 기능에 대한 신뢰 상실, ⑤ 인간 주체의 실종 등 크게 다섯 가지를 꼽을 수 있다.

어떤 의미에서 구조주의가 비평에 '치명적인' 해를 끼친 것처럼 지나친 형식주의는 문학의 위기나 죽음을 불러오는 데 한몫을 해 왔다. 소설 장르로 범위를 좁혀 보면 그동안 프랑스에서는 누보로망, 영미 문화권에서는 서픽션(초소설)이나 메타픽션 같은 자기탐닉적 소설이 한때 크게 유행하였다. 이러한 유형의 소설은 빈약하기 이를 데 없는 플롯에다 마네킹 같은 작중인물, 그리고 자기도취적 문체를 구사하기 일쑤였다. 게오르크 루카치의 역사주의나 장폴 사르트르의 실존주의는 하나같이 "인간이 역사의 동력이며 주체"라는 믿음에 뿌리를 두고 있다. 그러나 제2차 세계대전 이후 모습을 드러내기 시작한 새로운 유형의 문학에서는 아무리 눈을 씻고 찾아보아도 이러한 특성을 찾아볼 수 없다. 적어도 이 점에서 최근 소설은 문학의 자위행위, 좀 더 심하게 말하면 자살 행위라고 하여도 크게 틀리지 않다.

한편 문학은 전통적 의미의 작가가 쇠퇴하면서 더욱 위기를 맞이하게 되었다. 예로부터 저자나 작가는 마치 신神 같은 창조자나 예언자 또는 영적 지도자로서의 초월적 위치를 차지하였다. 이러한 입장은 플라톤부터 고대 로마시대의 롱기누스를 거쳐 낭만주의 전통에 속하는 작가들에 이르러 정점에 이르렀다. 그러나 초월적 존재로서의 저자나 작가의 개념은 19세기 말엽에 들어오면서 점차 도전을 받기 시작하였다. 제2차 세계대전 이후 저자나 작가는 이러한 '신성한' 임무를 저버린 채 쇼맨이나 엔터테이너로 전락하기 시작하였다. 상업주의에 편승하여 작가들이 대중매체에 출현하고 대중의 인기에 영합하는 경우를 그다지 어렵지 않게 보게 된다.

적어도 이 점에서는 학자들이나 문학 연구가들도 작가와 크게 다르지 않다. 전통적 의미의 학자나 문학 연구가는 점차 줄어들고 그 대신 쇼맨이나 엔터테이너 같은 사람들이 계속 늘어나면서 위기를 맞거나 빈사 상태에 놓여 있게 되었다. 매스컴의 발달과 더불어 학자들이나 교수들은 고고한 상아탑에서 내려와 일반 대중 앞에 서서 지식이나 정보를 전달하는 위치로 전락하였다. 지식과 정보를 사고판다는 정보화 시대 이른바 '스타 학자'가 그 어느 때보다도 각광을 받기 시작하였다. 미국의 지성사가 페리 밀러는 일찍이 1950년대 중엽 "매디슨 애비뉴의 온갖 방법이 학자의 성역에 침투하게 될 미국 문명의 미래"를 생각하면 전율을 느낀다고 고백한 적이 있다. 그가 예측한 대로 미국 학계는 물론 전 세계의 학계에 걸쳐 적지 않은 학자들이 대학 강단 못지않게 텔레비전이나 라디오 프로그램에 출연하거나 일반 청중을 상대로 강연을 하고 있다. 데이비드 로지의 소설을 읽어 본 사람이라면 아마 지난 몇 십 년부터 학자들은 그들의 '성단'이라고 할 연구실이나 도서관을 박차고 나가 공항으로, 세미나나 심포지엄이 열리는 호텔로, 텔레비전 토크쇼 무대로 바쁘게 이동하고 있는 모습을 쉽게 상상할 수 있을 것이다.

　　포스트모더니즘 시대에 이르러 문학이 더 이상 진리를 전달할 수 없게 되었다는 사실도 문학의 위기를 자초한 중요한 원인 가운데 하나이다. 특히 해체주의에 이르러 보편적 진리는 의심을 받으면서 문학은 더더욱 설 자리를 잃었다. 시간과 공간을 초월하는 진리란 이제 존재하지 않는다는 생각이 널리 퍼져 있다. 보편적 진리는 기득권을 누리고 있는 사람이 현 상태를 계속 유지시키려는 이기주의적인 권력 의지의 표현이거나 좀 더 나쁘게 말해서 기만적인 음모일 따름이다. 이를 문학 이론으로 좁혀 말하자면 문학 텍스트에서 모든 의미나 판단은 어디까지나 독자나 비평가의 '주체 위치'나 '자기정체성'에 달려 있다는 것이 된다. 문학은 여느 다른 기호 체계와 마찬가지로 인종·계급·젠더 같은 이러저러한 위치나 역할에 따라 평가받기 마련이다. 자크 데리다를 비롯한 해체주의자들이 '현존' 대신에 '부재'나 '아포리아'라는 용어를 즐겨 사용하는 까닭이 바로 여기에 있다. 한마디로 회의주의를 일용할 양식으로 받아들이는 시대에 오직 주관성과 상대성이 유일한 지상의 척도로 대접받는다.

또한 전통적인 언어관이 도전을 받으면서 언어를 매체로 삼는 문학은 이제 도덕적 확신보다는 오히려 도덕적 갈등이나 회의를 불러일으킨다는 혐의를 받기에 이르렀다. 그리하여 칼 우드링 같은 학자는 "문학은 회의적 삶의 행위에 쓸모가 있을 뿐이다"라고 빈정거린다. 페르디낭 드 소쉬르의 일반 언어학 이후 구조주의를 거쳐 포스트구조주의에 이르러 언어는 가히 파산 선고를 맞이했다고 하여도 크게 틀리지 않을 것 같다. 언어는 모든 지시적 기능을 상실한 채 '떠도는 시니피앙(기표)'으로 언어의 유희에 탐닉할 뿐이다. 언어는 그 자체를 떠나서는 그야말로 아무것도 '지시할' 수 없는 단계에 이르렀다. 우리가 의미를 부여하는 어휘의 배열도 독자가 주관성에 따라 채워 넣는 '틈새'나 '텅 빈 공간'에 지나지 않는다.

'문학의 위기'나 '문학의 죽음'은 무엇보다도 '주체의 죽음' 또는 '저자의 죽음'과 깊이 연관되어 있다. 이 문제를 처음 거론한 것은 프랑스의 상징주의와 모더니즘이었다. 또한 이러한 태도는 역사 비평이나 심리 비평에 대한 일종의 비판적 반작용으로 시작한 러시아 형식주의, 그리고 이와는 별도로 미국에서 발전한 신비평에서도 거의 그대로 찾아볼 수 있다. 특히 저자가 본격적으로 죽음을 맞게 되는 것은 비로소 구조주의와 포스트구조주의에 이르러서이다. 이러한 현상은 이론가들이 저자를 언급할 때 '개인'이라는 용어보다는 오히려 '주체'라는 용어를 사용하는 데서도 뚜렷이 드러난다. 문장의 주어를 의미하는 문법적 범주인 이 '주체'라는 용어는 언어 구조 안에서 일종의 텅 빈 공간에 해당하며, 이렇게 텅 빈 공간은 특정한 맥락에서 누군가가 채워 넣어야 한다. 바꾸어 말해서 저자는 '나'라는 일인칭 주어가 구체적인 대상으로 정의되는 '텅 빈 주체'에 지나지 않는다.

그동안 구조주의 이론을 문학에 도입해 온 롤랑 바르트는 잘 알려진 논문 「저자의 죽음」(1968)에서 전통적 의미의 저자가 마침내 죽음을 맞이하였다고 선언한다. 이 논문에서 그는 저자를 텍스트의 기원이며 의미의 근원으로 간주하는 전통적인 문학 이론을 정면으로 거부한다. 바르트에 따르면 저자를 신 같은 일종의 창조자로 간주하려는 입장은 다원적이고 상대적인 현대사회에서는 이제 더 이상 설득력이 없다. 그러한 태도는 어디까지나 서구 휴머니즘과 부르주아의 가치관, 그리고 자본주의 전통에서 비롯한 산물에 지나지 않는다. 바르트에게 저자란 한낱 종이호랑이처럼 무력한 '종이 저자'이거나, 남의 집을 방문하여 잠시 머물다가 떠나가는 일시적인 '손님'에 지나지 않는다.

한편 미셸 푸코는 이 '저자의 죽음' 문제를 역사적 맥락에서 파악하려고 한다. 「저자란 무엇인가」(1969)라는 논문에서 그는 저자의 개념이란 어디까지나 문화적으로 결정된다고 지적한다. 그에 따르면 저자의 개념은 서로 다른 시대, 서로 다른 문화에 따라 저마다 다를 수밖에 없다. 그리하여 푸코에게 저자란 창조자로서의 역할보다는 오히려 단순히 남의 글을 베껴 쓰는 일종의 '필경사'와 크게 다르지 않다. 푸코와 함께 흔히

'포스트구조주의자'라는 꼬리표가 붙어 다니는 자크 라캉 또한 저자의 존재를 좀처럼 믿지 않는다. 지그문트 프로이트의 정신분석 이론을 새롭게 정립하는 라캉은 "나는 생각한다. 그러므로 나는 존재한다"라는 데카르트의 그 유명한 명제를 패러디하여 "내가 존재하지 않는 곳에 나는 생각한다. 그러므로 나는 생각하지 않는 곳에 존재한다" 또는 "내가 존재한다고 말할 수 없는 곳에 나는 생각한다"라고 말한다. 인간이 언어를 벗어날 수 있다고 본 소쉬르와는 달리, 라캉은 모든 인간이 언어와는 불가피하게 연루되지 않을 수 없다고 주장한다.

이와는 조금 다른 맥락이지만 프랑스의 문학 이론가 자크 에르만은 이 '저자의 죽음'을 한 발 더 극단적으로 밀고 나간다. 「문학의 죽음」 (1971)이라는 논문에서 흥미롭게도 그는 문학 텍스트를 전화번호부에 빗댄다. 그는 "전화번호부라는 텍스트를 만들어내는 사람은 바로 그것을 사용하는 사람들이다. 다시 말해서 사용자들이 곧 객체와 주체가 된다"라고 지적한다. 에르만에 따르면 저자는 그가 사용하는 언어의 '안'에도, 언어의 '밖'에도 존재하지 않고 다만 언어를 '통과하여' 지나갈 뿐이다.

이렇게 저자가 '종이 저자'나 '손님'이거나 '필경사' 또는 '전화번호부'에 수록된 이름에 지나지 않는다면 문학은 그동안 전통적으로 맡아온 기능과 임무를 담당할 수 없다. 그동안 문학은 종교적 진리건 윤리-도덕적 진리건 아니면 사회-정치적 이데올로기건 저자가 옳다고 굳게 믿고 있는 어떤 영원불변한 진리를 전달하려고 하였다. 전통적인 문학은 이러한 진리나 이데올로기를 얼마나 충실하게 전달하느냐에 따라 그 성패가 좌우되었다. 그러나 저자가 작품에서 '실종'되었다거나 '사망'했다는 것은 마치 문장에서 주어가 없는 것과 같다. 주어 없는 문장을 생각할 수 없듯이 저자가 없는 문학 작품도 상상할 수 없을 것이다.

5

문학이 심각한 위기에 놓여 있다거나 심지어 죽음을 맞이했다는 담론은 적잖이 과장되어 있다. 지금까지 지적했듯이 문학은 안팎으로부터 여러 도전을 받으면서 옛날과 비교하여 그 힘이 약화된 것은 부정할 수 없는 사실이다. 그렇지만 문학이 위기에 처해 있다거나 사망했다는 것은 조금 성급한 결론처럼 보인다. 프리드리히 니체가 일찍이 신의 죽음을 선포했지만 여전히 신이 존재하듯이 문학도 위기를 겪고 사망하였다는 무성한 소문에도 불구하고 여전히 건재한 것 같다.

마셜 맥클루언을 비롯한 많은 커뮤니케이션 이론가들의 예언에도 영상전자 매체는 겉으로 보이는 것과는 달리 문학에 그렇게 우려할 만한 위협이 되지 못한다. 문학이 매개로 삼고 있는 활자 매체에는 영상전자 매체와는 전혀 다른 고유한 특성이 있기 때문이다. 문학이 지니는 이러한 특성은 말하자면 영상전자 매체는 말할 것도 없거니와 그 밖의 어떤 다른 매체한테도 '양도할 수 없는' 일종의 천부적 권리라고 할 수 있다. 아무리 상황이 달라져도 문학이 문학으로서 여전히 살아남을 수 있는 것은 바로 문학의 이러한 고유한 특성 때문이다. 그리고 문학의 고유 기능은 비록 정도의 차이가 있을망정 옛날이나 지금이나 본질에서는 크게 달라진 것이 없다.

영상전자 매체와는 달리 활자를 매체로 사용하는 문학은 인간의 상상력을 자극하여 무한한 환상을 갖도록 해주는 마술적 힘을 지닌다. 적지 않은 문학 이론가들이나 미학자들이 그동안 객관적 사실에 기초를 두고 있는 과학이나 역사보다 주관적 직관과 감성을 중시하는 문학이 오히려 우월하다고 주장해 온 것도 따지고 보면 바로 문학이 지닌 상상력 때문이다. 미국 포스트모더니즘 계열의 작가 가운데 한 사람인 로널드 슈케닉은 바로 이러한 관점에서 문학의 중요성을 역설한 대표적인 사람이다. 그에 따르면 상상력의 산물인 문학은 실제 사실의 기록인 영상전자 매체보다 한결 더 높은 위치를 차지한다.

픽션은 역사나 저널리즘 또는 그 밖의 어떠한 '사실적인' 유형의 글보다 우위를 차지한다는 것은 픽션이 표현적 매체이기 때문이다. 픽션은 감정과 에너지 그리고 흥분을 전달한다. 텔레비전은 우리에게 뉴스를 전달해 주지만 픽션은 뉴스에 대한 우리의 반응을 가장 잘 표현해 준다. 어떠한 다른 매체도—특히 영화 말이다—우리 일상생활의 크고 작은 사실에 대한 가장 강렬하고도 가장 친밀한 반응을 그렇게 잘 취급할 수는 없다. 다시 말해서 어떠한 매체도 인간 경험의 실재를 그렇게 잘 추적할 수는 없다.

더구나 문학은 작품을 읽는 독자로 하여금 자기반성과 내면 성찰의 계기를 갖게 해준다. 외부와의 교통을 차단한 채 제한된 시간과 공간에서 이루어지는 독서 행위를 통하여 우리는 위대한 정신과 내적 대화를 나눈다. 이렇게 독서 행위란 우주만큼이나 광활한 인간의 정신세계를 탐색하는 지적 모험이며 내면 탐구이다. 이러한 내적 대화야말로 어떤 의미에서는 저자(화자)와 독자(청자)가 물리적으로 직접 만나 대화를 나누는 외적 대화보다도, 그리고 순간적이고 찰나적인 영상전자 매체의 현란한 이미지보다도 훨씬 더 의미 있고 중요하다. 적어도 이 점에서 어떠한 다른 매체도 활자 매체를 능가할 수는 없다. 그러므로 인간이 이 지구상에 살아 있는 한 문학은 어떠한 다른 매체보다도 더 오래 지속될 수 있는 무한한 잠재력과 가능성을 지니고 있다.

미국의 영문학자요 종교사가며 철학자인 월터 옹은 구어성와 문자성을 비교하면서 전자가 집단적이라면 후자는 분석적이고, 전자가 참여적이라면 후자는 초월적이며, 전자가 상황적이라면 후자는 추상적이라고 지적한다. 다른 이론가들이 부정적 특성으로 파악하는 이 분석적이고 초월적이며 추상적인 특성은 활자 매체가 지니는 한계라기보다는 오히려 무한한 가능성이라고 할 수 있다. 그런데 구어성과 문자성의 대비는 영상전자 매체와 활자 매체의 경우에서도 거의 그대로 적용된다. 구어 매체와 마찬가지로 영상전자 매체 또한 집단적이고 참여적이며 상황적인 특성을 지니고 있으며, 바로 이러한 특성 때문에 영상전자 매체는 활자 매체와는 엄격히 구분된다.

옹과 마찬가지로 닐 포스트먼도 활자 매체에서 어떤 매체에서도 볼 수 없는 가능성과 잠재력을 활자 매체에서 발견한다. 최근에 출판한 저서 『죽음을 즐기기』(1985)에서 포스트먼은 라디오나 텔레비전 또는 영화 같은 영상전자 매체는 본질적으로 한계를 지닐 수밖에 없다고 지적한다. 일시적이고 표피적인 성격이 강한 영상전자 매체는 깊이 있고 복잡한 문제를 논의하고 분석하는 데는 매우 부적절하다는 것이다. 뿐만 아니라 이 새로운 매체는 무엇보다도 복잡한 수사^{修辭}와 논리성이 요구되는 심오한 토론에도 이렇다 할 도움이 되지 않는다. 그렇기 때문에 대통령의 연설에서 시사토론이나 토크쇼에 이르기까지 온갖 토론 프로그램에도 불구하고 텔레비전을 비롯한 영상전자 매체는 진지한 토론과는 꽤 거리가 멀다. 포스트먼은 복잡한 수사와 논리성이 요구되는 토론은 역시 활자 매체에 의존하지 않을 수 없다고 결론짓는다.

시대마다 사람들이 추구하는 가치는 저마다 조금씩 다르다. 가령 호메로스 시대의 구두 문화에서는 지혜나 슬기를 추구하였고, 문자 문화와 구텐베르크의 활자 문화 시대에서는 지식을 추구하였으며, 영상전자 매체 문화에서는 정보를 얻는다. 온갖 정보가 범람한 강물처럼 흘러넘치는 정보화 시대에 자칫 정보의 바다에서 유용한 정보를 낚아 올리기보다는 그 속에서 익사할 위험성이 무척 크다. 좀 더 의미 있고 영구한 지식은 오직 문자 문화나 활자 문화에서만 가능하다. 현란한 영상전자 매체에서 얻는 정보는 활자 매체에서 얻는 지식과 비교해 보면 바다나 사막의 신기루와 같다. 영상전자 매체의 정보가 일시적인 착시 현상이라면 활자 매체의 지식은 바윗덩어리처럼 견고하다.

서방 교회 최고 지도자요 초기 기독교의 가장 위대한 사상가로 흔히 일컫는 성^聖 아우구스티누스의 독서 체험은 이 점을 단적으로 뒷받침한다. 삶의 방향을 찾지 못하고 아직 방황하던 서른두 살 때 성 아우구스티누스는 어느 날 집 뜰에서 서성거리던 중 갑자기 어디선가 "집어서 읽을지어다. 집어서 읽을지어다!"라는 어린아이의 노랫소리를 듣는다. 이 노랫소리를 듣자마자 그는 성경을 집어 들고 맨 처음 눈에 띄는 구절을 읽는다. 그가 읽은 구절은 신약성서 「로마서」의 한 구절이었다. 이 구절을 단숨에 읽어 내려간 아우구스티누스는 놀랍게도 갑자기 마음에 평안의 빛이 찾아오고 의혹과 불신의 그림자가 아침 햇살을 받고 안개가 걷히듯이 말끔히 사라지는 것을 느꼈다. 지금까지 방탕하게 보내던 그의 삶에 새로운 전환점이 찾아오는 개안의 순간이었다.

요컨대 지금은 요하네스 구텐베르크에게 애도를 보낼 때가 아니라 오히려 구텐베르크의 의미를 다시 한번 곰곰이 되새겨볼 때다. 영상전자 매체나 전자책은 종이책을 보완할 수 있을지언정 그것을 완전히 대체할 수는 없다. 그것은 디지털이 아날로그를 대신할 수 없는 것과 같다. 이 두 가지는 상호 보완적 관계에 있지 상호 배타적 관계에 있지 않기 때문이다. 매슈 아널드의 말대로 문학은 현재의 삶을 조감할 수 있는 '전망대'요, 우리의 현재 삶을 움직일 수 있는 '지렛대'다. 이렇게 삶에서 전망대와 지렛대의 구실을 하는 한, 문학은 옛날에 그랬던 것처럼 앞으로도 영원히 살아남을 것이다.